WOLFGANG HOHLBEIN
Blutnacht

Zu diesem Buch
Getrieben, das Rätsel ihrer Herkunft zu lösen, tragen Andrej Delãny und Abu Dun die Bürde der Unsterblichkeit, ohne dafür ihre Menschlichkeit zu opfern. Der Versuchung der dunklen Seite haben sie stets widerstanden …

Am Grab seines Sohnes wird Andrej von einem schwarzen Ritter angegriffen, der ihn fast umbringt. Ausgerechnet Vater Domenicus rettet Andrej, indem er ihm eine geheimnisvolle Flüssigkeit einflößt, die Andrej ungeahnte Kräfte schenkt. Als die Göttin Meruhe ihm einen Platz an ihrer Seite anbietet, muss Andrej sich zwischen der wahren Unsterblichkeit und seiner geliebten Maria entscheiden. Doch dunkle Mächte wollen verhindern, dass Andrej ein Gott wird und drohen, alles zu zerstören, was ihm am Herzen liegt.

Die Autoren
Wolfgang Hohlbein, 1953 in Weimar geboren, ist der erfolgreichste deutschsprachige Fantasy-Autor. Der Durchbruch gelang ihm 1982 mit dem Roman *Märchenmond*, für den er den Phantastik-Preis der Stadt Wetzlar erhielt. Dutzende weitere Bestseller mit einer Gesamtauflage von rund 40 Millionen Exemplaren folgten. Weitere Informationen unter:
www.hohlbein.de und **www.chronik-der-unsterblichen.de**

Dieter Winkler, 1956 in Berlin als Spross einer Theaterfamilie geboren, hat bereits mit fünf Jahren als Mohr im »Rosenkavalier« auf der Bühne gestanden, als Jugendlicher in verschiedenen Bands gespielt und erste Kurzgeschichten veröffentlicht. Nach langen Jahren als Chefredakteur hat sich der Phantastik Preisträger mit international erfolgreichen Buch-Reihen (»Enwor«, »Netsurfer«) und verschiedenen Hörspiel- und Filmprojekten einen Namen gemacht.

Die Chronik der Unsterblichen bei LYX:
Glut und Asche. Roman
Der schwarze Tod. Roman
Der Machdi. Roman

Die früheren Bände der *Chronik der Unsterblichen* sind bei Egmont vgs (www.vgs.de) erhältlich.

WOLFGANG HOHLBEIN

BLUTNACHT

DIE CHRONIK DER UNSTERBLICHEN – DAS BUCH ZUR ROCKOPER

Roman

LYX EGMONT

Originalausgabe Januar 2012 bei LYX
verlegt durch EGMONT Verlagsgesellschaften mbH,
Gertrudenstr. 30–36, 50667 Köln

1. Auflage
Umschlaggestaltung: bürosüd°, München
Coverentwurf und Umschlagillustration: © Tanja Winkler (© Portrait: Jedruzek)
Satz: Greiner & Reichel, Köln
Druck: GGP Media GmbH, Pößneck
ISBN 978-3-8025-8636-1

www.egmont-lyx.de

Mit Dank an Andy Kuntz, ohne den die Rockoper Blutnacht *niemals entstanden wäre*

KAPITEL 1

Der Himmel war zerbrochen. Wolken türmten sich zu schwarzen Gebirgen auf und schleuderten Lawinen aus Dunkelheit auf die Erde. Der Lärm war unbeschreiblich. Zornig wirbelte Staub auf, brannte in Andrejs Augen und hinterließ einen beißenden Geschmack in seiner Kehle. Blitze zuckten und zerschnitten den Tag in stroboskopisch flackernde Scherben. Es war kalt. Jeder Atemzug brannte wie gefrorenes Feuer.

Ein eisiger Windstoß traf Andrej. Er blieb stehen und blinzelte heftig, darum bemüht, dem Toben der entfesselten Naturgewalten so wenig Angriffsfläche wie möglich zu bieten. Trotzdem hatte er das Gefühl, der Sturm würde ihn gierig umschlingen, um ihn zu Boden zu ringen.

So wie er Abu Dun vor vier Tagen zu Boden gerissen hatte, und das ausgerechnet an den Stromschnellen unterhalb der gedrungenen Burg von Čachtice mit ihren düsteren Zinnen und ineinander verschachtelten Mauern. Bei der Erinnerung daran, wie der ehemalige Piratenkapitän zum Jablonka hinabgeschlichen war, um die günstigste Stelle zum Übersetzen über den Fluss zu erkunden, pochte ein dumpfer Schmerz hinter seiner Stirn. Zum wiederholten Male tauchte er in die Szene ein, die nun schon Tage zurücklag. Er glaubte zu spüren, wie seine Stiefel auf dem glitschigen Untergrund des Flussufers ins Rutschen kamen, und er erinnerte sich an seinen Schrecken, als der Nubier von einer heftigen Sturmbö erfasst wurde und von einem Moment auf den anderen hinter einer gezackten Felsformation verschwand, als hätte man ihm den Boden unter den Füßen weggezogen. Andrej lief sofort los, drohte auszurutschen, fing sich wieder und jagte an einem gezackten Vorsprung vorbei, der wie das riesige Gebiss eines vorzeitlichen Ungeheuers aus wild wucherndem Dornengebüsch aufragte. Mit einem letzten gewagten Satz kam er in einer überspülten Ufermulde auf. Wasser gischte auf und nahm ihm die Sicht.

Als er wieder sehen konnte, fand er seine schlimmsten Befürchtungen bestätigt. Der Nubier lag wie ein gefällter Baum im wild wirbelnden, schäumenden Wasser. Sein Gesicht war in den von Wellen gepeitschten Uferschlamm gedrückt, sein Turban verrutscht, und an seinem Hinterkopf klaffte eine üble Wunde. Andrej ließ sich in die Hocke nieder, packte den schwarzen Riesen bei den Schultern und wollte ihn gerade herumdrehen, als er einen fernen Ruf vernahm. Alarmiert blickte er hoch, zur Burg hin, von der aus die Blutgräfin mit harter Hand über das Land regierte.

Er glaubte, eine Gestalt in wehendem Mantel zu sehen, die sich über die Zinnen beugte und zu ihnen hinabblickte, nun aber zurückzuckte, als habe sie seinen suchenden Blick bemerkt und wollte unerkannt bleiben. Vielleicht hatten ihn aber auch seine Sinne genarrt, denn obwohl er sich bemühte, irgendwo menschliche Bewegung auf der schwarzgrauen Burg auszumachen, entdeckte er nichts mehr, was auf einen geheimen Beobachter hinwies. Und als er sich wieder Abu Dun zuwandte, begriff er, dass er den Nubier nicht nur unbedachterweise losgelassen hatte …

… sondern dass Abu Dun in der kurzen Zeitspanne, die er sich hatte ablenken lassen, so spurlos verschwunden war, als hätte ihn ein Seeungeheuer verschluckt …

Andrej ballte die Fäuste und atmete tief aus. Es wurde Zeit, dass er die quälende Erinnerung verscheuchte und sich ganz und gar auf sein Ziel konzentrierte. Er musste das Tal erreichen, in dem er vor unendlichen Zeiten geboren und aufgewachsen war, und seinen Frieden mit den schrecklichen Vorfällen machen, die sein ganzes Leben auf den Kopf gestellt hatten.

Aber nicht ohne Abu Dun. Zum wiederholten Male versuchte er sich einzureden, dass er den Nubier nur deshalb nicht an den Stromfällen wiedergefunden hatte, weil er von den tosenden Wassermassen mitgerissen worden war. Doch so ganz glaubte er selbst nicht daran. Zu seiner Überraschung hatte Abu Dun in letzter Zeit begonnen, mit leuchtenden Augen von seinem alten, einfachen Piratenleben zu schwärmen. Was nun, wenn er sich ohne große Worte hatte absetzen wollen, um sich am Schwarzen Meer ein Schiff und eine Mannschaft zu suchen, mit der er sein altes Jagdgebiet unsicher machen konnte?

Der Gedanke war fast schlimmer, als wenn dem Piraten tatsächlich etwas Ernsthaftes passiert wäre. Viel wahrscheinlicher war es, dass Abu Dun irgendwo weit entfernt an Land gekrochen war. Und natürlich hatte er nicht gezögert, das einzig Richtige zu tun und sich auf den Weg nach Borsã zu machen. Wo sonst in diesem verfluchten Land hätten sie sich auch treffen sollen, vor allem, nachdem sie ihre Pferde, ihren Proviant und dann auch noch ihre Reisekasse eingebüßt hatten, ohne auch nur einen Moment ernsthaft an Umkehr zu denken?

Andrej drängte die nagenden Zweifel zurück, die sich irgendwo tief in seiner Seele festgesetzt hatten. Er versuchte, schnell und entschlossen auszuschreiten, doch seine Bewegungen waren unsicher und eckig, und sein Atem ging rasselnd. Lange würde er so nicht mehr durchhalten. Er brauchte dringend eine Unterkunft für die Nacht, etwas Warmes zu essen und ein paar Stunden Schlaf, ohne von heftigen Regengüssen bis auf die Haut durchnässt zu werden.

Es kostete ihn einige Anstrengung, die Betäubung abzuschütteln, die ihn ergriffen hatte. Sein Blick wanderte über die karge, raue Hügellandschaft, die ihn zu ihrem Gefangenen gemacht hatte. Transsylvanien war alles andere als unbewohnt; in diesem düster und abweisend wirkenden Land gab es zahlreiche Dörfer, Ansiedlungen oder einsam gelegene Gehöfte, hinter deren Mauern jemand seiner Art für eine Nacht sein müdes Haupt betten konnte.

Doch nicht hier. Diese trostlose Einöde sah aus, als hätten sich ein paar übel gelaunte Götter so lange ausgetobt, bis sie in Ermangelung weiterer lohnenswerter Objekte die Lust an ihrem Zerstörungswerk verloren hatten. Bäume und Sträucher waren gerupft, umgeknickt, entwurzelt oder auch völlig zerschmettert, abgerissene Äste und Zweige lagen in weitem Umkreis verstreut, und die sicherlich sonst halbwegs passierbaren Wege waren matschigen Kuhlen und Pfützen gewichen, in denen er immer wieder so tief einsackte, dass er sich nur mit Mühe hatte befreien können und einmal sogar fast einen seiner Stiefel eingebüßt hätte. Darüber hinaus wirkte die Gegend völlig ausgestorben und bar jeden Lebens. Selbst Mücken und Fliegen hatte er bislang nicht zu Gesicht bekommen, ganz zu schweigen von Tieren, die er mit seinen bescheidenen Möglichkeiten hätte jagen können, um seinen bislang nur aus wenigen Beeren und Wurzeln bestehenden Speiseplan mit etwas aufzufrischen, in das er seine Zähne hätte schlagen können.

Zitternd wie ein von Nässe und Kälte zermürbter Straßenköter blieb Andrej stehen und drehte sich mehrfach um seine eigene Achse. Er versuchte, jeden Schatten zu durchdringen und jedes Geräusch zu erfassen. Sinnlos. In weiter Entfernung erkannte er Dinge, die nicht hierhin gehörten: Bretter, die vom Sturm aus Wänden herausgeprügelt und von den Urgewalten weit über das Land mit sich gerissen worden waren, zerschmettertes Mobiliar und zerborstene Fenster und sogar Teile eines Daches, das mit einem enthaupteten Hahn verziert war. Doch inmitten all des Chaos um ihn herum entdeckte er nichts, das ihm weiterhalf. Und schon gar keine Spur von einem riesigen Nubier, keinen im schwachen Gegenlicht aufblitzenden Krummsäbel, keine schwarze Gestalt bewusstlos oder tot am Boden.

Er hatte nichts anderes erwartet. Trotzdem war er enttäuscht. Es lief alles aus dem Ruder, und das nicht erst seit den letzten Tagen. In all der langen Zeit, in den Jahrzehnten und Jahrhunderten, die sich zur Ewigkeit gedehnt hatten und doch wie im Flug vergangen waren, hatten er und Abu Dun sich immer wieder aus den Augen verloren. Doch diesmal war es anders. Ihr Leben hatte in den letzten Jahren keinen guten Verlauf genommen, und sich ausgerechnet in diesem Land zu verlieren, das mit seiner Düsterkeit schon seit jeher die Seelen schwer gemacht hatte, trug nicht gerade zu seiner Beruhigung bei.

Er ballte ärgerlich die Faust und stolperte in die Richtung der verblassenden, hinter der dunklen Wolkenschicht kaum erkennbaren Sonne weiter, die ihm mit schwachen blutroten Streifen den Weg nach Osten wies. Kalte Windstöße peitschten ihn fast schmerzhaft ins Gesicht, so als wollten sie ihn davon abbringen, seinen Weg fortzusetzen. Er bemerkte es kaum. Seine Erinnerung zwang ihn erneut zu den Stromschnellen des Jablonka zurück, doch diesmal zu dem Tag, nachdem der Strom Abu Dun mit sich fortgerissen hatte.

Nach einer fürchterlichen Nacht ohne jede Spur echten Schlafs war Andrej so weit wie möglich dem verwilderten Lauf des Jablonka gefolgt, um seinen alten Freund zu suchen. Das Wasser toste nicht mehr ganz so wild wie bei ihrer Ankunft. Aber das war nicht unbedingt ein Vorteil. *Zu seinem Entsetzen sah Andrej einen menschlichen Arm, der an ihm vorbeiglitt, gefolgt von weiteren Leichteilen. Und schließlich grinste ihn ein übel zugerichteter Kopf an, der sich im Uferdickicht verfangen hatte. Er hatte nur noch ein Ohr, und die Augen waren ihm herausgefressen worden. Obwohl es einst ein gewaltiger Schädel gewesen war, war es doch nicht der Abu Duns, wie er im ersten Schrecken geglaubt hatte.*

Durch das nun seichtere, aber mitunter wild aufschäumende Wasser wanden sich ungewöhnlich große Wasserschlangen und machten sich über die Kadaver im Wasser her. Der Jablonka war zu einem Leichenfluss geworden. Mitunter war sein Wasser mehr blutrot als lehmgrau. Andrej befürchtete, dass es an den grausigen Dingen lag, die laut dem Getuschel und Geraune der Leute oben in der Burg der Blutgräfin vorgingen.

Schon als sie bei dem Fluss angekommen waren, war eine nur allzu bekannte düstere Vorahnung in ihm hochgestiegen, die ihn bereits mehr als einmal zuverlässig gewarnt hatte, wenn er sich einer ganz besonderen Art von Gefahr genähert hatte, einer Dunkelheit, die nur er mit seinen scharfen Sinnen spüren konnte. Etwas Fremdes, Grausames hing drohend über der wilden Felsenlandschaft von Čachtice. Aber er hatte das ungute Gefühl ignoriert und versucht sich einzureden, dass sie diesen Ort passieren mussten, wenn sie Frederics Spur tiefer hinein nach Transsylvanien folgen wollten.

Frederic! Ja, natürlich war er ihm wichtig, schließlich war er der Einzige seiner Art, der einzige Überlebende seines Geschlechts und damit der Einzige, der von der Tragödie wusste, die sich vor Jahrhunderten in ihrer Heimat zugetragen hatte. Aber Abu Dun stand ihm um so vieles näher. Die Furcht, ihn vielleicht nie wiederzusehen, saß ihm im Nacken.

Das trieb ihn weiter an, und er stolperte los und fiel nach ein paar Schritten in die gleichförmige, abgehackte Gangart, die auch zu Tode erschöpften Soldaten zu eigen ist, die von ihren Feldherren erbarmungslos in den nächsten Kampf getrieben werden. Die Umgebung vor seinen Augen verschwamm, besaß kaum noch

Konturen. Aber so unsicher er mittlerweile auch auf den Beinen war, hielt er doch unbeirrt den Kurs bei, den er einmal eingeschlagen hatte: nach Osten, immer weiter nach Osten, dort, wo sie Frederic zu finden gehofft hatten. Diese Hoffnung war noch immer nicht aus seinem Herzen gewichen, aber es war eine neue hinzugekommen: Abu Dun unterwegs wiederzutreffen, sodass sie den Weg nach Borsã gemeinsam fortsetzen konnten.

Sein Herz machte einen schmerzhaften Satz, als er zu seiner Rechten einen großen Schatten entdeckte, ziemlich weit entfernt und im Schatten einer Anhöhe verborgen, die einen natürlichen Schutz vor den Wetterkapriolen versprach. Ein Haus? Eine Scheune? Oder vielleicht sogar eine Burg mit hoch aufrechten Zinnen?

Er eilte mit weit ausgreifenden Schritten los und achtete nicht darauf, was sich direkt vor ihm befand. Und so bemerkte er den halb im Matsch verborgenen Gegenstand erst, als er mit dem rechten Fuß dagegenstieß. Er wollte zurückspringen, doch es war zu spät. Vielleicht war er auch nur zu ungeschickt. Sein rechter Fuß verfing sich, und er glaubte schon zu hören, wie die Mechanik einer schweren Bärenfalle zuschnappte, und zu spüren, wie scharfe Eisenzähne in sein Fleisch bissen. Verzweifelt sprang er hoch, versuchte aus seinem unkontrollierten Sturz eine Rolle vorwärts zu machen – etwas, das ihm unter normalen Umständen mit Leichtigkeit gelungen wäre.

Diesmal nicht. Sein Absprung wurde durch etwas behindert, das er unwillentlich hochgerissen hatte. Aus den Augenwinkeln heraus sah er noch, wie es auf ihn zusauste, dann prallte es auch schon mit solcher Gewalt gegen seine Schläfe, dass er endgültig die Kontrolle verlor und stürzte.

Als er auf dem Boden aufschlug, traf ein zweiter Gegenstand seinen Hinterkopf – ein Teil der vermeintlichen Bärenfalle oder ein großkalibriges Geschoss, das jemand auf ihn abgefeuert hatte.

Während die Ohnmacht mit fordernden Fingern nach seinem Geist tastete, um ihn mit sich ins Vergessen zu nehmen, fühlte er die Schwäche, die er die ganze Zeit über versucht hatte zu ignorieren. Sein Atem ging keuchend, in seinen Eingeweiden wühlte der Hunger und seine Kehle war so ausgedörrt, dass er nur unter Schmerzen schlucken konnte.

All das waren Kleinigkeiten, die zu erdulden er gewohnt war und die nicht schwerer wogen als ein heißer Sommer, der die Felder verbrannte, ohne ihnen die Kraft zu nehmen, nach dem nächsten Regen wieder blühendes Leben hervorzubringen. Es waren ganz andere Dinge, die ihn zermürbt hatten. Er war schon viel zu lange unterwegs. Jahrzehnt um Jahrzehnt hatte sich zu einer unendlich hohen Mauer aus Zeit und Schmerz aufeinandergesetzt, die ihn von allem trennte, was normale Sterbliche ausmachte. Dabei war er doch nichts anders als sie, hatte die gleichen Bedürfnisse, wollte nichts weiter, als sein Leben zu leben, statt verdammt zu sein, ständig ums Überleben kämpfen zu müssen. Denn Unsterblichkeit war nichts wert, wenn man nicht bereit war, sie immer wieder aufs Neue mit dem Schwert zu verteidigen.

Die Schwärze senkte sich wie ein schweres Tuch über ihn. Er war am Ende. Und vielleicht war das auch gut so. Vielleicht sollte er es dabei belassen und einfach liegen bleiben, bis ihm endgültig die Sinne schwanden.

Aufgeben, hier in Transsylvanien, wo alles angefangen hatte. Ja. Der Kreis wäre geschlossen, und sein Leben vielleicht doch nicht ohne Sinn.

»Was soll das, Hexenmeister?« Andrej hatte fast das Gefühl, als würde eine kräftige Hand nach ihm greifen und ihn nach oben reißen. Abu Dun. Ja, das wäre ganz seine Art.

Aber es war niemand da außer ihm und Abu Duns Stimme, nichts weiter als ein Spuk in seinem Kopf, das Aufblitzen einer

Erinnerung an ähnliche Vorkommnisse, die er vielleicht nicht unbeschadet überstanden hätte, wenn der Nubier nicht im richtigen Moment an seiner Seite gewesen wäre.

»Aufgeben gilt nicht«, hätte Abu Dun wohl noch hinzugefügt. »Also reiß dich zusammen. Und lass nicht zu, dass dieses verfluchte Land Macht über dich gewinnt!«

Mit beiden Händen krallte sich Andrej in den Boden und versuchte verzweifelt die Schwärze zurückzudrängen, die sich über seinen Verstand legen wollte. Abu Dun hätte das von ihm verlangt, und es wäre auch richtig gewesen. Aufgeben war nie der richtige Weg, solange noch Leben und Hoffnung in einem waren.

Als sich der Schleier vor seinen Augen lichtete und er sah, was da vor seiner Nase im Matsch lag und ihm fast zum Verhängnis geworden wäre, hätte er beinahe laut aufgelacht. Die vermeintliche Bärenfalle, deren Zuschnappen er schon zu hören geglaubt hatte, war nichts weiter als ein ramponierter Melkschemel, den der Sturm irgendwo aus einem Kuhstall gerissen und hier in den Matsch geworfen hatte.

Es wäre schon mehr als lächerlich gewesen, wenn ein Unsterblicher wie er an einem Melkschemel gescheitert wäre.

Er rappelte sich auf, klopfte sich, so gut es eben ging, den Schlamm aus den Kleidern und stapfte in Richtung Borsă weiter. Seine Gedanken waren dabei bei Abu Dun, und dem, was der Nubier wohl gerade erlebte ...

*

Der Hafen summte vor Geschäftigkeit. Wie gestrandete Wale lagen mächtige Dreimaster an den tief ins Hafenbecken hinausreichenden Anlegestellen, dazwischen dicht gedrängt kleinere Schiffe, von denen nicht wenige aussahen, als könnte man mit dem Finger durch ihre verwitterte Bordwand bohren. In der Hafenanlage stapelten sich Waren aller Art in Kisten und Kästen verstaut, unterbrochen von Reihen unordentlich aufgestapelter Fässer. Ameisenkolonnen gleich schleppten Männer Fracht aus den Bäuchen der Schiffe oder brachten sie stapelweise dorthin. Andere waren mit Reparatur- oder Instandsetzungsarbeiten beschäftigt. Dabei hing über dem ganzen Hafen eine Wolke aus Schweiß, frischer Farbe, ranzigen Ölen, Salz des Meerwassers und den unterschiedlichsten Gerüchen, die den Frachträumen und Lagerplätzen entströmten.

Selbst wenn Abu Dun nicht in Eile gewesen wäre, hätte er wohl kaum ein System in dem immerwährenden Be- und Entladespiel entdeckt. Aber so raffte er nur seinen schwarzen Umhang zusammen und schritt so schnell aus, dass es gerade noch als Gehen und nicht als Laufen durchgehen konnte. Er spürte eine merkwürdige Erregung in sich aufsteigen und längst vergessene Erinnerungsfetzen. Auch nach seiner Zeit als Pirat hatte sich ihm immer wieder die Gelegenheit geboten, an Bord eines Schiffes zu gehen. Doch dieses pulsierende Treiben ähnelte dem, das er vor einer Ewigkeit in Constântă kennengelernt hatte, nur dass im Laufe der Jahrhunderte die Schiffe im Mittel ein Stück größer und moderner geworden waren und sich die Menschen noch weniger Zeit für ihre Verrichtungen nahmen.

Abu Dun hatte es auf einen Dreimaster abgesehen, der mit zu den ältesten und erbärmlichsten Schiffen im Hafen gehörte und den Namen *Gierzwaluw* trug. Abu Dun wusste, dass das holländische Wort *Gierzwaluw* für Mauersegler stand, und er fragte sich, auch wenn es mehr als unwahrscheinlich war, ob es vielleicht derselbe *Mauersegler* war, den er vor einer Ewigkeit geentert, aber nicht versenkt hatte.

Das allerdings hätte bedeutet, dass das Schiff genauso unsterblich wie er selbst war. Bei diesem Gedanken schoss ihm die Legende vom Fliegenden Holländer durch den Kopf, der schon seit Ewigkeiten auf allen sieben Weltmeeren kreuzen sollte.

Auch eine Art von Unsterblichkeit.

Er überholte schwitzende Männer mit schweren Kisten auf dem Rücken, die ihm misstrauische Blicke hinterherwarfen, und erreichte schon kurz darauf den Steg, der direkt zum *Mauersegler* führte. Aus der Nähe betrachtet sah das Schiff noch erbärmlicher aus als aus der Ferne, und auf der Backbordseite hing es ein Stück ab, als sei eine schwere Fracht leichtsinnigerweise ungleichmäßig verteilt worden. Möglicherweise war aber auch Wasser in die Frachträume gelaufen und der ganze Kahn war kurz vor dem Absaufen. Seiner Meinung nach wurde er sowieso nur noch durch die undefinierbare, schmutzige grauschwarze Farbe zusammengehalten. Aber auch die war an so vielen Stellen abgeblättert und schadhaft, dass es nur noch eine Frage der Zeit war, bis das ganze Schiff auseinanderfiel.

Wäre Abu Dun noch Pirat, er hätte sicher nie befohlen, dieses Schiff zu entern. Der Kahn hätte das Ende des Kampfes niemals erlebt.

Und doch ... Abu Dun war sich jetzt mittlerweile fast sicher, dass er die *Gierzwaluw* nicht zum ersten Mal sah. Nur, dass sie bei ihrem ersten Zusammentreffen in einem deutlich besseren Zustand gewesen war.

Er bemerkte einen uniformierten Mann auf dem Achterdeck, der anscheinend gerade zwei Hafenarbeiter zusammenstauchte, die seiner Meinung nach beim Löschen der Ladung getrödelt hatten. Möglicherweise ging es aber auch um etwas ganz anderes, denn der Mann hatte einen fürchterlichen Akzent und baute allerlei Schmähungen und Schimpfworte wie »Verdomme!« oder »Idioot!« mit in seine Tirade ein.

»He!«, rief ihm Abu Dun zu. »Habt ihr einen Frederic an Bord?«

»Frederic?« Der Seemann trug eine schäbige Fantasieuniform, und die nur noch von einem schäbigen Messingknopf zusammengehaltene Jacke spannte sich über seinem Bauch, als er sich ärgerlich zu Abu Dun umwandte. Wenn er der Kapitän dieses schwimmenden Wracks war, dann konnte die nächste Reise nur in einer Katastrophe enden. »Willst du dich an einem Christenmenschen vergreifen, Muselmane?«

Abu Dun spürte, wie eine Ader an seinem Hals zu pochen begann. *Die* Ader. Immer wenn sie anfing zu pochen, stand Ärger bevor.

»Nee, Kapitein«, sagte Abu Dun, und wechselte dann wieder in die Landessprache. »Ich will mich an niemandem vergreifen. Ich suche nur einen Jungen namens Frederic. Wie ich gehört habe, wollte er bei euch anheuern!«

»Eine junge Mann namens Frederic?« Der speckbäuchige Mann kratzte sich am Hals, eine Geste, die ihn nicht unbedingt sympathischer wirken ließ. »Nee, nicht wirklich. Aber warum sollt ich dir auch sagen, wer mit unsere schöne Bootje fährt, Muselmane, he?«

Abu Dun atmete tief auf. Er hasste es, *Muselmane* genannt zu werden, vor allem, wenn das auf eine so offensichtlich abwertende Art geschah, wie es sich dieser lächerliche Kapitän erdreistete.

»Gestattet, dass ich mich selbst davon überzeuge«, sagte er und lief auch schon die wackelnde Gangway hoch. Das war wohl zu viel für das geschundene Ding, denn es knirschte unter seinen Füßen, und kaum hatte er den letzten Schritt gemacht und das Deck betreten, brach etwas mit lautem Knall weg, und die Gangway neigte sich zur Seite, als sei sie die grobe Behandlung der letzten Jahre leid. Damit passte sie eigentlich ganz gut zur *Gierzwaluw*, fand Abu Dun. Besser, sie ging hier an Ort und Stelle unter, statt damit zu warten, bis ein paar hundert Meter Wasser unter ihrem Kiel war.

Der Holländer schien das ganz anders zu sehen. »Du ruinierst meine Schiff, du Aap. Runter von meine Bootje, ganz schnell, oder wir werden dich kielholen ...«

Abu Dun machte sich nicht die Mühe, auf den Wortschwall einzugehen. Ganz langsam hielt er auf den Kapitän zu und konnte nicht verhindern, dass er breit zu grinsen anfing.

»Ich an deiner Stelle würde mir dreimal überlegen, einen Gast wie mich zu beschimpfen«, sagte er ruhig. »Sonst trete ich einmal kräftig auf, und dein ganzer Kahn säuft ab.«

Der Kapitän schnappte nach Luft. Abu Dun packte den Mann so fest am Arm, dass seine Knochen knirschten. »Ich habe dich etwas gefragt«, zischte er. »Und ich würde auch gerne eine vernünftige Antwort darauf haben!«

Der Kapitän verschluckte sich fast und öffnete dann den Mund, wie um nach Hilfe zu rufen. Doch Abu Dun schüttelte den Kopf und sagte: »Denk noch nicht mal daran. Jedenfalls nicht, wenn du Wert auf eine einsatzbereite Mannschaft legst.«

Abu Dun sah dem Mann an, dass er nicht im Geringsten verstand. Also packte er seine linke Wange mit zwei Fingern und zog so lange daran, bis der Holländer aufquietschte. Der Kapitän versuchte nach ihm zu schlagen, aber da hatte ihn Abu Dun schon mit der anderen Hand am Kragen gepackt und hielt ihn wie ein Kind hoch. Hilflos strampelnd versuchte sich der Kapitän des *Mauerseglers* zu befreien.

»Ich suche einen Frederic«, sagte er. »Einen ganz bestimmten Frederic. Er stammt aus Transsylvanien. Und man hat mir gesagt, du wüsstest etwas über seinen Verbleib.«

Abu Dun glaubte in den weit aufgerissen Augen des Mannes zu erkennen, dass er tatsächlich mehr wusste. Aber es dauerte einen Moment, bis Abu Dun begriff, dass er nicht mehr als ein jämmerliches Krächzen hervorbringen konnte, solange er ihn im festen Griff gepackt hielt.

»Also gut«, sagte er. »Ich setze dich jetzt wieder ab. Aber ein falsches Wort, und du zappelst wieder.«

*

Dass Abu Dun den kleinen Ausrutscher am Fluss benutzt haben könnte, um sich von ihm zu trennen und sein altes Piratenleben wieder aufzunehmen, war der erste verrückte Gedanke, den Andrej gehabt hatte. Es folgten Dutzend weitere, und manche waren so lächerlich, dass sie ihm in einer anderen Situation allenfalls ein müdes Lächeln entlockt hätten. Doch in dem Zustand, in dem er sich befand, kam ihm nichts lächerlich und beinahe alles bedrohlich vor.

Und das aus gutem Grund: Transsylvanien veränderte ihn. Früher hatte er den seltsamen Einfluss, den das Land auf ihn ausübte, nicht bemerkt: Schließlich war er hier aufgewachsen und hatte deswegen alle Absonderlichkeiten als vollkommen normal betrachtet. Jetzt war das anders. Er spürte die fremde, bösartige Energie, die wie ein Fluch über der Hügellandschaft lag.

Jedoch wuchs gleichzeitig sein Bedürfnis, immer tiefer ins Herz des Landes vorzustoßen, nach Borsă, zu dem Ort, mit dem ihn die unschuldigsten, aber auch schlimmsten Erinnerungen verbanden. Er wollte – nein, er *musste* – dorthin zurück, wo alles begonnen hatte. Alles andere rückte dabei in den Hintergrund. Selbst die fürchterlichen Bilder verblassten, die ihm vorgaukeln wollten, dass Abu Dun zerschmettert auf dem Grund des Flusses lag.

Was machte es schon, wenn Abu Dun wirklich gestorben sein sollte? Es wäre nicht das erste Mal, und es würde wohl auch nicht das letzte Mal sein. Sie waren Unsterbliche, und auch wenn sie damit nicht gegen jede Gewalttat gefeit waren, gehörte schon einiges dazu, um sie wirklich und endgültig zu töten.

Die Frage war eher, was Abu Dun machen würde, wenn er zu neuem Leben erwachte. Ihn suchen oder ihn meiden? Alles tun, um wegzukommen von ihm, damit er als Pirat wieder die Weltmeere unsicher machen konnte?

Die Suche nach Frederic hatte von Anfang an unter keinem guten Stern gestanden, doch nun erschien sie ihm sogar vollkommen sinnlos. Nach all der Zeit konnte Frederic alles Mögliche sein, Monster oder Dämon, Vampyr oder Heiliger. Zwar hatte er schon in jungen Jahren seine Unsterblichkeit entdeckt, doch nach all der Zeit würde er wohl kaum noch der Junge sein, als den er ihn in Erinnerung hatte.

Mit jedem einzelnen Schritt, den Andrej tat, erlag er mehr den düsteren Einflüsterungen und Vorahnungen des Landes. Hier hatte alles begonnen, und hier würde alles enden. Es war nur noch wichtig, dass er endlich seinen Frieden fand. Endlich Frieden. Nach all den ruhelosen Jahren …

Aber noch war es nicht so weit. Dass er Frederic gesucht und dabei Abu Dun verloren hatte, war nur der Auftakt zu etwas viel Gewaltigerem. Die Heimat rief ihn. Denn tief in seinem Inneren sehnte sich Andrej vor allem nach einem: der Aussöhnung mit seinem Sohn. Vor seinem geistigen Auge sah er den Jungen vor sich, die Bissspuren, den Pflock, und spürte das Grauen, das sich so tief in seine Seele eingegraben hatte, wie es nur etwas konnte, das schlimmer als der eigene Tod war.

Er stolperte weiter und bekam kaum mehr mit als die Himmelsrichtung, in der er sich bewegte und das Wetter, das verrücktspielte. Mal spürte er einen unangenehm warmen Wind, der ihm aus Südosten entgegenblies, aus der Richtung, aus der die Osmanen bereits mehrfach wie eine Naturgewalt über das christliche Abendland hergefallen waren, mal eiskalte Strömungen, die aus Norden und Westen heranfegten und wie bösartige Windgeister auf ihn einschlugen. Am schlimmsten aber war der harte Regen, der ihm immer wieder ins Gesicht klatschte, seine Kleidung durchnässte und ihm wiederholt die Orientierung nahm.

Im Dämmerlicht der gewaltigen, wie Kleckse tiefschwarzer Tinte ineinanderlaufenden Wolken über ihm erblickte er seine Umgebung nur noch verschwommen und schemenhaft. Immerhin glaubte er einen schmalen Pfad zu erkennen, der hügelaufwärts führte, und als er ihm zu folgen begann, kam er sogar einigermaßen gut voran. Zu seiner Erleichterung ließ der unangenehme Wind nach, dann war plötzlich nichts mehr zu hören bis auf das leise Prasseln eines beginnenden Nieselregens und das Glucksen des Wassers, das nach dem letzten heftigen Regenguss über diesem Landstrich seinen Weg in Erdspalten und Hohlräume suchte. Und trotzdem ... da war noch etwas anderes.

Beunruhigt blieb er stehen. Irgendetwas ließ ihn aufmerken. Er hätte nicht einmal zu sagen vermocht, was es hätte sein können. Es war wie die Berührung einer unsichtbaren Hand, ein Zupfen an seiner Seele, ein ferner Ruf ...

So wie das tastende Gefühl, das ihm die Anwesenheit eines anderen Unsterblichen verriet. Und doch war es ganz anders. Fast wie ein Wispern von Dutzenden, wenn nicht von Hunderten von Stimmen, die irgendwo ganz nah und doch fern waren. Eiseskälte stieg in ihm hoch, gepaart mit einer tief sitzenden Angst, der er sich nicht stellen wollte, weil fürchterliche Erinnerungen mit diesem Wispern verknüpft waren. Ein Gefühl, als würde man aus einem schlimmen Albtraum hochschrecken und im allerersten

Moment nicht begreifen, wo man ist – und was mit einem geschieht.

Rechts von ihm, irgendwo in der Ferne, blitzte etwas im schwachen Gegenlicht der untergehenden Sonne auf. Er blieb wie angewurzelt stehen, torkelnd wie ein Betrunkener beim Heimgang nach einer durchzechten Nacht. Seine Nackenhaare stellten sich auf und sein Atem beschleunigte sich. Da, wieder ein Aufblitzen ... Doch als er in die Richtung blickte, sah er nichts mehr ... oder doch ... Unwillkürlich zuckte er zusammen, als ein schmaler Streifen am Himmel aufriss und rötliches Licht auf die Erde flutete. Es wanderte über den Boden, über die dunklen Schatten verkrüppelter Bäume und über etwas anderes unter ihm, in dem Tal, auf das er sich zubewegt hatte ...

Für einen flüchtigen Moment erkannte er eine hochgewachsene Gestalt in einer goldenen Rüstung, die von der Abendsonne in blutrotes Licht getaucht wurde. Und während sich eine neue Wolkenbank über die gerade erst geschaffene Lücke am Himmel schob, glaubte er im verblassenden Licht noch weitere Gestalten in goldenen Rüstungen zu erkennen, die zu der ersten aufschlossen.

Goldene Rüstungen? Ausgerechnet hier, wo alles begonnen hatte? Was, zum Teufel, hatte das zu bedeuten?

Ein so übermächtiges Gefühl der Bedrohung stieg in ihm empor, dass sich seine Finger ganz instinktiv um den Griff seiner Waffe schlossen. Er lauschte tief in sich hinein, dorthin, wo das Raubtier in ihm an der Kette lag und mit ihm all die Erinnerungen an ein viel zu langes Leben, an die Männer und Frauen, die er gekannt hatte und deren Gebeine längst vermodert waren, während er verdammt war, von Jahrzehnt zu Jahrzehnt weiterzuleben und einen Kampf zu führen, den er nie gewinnen konnte.

Es war ewig her, dass er Männer in goldenen Rüstungen gesehen hatte. Drei Männer. Malthus, Kerber und Biehler.

Die Namen waren plötzlich wieder da und mit ihnen die Erinnerung an den Schmerz und den Hass, den er empfunden hatte, als er seine Familie von Vater Domenicus' Schergen niedergemetzelt vorgefunden hatte. Die Erinnerungen daran waren allgegenwärtig, das wusste er nur zu gut, und auch, dass sie nur darauf gelauert hatten, um wie eine Schar gieriger Aasgeier über ihn herzufallen.

Tod. Blut, überall, an den Wänden, auf dem Boden. Gefolterte, Männer und Frauen, Kinder. Die meisten schienen regelrecht hingerichtet worden zu sein. Man hatte ihnen die Kehlen durchschnitten. Zwei junge Männer waren enthauptet worden.

Die Männer in den goldenen Rüstungen waren mehr als nur an dem Blutbad beteiligt gewesen, sie waren diejenigen gewesen, die am schlimmsten gewütet hatten. Dafür hatte er ihnen und allen anderen Goldenen Rache geschworen, vor unendlich langer Zeit, bis so vieles anderes geschehen war, das seine Sinne verwirrt und seine Seele in Versuchung geführt hatte. Doch während er mit seinem Waffenbruder Abu Dun durch die Welt gezogen war, um das Rätsel ihrer Unsterblichkeit zu lösen – und so etwas wie Erlösung zu finden –, hatte er begriffen, wie gefährlich Hass war. Und dass Rachsucht nie wirklich befriedigend war.

Aber all das war jetzt wie weggewischt. Vielleicht, weil nichts schwerer wog als die Verluste und Niederlagen der ersten Lebensjahre – und das erst recht, wenn sich statt einer normalen Lebensspanne die Unendlichkeit vor ihnen auftat.

Malthus, Kerber und Biehler. Wenn er an die goldenen Ritter dachte, fühlte er nichts als Hass. Und einen Schmerz, der ganz tief in ihm vergraben gewesen war ...

Die drei waren tot. Er selbst hatte zwei von ihnen zur Strecke gebracht, Dracul den dritten, und ihr Tod hätte ihm Erlösung bringen sollen. Doch das genaue Gegenteil war der Fall. Tod folgt auf Tod, in einer unendlichen Kette, die kein Ende mehr fand.

Wie aber konnte es sein, dass er jetzt wieder Männer in goldenen Rüstungen sah? Hatte das etwas mit Domenicus zu tun, dem Inquisitor, seinem alten Erzfeind? Ein leises Stöhnen entrang sich seinen Lippen, als er an den hageren Mann mit dem fanatischen Blick dachte. Der Inquisitor war tot, da war er sich ganz sicher. Und doch war nach all der Zeit der Schmerz noch da und das Gefühl, versagt zu haben.

Er setzte sich wieder in Bewegung, folgte mit schweren Schritten dem Zickzackkurs des Pfades ins Tal hinab. Wirre Gedanken stiegen in ihm auf, ohne Ziel und ohne Verstand.

Damals hatte er nicht gewusst, dass es ausgerechnet der verlängerte Arm Vlad Tepeschs gewesen war, mit dem er sich durch ein paar kleinere Diebstähle angelegt hatte. Nichts hatte er gewusst, nichts von Vlad, den man aus gutem Grund den Pfähler nannte, und erst recht nichts von dem Inquisitor Domenicus, dem grausamen Jäger aller Andersartigen. Er hatte geglaubt, in einem ganz normalen Land bei ganz normalen Menschen aufzuwachsen.

Was für ein Irrtum.

Aber bis zu dem Tag, der sein Leben auf den Kopf gestellt hatte, hatte es auch keinen großen Unterschied gemacht. Erst im Anschluss an das Grauen, das er im Borsă-Tal vorgefunden hatte, war ihm nach und nach klar geworden, dass er und seine Familie zwischen die Fronten geraten waren.

Dabei hatte alles so harmlos begonnen. Er war ein begeisterter Vater gewesen, hatte seinem Sohn Marius – seinem einzigen Kind! – angeln, fechten und reiten beigebracht, eben all das, was ein Vater seinen Sohn lehren konnte. Und wenn er nicht Ärger mit irgendwelchen Pfaffen bekommen hätte, aus deren Kirchen er die eine oder andere Kleinigkeit hatte mitgehen lassen, dann wäre er auch niemals auf die idiotische Idee gekommen, seinen Sohn in ›Sicherheit‹ zu bringen. Marius, dieser fröhliche Junge mit den spöttisch funkelnden Augen, war ganz nach seiner Mutter gekommen. Er konnte langmütig sein und aufbrausend, verspielt und ernsthaft, und er war damals der wichtigste Mensch für Andrej gewesen. Vielleicht war er das auch heute noch.

Aber der Idiot, der er damals gewesen war, hatte alles zerstört. Auf der Flucht vor der Obrigkeit hatte er geglaubt, seinen Sohn bei seinen Verwandten in Borsã unterbringen zu müssen, dem Ort, in dem er selbst aufgewachsen war. Und schon kurz darauf hatte er seinen eigenen Sohn zu Grabe getragen, das Schlimmste, was einem Vater passieren kann. Und als Unsterblicher war er dazu verdammt, seinen Schmerz bis in alle Ewigkeit zu ertragen …

Die Regentropfen prasselten auf ihn ein, doch er merkte es nicht. Sein Blick war auf die Stelle gerichtet, wo er die goldenen Ritter zu sehen geglaubt hatte. Wie von selbst beschleunigte er seine Schritte. Wenn sie wirklich da waren, und sie zu der gleichen geheimnisvollen Gruppe gehörten, die wie Schemen zwischen den Zeiten wandelten – dann Gnade ihnen Gott.

Während er mit langsamen, unsicheren Schritten über den unebenen Boden ging, und Kies und Dreck unter den Sohlen seiner Stiefel knirschten und aufspritzten, erinnerte er sich mit einem unguten Gefühl an die Vorahnung, die ihn seinerzeit ins Borsã-Tal getrieben hatte, um nach seinem Sohn zu sehen. Es war alles schon so unglaublich lange her. Und damals war er ein anderer gewesen.

Und doch: Diese verfluchte Fähigkeit, Dinge vorherzusehen, zu spüren, wenn sich das Schicksal entschied, ihn erneut einer harten Prüfung zu unterziehen, die hatte er schon in seinen ganz jungen Jahren gehabt. Nicht, dass es ihm etwas genutzt hätte, damals nicht und heute nicht. Zu erahnen, dass etwas Schlimmes geschah, bedeutete noch lange nicht, es auch abwenden zu können.

Jetzt verspürte er wieder die gleiche Unruhe wie vor Jahrhunderten, als er in aller Hast sein Pferd gesattelt hatte, um in Richtung des Ortes zu reiten, in dem er seine Kindheit verbracht hatte. Er hatte gehofft, dass Marius dort ebenfalls wohlbehütet im Kreise seiner Verwandten aufwachsen könnte. Aber irgendetwas in ihm hatte sich auch davor gefürchtet, dass diese Hoffnung in jähes Entsetzen umschlagen könnte. Ja, er war fast sicher gewesen, dass er im Borsã-Tal auf eine grausige Wahrheit stoßen würde, die vielleicht besser unentdeckt blieb.

Doch wie schlimm es werden konnte, hatte er erst begriffen, als er in die Halle des Wehrturms eingetreten war und die Toten gefunden hatte.

Und in ihrer Mitte den Priester.

Die Augen des Priesters waren ausgestochen; sein Körper wies zahlreiche Schnittwunden auf, die nicht dem Zweck gedient hatten, zu töten, sondern um Schmerz zuzufügen, und selbst am Ende waren seine Peiniger nicht so barmherzig gewesen, ihn mit einem schnellen Schnitt von seiner Qual zu erlösen. Die klaffende Wunde in seiner Kehle hatte nicht geblutet. Er war schon tot gewesen, als man sie ihm zugefügt hatte. Stattdessen hatte man ihn mit Händen und Füßen an den Boden genagelt, sodass er langsam verblutet war.

Und das war noch nicht einmal das Schlimmste gewesen.

Wie Ungeziefer krochen längst vergessen geglaubte Erinnerungen hervor, um über ihn herzufallen, ihn zu peinigen und zu verwirren. Doch da grollte es in der Ferne, und im gleichen Moment zuckte bereits ein gezackter Blitz vom Himmel, riss die Wolken auseinander, gefolgt von einem so gewaltigen Knall, dass die Erde erbebte. Beinahe hätte Andrej aufgeschrien, als er in dem gleißenden, flüchtigen Licht des Blitzes erkannte, wo er war.

Im Borsã-Tal.

Dort, wo er Frieden finden würde. Oder auch das Gegenteil …

*

»Borsã …« Der dicke Wirt tat so, als müsse er angestrengt überlegen. Dann grinste er schmierig und zwinkerte der Fremden in dem schwarzen Überwurfmantel zu, die plötzlich in der verqualmten, nach verschüttetem Bier und ranzigem Fett stinkenden Gaststube aufgetaucht war. »Ja, kann sein, dass ich mal von einem Ort dieses Namens gehört habe. Aber da lebt schon ewig keiner mehr. Es heißt, ein Fluch läge über dem ganzen Tal – und die dort Gestorbenen seien nicht wirklich tot …«

Die Fremde antwortete nicht, und ein paar Herzschläge lang war nichts weiter zu hören als das Prasseln des Feuers, auf dem der Dicke seine fetttriefenden und übelriechenden Speisen zubereitete. Das alte Wirtshaus wurde wohl mehr von der Gewohnheit zusammengehalten als von den morschen Balken, auf denen das modrige Strohdach ruhte, doch es war bis auf den letzten Platz gefüllt. Die Augen der zumeist schäbig gekleideten Männer waren auf die Unbekannte gerichtet – oder vielmehr auf das, was man von ihr sehen konnte.

Und das war nicht viel. Die Frau hatte den Kragen ihres Mantels hochgeschlagen und die Kapuze so tief ins Gesicht gezogen, dass in dem schummrigen Licht der Taverne kaum etwas von ihren Gesichtszügen zu erkennen war.

»Mich interessiert kein Fluch«, sagte die Frau endlich. »Ich will nur wissen, wo dieses Tal liegt.«

»Dieses *verfluchte* Tal«, nuschelte der Wirt und spuckte auf den Boden aus, bevor er sich mit dem Handrücken über Mund und Nase fuhr. »Und das im wahrsten Sinne des Wortes.« Der Wirt starrte seine verschmierte Hand an und wischte sie dann an der fettigen Lederschürze ab, die sich über seinen mächtigen Bauch spannte. »Glaub mir, da willst du nicht wirklich hin.«

»Lass das mal meine Sorge sein«, sagte die Fremde in ihrem harten Akzent. »Sag mir einfach, wo dieses Borsã ist.«

»Na ja …« Der Blick des schmierigen Wirts wanderte abschätzend über die schlanke Figur der Kriegerin – und blieb dann an der Wölbung in ihrem Überwurf hängen, hinter der er wohl richtig den Griff einer Waffe vermutete. Es schien ihn nicht sehr zu beeindrucken. »Nee, ich glaube, daran kann ich mich jetzt nicht erinnern. Aber wer weiß … vielleicht fällt es mir ja wieder ein, wenn du ein bisschen nett zu mir und meinen Gästen bist.«

»Das wird wohl kaum nötig sein.« Die Fremde schlug mit einem Ruck die Kapuze zurück. Ein schwarzes, ebenmäßiges Gesicht kam zum Vorschein und zwei dunkle Augen, in denen Eiseskälte schimmerte.

Nach dem ersten Moment ungläubigen Schreckens hob ein erstauntes Murmeln und Raunen unter den Männern an. Zwei kräftige Kerle stießen sich von der Theke ab und machten einen Schritt in ihre Richtung, und ein paar andere schoben ihre Stühle zurück oder griffen nach den Knüppeln oder Messern, die sie wie selbstverständlich mit sich führten.

»Wer … wer bist du?«, stammelte der Wirt, der im Gegensatz zu den anderen wie erstarrt dastand.

Vielleicht lag das an dem tödlichen Versprechen, das er in den Augen der Frau las. Und daran, dass sie nun auch ihren Mantel zurückgeschlagen hatte und darunter eine Rüstung zum Vorschein kam. Ihre rechte Hand ruhte auf dem Griff eines Schwerts.

»So eine wie dich brauchen wir hier nicht«, sagte einer der Männer, ein großer kräftiger Kerl mit Muskeln so dick wie eine zehnjährige Birke. Der ramponierte Knüppel, den er in der rechten Hand schwingen ließ, sah aus, als hätte er schon das eine oder andere Mal einen Schädel eingeschlagen.

Die Kriegerin drehte sich zu ihm um. »Ich will nur wissen, wo Borsã liegt. Vielleicht bist du ja so freundlich …«

Der Mann lachte nur dreckig, während sich die anderen in der rauchigen Gaststube verteilten. »Packen wir uns das vornehme Fräulein«, raunzte ein kleiner Mann mit tiefen Narben auf der Stirn. »Und bringen wir ihr etwas Manieren bei.«

»Ja, Manieren!«, nickte ein hagerer Kerl mit eingedrückter Nase und trat einem verlausten Hund, der bislang von Fliegen umschwärmt unter dem Tresen gedöst hatte, grob in die Seite. Der Köter jagte jaulend davon, und irgendwo kippte ein Becher um. Bier lief hinab auf den Boden und sammelte sich in einer Pfütze, in der es sich mit Essenresten zu einem stinkenden Brei mischte, der hoch aufspritzte und die Umstehenden besudelte, als Narben-Stirn nun mit viel Nachdruck hineintrat. »Manieren, Fräulein!« Er wischte sich einen Spitzer von der Wange und ließ ihn in Richtung der Unbekannten fliegen, die sich davon jedoch nicht beirren ließ und nur im letzten Moment fast unmerklich auswich, um nicht getroffen zu werden. »Damit die Gräfin auch ein gehorsames Mädchen bekommt!«

»Ja, genau«, sagte der Muskelprotz mit dem Knüppel und grinste schief. »Erst vergnügen wir uns mit dem vornehmen Ding und dann bekommt es die Gräfin zur Weiterverwertung.«

»Aber wir müssen ihr auch was übrig lassen«, wandte Narben-Stirn ein und trat auf die Frau zu, um sie zu mustern, als sei sie ein Stück Vieh. Ein dünner Speichelfaden rann sein Kinn hinab und tropfte vor ihm auf den Boden. »Sonst gibt es Ärger mit ihr – und den brauchen wir wirklich nicht.«

»Wenn ihr keinen Ärger wollt, wäre es besser, ihr würdet euch etwas zusammenreißen«, sagte eine weitere Stimme von der Tür her.

Wie auf ein geheimes Kommando fuhren die Männer herum.

An der Tür stand eine zweite Frau. Sie sah der ersten so ähnlich, dass der Anblick beinahe gespenstisch war. Nicht nur Kleidung,

Rüstung und Waffen der beiden Frauen waren bis auf den letzten Kratzer und die kleinste Falte vollkommen identisch, auch ihre Gesichter – einschließlich des eisigen Blicks, mit dem sie die Männer bedachten.

Das Grinsen des Muskelprotzes gefror und Narben-Stirn wippte auf den Zehen, um an der zweiten Kriegerin vorbeizusehen. »Gibt es draußen noch mehr von deiner Sorte?«, fragte er fast schüchtern.

»Du kannst gerne nachsehen«, sagte die Frau am Tresen. »Aber wundere dich nicht, wenn du eine böse Überraschung erlebst. Wir beiden sind nämlich die Netten.«

»Ah ...«, Narben-Stirns Mund klappte auf die Größe eines mittleren Scheunentores auf und wieder zu. Und dann war er plötzlich so schnell verschwunden wie zuvor der Hund.

»Und jetzt zu dir«, sagte die an der Tür stehende Kriegerin zum Wirt.

»Zu ... mir?« Der Wirt sah sich Hilfe suchend um, aber der Kerl mit dem gefrorenen Grinsen starrte seinen Knüppel an, als sähe er ihn zum ersten Mal, und stellte ihn dann weg. Die anderen folgten seinem Beispiel, indem sie ihre Waffen verschwinden ließen, um sich dann scheinbar so selbstverständlich auf ihren vormaligen Plätzen niederzulassen, als hätten sie niemals etwas anderes vorgehabt.

»Jetzt sagt uns, wie man nach Borsã kommt«, verlangte die Kriegerin an der Tür.

»Und wagt es nicht, uns in die falsche Richtung zu schicken«, fuhr die andere fort. »Denn sonst werden wir wiederkommen. Und das wird bestimmt noch viel lustiger als ein Besuch eurer ominösen Gräfin!«

KAPITEL 2

Rechts und links von Andrej erhoben sich von der Zeit, Wind und Wetter abgeschliffene Felsformationen, in deren Vorsprüngen und Spalten zähes Gras und Gestrüpp wucherten. Unzählige Male war er in seiner Kindheit hier herumgeklettert, hatte mit seinen Kameraden herumgetobt, um dann wieder in das Tal zurückzukehren, auf die Scheune zuzulaufen, in der einfache, aber schwere Arbeit auf ihn wartete ...

Er hatte schon längst vergessen, was sein Leben damals bestimmt hatte. Es war nicht nur ewig lange her – es kam ihm auch wie die Erinnerung eines Fremden vor.

Alles hatte sich auf diesen einen Moment verengt, in dem er die Tür des Wehrturms aufgestoßen hatte und die ersten Toten gefunden hatte. Oder noch genauer: als er seinen Sohn tot vorgefunden und ihn kurz darauf beerdigt hatte. So schrecklich und verrückt es auch war: an Marius' Grab war der Kirchendieb Andrej gestorben und der Unsterbliche Andrej Delãny geboren worden.

Aber dass er jetzt durch das Unwetter der letzten Tage direkt auf das Tal zugelaufen sein sollte, ohne seine alte Heimat zu erkennen, das schien ihm unmöglich. Sicher, er hatte sich ganz darauf verlassen, dass ihm sein Instinkt den rechten Weg weisen würde. Schon zuvor hatte er immer wieder mit dem Gedanken gespielt, eines Tages nach Borsã zu reisen. Und einige Male waren er und Abu Dun dem Tal seiner Kindheit auch bis auf wenige Tagesritte nahegekommen. Jedes Mal war er versucht gewesen, das

Grab seines Sohnes zu besuchen, und ihn um Verzeihung dafür zu bitten, dass er in seiner bittersten Stunde nicht bei ihm gewesen war. Doch die tief sitzende Angst, damit die schlimmste Wunde seines Lebens erneut aufzureißen, hatte ihn jedes Mal wieder davon zurückgehalten.

Er war schuld an Marius' Tod, niemand sonst. Niemals hätte er ihn alleine lassen dürfen. Nichts fürchtete er so sehr, wie den Ort aufzusuchen, an dem er vor Generationen seinen Sohn geweihter Erde übergeben hatte.

Und doch war er jetzt hier. Wie das geschehen war, spielte keine Rolle. Er musste weiter. Dorthin, wo er das goldene Aufblitzen gesehen hatte. Wie von selbst lief er weiter, schneller diesmal als zuvor. Vielleicht hatten ihn seine Sinne genarrt – ja, sicherlich hatten sie das. Denn schon seit Jahrhunderten war er auf niemanden mehr gestoßen, der eine goldene Rüstung trug.

Trotzdem ... traute er dem, was seine Augen gesehen hatten. Und er würde herausbekommen, was es damit auf sich hatte.

Vom dumpfen Grollen untermalt liefen feine, grellhelle Verästlungen über den Himmel, Vorboten eines heranziehenden Unwetters, die ihm in ihrem flackernden Licht zeigten, wo er war. Er torkelte mitten durch das ihm vertraute Tal, das ihm einst wie der Nabel der Welt vorgekommen war. Vor ihm floss der träge und im Hochsommer oft fast ausgetrocknete Fluss, in dem er in glücklichen Kindertagen herumgeplanscht hatte. Ein Stück weiter erhob sich ein dunkler Schatten aus den Wassern des Brasan. Die Bauernburg. In seiner Kindheit war sie ihm unbezwingbar und gewaltig vorgekommen, das mächtigste Bauwerk der Welt, das allen Bewohnern Schutz spenden würde, sollten kriegerische Horden über das Land ziehen. Lächerlich. Ein paar Brandpfeile hätten ausgereichtet, um die Menschen auszuräuchern, die in dem Holzgebäude Schutz gesucht hatten.

Den Verästlungen des in der Ferne tobenden Gewitters folgte ein weiterer Blitz ganz in der Nähe, dann ein dritter und vierter, und ehe es sich Andrej versah, riss der auffrischende Wind die Wolken auseinander. Mit einem letzten gewaltigen Donnerknall schlug nicht weit entfernt der Blitz in einen Baum und entzündete ihn. Doch das feuchte Holz taugte nicht als Brennstoff. Statt wie eine überdimensionierte Fackel abzubrennen und letztlich in sich zusammenzusacken, flackerte er nur noch einmal kurz auf.

Die Windböen hatten die Wolken so weit gelichtet, dass sie nicht mehr das rötliche Licht der untergehenden Sonne zurückhalten konnten. Überall dort, wo es den Boden traf, sah es so aus, als würde das Land in frisches Blut getaucht. Gleichzeitig war es Andrej, als berühre ihn ein unsichtbarer Hauch von etwas, das weit weniger stofflich war als ein Windstoß, aber dennoch genauso real. Mit seinen anderen, viel schärferen Sinnen spürte er ein Zerren und Nagen, als griffe etwas nach ihm, um spielerisch seine Kraft zu testen.

Nein, schrie etwas in ihm auf. Er wollte nichts davon wissen. Mit einer entschlossenen Bewegung blieb er stehen und stemmte keuchend die Hände in die Hüften. Die goldenen Ritter. Verdammt, sie mussten doch irgendwo hier sein ...

Angestrengt spähte er in die Richtung, in der er sie vermutete. Doch es war keine Spur mehr von ihnen zu sehen und auch kein Hufgetrappel zu hören, oder irgendetwas, das darauf hindeutete, dass sich hier außer ihm irgendeine Menschenseele befand.

Das Heulen des Windes und das Plätschern, mit dem das träge Flusswasser aufs Ufer und das Mauerwerk der Bauernburg traf, wurden immer wieder von nahen und fernen Donnerschlägen des Gewitters übertönt. Mehr hörte er nicht.

Das Tal war unbewohnt. Das, was er zu spüren glaubte, waren nur die Erinnerungen, die in ihm hochstiegen und ihn mit schrecklichen Bildern und dem Gefühl eines fürchterlichen Verlustes quälten.

Zumindest glaubte er das, bis das durch die Wolken dringende Licht der Abendsonne Schemen aus der Dunkelheit riss und sonderbare Umrisse enthüllte, die sich zu schnell wieder in die Schatten flüchteten, um sie genau zu erkennen. Andrejs Herz setzte einen Moment aus, um dann doppelt so schnell und doppelt so heftig weiterzuschlagen. Vergeblich versuchten seine Augen, die flüchtigen Bewegungen einzufangen.

Er meinte etwas Uraltes, Mächtiges zu spüren, vielleicht den Geist all derer, die hier so qualvoll gestorben waren. Aber da war auch noch etwas anders. Feine Fühler, die sich zu ihm ausstreckten, wie um ihn abzutasten, auf der Suche nach einer Schwäche, die sich ausnutzen ließ, um ihn endgültig zu Fall zu bringen.

Der Gedanke war absurd. Aber er ließ ihn trotzdem nicht los, sondern nistete sich in einem Winkel seines Hinterkopfs ein wie eine Natter, die geduldig in ihrem Versteck lauerte und auf ein Opfer wartete, dem sie ihr tödliches Gift injizieren konnte.

*

Nachdem der Wirt ihren beiden Kriegerinnen den Weg nach Borsã gewiesen hatte, waren sie sofort aufgebrochen. Meruhe ahnte, dass ihnen die Zeit davonlief. Und sie wollte auf keinen Fall riskieren, dass jetzt noch etwas schiefging, nachdem ihr schon so viel geglückt war.

Andrej, ich komme, dachte sie. *Und ich werde nicht eher ruhen, bis du mir verfallen bist.*

Der Regen hatte den ohnehin schlechten Weg fast unpassierbar gemacht. Immer wieder mussten Meruhe und ihre Kriegerinnen die Pferde langsamer gehen lassen, um Hindernissen und tiefen

Wasserlöchern auszuweichen, in die sich vormals harmlose Pfützen und Senken verwandelt hatten. Die außergewöhnlich tiefen und ausladenden Hufabdrücke, auf die sie vor ein paar Stunden gestoßen waren, führten ebenfalls stur nach Osten und damit offensichtlich zu dem einzigen Ort, der sie dort erwartete: nach Borsã.

Meruhe gefiel das ganz und gar nicht. Während sie schnelle Araber für die letzte Etappe ihrer Reise gewählt hatten, kündeten die Spuren vor ihnen von großen kräftigen Pferden, wie sie sie selbst höchstens als Packtiere eingesetzt hätte. Sie hatte eine ziemlich genaue Vorstellung, wer sich solche Pferde freiwillig aussuchen würde.

Männer in Rüstungen.

Auf Meruhes Geheiß war Nefra, die jüngere ihrer beiden Begleiterinnen, abgestiegen und besah sich nun die Fährte genauer. »Eindeutig drei Reiter«, sagte sie, ohne hochzusehen. »Kein Packpferd. Und hier ... das sieht aus ...« Sie hielt ein Stück goldglänzendes Metall hoch, möglicherweise eine Klammer, die etwas zusammengehalten hatte. »Als sei das von irgendetwas abgesprungen.«

»Könnte das von einer goldenen Rüstung stammen?«, fragte Kija.

Nefra zuckte mit den Achseln. »Möglich. Und das würde auch zu den drei Pferden passen ...«

»Drei Pferde, drei Männer«, ergänzte Kija. »Die goldenen Ritter von diesem Pfaffen.«

»Von dem Inquisitor«, murmelte Nefra und richtete sich auf. »Don Kaktus, oder so ähnlich.«

Über Kijas Gesicht huschte ein leichtes Lächeln. »Domingo, glaube ich ...«

»Der alte Götterhasser Domenicus«, korrigierte Meruhe

scharf. »Ja, das passt. Außer Andrej ist er vielleicht der Einzige, der das Zeug hätte, ein Gott zu werden. Aber er bildet sich ja ein, uns bekämpfen zu müssen.«

Kijas Lächeln war wie weggewischt. »Diese goldenen Ritter, die ihm helfen?«, fragte sie unsicher, »sind das nicht auch Unsterbliche?«

Meruhe schüttelte den Kopf. »Nein, obwohl man es fast meinen könnte. Aber sie gehören zu einer ganz anderen Art, zu einem längst bedeutungslos gewordenen Orden, der sich einbildete, die Welt von der Sünde befreien zu müssen.« Ihre Stimme vibrierte vor Wut. »Die meisten von ihnen haben wir längst dorthin geschickt, wo sie hingehören: in die Hölle. Und dorthin werden wir diesen aufgeblasenen Inquisitor und seine Ritter jetzt ebenfalls schicken!«

»Ja, das wird Zeit«, sagte Kija. »Der Kampf gegen das Böse ist sowieso aus der Mode gekommen ... Es wird Zeit, dass die alten Götter wieder an Einfluss gewinnen ...«

»Kija!«, fuhr Nefra ihr leibhaftiges Ebenbild erschrocken an. »Nicht die alten Götter!«

»Nein, natürlich nicht«, antwortete die Angesprochene rasch. »Ich meine nicht die alten Götter. Jedenfalls nicht die alten alten Götter. Sondern die neuen alten Götter.«

Meruhe tat nichts, um ihrer zunehmenden Verärgerung Ausdruck zu verleihen – außer Kija mit einem Blick zu bedenken, der Eisen zum Schmelzen gebracht hätte. »Du meinst nicht zufällig Ra, Apollo oder gar Loki, Kija?«, fragte sie gefährlich leise.

Kija schüttelte so heftig den Kopf, dass ihre Haare flogen. »Aber natürlich nicht. Das sind doch die alten alten Götter. Die meine ich nicht. Überhaupt nicht ...«

»Sondern?«, hakte Meruhe nach.

»Ich meine natürlich«, platzte Kija heraus, »die Einzige unter den Göttern, die die Zeichen der Zeit richtig zu deuten weiß. Die Einzige, die …«

»Ja?«

»Dich natürlich!«

Meruhe nickte. »Mich natürlich.«

»Die Göttin der Zukunft«, bekräftigte Kija.

»Ja, der Zukunft.« Meruhe strich sich ärgerlich ihre roten Haare zurück, das Einzige, was sie rein äußerlich von ihren ebenfalls dunkelhäutigen Begleiterinnen unterschied – abgesehen von ihrer ganz speziellen Ausstrahlung natürlich. »Es wird nur Zeit, dass ich mir dazu den richtigen Verbündeten an meine Seite hole. Und den alten Göttern – den alten alten Göttern – klarmache, dass sie endgültig verloren haben.«

»Ja, und Don Quichotte und seinen goldenen Rittern natürlich auch gleich«, sagte Nefra eifrig.

»Nicht Don Quichotte«, berichtigte sie Kija. »Sondern Domenicus.«

»Ja. Domenicus, der Inquisitor, der nicht begreifen will, dass die Inquisition längst verloren hat.«

»Ich glaube nicht, dass es Domenicus um die Inquisition geht«, überlegte Nefra laut. »Er muss irgendwie mitgekriegt haben, was wir vorhaben. Und als alter Götterhasser will er verhindern, dass …«

Sie brach ab, als Meruhe eine ärgerliche Handbewegung machte. »Zerbrich dir nicht den Kopf über meine Angelegenheiten«, sagte sie schroff. »Und jetzt lass mich sehen, was du da gefunden hast – und ob es wirklich einem dieser verfluchten goldenen Ritter gehört!«

Sie beugte sich ein Stück weiter im Sattel vor und riss Nefra die goldene Klammer aus der Hand. »Ja!«, schnaubte sie. »Das ist Gold. Und ich bin mir sicher, dass einer der Ritter damit seinen

Überwurf an der Rüstung befestigt hatte.« Sie krampfte ihre Hand zusammen und schloss einen Moment die Augen. »Das macht es komplizierter«, flüsterte sie schließlich. »Bislang musste ich nur mit dem schwarzen Ritter rechnen. Aber wenn sich Domenicus und die drei Goldenen jetzt tatsächlich mit einmischen – dann müssen wir noch einmal die Fallstricke überdenken, die wir ausgelegt haben.«

Sie riss die Augen wieder auf und lächelte böse. Als sie in das Spiegelbild ihres grimmigen Gesichts in der tiefschwarzen Pfütze blickte, stieß sie scharf die Luft aus. Ihre Gesichtszüge wirkten in ihrer Ebenmäßigkeit wie die zeitlose Skulptur eines begnadeten Künstlers, und bei aller Ähnlichkeit mit ihren beiden Kriegerinnen war da doch etwas völlig anderes, eine Härte, die sie beinahe selbst beängstigte.

Sie musste aufpassen, dass sie Andrej nicht verschreckte, wenn sie ihn endlich fand. Wenn sie den Machtkampf gegen die alten Götter gewinnen wollte, musste sie das vollenden, was sie einst in Ägypten begonnen hatte: Andrej zu ihresgleichen zu machen.

Zu einem Gott.

*

Die dichte Wolkendecke hing wie ein riesiges Leichentuch über dem Tal. Und doch war es nicht vollkommen dunkel. Aus Westen, dort wo die Sonne gerade den Kampf gegen die aufziehende Nacht verlor, drang gerade noch ein blutroter Lichtstreifen unter den Wolken hindurch.

Andrej kniete am Grab. Er war wie benommen. Der Wind zerrte an ihm, er spürte ihn nicht. In der Ferne grollte das Gewitter, er hörte es nicht. In seine Stiefel drang matschiges Wasser, er bemerkte es nicht.

Er war wie erstarrt, wie tot. Direkt vor ihm lag Marius' Grab. Es war Jahrhunderte her – Jahrhunderte! –, dass er seinen Sohn hier begraben hatte. Nach all der Zeit sollte etwas in ihm passiert sein, irgendetwas, das den fürchterlichen Schmerz vergessen ließ, den er damals empfunden hatte, als er Marius hier in aller Eile und ohne wirklich von ihm Abschied nehmen zu können beigesetzt hatte, alleine, ohne priesterlichen Beistand, ohne irgendeinen anderen Menschen, dem Marius wichtig gewesen war.

Weil sie alle tot waren, erschlagen von Domenicus' Schergen, den Mönchen, Bauernjungen, Tagedieben – den goldenen Rittern.

Andrejs Augen brannten. Doch er weinte nicht. Der Schmerz, den er tief in sich spürte, war viel zu gewaltig, um ihm auf diese Weise Ausdruck zu verleihen. Nichts hätte jetzt Sinn gemacht, außer, dass er hier wie ein ganz normaler Sterblicher zum Ende seiner Lebensspanne zum Grab seinen Sohnes zurückgekehrt wäre, um dort ebenfalls zu sterben.

Aber er war kein normaler Sterblicher. Er war unsterblich.

Seine Gedanken trieben fort, während er an dem einfachen Grab hockte, das nur noch durch den Findling erkennbar war, den er hierhin gerollt hatte. Er dachte daran, wie er Maria am Brunnen von Constântă begegnet war – Maria, dieser wunderschönen Frau, die vom ersten Moment ihres Kennenlernens sein Herz berührt hatte, der großen Liebe seines Lebens. Das war kurz nach dem Massaker im Borsă-Tal gewesen, und damals hatte er sich davontragen lassen von einer Leidenschaft, wie er sie noch nie zuvor für eine Frau empfunden hatte.

Wie ausgehungert hatte er sie an sich gepresst, ihre Wangen mit seinen unbeholfenen und doch fordernden Küssen überschüttet. Zu seiner Verblüffung hatte sie seine Begierde erwidert: *Sie nahm sein Gesicht in die Hände und zog ihn sanft zu sich, und ihre Lippen trafen sich in einem nicht enden wollenden Kuss. Erst noch ganz sanft, doch dann immer fordernder, sanken sie ineinander. Es war eine Selbstverständlichkeit in der Art, wie sie sich berührten, dass er all seine Hemmungen ablegte und sich nicht weiter gegen den plötzlichen Ausbruch der Gefühle wehrte.*

Ihre Körper wurden eins, schienen miteinander zu verschmelzen. Seine Hand streichelte ihre Schulter, wanderte langsam, aber sehr zielstrebig, zu ihren Brüsten. Ihr Körper bebte unter seiner Berührung, und es war diese Resonanz ihres Körpers, die es ihm unmöglich machte, mit dem aufzuhören, was er begonnen hatte.

»Ich habe dich gesucht«, flüsterte Maria Andrej zärtlich ins Ohr. »Vom ersten Moment an, als ich dich sah, wusste ich, dass ich dich haben wollte. Ich weiß ja, es ist nicht schicklich, dass ich dir das sage, aber ...«

Weiter kam sie nicht. Andrej verschloss ihre Lippen mit einem Kuss und flüsterte ihr zu: »Mir geht es genauso. Irgendetwas ist mit uns geschehen ... Mir ist, als hättest du mich verzaubert.«

Auch Maria hatte er verloren.

Wie alles, was ihm je etwas bedeutet hatte.

Hier, am Grab seines Sohnes, zogen die Stationen seines viel zu langen Lebens an seinem inneren Auge vorbei, und immer und immer wieder kehrten die Menschen zurück, die ihm wirklich wichtig gewesen waren. Sein Sohn und die Frau, die er als Einzige mit jeder Faser seines Herzens geliebt hatte, ihre Gesichter tauchten immer wieder wie zum Greifen nah vor ihm auf.

Er wusste nicht, wie lange er so auf der feuchten Erde gekniet hatte, und ob die Röte, die durch die Wolken drang, nun bereits die des nächsten Tages war. Es spielte auch keine Rolle. Nichts spielte mehr eine Rolle, jetzt, wo er an den Ort zurückgekehrt war, an dem alles begonnen hatte.

Irgendwann spürte er wärmende Sonnenstrahlen auf seiner Haut und begriff, dass er tatsächlich die ganze Nacht am Grab seines Sohnes gewacht hatte. Seine Kehle war rau und wund, und ihm wurde klar, dass es schon eine Ewigkeit her war, dass er sauberes Wasser getrunken hatte. Er sollte zum Fluss hinuntergehen und etwas trinken.

Zum ersten Mal seit vielen Stunden löste er seinen Blick von Marius' Grab und sah zu dem breiten, träge dahinziehenden Strom hinab. Auf den ersten Blick schien sich während seiner unglaublich langen Abwesenheit kaum etwas verändert zu haben, so als sei hier die Zeit auf gespenstische Weise stehen geblieben, während andernorts Jahrhunderte über das Land gezogen waren. Der Wehrturm von Borsã ragte düster aus dem fast still stehenden Wasser des Flussarms empor, ein uraltes Monument, dessen charakteristische Linien die Zeit glatt geschliffen hatte. Im rötlich glühenden Gegenlicht der Morgensonne wirkten die dunklen Mauern schwarz und fast uneinnehmbar. Doch dann erkannte Andrej, wie sehr die Zeit dem Turm zugesetzt hatte: Hier und da war eine Zinne abgebrochen, wies das Mauerwerk eine tiefe Verletzungen auf oder war so weit eingesackt, dass es nur noch eine Frage der Zeit sein konnte, bis ganze Mauerteile nachgaben und in sich zusammenbrachen.

Das hier war keine Festung, und eigentlich war sie es auch nie gewesen. Der Turm war in seinen besten Zeiten vielleicht gut genug gewesen, um Räuber und Gesindel abzuhalten, mehr aber auch nicht.

Und jetzt war er nur noch ein baufälliges Wahrzeichen dafür, dass Andrej alles verloren hatte, selbst den Rückzugsort seiner Fantasie, die immer wieder damit gespielt hatte, hierhin zurückzukehren und Ausschau zu halten, was in all der Zeit aus seiner Familie geworden war.

Er stand. Seine Gelenke knirschten, und er schwankte leicht und wäre fast umgekippt, bevor er endlich stand. Dass er trotz seines Alters über den Körper eines immer noch recht jungen Mannes verfügte, galt wohl nur, solange er sich nicht über Gebühr verausgabte.

Ein dunkler Vogel flog über ihn hinweg und krächzte heiser, und als wäre es der Auftakt zu etwas Grässlichem, zogen plötzlich dunkle, teils tiefschwarze Wolkenfetzen auf. Andrej hatte von einem Moment auf den anderen das Gefühl, nicht mehr alleine zu sein. Er fühlte ein sonderbares Kribbeln auf der Haut, ein Gefühl, als ob jemand – oder etwas – hinter ihm aufgetaucht wäre. Er fuhr herum.

»Wer ...« Er verstummte, als er die dunkle Gestalt sah, die nur wenige Meter hinter ihm stand.

Sie trug eine schwarze Rüstung, das Visier des Helms heruntergeklappt, sodass er nur dunkle Augen und einen kleinen Teil der Stirn erkennen konnte, und hatte die Hand auf ein überdimensioniertes Schwert gelegt. Im ersten Moment glaubte Andrej, sie sei gekommen, um ihn in den Kreis seiner Familie zurückzuholen.

»Andrej Delãny?« Die Stimme schepperte metallisch, und sie klang weder jung noch alt – sondern zeitlos. Und noch etwas fiel Andrej auf: Der schwarze Ritter war hochgewachsen, schlank, und seine gleichermaßen angespannte wie selbstverständliche Haltung zeugte davon, dass er die sorgfältig polierte, aber durch Kampfspuren mitgenommene Rüstung nicht zum ersten Mal trug.

»Andrej Delãny?« Nun schwang Ungeduld in seinem Ton mit.

Andrej schluckte trocken. Die Geschichten über einen schwarzen Ritter, der nicht nur ignorierte, dass die Zeit für seinesgleichen schon längst abgelaufen war, sondern auch umherzog und Menschen scheinbar ohne Grund in Zweikämpfen niedermetzelte, kannte er, doch bislang hatte Andrej sie für ein dummes Ammenmärchen gehalten. Angesichts des Mannes in der abgewetzten Rüstung war er sich da plötzlich nicht mehr sicher.

»Und wenn es so wäre?«, fragte er wie benommen. »Wenn ich tatsächlich Andrej Delãny wäre?«

»Dann müsste ich tun, was getan werden muss.« Die Stimme klang dumpf und hohl unter dem Helm hervor. »Auge um Auge. Und Leben für Leben.«

In Andrej krampfte sich alles zusammen. Er war schon unzählige Male zu einem Kampf herausgefordert worden, und wenn er auch niemand war, der vorschnell jeden Konflikt mit dem Schwert austrug, war er nicht dafür bekannt zu kneifen. Doch hier und jetzt, am Grab seines Sohnes?

Niemals.

Der schwarze Ritter schien sein Schweigen als Feigheit auszulegen, denn er machte einen Schritt nach vorne und starrte auf ihn hinab. In seinen Augen spiegelte sich eine Mischung aus Zorn und Verachtung.

»Andrej ...«, seine Stimme klang jetzt rau und wund, »rennst du noch immer davon, wenn es darauf ankommt?«

Andrej schüttelte den Kopf. »Wie Ihr seht, renne ich nicht. Und schon gar nicht davon.«

»Nein, du rennst nicht«, sagte der Ritter fast bedächtig. »Sondern suchst Ausflüchte. So, wie du es immer getan hast.«

Erstaunt stellte Andrej fest, dass er keinen Zorn verspürte, sondern nur Trauer und Erschöpfung. Dies hier war nicht der richtige Ort für einen Kampf. Und erst recht nicht mit jemandem, den er nicht kannte. »Ich habe keinen Streit mit Euch«, sagte er bedächtig. »Zumindest wüsste ich nichts davon. Wie wäre es, wenn Ihr erst einmal diesen albernen Helm abnehmt?«

»Es ist nicht nötig, dass du mich ansprichst, als wäre ich ein Ehrenmann, Andrej«, sagte der schwarze Ritter. »Es geht um Genugtuung. Um nicht mehr und nicht weniger.«

Andrej wollte antworten, diesem lächerlichen Ritter klarmachen, dass ihm nichts, aber auch gar nichts, an *Genugtuung* gelegen war. Doch dann versagte ihm die Stimme.

Unterhalb des Wehrturms glaubte er auf einmal schemenhaft Gestalten wahrzunehmen, und gleichzeitig spürte er etwas Unfassbares, das wie eine Nebelwand vom Fluss aus zu ihm emporwaberte. Er sah etwas aufflackern, vielleicht eine oder mehrere Waffen. Krieger, die den schwarzen Ritter begleiteten und ihm selbst notfalls den Fluchtweg abschneiden sollten?

Als Andrej sich ein Stück zur Seite beugte, um besser sehen zu können, streckte der Ritter seinen Arm vor und öffnete die gepanzerte Faust, wie um ihn zu packen und eine Flucht schon im Ansatz zu unterbinden. Andrej schüttelte nur leicht den Kopf, und der Ritter senkte die Hand, um in einer ruhig fließenden Bewegung sein gewaltiges Schwert aus der Scheide zu ziehen. Andrej bemerkte es kaum ...

Seine Empfindungen überschlugen sich, während er zum Fluss hinabstarrte und zum Wehrturm, wo die Schemen sich nun zurückzogen, als würden sie von den Schatten ihrer Umgebung aufgesogen und verschluckt. Dann war der unheimliche Moment vorbei, und Andrej war nicht einmal sicher, ob er die geisterhaften Erscheinungen wirklich gesehen hatte.

»Es ist vorbei, Andrej«, sagte der schwarze Ritter. »Stirb hier und jetzt. Am Grab deines Sohnes.«

KAPITEL 3

In den dunklen Pfützen am Rand des Pfades spiegelte sich das Sonnenlicht, als wären sie mit Pech und nicht mit Wasser gefüllt. Der Mann, der im Matsch kniete, hob etwas auf und wischte es vorsichtig an seiner Hose ab, bevor er sich erhob.

»Was ist das, Sergej?«, fragte Vater Domenicus schroff. Das Einzige, was in seinem hageren, ausgezehrten Gesicht zu leben schien, waren seine Augen. Und die blitzten jetzt wie im Zorn auf. »Was hast du da gefunden?«

»Eine Waffe«, antwortete Sergej unbehaglich. »Und eine kostbare dazu.«

»Ja, das sehe ich.« Domenicus beugte sich mit einer raschen Bewegung ein Stück weit über den Hals seines Pferdes vor und winkte den Mann ungeduldig heran. »Aber was ist es? Ein Messer, ein Dolch ...?«

»Ein Dolch«, antwortete Sergej. Schwer atmend watete er durch die feuchte Erde auf Vater Domenicus zu. Sie alle waren erschöpft, die Männer wie die Tiere, und selbst der stolze Rappe des Inquisitors zitterte in den Flanken und hatte Schaum vor dem Mund. Vater Domenicus hatte sie so erbarmungslos angetrieben, als käme es auf jede Sekunde an. Niemand hatte die Eile verstanden, und schon gar nicht, warum Domenicus darauf bestanden hatte weiterzureiten, als das erste Pferd zusammengebrochen war.

»Was für ein Dolch ...?« Domenicus' hageres Gesicht erstarrte, als ihm Sergej die kleine Waffe entgegenhielt. Er streckte die Hand aus und ließ sie auf halbem Weg wieder sinken.

Es war nicht irgendein Dolch, sondern eine zierliche, juwelenbesetzte Waffe, deren Griff feinziselierte Verzierungen aufwies.

»Kennt Ihr diesen Dolch?« Sergej zuckte zusammen, kaum dass ihm diese Worte entschlüpft waren; schließlich reagierte der Inquisitor für gewöhnlich mit einem scharfen Verweis, wenn man ihn unaufgefordert etwas fragte.

Doch statt der erwarteten harschen Antwort schüttelte Domenicus nur den Kopf und griff unwillkürlich an das silberne Kreuz des Drachenordens, das um seinen Hals baumelte. »Nein, das kann nicht sein. Es wäre ja ...« Er brach ab und starrte in die Richtung, in die sie unterwegs waren: nach Osten, dort wo das Borsã-Tal lag.

Sergej wischte den Griff der Waffe mit dem speckigen Ärmel seiner Jacke ab. »Hier ist ein Name eingraviert«, murmelte er. »Das hier ... das muss ein ... ein »M« sein.«

»Ja«, flüsterte Domenicus. »M wie Maria. Aber was soll das? Was macht meine Schwester hier?«

*

Der schwarze Ritter ließ ihm nicht einmal ansatzweise eine Chance. Andrej bekam gerade noch mit, wie der Gepanzerte sein Schwert zog, da zischte die Klinge auch schon wie ein tödliches Versprechen auf ihn zu. Andrej hatte den flüchtigen Eindruck einer gewaltigen Waffe mit protzig verziertem Handschutz, die aussah, als könne sie gleich mehrere Männer mit einem einzigen Streich zerschmettern. Mit einem verzweifelten Satz sprang er zur Seite und riss seine eigene Waffe hervor.

Nein, schrie etwas in ihm. Er wollte nicht kämpfen. Nicht hier.

Die Klinge des Gepanzerten schrammte an Andrejs Wange

vorbei und hinterließ einen tiefen Schnitt, und sie hätte wohl die Schulter seines Schwertarms gespalten, wenn er sich nicht mit einer verzweifelten Bewegung zur Seite geworfen hätte. Doch auch so riss sie noch seinen Oberarm auf. Greller Schmerz durchzuckte ihn. Er stieß einen Schrei aus, weniger vor Entsetzen über den Überraschungsangriff als vielmehr aus Verzweiflung darüber, dass ihm sein Gegenüber am Grab seines Sohnes einen Kampf aufzwingen wollte.

Nur mit Mühe fand er schnell genug festen Stand, um mit seinem Sarazenenschwert den nächsten Hieb seines Gegners abfangen zu können. Noch immer war sein Kampfwille nicht vollends erwacht. Aber der Schmerz an seinem Arm und die schnelle Hiebfolge, mit der ihn der Ritter bedachte, ließen ihm keine andere Wahl, als sich trotz seiner Skrupel mit aller Entschiedenheit zur Wehr zu setzen.

Die nächsten Schläge des Ritters parierte er und tänzelte ein Stück vom Grab weg, doch schon nach ein paar leichtfüßigen Schritten geriet er ins Taumeln. Die schwarze Gestalt drang so behände auf ihn ein, als trüge sie keine Rüstung, und ihre Schläge waren so wuchtig, dass er fürchten musste, sie würden ihm das Schwert aus den Händen reißen.

»Hör auf!«, brüllte er. Blut lief seinen Oberarm hinab und sammelte sich in seinem Ellbogen, bevor die ersten Tropfen zu Boden fielen und kirschgroße Flecken auf dem aufgeweichten Untergrund hinterließen. »Ich will dich nicht töten!«

Unter dem Visier drang ein Laut hervor, ein hämisches Lachen, vielleicht auch ein zorniges Schnauben. Der schwarze Ritter packte sein Schwert mit beiden Händen und drängte ihn mit kräftigen Schlägen zurück, als würde er über die unbändigen Körperkräfte eines Abu Duns verfügen. Aber das tat er natürlich nicht, und so beschloss Andrej, es auf eine Rempelei ankommen zu lassen, um diesen vollkommen überflüssigen Kampf zu einem vorzeitigen Ende zu bringen. Er sprang vor, unterlief den nächsten Hieb des schwarzen Ritters und rammte seine Schulter mit aller Kraft unter das gepanzerte Kinn des Mannes.

In das Krachen mischte sich ein überraschtes Grunzen des Getroffenen, als sein Kopf nach hinten flog und er ein paar Schritte zurücktaumelte. Andrej setzte ihm nach, wollte ihn mit ein paar harten Schlägen vollends aus dem Gleichgewicht bringen. Aber er hatte mit seinem verzweifelten Stoß seine Schulter so hart in die stählerne Kante des Helmes getrieben, dass sie sich anfühlte, als hätte ein kräftiger Schmied einen Hammer auf sie niedersausen lassen. Sein Arm war fast taub. Er brachte sein Sarazenenschwert zwar nach oben – aber langsam, viel zu langsam –, und der schwarze Ritter tauchte zur Seite weg ...

Und dann tat er etwas, das Andrej erschütterte.

Er lachte. Ein hämisches Lachen, metallisch verzerrt und in einem Kampf auf Leben und Tod so fehl am Platz, dass Andrej der Atem stockte.

Seine Gedanken überschlugen sich. Er hatte die unmöglichsten Geschichten über diesen Ritter gehört. Er kämpfe wie ein Derwisch, hatte es geheißen, er tauche auf wie ein Spuk, um schnell und grausam zuzuschlagen und dann wieder zu verschwinden.

»Ich will nicht mit dir kämpfen«, stieß Andrej hervor. »Lass es gut sein und verschwinde.«

Der Gepanzerte hörte schlagartig auf zu lachen. »Was ist?«, drang seine Stimme unter dem Helm hervor. »Schon müde? Das kann ich mir gar nicht vorstellen.«

Er hob sein Schwert, und ein gleißender Lichtstrahl glitt über die Klinge und wurde so grell reflektiert, dass Andrej die Augen zu schmalen Schlitzen schließen musste – und den nächsten Schwertstreich erst sah, als es schon fast zu spät war.

Nur mit Mühe konnte ihm Andrej ausweichen, und auch mit den nächsten Hieben erging es ihm nicht besser. Der Ritter trieb ihn auf das Grab zu, dorthin, wo Andrej diesen Kampf auf keinen Fall zu Ende bringen wollte. Er parierte die nächsten Schläge mit voller Kraft, und versuchte ihn dabei zurückzudrängen.

Zuerst sah es auch aus, als würde ihm das gelingen. Der Ritter stolperte ein paar Schritte zurück, und Andrej stieß nach, ließ das Sarazenenschwert einen tödlichen Tanz vollführen. Der Ritter schien nicht ganz bei der Sache zu sein und wehrte seine Schläge seltsam kraftlos ab, dann ruckte sein Kopf plötzlich zur Seite, so als wollte er zurückblicken. Andrej war, als würden sich einige Gestalten aus dem Schatten des Wehrturms lösen und auf sie zueilen. Die Helfer des Ritters?

Wenn das so war, musste er den Kampf so schnell wie möglich entscheiden. Zu seinen Gunsten.

Mit einem grellen Kampfschrei griff er an, und die Klingen krachten funkensprühend aufeinander. Aber es war vergebens. Mit geradezu katzenhafter Geschicklichkeit und Geschwindigkeit unterlief der Ritter seine Finten und parierte jeden seiner Hiebe so kraftvoll, dass Andrejs verletzter Arm schwer zu werden begann. Und wenn er tatsächlich einmal Boden gutmachen konnte und die Klinge seines Sarazenenschwerts die Rüstung streifte oder dem Helm gefährlich nahe kam, dann machte der Gepanzerte nur einen Ausweichschritt, um ihn dann nur noch entschlossener mit seinen nächsten Hieben am Grab festzuhalten.

Zwischendurch versuchte Andrej immer wieder zu erkennen, wer da am Fluss unterhalb des Wehrturms aufgetaucht war. Er glaubte, etwas golden aufblitzen zu sehen – etwa einen der goldenen Ritter, die er vorhin gesehen hatte? –, doch dann gewahrte er ein helles Gewand, vielleicht ein Kleid, und heißer Schreck durchzuckte ihn …

Fast hätte er seinen Leichtsinn mit einer Niederlage bezahlt. Die schwere, reich verzierte Klinge des Ritters schnitt durch die Luft und so haarscharf an seinem Gesicht vorbei, dass sie ein paar Haare durchtrennte und seine Wange ritzte. Dem ersten hätte der Ritter nur einen zweiten Schlag folgen lassen müssen und ihm vielleicht sogar den Kopf von den Schultern schlagen können. Doch stattdessen tänzelte er zurück und tat so, als erwarte er nun eine gleichwertige Replik.

Er spielt nur mit mir, schoss es Andrej durch den Kopf.

Wie um seinen Gedanken zu bestätigen, begegnete der Gepanzerte seinen nächsten Attacken nicht mit seinem gewaltigen Schwert, sondern begnügte sich mit schnellen Ausweichmanövern, einem schwarzen Schemen gleich, der seine Sinne narrte.

Schließlich hielt Andrej inne. »Es reicht«, stieß er hervor. Sein Atem ging keuchend und über seinen Arm lief Blut und tropfte auf den Boden. Er erwartete, dass ihn der Ritter nicht weitersprechen lassen, sondern mit einer heftigen Attacke antworten würde, doch zu seiner Überraschung wich der Gepanzerte einen Schritt zurück und ließ sein Schwert sinken.

»Wir müssen nicht gegeneinander kämpfen«, setzte Andrej rasch nach, und diesmal war er klug genug, seinen Gegner auch nicht für die Dauer eines Lidschlags aus den Augen zu lassen. »Es gibt nichts, worüber sich nicht reden ließe.«

Der schwarze Ritter nickte. »Nicht schlecht, alter Mann.« Seine Stimme war voller Spott, als er fortfuhr: »Du sprichst wie ein Feigling. Aber du kämpfst wie ein Tier – wie ein bösartiges, wenn auch ziemlich einfältiges Tier.«

Andrej stieß keuchend die Luft aus. »Was soll das? Warum beleidigst du mich?«

»Beleidigen?« Der Helm ruckte ein Stück nach oben. »Kann man wirklich jemanden beleidigen, der keine Ehre im Leib hat?«

Andrej hörte das Pulsieren seines Blutes in den Ohren. Tiefe, finstere Wut stieg in ihm hoch. »Sag mir, was das soll? Warum willst du mich töten?«

»Nun, vielleicht«, sagte der schwarze Ritter langsam, »weil du mich getötet hast?«

Verblüfft öffnete Andrej den Mund, um etwas darauf zu erwidern, da ließ der schwarze Ritter schon sein Schwert vorschnellen. Wie ein silbriger Raubvogel flog die Klinge auf Andrej zu, und obwohl er mit einem Angriff gerechnet hatte und seine Reaktion trotz seines angeschlagenen Zustands mit der alten, gewohnten Präzision kam, hatte er sein Schwert noch nicht einmal halb oben, als ihn der scharfe Stahl knapp unterhalb der Schulter traf, genau dort, wo ihn bereits der erste Treffer des Gepanzerten verletzt hatte.

Doch diesmal war der Hieb mit vernichtender Kraft geführt. Andrej schrie auf, ließ sein Schwert fallen und schlug die Hand gegen den Oberarm. Blut quoll in einem dicken, zähflüssigen Strom zwischen seinen Fingern hervor.

Das Spiel war zu Ende.

Aber Andrej war noch lange nicht bereit aufzugeben. Er wollte nach links wegtauchen, doch wieder war der schwarze Ritter fast übermenschlich schnell. Er riss das Schwert nicht wirklich zurück, sondern ließ es nur eine enge Kurve beschreiben. Dabei drehte er die Klinge so, dass sie mit der Breitseite genau Andrejs Kehlkopf traf.

Der brutale Schlag nahm Andrej nicht nur den Atem, sondern ließ ihn auch zurücktaumeln und auf die Knie sinken. Fast hätte er das Bewusstsein verloren. Er meinte, Stimmen zu vernehmen, ohne aber zu verstehen, was sie schrien. Das Geräusch sich rasch nähernder Schritte erklang, und eine helle Frauenstimme schrillte, fast hysterisch.

Andrej wollte etwas sagen. Aber aus seiner Kehle kam nur ein schrecklich gurgelnder Laut.

»Stirb endlich«, zischte der schwarze Ritter und stieß ihm das Schwert so tief in den Leib, dass die Spitze an seinem Rücken wieder austrat.

*

Domenicus griff nach Marias Dolch und ließ ihn unter seinem Gewand verschwinden.

Er war so angespannt wie schon lange nicht mehr. Sein Jagdinstinkt wäre nicht eher befriedigt, bis das Wild erlegt war, hinter dem er schon viel zu lange her war. Dabei war er sich durchaus bewusst, dass er mächtige Gegenspieler hatte. Und wenn er sich selbst gegenüber ehrlich war, musste er zugeben, dass noch nicht einmal die Götter mit ihm waren.

Ganz im Gegenteil: Sie waren seine erbittertsten Gegner.

Ein scharfer Windstoß fegte Staub und Dreck heran, genauso wie damals, als er zum ersten Mal in diesem verfluchten Tal gewesen und auf die Sippe der Delãnys gestoßen war. Zu dieser Zeit war die Inquisition auf dem Höhepunkt ihrer Macht gewesen und der Einfluss von Männern wie ihm in der Bevölkerung größer als der mancher Päpste.

Im Gegensatz zu denen sich feige im Vatikan versteckenden Kirchenfürsten war er vor Ort gewesen, dort, wo sich das Böse aus den Eingeweiden der Hölle emporwand und seine Fühler nach dem Reinen, Unverdorbenen ausstreckte, um es lüstern zu umgarnen und in seine Gewalt zu bringen. Domenicus hasste alles Verderbte, ganz besonders dann, wenn es sich als das Göttliche tarnte.

Und er hasste Unsterbliche.

Bis auf seine Schwester. Maria war rein und unschuldig geblieben, all die vielen Jahre. Der Einzige, der sie befleckt und besudelt hatte, war Andrej Delãny. Dafür hatte er den Tod verdient. Oder Schlimmeres …

»Soll ich mitkommen, Herr?«, drang Sergejs raue Stimme in seine Gedanken.

Domenicus drehte sich zu dem Idioten um, der ihm auf seine einfältige Art treu ergeben war – und dabei nicht im Geringsten verstand, um was es wirklich ging. Bei dem, was er vorhatte, würde einer wie er nur stören.

»Bleib bei den Pferden«, befahl er schroff. »Aber gib mir vorher die Phiole aus der Satteltasche.«

»Die Phiole, Herr?«, stammelte Sergej mit zitternder Stimme. »Aber welche? Doch nicht die, die Ihr Vlad Tepesch gestoh … ich meine, die sich vormals im Besitz des Grafen befunden hat …«

Domenicus brachte ihn mit einer rüden Handbewegung zum Schweigen und drehte sich in Richtung des Flusses um, der das Borsã-Tal zerschnitt. Er spürte die Anwesenheit von etwas Uraltem, das vielleicht schon immer da gewesen war, vielleicht schon vor der Zeit, als sich die ersten Menschen hier angesiedelt hatten. Und mehr noch. Etwas raste auf ihn zu und erfasste ihn, der ferne Ausläufer einer starken Emotion, die Todesangst sein konnte oder auch das genaue Gegenteil: das unbändige Verlangen zu töten und zu vernichten.

Obwohl sich Domenicus dagegen zu wehren versuchte, spürte er, wie sich etwas in ihm verkrampfte. Unangenehme Gefühle wollten in ihm hochsteigen, vielleicht sogar schon fast etwas wie Angst. Doch das würde er nicht zulassen. Er war der Inquisitor, der Mann, der mit all der nötigen Härte und Entschlossenheit das richtete, was andere in Angst und Schrecken versetzte.

»Beeil dich, Sergej«, sagte er leise. »Und bete darum, dass wir nicht zu spät kommen – und Meruhe nicht schon Zeit hatte, ihren perfiden Plan zu verwirklichen.«

*

Es war wie ein Traum, ein böser, grausamer und doch fürchterlich realer Traum, der vielleicht nur wenige Augenblicke, vielleicht aber auch eine Ewigkeit dauerte.

Andrej spürte, wie ihm die Sinne schwanden. Der schwarze Ritter hatte ihn schwer verwundet, und zum Schluss hatte er ihm das riesige Schwert in den Leib gerammt, dann herumgedreht und mit einem kraftvollen Ruck wieder herausgerissen. Andrej war die Waffe aus der Hand gerutscht und mit einem seltsam dumpfen Geräusch im Matsch aufgeschlagen. Und er war zusammengebrochen.

Zu sterben war, als erlösche man ganz allmählich, ähnlich wie eine Kerze, die herunterbrannte und nie wieder aufflackerte. So zumindest war es bei den Sterblichen. Das Lebenslicht Unsterblicher jedoch, wenn es nicht auf eine der wenigen für sie tödlichen Arten zum Erlöschen gebracht worden war, flammte schon kurz darauf wieder auf. Sie konnten sich in Schmerzen winden, stöhnen, fiebern, bluten, und doch wussten sie, dass es nur der Übergang zu einem neuen Leben war, dass sich schon sehr bald ihre Wunden schließen und die Lebenskraft in sie zurückfließen würde.

Andrej hatte es schon mehr als einmal erlebt. Doch jetzt war ihm, als würde durch die Wunde, die der Ritter ihm zugefügt hatte, alle Lebenskraft aus ihm herausströmen. Die Wundränder schlossen sich nicht, sie klafften weiter auf. Andrej spürte, wie das Blut aus ihm heraus pulsierte, über sein Hemd und seine Arme lief und wie die grauen Schatten der Ohnmacht nach ihm griffen.

Aber so durfte es nicht enden. Oder vielleicht doch. Vielleicht war es richtig, dass er am Fuße von Marius' Grab auf diese endgültige Weise seinen Frieden fand.

Doch statt versöhnlicher Gefühle stiegen schreckliche Bilder in ihm hoch, Bilder seiner erschlagenen Verwandten und ihrer Nachbarn, die er seinerzeit in ihrem Blut liegend in der Halle des Wehrturms vorgefunden hatte. Der Einzige, den er lebend und unverletzt in der hintersten Ecke des Turms aufgestöbert hatte, war der junge Frederic gewesen. Das Massaker, das Vater Domenicus im Borsã-Tal hatte anrichten lassen, hatte den Jungen völlig verwirrt. Andrej konnte sich kaum noch daran erinnern, was Frederic ihm in einem Nebenraum stammelnd und zitternd zu sagen versucht hatte. Was er aber sein ganzes langes Leben lang nicht aus dem Kopf bekommen hatte, war der süßlich-herbe Verwesungsgestank, der ihm während ihres gehetzten Gesprächs in der Nase gehangen hatte, und die fürchterliche Vorahnung, die ihn zurück in die Eingangshalle des Wehrturms hatte eilen lassen.

Als er den Raum erneut betreten hatte, war ihm eine Kleinigkeit aufgefallen, eine kaum wahrnehmbare Ähnlichkeit bei einem der Toten, die mit abgewandtem Gesicht nahe der Mauer lagen ... und sein Herz hatte ein paar Schläge ausgesetzt. Als es wieder einsetzte, hatte es ihm bis zum Hals geschlagen.

Mit zwei, drei schnellen Schritten war Andrej bei dem Toten, der seine Aufmerksamkeit auf sich gezogen hatte, und starrte voller Entsetzen auf ihn herab. Er konnte es nicht fassen. Es war Marius. Seine Haut wirkte blass und fast durchsichtig wie die einer wertvollen Porzellanpuppe, aber bis auf den Holzpflock, der seine Brust durchbohrt hatte und in seinem Herz stak, schien er vollkommen unverletzt zu sein. Seine Augen starrten anklagend ins Nichts, beinahe so, als habe er seinen Mörder gekannt und sich nicht vorstellen können, dass er die grausige Tat vollbringen würde ...

»Andrej, Liebster«, sagte eine Frauenstimme, und Andrej zuckte zusammen, aus dem Albtraum gerissen, der ihn schon seit Ewigkeiten verfolgte und ihn jetzt dorthin mitnehmen wollte, wo es kein Erwachen mehr geben würde. Vergebens versuchte er sich hochzustemmen und begann zu stammeln, sinnlose, unzusammenhängende Worte, ohne dass er sie zurückhalten konnte oder sie selbst verstand.

»Was erzählst du nur für einen fürchterlichen Unsinn, mein Geliebter ...«

Das war das Ende, er wusste es. Er begann zu fantasieren. Er glaubte zu spüren, wie schlanke Frauenhände über seine Stirn glitten, und wie Maria – Maria! Seine geliebte Maria! – sagte: »Er hat einen ganz heißen Kopf. Das dürfte nicht geschehen.«

Seine Seele schrie auf, und sein Körper wand sich wie im Krampf. Noch im Sterben gaukelte ihm seine grausame Fantasie die Anwesenheit der einzigen Frau vor, die er je wirklich geliebt hatte.

Und plötzlich verschwamm die fürchterliche Erinnerung an den Augenblick, als er sich neben Marius gekniet und ihn in die Arme genommen hatte, als könne er ihn auf diese Weise wieder zum Leben erwecken. Seine Gefühle und Erinnerungsfetzen trugen ihn an einen ganz anderen Ort, nach Constãntã, der vor Leben und Lüsternheit übersprudelnden Stadt, wohin er dem verhassten Vater Domenicus gefolgt war, um ihn zu töten, und stattdessen seiner Schwester Maria verfallen war. Damals war die Trauer um Marius noch ganz frisch gewesen, eine schlimme Wunde, die sich auch später nie wirklich ganz geschlossen hatte.

Zu seinem Erstaunen hatte er sich dennoch von der Liebe einfangen lassen. Vielleicht, weil Leben und Tod, Hass und Liebe wie Geschwister waren, die nicht miteinander, aber auch nicht ohne einander existieren konnten.

Constãntã, der große Brunnen am Markplatz ... Maria, die er erst kurz zuvor kennengelernt hatte, war plötzlich wieder aufgetaucht und hatte ihn mit Worten und Gesten geneckt, die ihn nicht nur verwirrt, sondern regelrecht um den Verstand gebracht hatten. Sie hatte sich auf den Rand des Brunnens gesetzt, sich rechts und links mit den Armen auf dem Brunnen aufgestützt und ganz leicht nach vorne gebeugt, wobei ihr Dekolleté wunderbar zur Geltung kam. Er erinnerte sich noch gut daran, wie sich der Ansatz ihres Busens bei jedem Atemzug gehoben und gesenkt hatte.

Und auch daran, was danach geschehen war.

Es war, als wäre er wieder dort, wo ihre Liebe begonnen hatte, und *ihre Körper wurden eins, schienen miteinander zu verschmelzen. Seine Hand streichelte ihre Schulter, wanderte langsam, aber sehr zielstrebig, zu ihren Brüsten. Er hatte mittlerweile längst vergessen, wo er sich befand, hatte vergessen, dass jederzeit jemand vorbeikommen konnte, um Zeuge dieses leidenschaftlichen Schauspiels zu werden.*

Sein Mund wanderte ihren Hals entlang, während sie und er gleichzeitig den Ausschnitt ihres kostbaren Kleides weiter nach unten schoben, wie in geheimen Einverständnis. Schließlich fanden seine fordernden Lippen wie von selbst zu ihren Brüsten, strichen sanft über die Rundungen, bevor sie zu ihren Brustwarzen vorstießen, die sich jetzt keck aus dem Ausschnitt ihres Kleides hervorschoben. Seine Zunge liebkoste die rosafarbenen Spitzen ihrer Brust, die sich ihm steil und hart entgegenreckten. Ihre Hände streichelten sanft über seinen Kopf, den Hals entlang und seinen Rücken hinunter, ihre Fingernägel bohrten sich leidenschaftlich in seine Haut. In einer innigen Umarmung rutschten sie langsam vom Brunnenrand hinab auf den harten Boden. Die Welt um sie herum geriet vollkommen in Vergessenheit. Was war schon die Welt im Vergleich zu dem, was ihnen gerade widerfuhr?

»Ich habe dich gesucht«, flüsterte sie ihm zärtlich ins Ohr …

… und plötzlich war er nicht mehr an dem Brunnen in Constântã, sondern wieder am Grab seines Sohnes. Eine Woge heißen Schreckens durchfuhr ihn, gepaart mit unendlicher Sehnsucht nach der Frau, die er gefunden und viel zu früh in den Wirren der Inquisition verloren hatte. Seine Gefühle spielten verrückt. Er wollte nicht sterben, nicht jetzt, nicht gerade jetzt.

»Solange habe ich dich gesucht«, flüsterte Maria. »Und ausgerechnet nun …«

Er starrte nach oben, in ihr Gesicht, das ihm wie das einer Göttin vorkam, in all seiner Trauer und Ergriffenheit und mit all der Verzweiflung und Liebe, die sich auf ihren Zügen spiegelte.

Tatsächlich, da war sie. Er wusste nicht, wie sie hierher gekommen war, und was sie hier gesucht hatte. Aber es spielte auch keine Rolle. Nichts spielte mehr eine Rolle.

»Maria«, murmelte er.

»Ja«, gab sie zurück. Ihre Hand strich ihm Schweiß von der Stirn. Eine Träne rann über ihre Wange, funkelnd wie ein Juwel in dem spärlichen Licht der Morgensonne, die es einfach nicht schaffte, sich gegen die Dunkelheit durchzusetzen. »Bleib bei mir, Andrej«, hauchte sie. »Du kannst nicht von mir gehen – jetzt, wo ich dich endlich wiedergefunden habe!«

*

Vor ihm im Halbdunkel, in dem verwaschenen Grau des beginnenden Tages, war Bewegung, doch Domenicus konnte nicht mehr als Schatten ausmachen. Er hatte schon immer geahnt, dass er eines Tages in dieses verfluchte Tal zurückkehren musste, in dem die Geister der Vergangenheit lebten. Aber er hatte einfach nicht glauben wollen, dass es ausgerechnet dieser gefährliche Narr Andrej Delãny war, dessen Schicksal sich hier mit seinem eigenen verweben würde – nein, verweben *musste*, wenn er in seinem Kampf gegen die falschen Götter erfolgreich sein wollte.

Meruhe. Sie hatte ihm gerade noch gefehlt. Von den Göttern war sie die Jüngste – wenn man ein Alter von ein paar Tausend Jahren als jung bezeichnen wollte – und damit die Gefährlichste. Die Menschen kannten sie noch nicht, aber das würde sich ändern, wenn es ihr tatsächlich gelang, ihren ehrgeizigen Plan zu verwirklichen.

Wenn es ihr gelang ... Doch genau das würde Domenicus verhindern.

Er presste die Lippen zusammen, packte die kostbare Phiole fester und beschleunigte seine Schritte so gut das in seinem langen Priestergewand ging. Er ahnte, dass er trotz aller Anstrengungen zu spät kommen würde. Nein, falsch: Er wusste es, spürte mit jeder Faser seines Körpers, dass er viel zu spät dran war. Er hätte in aller Ruhe Vorbereitungen treffen müssen, sich mit den Männern in den goldenen Rüstungen austauschen müssen, die ihm in der Tradition ihres Geheimordens treu ergeben waren und auch nicht davor zurückschreckten, es mit einer leibhaftigen Göttin aufzunehmen. Jetzt wusste er nicht einmal, ob sie es rechtzeitig bis hierher geschafft hatte.

Aber er war nicht bereit, sich dadurch aufhalten zu lassen. Immer und immer wieder hatte er alles daran gesetzt, seine Ziele zu verfolgen. Und schon oft hatte er noch mitten im Scheitern eine Wendung gefunden, etwas, das es ihm ermöglicht hatte, dem Schicksal dann doch noch ein Schnippchen zu schlagen.

Er raffte mit der linken Hand sein Gewand hoch, und, vollkommen unwürdig und unschicklich für einen Inquisitor, der vom Herrn gesandt war, das Böse auf dieser Welt auszumerzen, begann er loszuspurten.

KAPITEL 4

Die Schatten um Andrej begannen einen rasenden Veitstanz aufzuführen, und Marias Gesicht verschwamm vor seinen Augen. In Andrej war noch Leben, aber nicht mehr genug, als dass er hätte begreifen können, was um ihn herum geschah – geschweige denn, eingreifen ...

... und Maria beschützen, wenn es darauf ankam.

Der heiße Schreck, der ihn bei diesem Gedanken durchfuhr, steigerte sich noch, als er sah, wie Maria mit einer entschlossenen Bewegung hochgerissen und von ihm weggestoßen wurde.

Und von wem.

Es war Domenicus! Der Inquisitor, Marias Bruder und der Mörder der Menschen, die er geliebt hatte! Der Schlächter, der im Namen der Kirche seine Verwandten hatte pfählen lassen! Der Mann, der seinen Sohn hatte töten lassen!

Kalter Hass packte Andrej. Er ballte die Fäuste, öffnete sie wieder, versuchte sich hochzustemmen.

Vergebens. Sein Atem rasselte und ihm wurde übel bei dem Versuch, seine Schwäche zu überwinden und seine letzten Kräfte zu mobilisieren. Er strengte sich noch mehr an, und es wurde schlimmer: sein Herz raste und schien bis hoch zum Kehlkopf zu schlagen, er schmeckte Galle. Welche Macht wohnte diesem verfluchten Schwert inne, mit dem ihn der schwarze Ritter zuerst so mühelos zurückgedrängt und dann niedergeschlagen hatte?

»Maria!«, stöhnte er.

Dass sie ihn verraten haben könnte, war unvorstellbar, selbst nach all der Zeit und nach all dem Leid, das ihnen ihre Liebe gebracht hatte. Nein, es war Domenicus, der hinter all dem steckte, und wahrscheinlich war auch er es, der den schwarzen Ritter auf ihn gehetzt hatte, den Vollstrecker, der im Land umherzog und Menschen angeblich im Dienst einer höheren Macht tötete – das trug eindeutig Domenicus' Handschrift ...

Der Gedanke gab Andrej Kraft. Mit zitternden Armen stemmte er sich hoch, Zentimeter für Zentimeter. Kalter Schweiß trat auf seine Stirn. Er würde nicht eher ruhen, bis er sich Domenicus greifen konnte, um mit ihm abzurechnen – und Maria in Sicherheit zu bringen.

Als er begriff, dass er Domenicus mit seinem verzweifelten Aufbäumen nur in die Hände spielte, stöhnte er auf. Der Inquisitor packte ihn und zog ihn wie ein hilfloses Kleinkind ein Stück näher an sich heran, half ihm aber nicht endgültig auf die Beine, wie es Abu Dun in einer solchen Situation getan hätte.

Natürlich nicht. Schließlich war er nicht sein Freund, sondern sein erbittertster Feind.

Andrej versuchte, den Schwung zu nutzen, um sich aus dem harten Griff des Inquisitors zu winden und auf die Beine zu kommen, um ihm die Faust ins Gesicht schmettern zu können.

»Halt still, du Narr!«, fauchte Domenicus. »Was soll dieses sinnlose Gezappel? Damit machst du es nur noch schlimmer!«

Nur noch schlimmer? Andrej wollte auflachen, aber aus seiner Kehle drang nur ein hilfloses Krächzen. Plötzlich ließ Domenicus' linke Hand seine Schulter los, krallte sich dafür aber schmerzhaft in seine Haare.

»Schluss jetzt!« Domenicus zwang seinen Kopf zurück, und Andrej sah in das schmale Gesicht mit der Adlernase und in die dunklen Augen, in denen sich ein böses Versprechen spiegelte.

Schon bei ihrer allerersten Begegnung hatte er geahnt, dass Domenicus ein Unsterblicher war, wenn auch von gänzlich anderer Art als er und Abu Dun. Etwas trieb ihn an, das Andrej nie auch nur ansatzweise begriffen hatte. Vielleicht hatte es mit der Selbstopferung und Selbstgeißelung fanatischer Mönche zu tun, mit der sie alles Verderbte auch in sich selbst bekämpfen wollten, um dann mit einer Mischung aus Verbohrtheit und Grausamkeit ihre Umgebung zu tyrannisieren.

Er sah die wilde, fast fiebrige Entschlossenheit in den Augen des Inquisitors. »Bist du gekommen ...«, stieß Andrej hervor. »Bist du gekommen, um dein Werk zu vollenden und nun auch mich zu töten?«

Domenicus kniff ärgerlich die Augenbrauen zusammen. »Du hättest es verdient. Und mehr noch. Ginge es nach mir, dann würdest du schon seit Jahrhunderten in der Hölle schmoren!«

Ja, das klang eindeutig nach Domenicus. Andrej wünschte sich, er würde dem Inquisitor mit einem Schwert in der Hand gegenüberstehen, statt hilflos und auf schrecklich entwürdigende Art in seinen Armen zu hängen. Erneut spannte er sich an, doch Domenicus packte ihn an den Haaren und zwang seinen Kopf zur Seite und ein Stück nach unten, und das so mühelos, dass Andrej nur nach Luft schnappen konnte. Er spürte, wie mit dem beständigen Strom von Blut, der aus seiner Wunde floss, auch das Leben und seine alte Kraft, auf die er sich sonst immer hatte verlassen können, aus ihm wichen.

Wie durch einen Nebel hörte Andrej Maria aufkeuchen, ganz in der Nähe. Mit einer verzweifelten Anstrengung und ungeachtet der Tatsache, dass ihm Domenicus mit einem ärgerlichen Ruck fast die Haare ausriss, zwang er seinen Kopf herum.

Da war sie. Maria. Das Licht, das auf ihr Haar fiel, verlieh ihr einen nahezu überirdischen Glanz, doch ihr Gesicht, obwohl noch immer so schön und begehrenswert wie bei ihrem ersten Zusammentreffen, war vor Schmerz und Sorge verzerrt.

Sie ist so schön, dachte er, und spürte, wie etwas seine Seele berührte und wie sich das Ungeheuer in ihm aufbäumte, sich gegen den nahenden Tod wehrte, mit aller Kraft.

Sein Herz schlug langsam und dumpf, sein Blick verschwamm, und die dunklen Schatten des nahenden Todes zogen sich wie ein unsichtbares Leichentuch über ihm zusammen. Nein! Nicht jetzt. Er hatte noch so viel vor – jetzt mehr als vielleicht je zuvor.

Als hätte es nur dieses verzweifelten stummen Aufschreis bedurft, löste sich etwas in ihm, und langsam, nur ganz langsam gelang es ihm, die sinnesbetäubende Umklammerung der endgültigen Ohnmacht abzustreifen. Dabei erging es ihm wie einem mit dem Ertrinken kämpfenden Schwimmer, der, wenn er endlich die Wasseroberfläche durchbricht, nichts von seiner Umgebung wahrnimmt, sondern nur um die ersehnte kostbare Luft ringt. Die Welt schien sich um ihn auszudehnen und wieder zusammenzuziehen, bunte Flecken tanzten vor seinen Augen.

Schließlich spürte er, wie sich der Tod ein Stück weit davonstahl, aber nur, um ihn bei der nächstbesten Gelegenheit endgültig zu packen und mit sich in sein dunkles Reich zu ziehen.

*

Die See war so aufgewühlt wie schon lange nicht mehr. Abu Dun hatte es in der Enge der muffigen Kapitänskajüte nicht ausgehalten, aber obwohl die Luft hier draußen an Deck besser war, fühlte er sich kein Stück wohler. Er erinnerte sich daran, dass er in seinen frühen Jahren manchmal seekrank gewesen war, aber das hatte sich schon vor Jahrhunderten verloren.

Hatte er geglaubt.

Heute wurde er eines Besseren belehrt. Während er sich mit beiden Händen an der Reling festkrallte und in die Wirbel und Strudel hinabstarrte, fühlte er, wie gallige Übelkeit in ihm aufstieg. Das Wasser war so aufgewühlt, als lieferten sich unter der Oberfläche riesige Seeungeheuer einen heftigen Kampf, und immer wieder glaubte Abu Dun, dunkle, fast schwarze Schatten zu sehen, die unter dem Kiel hinwegtauchten. Der Anblick löste in Abu Dun etwas aus, für das er keine Worte fand, um es zu beschreiben.

Aber das war nicht einmal das Schlimmste.

Es war das Schiff, das ihn krank machte. Es zitterte, bebte und ächzte in allen Fugen, und darüber hinaus schien es sich zu winden wie ein lebendiges Wesen, das Schmerzen erleidet und versucht, sich Linderung zu verschaffen. Abu Dun war noch immer Seemann genug, um zu wissen, was ein Schiff aushalten konnte und was nicht. Das Holz der Reling knirschte unter seinen Händen, und er war sicher, dass er kaum mehr den Druck erhöhen musste, bis es endgültig barst.

Dennoch hielt die *Gierzwaluw* stur ihren Kurs durch die aufgewühlte See, trotz der gewaltigen Kräfte, die an ihr zerrten. Mit verheerender Wucht schlug das Meer gegen die Planken und schüttelte das Schiff durch, sodass es wie ein Tier im Todeskampf zitterte und bebte.

»Na, wohl noch nicht zur See gefahren, was, ›mijn Heer‹?«, fragte Kapitein van Brekelenkam.

Abu Dun fuhr herum. Er hatte gar nicht bemerkt, dass er nicht mehr allein an Deck war. Der Kapitän stand breitbeinig und ohne sich festzuhalten auf den Decksplanken.

Ich bin schon zur See gefahren, bevor deine Vorfahren auch nur wussten, wie ein Schiff aussieht, dachte Abu Dun, sprach es aber nicht laut aus. Er hatte van Brekelenkam bislang für einen

Schwachkopf gehalten, und obwohl er immer noch nicht vollständig von dieser Meinung abgewichen war, sah er ihn jetzt doch mit anderen Augen. Der Mann war zwar ein Abenteurer, der immer bis an die Grenzen des Machbaren ging, aber nach dem, was Abu Dun bislang an Bord hatte beobachten können, verstand er auch sein Handwerk.

»Danke der Nachfrage«, antwortete Abu Dun mit einiger Verspätung. »Aber ich hatte schon das eine oder andere Mal das Vergnügen, eine kleine Schifffahrt zu machen. Doch so etwas wie hier habe ich noch nie gesehen. Es sieht beinahe so aus, als würde im Wasser selbst ein Sturm toben.«

Der Kapitän nickte knapp, drehte sich um und bellte einen Befehl. Daraufhin machten sich über ihnen zwei Männer daran, die Takelage zu erklimmen. Dann trat er an Abu Duns Seite, um wie er in das widernatürliche Strudeln hinabzustarren. Sein Gesichtsausdruck verfinsterte sich.

»In der Tat. Auch ich habe so etwas noch nie gesehen. Und es scheint auch nicht besser zu werden, eher noch schlimmer.« Er stieß einen tiefen Seufzer aus. »Das hat mir gerade noch gefehlt. Wenn das so weitergeht, ziehe ich mich aus der Schifffahrt zurück und gründe ein Fuhrunternehmen.«

Als wolle sie seine Worte bekräftigen, bäumte sich die *Gierzwaluw* auf und krachte dann wieder in die Wellen zurück. Als Abu Dun hinabsah, glaubte er zu sehen, wie sich die Wellen ein Stück weit zurückzogen, bevor sie erneut wie eine Armee heranrollten, die ein feindliches Heer im ersten Ansturm niederrennen will. Nur zu gut konnte sich Abu Dun vorstellen, was passieren würde, wenn der Sturm nicht bald abflaute. Irgendwann würde das Wasser den Rumpf des *Mauerseglers* zerschmettern, und dann würde das Schiff schneller volllaufen als ein Seemann, der nach Monaten erzwungener Enthaltsamkeit in eine Hafenkneipe eingekehrt war.

»Ich fürchte, wenn der *Rukwind* nicht bald aufhört, wird das nichts mehr mit meinem Fuhrunternehmen«, brummte der Kapitän. »Und da ich keine Lust habe, die Fische zu füttern, werden wir abdrehen und den nächsten Hafen ansteuern.«

Abu Dun nickte nur knapp. Er war selbst schon längst zum gleichen Schluss gekommen. Und vielleicht hatte es ja auch sein Gutes, dass sie wieder an Land gingen. Tief in sich spürte er eine Unruhe, die nichts mit dem Meer zu tun hatte und nichts mit der Katastrophe, die ihnen vielleicht bevorstand.

Es hatte mit Andrej zu tun. Es war, als würde sich eine dunkle Wolke über seinem Freund zusammenbrauen, die Glut und Asche über ihn ausschütten wollte.

*

Die Gehöfte, auf die sie als Erstes stießen, waren in einem erbärmlichen Zustand. Dächer waren in sich zusammengesackt, Fenster zertrümmert, Türen hingen schief in den Angeln, und statt satter Wiesen und blühender Felder gab es hier nur feuchte Brachen, die sich das Unkraut und der Wildwuchs zurückerobert hatten. Das Wehklagen des Windes, der sich an den Mauern und Vorsprüngen brach, ließ Meruhe fast glauben, dass es hier niemals menschliches Leben gegeben hatte. Doch trotz aller Zerstörung machten die Gehöfte einen sonderbar friedlichen Eindruck, so als hätten ihre Bewohner in aller Ruhe ihre Sachen gepackt und ihr Vieh aus den Scheunen getrieben, um irgendwo anders ein besseres Lebens zu beginnen.

»Niemand zu Hause«, bemerkte Kija und Nefra ergänzte: »Die hatten hier wohl was Schöneres vor.«

»Oder Besuch von einem Inquisitor«, murmelte Meruhe.

Sie glitt von ihrem Pferd, um sich die Spuren genauer anzusehen, die die drei schweren Pferde auf dem überwucherten Weg hinterlassen hatten, auf dem einst wohl mit Getreide und Heu beladene Leiterwagen entlanggerumpelt waren.

»Diese drei goldenen Ritter«, sagte Kija, während ihre Augen wachsam über einen zerfallenen Schuppen wanderten, »sind es noch dieselben, mit denen Domenicus vor Ewigkeiten herumgezogen ist?«

»Wohl kaum«, murmelte Nefra. »Soweit ich weiß, hat unser allseits beliebter Vlad Tepesch sie pfählen lassen. Oder hat ihnen Andrej ihre Lebenskraft ausgesaugt ...?«

»Ja, ich glaube, es war Andrej«, antwortete Kija, deren Blick jetzt an einem zerfallenen Brunnen hängen geblieben war. »Aber wer auch immer sie getötet hat: Wer sind dann die Ritter, deren Spur wir verfolgen?«

Meruhe richtete sich mit einem Ruck auf und starrte nach Osten, dorthin, wo sie das düstere Pulsieren und Ziehen spürte, das immer stärker wurde, je näher sie dem Tal kamen. »Domenicus ist mir ein Rätsel. Seine Macht wächst beständig. Aber er verschwendet sie in sinnlosen Intrigen und Ränkespielen.«

»Ja, ich frage mich auch schon die ganze Zeit, was dieser Inquisitor wohl vorhat«, plapperte Nefra. »Nachdem die Inquisition schon längst an Macht verloren hat, steht er doch ziemlich alleine da.«

Meruhe starrte in Richtung des Tals, in dem Andrej aufgewachsen war. Sie war sich da gar nicht so sicher. Domenicus war schon immer gefährlich gewesen, und es gab keinen Grund anzunehmen, dass er im Laufe der letzten Jahrzehnte harmloser geworden war.

Ganz im Gegenteil.

*

Langsam, nur ganz langsam begriff Andrej, dass ihn Domenicus auf den durchweichten Boden hatte zurückgleiten lassen. Die Hand, mit der er eben noch sein Haar im festen Griff gehalten hatte, umfasste nun ein funkelndes Gefäß, auf dem sich ein einsamer Sonnenstrahl im farbenprächtigen Spiel brach. Andrej hatte keinen Blick dafür. Er sah in Marias Augen. Normalerweise funkelten sie schöner und strahlender, als das jeder Edelstein vermocht hätte, doch nun spiegelten sich nur Trauer und Schmerz darin, und das Einzige, das glitzerte, war eine einsame Träne, die ihre Wange hinabrann.

Sie beugte sich zu ihm hinunter und drückt ihm einen Kuss auf die verschwitzte Stirn, bevor sie sich neben ihm auf dem nassen Boden niederließ und seine Hand so fest umklammerte, als wollte sie ihn nie mehr loslassen.

»Bleib bei mir, Geliebter«, flüsterte sie mit tränenerstickter Stimme. »Verlass mich nicht ...«

Andrej versuchte zu antworten, aber seiner Kehle entrang sich nur ein ersticktes Röcheln.

»Wirklich rührend«, sagte Domenicus. Andrej sah, wie der Inquisitor die Phiole sinken ließ und so nah an Maria herantrat, dass sein Schatten ihr Gesicht verdunkelte.

»Aber jetzt reicht es, Schwester«, fuhr er mit Eiseskälte in der Stimme fort. »Ich sage es nur noch einmal. Geh jetzt. Lass mich tun, was ich tun muss. Und Andrej wird leben.«

»Wird er leben?« Marias freie Hand strich über Andrejs Wange. Sie war kalt, so schrecklich kalt. Und doch wünschte sich Andrej nichts mehr, als dass er ihre Hand nehmen und sie für ewig festhalten konnte.

»Geh!«, fauchte Domenicus. »Du gefährdest noch alles, du dummes Ding!« Als er seine Schwester hochzerrte, glaubte Andrej für einen kurzen Moment, dass sie Widerstand leisten wollte.

Doch sie drehte sich nur noch einmal zu ihm um, und Andrej wurde von einem Gefühl unendlicher Liebe durchflutet. Wie sehr er ihre Anmut vermisst hatte, ihr Lächeln, ihre Nähe, und wie sie sich sanft und gleichzeitig fordernd an ihn schmiegte! So fürchterlich lang war es her, dass sie zum letzten Mal zusammengefunden hatten. Wie erbärmlich hatte ihnen das Schicksal mitgespielt, das sie immer und immer wieder brutal auseinandergerissen hatte!

Maria schien zu versteinern, während sie auf ihn herabblickte. Andrej hätte ihr gerne den schrecklichen Anblick erspart, den er ihr bieten musste – so wie er niedergestreckt in einer immer größer werdenden Blutlache dalag, die davon kündete, dass er dieses eine entscheidende Mal nicht auf die unheimliche Art genesen würde, die Unsterblichen wie ihm zu eigen war. Die verzweifelte Hoffnung in Marias Blick erlosch, als begriffe sie nun endgültig, was mit ihm geschah. »Andrej, Andrej!« Ihr ohnehin schon blasses Gesicht wurde leichenfahl, die Ränder unter ihren tränennassen Augen so tiefschwarz, als wären sie mit Tusche nachgezogen. »Oh, nein ...«

»Schluss jetzt mit den Kindereien«, befahl Domenicus. »Oder willst du mich wirklich zwingen, Gewalt anzuwenden?«

Andrej wollte aufbegehren, wollte sich hochstemmen, um sich zwischen Domenicus und Maria zu stellen. Doch schon, als er dazu ansetzte, wurde ihm erneut schwarz vor Augen, und er spürte, wie sich die dunklen Schwingen des Todes über ihn senken wollten. Das durfte nicht sein, nicht jetzt! Er musste Maria beschützen.

»Domenicus!«, keuchte Maria. Ihre gleichermaßen sanfte wie kraftvolle Stimme nochmals zu hören, brachte Andrej fast um den Verstand. »Ich flehe dich an! Versündige dich nicht an unserer Liebe!«

»Eurer Liebe?« Domenicus spuckte das letzte Wort fast aus. »Wie kannst du diesen Abschaum lieben? Wenn nicht dasselbe

Blut durch unsere Adern flösse, würdest du heute noch als Hexe brennen, Schwester ... Schafft sie beiseite!«

Andrej versuchte, den unbarmherzigen Griff des nahenden Todes zu sprengen, wollte Domenicus mit wütenden Worten zurechtweisen, ihn von Maria vertreiben, endgültig. Stattdessen spuckte er Blut. Tiefe Verzweiflung erfasste ihn, und wenn er es nur irgendwie vermocht hätte, dann wäre er aufgesprungen und dazwischengegangen ...

... als plötzlich hinter Maria ein massiver Schatten erschien und sich zwischen sie und Domenicus schob. Andrej blinzelte verstört, versuchte voller banger Vorahnung zu erkennen, wer das sein könnte. Der schwarze Ritter ...

Aber, nein, das war unmöglich. Es war eine viel lichtere Gestalt, kaum erkennbar im matten Dämmerlicht des Sturms, der nun wieder aufgefrischt war, als hätte er in den letzten Tagen das Land noch nicht genug verwüstet. Dünne Verästlungen liefen über den Himmel, wie bei einem Gewitter und doch ganz anders. Ein eiskalter Luftstoß fuhr über den Friedhof und wirbelte Blätter und Zweige auf. Der Schmerz in Andrejs Brust wurde größer, schwerer, nahm ihm die Luft. Unfähig, etwas zu tun, musste er mit ansehen, wie die Gestalt Maria packte und aus seinem Blickfeld zog. Mit Entsetzen begriff Andrej, dass es ein gepanzerter Arm war. Aber die Panzerung war nicht schwarz wie die des unbekannten Ritters, der gekommen war ihn zu töten, sondern golden!

Also doch. Andrej hätte eigentlich auf diesen Anblick vorbereitet sein sollen, weil er die drei goldenen Ritter schon aus der Ferne gesehen hatte, trotzdem rangen nun Wut, Entsetzen und Abscheu in seinem Inneren um die Vorherrschaft.

Der Inquisitor gab ihm keine Gelegenheit, zur Besinnung zu kommen. »Und jetzt zu uns beiden, du Narr«, sagte er schnell, nachdem er sich ihm wieder zugewandt hatte. »Es ist kein Zufall, dass wir uns in unserer Schicksalsstunde begegnen. Wir müssen für unsere Sünden Buße tun und alles daran setzen, dass die alten Götter nicht wieder an Macht gewinnen. Aber uns bleibt nicht viel Zeit. Die Welt ist in Aufruhr. Die Stürme werden heftiger ...«

Es war sinnloses Geschwafel, das der Inquisitor da von sich gab. Andrej hätte selbst dann nur mit halbem Ohr hingehört, wenn er bei Kräften gewesen wäre. Nachdem der goldene Ritter Maria mit sich gerissen hatte, wurde Domenicus von flüchtigen Schatten umtanzt, von dunklen, durcheinanderwirbelnden Schemen, und Andrej glaubte zu seinem Entsetzen das Gemurmel der Menschen zu hören, die dieser vor Jahrhunderten im Turm von Borsã hatte niedermetzeln lassen. Dann und wann waren einzelne Gesichter in dem Grau zu erkennen. Und auf einmal war er zum Greifen nahe, der alte Barak, den er sterbend im Turm vorgefunden hatte.

Tage, nachdem ihn seine Mörder festgenagelt hatten, mit Nägeln so dick wie ein Finger, die bis ans Heft in seine Hände und das Holz getrieben worden waren.

»Endlich«, stöhnte Barak. »Es ist gut ... dass du es bist, der gekommen bist ... ich habe solange ... gewartet.«

»Gewartet?« wiederholte Andrej verwirrt. »Aber ...«

»Ich habe gehofft, dass jemand ... zurückkehren würde«, flüsterte Barak. »Aber es hat ... so lange ... gedauert. Erlöse ... mich.«

Und endlich verstand Andrej. Er war derjenige, der den Tod brachte.

»Erlöse mich«, murmelte Barak. »Und erlöse dich selbst.«

Erlösung ... das Wort hatte für Andrej im Laufe der Jahrhunderte eine ganz eigene, bittere Bedeutung bekommen. Er hatte so viele Männer und Frauen getötet, und schlimmer noch, so viele andere waren durch seine Schuld zu Tode gekommen.

Vor seinem geistigen Auge sah er den Reigen seiner Opfer tanzen – darunter auch sein eigener Sohn. Sein Gesicht war von

Schmerz verzerrt, sein Mund zu einem stummen Schrei geöffnet und in seinen Augen war nichts weiter als abgrundtiefe Verzweiflung. Andrej versuchte, den Blick von ihm zu wenden, aber es ging nicht. Und doch wusste er, dass sich sein Verstand endgültig verdunkelte und ihm Dinge vorgaukelte, die nicht real waren, nicht real sein konnten.

Domenicus' Gesicht wurde vor seinen Augen zu etwas Anderem, etwas Fremdem und doch gleichzeitig Vertrautem, das an den Rändern zerfaserte und auseinanderlief wie ein Spiegelbild im unruhigen Gewässer. Hätte er es gekonnt, hätte er die Hand ausgestreckt nach der Erscheinung, um sie festzuhalten und an sich zu ziehen und ihr Geheimnis zu ergründen. Noch während die Lebenskraft aus seiner grässlichen Wunde strömte, spürte er, wie etwas anderes in ihn eindrang. Ein kalter Schauder schüttelte ihn, so als würde nun unwiederbringlich das Ende kommen.

»Andrej Delãny«, sagte der Inquisitor eindringlich. Der Wind fuhr in sein Gewand und versetzte es so sehr in Wallung, das es aussah, als würden sich unzählige Schlangen über seinen Körper winden und mit aller Gewalt einen Ausweg aus der gleichermaßen schlichten wie zeremoniellen Kleidung suchen. »Die Zeit der Entscheidung ist gekommen.« Domenicus beugte sich so weit zu Andrej herab, dass er sein Blickfeld fast zur Gänze ausfüllte. »Wenn wir nicht wollen, dass finstere Dämonen aus ihren Löchern kriechen und dass Ungeheuer der Nacht die Welt beherrschen, müssen wir jetzt handeln!«

Handeln? Andrej hätte beinahe laut aufgelacht. Ihm war, als würde ein unbekanntes Gift durch seine Adern fließen, das ihm die sonst so sichere Heilung verwehrte. Er spürte, wie es sich immer tiefer in seine Eingeweide und in seine Seele fraß und ihm seine Lebensenergie nahm. Und da forderte ihn der Inquisitor auf zu handeln?

»Ich bringe dir Rettung!« Der Inquisitor packte Andrej mit einer Hand und zerrte seinen Kopf rücksichtslos an die Phiole heran, die er mit der anderen Hand so fest umklammert hielt, als fürchte er, sie könnte ihm entgleiten. »Nun mach!«, zischte er Andrej ins Ohr. »Trink das, du verfluchter Narr, bevor es zu spät ist!«

Andrej wollte die Hand beiseiteschlagen, die die funkelnde Phiole hielt, aber er war zu schwach. Voller Entsetzen spürte er, wie das kalte Metall an seine Lippen gesetzt wurde und wie sie von einer dicken, klebrigen Flüssigkeit benetzt wurden.

»Nein!« Wieder versuchte er, die Hand des Inquisitors wegzustoßen.

»Wirst du das wohl lassen!«, fuhr ihn Domenicus an. »Oder willst du etwa sterben?«

Die Worte drangen mit einiger Verspätung in Andrejs Bewusstsein. Er merkte, ihm blieb nicht mehr viel Zeit.

»Warum ... warum tust du mir das an, Inquisitor?«, stammelte er.

»Ich tue nur das, was getan werden muss«, antwortete Domenicus ärgerlich. »Das Böse muss immer und überall bekämpft und ausgelöscht werden.«

»Und dazu lässt du mich von einem Ritter niederschlagen und flößt mir zu allem Überfluss auch noch Gift ein?« Andrej hätte den Kopf geschüttelt, wenn er es gekonnt hätte. »Ich bin doch schon so gut wie tot. Das Gift kannst du dir sparen ...«

»Das glaube ich kaum«, sagte der Inquisitor kalt. »Und wie ich sehe, fängt es schon an zu wirken. Aber keine Sorge: Es ist nur zu deinem Besten!«

Andrej hatte alles darangesetzt, nichts von der Flüssigkeit in seine Mundhöhle rinnen zu lassen, doch er hatte nicht verhindern können, dass seine Lippen benetzt und ein einzelner Tropfen auf seine Zunge geraten war.

Er schmeckte ... widerlich. Im ersten Moment. Doch dann überkam ihn ein vertrautes Gefühl, das gleichermaßen köstlich wie erschreckend war. Die tödliche Schwärze, die ihn zu ersticken drohte, riss ein ganz kleines bisschen auf, weit genug, um ihn begreifen zu lassen, wie sehr sich seine Welt bereits verengt hatte, wie tief er bereits hinabgetaucht war – und dass er weder richtig mitbekommen hatte, was um ihn herum geschah, noch die richtigen Fragen gestellt hatte.

»Im Übrigen schätzt du mich vollkommen falsch ein«, sagte Domenicus schroff. »Mit dem schwarzen Ritter habe ich nichts zu schaffen. Aber wir sind gerade noch rechtzeitig gekommen, um ihn zurückzuschlagen und dich zu retten. Falls du das zulässt, heißt das ...«

»Und warum hast du das getan? Aus Liebe zu deiner Schwester?«

»Aus Liebe zur Kirche und der einzig wahren Lehre. Und nun«, er drückte die Phiole erneut an Andrejs Lippen und das mit so viel Nachdruck, dass ihre Öffnung hart gegen seine Zähne schlug, »trink endlich!«

Wider alle Vernunft spürte Andrej die wilde Hoffnung in sich aufkeimen, dass sein Todfeind die Wahrheit sagen könnte und ihn – aus welch wirren Gründen auch immer – tatsächlich retten wollte. Doch gleichzeitig wehrte sich auch die dunkle Kraft in ihm, die sich wie ein verwundetes und bis aufs Blut gereiztes wildes Tier in die Ecke gedrängt fühlte. Er biss die Zähne zusammen, bereit, sich eher totschlagen zu lassen, als freiwillig zu trinken.

Trotzdem gelang es dem Inquisitor auch diesmal, ihm einen Tropfen der unheimlichen Flüssigkeit einzuflößen, und wieder geschah das Gleiche wie schon zuvor, und diesmal entfaltete die zähe dunkle Flüssigkeit ihre Wirkung noch schneller als beim ersten Mal. Andrej bäumte sich auf, sodass Domenicus beinahe die

Phiole aus den Händen gerutscht und zu Boden gefallen wäre. Er ließ Andrej los, der zu Boden sank. Langsam tauchte Andrejs Bewusstsein aus der Schwärze auf, doch er spürte keine Kraft, die in seine Glieder zurückflutete, nichts, das den beißenden Schmerz in seiner Brust linderte und ihn befähigte, die Schwäche in Stärke zu verwandeln, wie so oft zuvor, wenn er schwer verwundet worden war und trotzdem schwerste Hieb- und Stichverletzungen abschüttelte wie eine Katze nasses Wasser.

Stattdessen war da plötzlich etwas ganz anderes in ihm, ein krankes, taubes Gefühl. Von überall her schien ein Raunen und Stöhnen zu kommen, sowohl aus seinem Inneren als auch von außen. Er glaubte Stimmen zu hören und ein Huschen wahrzunehmen, das überall und nirgends war. Doch jedes Mal, wenn er meinte, es fokussieren zu können, entglitt es ihm wieder, um sich dann irgendwo neben oder über ihm wieder zu verfestigen.

»Komm zu mir«, glaubte er zu hören, »bleib bei uns.«

»Hier gehörst du hin!«

»Zu uns, zu uns!«

»Verlass uns nicht! Leg dich zu uns! Bleib bei uns, bis in alle Ewigkeit!«

Bis in alle Ewigkeit ... Die Stimmen lockten und verdammten ihn, sie umgarnten ihn und stießen ihn von sich, sie zogen ihn mit sich und wollten ihn doch nicht bei sich haben.

»Du darfst noch nicht ruhen«, glaubte er plötzlich Baraks Stimme zu hören. »Du musst ihre Seelen erlösen!«

Ihre Seelen erlösen ... was für ein Unsinn. Kampflärm brandete auf – vielleicht war er aber auch schon die ganze Zeit über da gewesen, und er hatte es nur nicht gemerkt, weil er beinahe den Einflüsterungen der Stimmen erlegen war.

»Maria«, stöhnte er auf.

Sie antwortete ihm nicht, natürlich nicht. Domenicus würde

wohl kaum davor zurückschrecken, sie notfalls auch mit grober Gewalt von seinem Sterbelager fortzuzerren. Aber das war jetzt unwichtig. Ganz in der Nähe erklang ein Aufschrei, Waffengeklirr, so als läge er mitten auf einem Schlachtfeld. Nur mit größter Anstrengung gelang es Andrej, sich so weit auf den Ellbogen aufzustützen, dass er mehr als nur einen winzigen Ausschnitt der Wirklichkeit erkennen konnte.

Er traute seinen Augen nicht. Alles hätte er erwartet, selbst, dass einer der goldenen Ritter Maria das Schwert bis zum Heft in den Leib stieß. Doch nicht, dass die Goldenen einen lebenden Schutzwall um ihn und den Inquisitor bildeten. Und sie hatten durchaus allen Grund, ihre Schwerter zu ziehen. Es war nicht nur der schwarze Ritter, den sie in Schach halten mussten, wie Andrej erwartet hatte. Sondern eine dunkelhäutige, bis an die Zähne bewaffnete Kriegerin, eine wunderschöne Frau mit ebenmäßigen Zügen und geschmeidigen, aber kraftvollen Bewegungen, die wie eine Göttin aussah und mit ihrer jetzt blankgezogenen Klinge wie eine solche zu kämpfen verstand, wie Andrej aus leidvoller Erfahrung nur zu gut wusste.

Andrej erschrak zutiefst, als er sie erkannte. Erst der schwarze Ritter, dann Domenicus und Maria – und nun diese Kriegerin, die er zum letzten Mal unter ganz anderen Umständen gesehen hatte.

Und in ganz anderer Begleitung.

»Meruhe«, murmelte er.

Domenicus, der die Phiole wieder aufgenommen hatte, zuckte zusammen und sah sich mit gerunzelter Stirn und besorgt flackerndem Blick um.

»Meruhe«, murmelte Andrej noch einmal.

Wie ein flammender Speer war diese tiefschwarze Göttin der Nacht vor vielen Jahren in sein Leben gefahren und hatte ein Feuer der Leidenschaft in ihm entzündet, das ihn fast um den Verstand gebracht hatte und doch nichts mit der tiefen Liebe zu tun hatte, die er für Maria empfand. Er hatte immer gewusst, dass Meruhe für ihn gefährlicher war als jede andere Versuchung, dass er sie meiden musste, wenn er sich nicht selbst aufgeben wollte. Und wenn er doch einmal daran gewesen war, sich ihr ganz und gar hinzugeben, war Abu Dun zur Stelle gewesen und hatte sich zwischen ihn und Meruhe gestellt.

Wenn jetzt eine ihrer Kriegerinnen da war, dann konnte Meruhe selbst auch nicht mehr fern sein, die Göttin, die Männerherzen zum Erbeben brachte und dabei so gefährlich war, dass sie selbst einen Machtbesessenen wie Domenicus nervös machte ...

»Ja, Meruhe, die verfluchte Göttin«, bestätigte Domenicus, und Andrej spürte die Besorgnis, ja fast Angst, die ihn erfasst hatte. »Sie kriecht und windet sich in die Gedanken der mächtigsten Männer, bis sie sie zu Fall gebracht hat. Inzwischen ist sie so gefährlich, dass sie kaum noch aufzuhalten ist. Du darfst auf keinen Fall zulassen, dass sie dich in ihren Bann zieht!«

Seine letzten Worte gingen in dem Geklirr der Schwerter unter, mit denen die goldenen Ritter und die beiden Kriegerinnen aufeinander einschlugen. Der Himmel selbst schien in den Kampf eingreifen zu wollen. Die Wolken drückten auf das Tal herab, als wollten sie es ersticken. Sturmböen schlugen auf die Kämpfenden ein und zwangen Domenicus, sich mit der freien Hand auf dem Boden aufzustützen, wollte er nicht von den Beinen gefegt werden.

Andrejs Hoffnung, zu verstehen, was um ihn herum geschah, zerbrach in tausend Stücke wie ein Spiegel, der mit voller Wucht an einer Wand zerschlagen wurde. Fieberfantasien, ausgelöst durch das Gift in seinem Körper. Es konnte gar nicht anders sein. Er war tödlich getroffen, und nun verwirrten sich seine Sinne.

Doch als der Inquisitor sich ihm zuwandte, ihn an der Schulter packte und grob ein Stück zu sich hochzog, blickte er in das hagere Gesicht des Mannes, und er verstand, dass es zwar nicht wirklich älter geworden war in all der langen Zeit, seitdem sie sich das letzte Mal gesehen hatten, sich aber dennoch drastisch verändert hatte. Erst jetzt fielen ihm die winzigen Spuren gewaltiger Ereignisse auf, die sich in seine Züge eingegraben hatten. Mehr noch als früher hatte er etwas von einem Adler, der über seiner Beute kreist und mit kaltem Blick hinabschaut, um im richtigen Moment im Sturzflug hinabzustürzen und zuzuschlagen ...

»Sieh!« Domenicus' Überheblichkeit war plötzlich wie weggewischt, als er hinter sich deutete. Andrej sah, dass eine zweite Kriegerin aufgetaucht war, Nefra oder Kija – er hatte die beiden Kriegerinnen Meruhes nie auseinanderhalten können, und er hatte auch nie gewusst, ob sie Schwestern waren oder etwas ganz anderes.

In jedem Fall waren sie unbezähmbare Kämpferinnen. Ihre Schwerter krachten funkensprühend auf die schweren Waffen der goldenen Ritter, und wie ein wirklicher Kampf ausgegangen wäre, war mehr als zweifelhaft. Aber Andrej war erfahren genug, um auch in seinem geschwächten Zustand einschätzen zu können, dass das hier kaum mehr als ein Abtasten war.

»Meine Ritter schützen uns«, fuhr Domenicus hastig fort. »Aber es bleibt uns nicht mehr viel Zeit. Wenn erst einmal Meruhe auftaucht, ist das Gleichgewicht der Kräfte nicht mehr gewahrt, und dann ...«

Domenicus zog den am ganzen Körper zitternden Andrej wie ein Kind auf die Beine und presste ihm unsanft die Phiole an die Lippen. Verzweifelt drehte Andrej den Kopf weg. Die zähe Flüssigkeit rann ihm über das Kinn, aber immerhin vermied er es so, dass sie in seine Mundhöhle gelangte und er sie schluckte. Und doch war da etwas anderes in ihm, etwas, das nach dem Saft gierte, der bereits einmal seine Lippen benetzt hatte. Es war kein angenehmes Gefühl, aber es war da, und er konnte nicht anders, als ihm nachzugeben.

Domenicus' linke Hand krallte sich in Andrejs Haare und zwang mit brutaler Gewalt seinen Kopf herum. »Ich werde deinen Tod verhindern, ob du das willst oder nicht! Trink endlich, Verdammter, auf dass sich dein Schicksal erfülle!«

»Ich ...« Andrejs Widerstand brach, halb, weil etwas tief in ihm nach dem ganz besonderen Saft verlangte, halb, weil Domenicus wie von Sinnen war und dabei Kräfte entwickelte, die selbst für einen Getriebenen wie ihn ungewöhnlich waren.

»Hör mir jetzt ganz genau zu«, verlangte Domenicus. »Ich würde es dir gerne genauer erklären, aber dazu bleibt uns keine Zeit mehr.« Er zwang Andrejs Kopf noch ein Stück höher und starrte ihm geradewegs in die Augen. In seinem Blick war ein fanatisches Leuchten, aber auch noch etwas anderes, eine Ernsthaftigkeit gepaart mit der Angst, seinen immerwährenden Kampf gegen das Böse zu guter Letzt doch noch zu verlieren. »Ein Schluck von diesem ganz besonderen Saft verleiht dir die Macht, dein eigenes Schicksal zu verändern. Verstehst du mich? Schon ein einzelner Schluck davon entreißt dich aus dem Hier und Jetzt. Du wirst in deine Vergangenheit hinabtauchen, oder vielleicht auch dorthin, wo deine Vergangenheit sein könnte.«

Verständnislos und wie hypnotisiert starrte Andrej ihn an.

»Jetzt wird dir dieser ganz besondere Saft erst einmal Heilung schenken. Dann aber wird er dich dorthin bringen, wo dich dein Herz hinführt – und sich dein Schicksal entscheidet.«

Noch bevor Andrej sich versah, benetzten einige Tropfen seine Lippen, und unwillkürlich schluckte er. Die Flüssigkeit rann seine Kehle hinab, brennend wie Feuer und doch gleichzeitig eiskalt. Da begriff er endlich, was es war. Blut.

»Es wird dir vorkommen wie ein Traum«, fuhr Domenicus fort. »Die Ereignisse werden so schnell auf dich einstürzen, dass du das Gefühl haben wirst, dass dein Leben im Zeitraffer verläuft.«

Andrej hörte seine Worte, aber sie drangen nur mit einiger Zeitverzögerung in sein Bewusstsein. Noch immer war der Himmel von einem unnatürlichen Leuchten erfüllt, einem von innen her leuchtenden Blau, über das winzige, grellweiße Verästlungen zuckten. Das war kein Wetterleuchten, wie er es kannte, und kein Gewitter.

»Was geht hier vor sich?«, murmelte er mit letzter Kraft.

Er spürte, wie ihm Domenicus die Phiole fast gewaltsam in die Hand drückte, dann schwanden ihm die Sinne. Die Welt wurde von einem Strudel verschluckt, der sich immer schneller und schneller um ihn drehte. Durch Andrejs Wahrnehmen ging ein Beben, und vielleicht war es auch die Erde, die bebte, oder etwas anderes, das ihn mitriss.

Er wusste es nicht, und es war ihm auch vollkommen gleichgültig. Es war die Unendlichkeit, die sich vor ihm auftat und in die er eintauchte wie jemand, der von einem viel zu hohen Felsen in einen Wasserfall hineingesprungen war. Das Lichtgewitter, das sich schon vorher über dem Tal angekündigt hatte, steigerte sich jetzt zu einem unerträglichen, grellen Leuchten. Sein Körper wurde hin und her geschleudert, und dann war es, als ob unzählige kleine Kinderfäuste auf ihn einschlugen. Währenddessen drangen Bilder aus seiner Vergangenheit auf ihn ein, früheste Erinnerungen an sein einfaches Leben als Sterblicher, die er längst verloren geglaubt hatte, albtraumhafte Begegnungen mit Gegnern, denen er kaum gewachsen gewesen war, und dazwischen immer wieder Maria mit manchmal liebevollem, manchmal aber auch wutverzerrtem Gesicht, in dem er keine Spur von Zuneigung fand. Auch

Domenicus tauchte immer wieder auf, und die Toten aus dem Borsã-Tal, genauso wie Meruhe und natürlich Abu Dun, und die vielen Menschen, denen er den Tod gebracht hatte ...

Er war auf dem Friedhof im Borsã-Tal, das war die einzige Gewissheit, die er hatte. Es war der Ort, an dem er selbst zitternd und mit Tränen in den Augen seine Verwandten beigesetzt hatte. Überall war Blut gewesen, aus schrecklichen Wunden. Weit aufgerissene Augen, die im Tode Dinge erblickt hatten, die kein Mensch sehen sollte. Sie alle waren von Domenicus' Schergen gefoltert und erschlagen worden, und ihre gepeinigten Seelen waren seitdem ruhelos ...

Ein Schatten jagte auf ihn zu und verdichtete sich zu einem gewaltigen Schwert. Ein Stich traf seine Brust, und plötzlich färbte sich alles um ihn herum rot. Es war das Schwert des schwarzen Ritters, doch es hatte ihn nicht erneut getroffen. Es war nichts anderes als die schmerzhaft frische Erinnerung an den tödlichen Hieb, den ihm sein Gegner gerade erst versetzt hatte.

»Warum?«, keuchte Andrej

Dann fegte ein grellroter Blitz seine Gedanken mit sich fort, und der Strudel verschluckte ihn endgültig.

*

Die Wolken über dem Tal rissen so plötzlich auf, als würden sie von den gewaltigen Pranken eines Riesen beiseite gefegt. Erneut blitzte es mit brutaler Urgewalt grellrot auf, und der schwarze Ritter musste die Hand vor die Augen schlagen, um nicht geblendet zu werden.

»Leb wohl«, murmelte er, kaum dass das rötliche Licht an den Seiten des Tales wie ein verstohlener Dieb hinausgeglitten war. Er spannte sich an, hob das mächtige Schwert mit beiden Händen in die Höhe und rammte es dann mit voller Wucht in Marius' Grab.

»Leb wohl«, wiederholte er noch einmal, bevor er sich umdrehte und wie ein geprügelter Hund mit gesenktem Haupt davonschlich.

Wäre er etwas aufmerksamer gewesen, hätte er wahrscheinlich die dunkle Gestalt bemerkt, die ihn die ganze Zeit über beobachtet hatte und sich nun aus ihrem Versteck hinter einer Baumgruppe löste und mit leicht federnden Schritten auf das Grab von Andrejs Sohn zuhielt. Und es wäre ihm wohl auch nicht verborgen geblieben, dass sich der Unbekannte nicht lange an dem geweihten Ort aufhielt, sondern sich damit begnügte, den Schwertgriff mit beiden Händen zu umfassen und die schwere Waffe mit einem Ruck wieder herauszuziehen.

»So sei es denn«, sagte der Fremde. »Das Schwert sei wieder ganz meins.«

Bei diesen Worten umspielte ein feines Lächeln seinen Mund, und in seinen Augen war ein spöttisches Blitzen. Er drehte sich um, und ging in die gleiche Richtung wie der schwarze Ritter davon. Aber sein Gang hatte nichts von einem geprügelten Hund, ganz im Gegenteil: Es war der eines Siegers.

KAPITEL 5

Andrej trieb in der Unendlichkeit, unfähig zu begreifen, was mit ihm geschah. Ein böses Kinderlachen erscholl, abgelöst von einem gespenstischen Kichern, das keinen Ursprung, keinen Anfang und kein Ende zu haben schien. Unzählige Gesichter wirbelten an ihm vorbei, Kinder beiderlei Geschlechts und jeglichen Alters, Verlorene, denen jede Fröhlichkeit genommen worden war und die nicht auf eine verstörte Art fröhlich klangen, wie er zuerst geglaubt hatte, sondern vielmehr voller Angst stöhnten und wimmerten.

Vielleicht stimmte auch beides. Er wusste es nicht, er spürte nur ein tiefes Schuldgefühl, das auf seine Brust drückte und seine Seele vergiftete. Er hatte Angst.

Er kannte diese Gesichter. Jedes einzelne von ihnen. Die kleine Bess sah ihn aus weit aufgerissenen Augen an, in denen er ein Flehen um Erlösung sah. Der krumm gewachsene Adis, mit dem er so manchen Streich ausgeheckt hatte. Der gehässige Boru, der keinem Kampf aus dem Weg gegangen war. Und so viele – unzählige – andere, die er längst vergessen hatte. Aber es waren nicht nur die Gesichter jener, an die er sich nur noch blass erinnerte, sondern auch die, die er nie vergessen hatte, nie hatte vergessen können – allen voran Frederic und Marius, immer wieder die beiden, gerade als wollten sie sich auf eine perfide Art dafür rächen, dass er sie im Stich gelassen hatte.

Er verlor vollends die Orientierung. Irgendwo vor ihm waren plötzlich Lichtfäden, zuerst kaum wahrnehmbar, dann voll gleißender Helligkeit. Er fiel mitten in sie hinein, wie ein Insekt, das die Falle zwar sah, die es das Leben kosten würde, jedoch nicht mehr ausweichen konnte.

Er überschlug sich, rotierte um seine eigene Achse. Ein fernes Donnern ertönte, und das, was er eben noch von den Kindern zu sehen oder zu hören geglaubt hatte, war wie fortgewischt. Etwas veränderte sich, schnell und auf dramatische Weise. Das Spinnennetz aus Lichtfäden zerriss, wie von einem wütenden Gott beiseite geschlagen. Andrej schrie auf. Er wusste nicht, wo er war und wer er war; er spürte nichts weiter als einen beißenden Schmerz in seinem Brustkorb und eine abgrundtiefe Verzweiflung, die ihn so fest umklammerte, dass er kaum noch Luft bekam.

Dann war es vorbei. Er wurde ausgespuckt, überschlug sich mehrmals und kam dann auf allen vieren auf. Das Erste, das ihm auffiel, war das blendend kalte Weiß, in dem er gelandet war und in dem er eine Handbreit weit einsank, bevor er festen Untergrund spürte. Das Zweite war die Gestalt, die vor ihm stand: ein dunkler Schemen, der alles sein konnte, auch der schwarze Ritter.

Mühsam stemmte er sich hoch, Domenicus' Phiole noch immer mit der linken Hand umklammernd. Die Wunde in seiner Brust pochte und wollte ihn einmal mehr niederringen, aber auch sie konnte nicht verhindern, dass er taumelnd auf die Beine kam.

Er war in einer Schnee- und Eislandschaft gelandet, wie er sie nur von seinen lange zurückliegenden Aufenthalten in den Nordländern kannte. Aber er hatte keine Augen für ihre Schönheit, er war ganz auf den Schatten konzentriert. Es war nicht der schwarze Ritter, der vor ihm stand, sondern Meruhe.

Die wunderschöne Nubierin mit ihrem tiefschwarzen Gesicht und den ebenmäßigen Zügen, mit dem immer leicht spöttischen Funkeln in ihren grünen Dämonenaugen. Die Göttin. Die Verführerin, die in ihm ein Feuer der Leidenschaft entzünden konnte, wenn es sie danach verlangte, die ihn aber auch bedenkenlos demütigte, wenn ihr danach war. Er liebte und er hasste sie, es trieb ihn zu ihr und von ihr weg. Sie verstörte ihn, machte ihn krank.

»Meruhe …«, stammelte er. »Was … wo bin ich?«

Die Frau, die keine Frau war, sondern eine Göttin, und das mit jedem Zoll ihres Körpers ausstrahlte, sah ihn auf ihre ganz eigene Art an. Sie hatte ihm nie das Gefühl gegeben, dass sie sich so erhaben fühlte, wie es ihrem göttlichen Rang entsprach. Aber es hatte neben aller Nähe und Vertrautheit auch immer eine Spur von Überheblichkeit in ihrem Blick geschimmert …

»Du bist vor den Toren Asgards«, antwortete Meruhe. »In der Welt des Göttervaters Odin.« Als er sie weiterhin verwirrt anstarrte, fuhr sie fort: »Oder besser gesagt, dort, wo seine Welt und seine Macht endet und übergeht in das, was einst aus den Urtrieben geboren wurde. An dem Ort der ewigen Kälte, dort, wo Erlösung und Verdammnis seit Ewigkeiten um die Vorherrschaft ringen.«

Andrej sah die Eiskristalle in ihren langen Wimpern und den rötlichen Haaren, die unter ihrer dunklen Kapuze hervorlugten. Erst da begriff er, wo er war. Er drehte den Kopf weg von Meruhe und sah in die andere Richtung, dorthin, von wo der eiskalte Wind blies, den er bislang im Rücken gespürt hatte.

Hinter ihm standen die beiden Kriegerinnen Meruhes, Kija und Nefra, mit ausdrucksloser Miene. Trotzdem glaubte er einen leisen Triumph in ihren Augen zu lesen. Sie hatten die Hände auf eine Art verschränkt, die Andrej nur zu gut kannte: So konnte jede von ihnen mühelos mit jeder Hand eine Waffe ziehen, um mit Schwert und Dolch auf ihn einzudringen.

Doch nicht das war es, was ihn beinahe hätte zurücktaumeln lassen.

Es war das Land selbst. Seine unbarmherzige Kälte sprang Andrej an wie ein reißendes Tier, das geduldig auf ihn gewartet hatte, und der Wind peitschte ihm Eiskristalle und feinen, pulvrigen Schnee ins Gesicht. Unwillkürlich drehte er sich ein Stück zur Seite und senkte den Kopf. Doch der beißende Wind drang erbarmungslos in jede Ritze. Auch als er die Arme vor der Burst verschränkte, brachte das keine Linderung, eher im Gegenteil: Dadurch wurde ihm erst richtig bewusst, dass sich die Kälte bis in seine Knochen hineinfraß.

»Andrej«, sagte Meruhe. »Uns bleibt nicht mehr viel Zeit. Ich weiß, dass dir Tausende von Fragen auf der Seele brennen und dass du nicht im Geringsten verstehen kannst, was dir widerfahren ist. Leider habe ich erst viel zu spät mitbekommen, dass sich die Schlinge immer enger um dich zieht. Hätte mir nicht das Orakel den Weg zu dir gewiesen ... ich wäre zu spät gekommen, und du wärst verloren ...«

Andrej stand zitternd da. Er hörte ihre Worte, doch er verstand sie nicht. Tausende von Fragen? Ja, und vor allem die eine: Was sollte das alles? Warum hielt er Domenicus' Phiole in der Hand, warum hatte ausgerechnet sein Todfeind Wert darauf gelegt, dass er sich mit diesem Trank hatte retten können?

Bevor er die Frage laut stellten konnte, nahm ihm Meruhe die Phiole aus der Hand und drehte sie in ihren Fingern. Das Licht brach sich in der tiefroten Flüssigkeit, erweckte sie zum Leben, denn plötzlich funkelte und glitzerte es im Inneren des Flakons, und Andrej glaubte über die Geräusche des an ihm zerrenden Windes hinweg ein merkwürdiges Zischen und Raunen zu hören und dann ein Brodeln. Meruhes Gesicht verzog sich, und sie streckte die Hand aus. Fast erwartete Andrej, dass sie die Phiole weit hinein in das unendliche Weiß schleudern wollte. Doch stattdessen gab sie sich einen Ruck, trat ganz nahe an Andrej heran und nestelte an seinem Gürtel, um die Phiole dort einzuhaken.

Auch diesmal kam er nicht dazu, eine Frage zu stellen, denn Meruhe nahm ihn bei der Hand. Er spürte die Berührung kaum.

»Die Wunde ...«, begann er. Sein Blick blieb an dem wunderschönen ebenmäßigen Antlitz Meruhes hängen, das ihn seit ihrer ersten Begegnung in Ägypten in den Bann gezogen hatte.

»Die schließt sich, Andrej. Aber sie heilt nicht. Der schwarze Ritter hat dir die Unsterblichkeit genommen. Wenn du leben willst, dann komm mit mir.« Bevor der Sinn der Worte in sein Bewusstsein eingesickert war, fuhr Meruhe auch schon fort: »Du musst in Bewegung bleiben. Stillstand bringt den Tod.«

Den Tod, ja. Andrej erinnerte sich daran, dass er gestorben war, wieder einmal. Aber diesmal war es anders gewesen. Maria ... Er erinnerte sich an ihr schmales Gesicht, die zarten Linien um ihren Mund, die vollen Lippen – aber auch an ihren besorgten Blick.

»Wo ist Maria?«, fragte er.

*

Das Schiff schaukelte mit so kleinen, eckigen Bewegungen auf den Wellen, als seien nervöse Pferde vor seinen Bug gespannt, die darauf warteten, endlich lospreschen zu können. Etwas von der ungewöhnlichen Unruhe des aufgewühlten Meeres schien sich über den Rumpf und die Planken auf den hölzernen Schiffskörper übertragen zu haben, und hätte Abu Dun Zeit gehabt, darüber nachzudenken, hätte er sich gefragt, ob der *Mauersegler* tatsächlich nur ein schwimmendes Wrack war oder vielleicht ein lebendes Wesen mit eigenen Gefühlen und einer Wahrnehmung, die weit über das hinausgehen mochte, was Tiere und Menschen empfinden konnten. Der Nubier hätte sich darüber hinaus noch viele weitere Fragen stellen können, etwa zu dem merkwürdigen Kapitän und seiner Mannschaft, die ihm zuerst wie unfähige Idioten vorgekommen waren und dabei doch über ein seemännisches Geschick verfügten, wie er es in seiner langen Karriere als Piratenkapitän nur selten kennengelernt hatte.

Aber all das spielte im Moment überhaupt keine Rolle. Es war eine kleine, unwirtliche Bucht, die sie angelaufen hatten, nicht weit entfernt von dem großen Hafen Constântâs. Obgleich es eine halbe Ewigkeit her war, dass er das letzte Mal hier gewesen war, erkannte er die Bucht wieder: Sie wirkte wie eine Mischung aus einem verträumten Südseeparadies und der rauen, zerklüfteten Felsenlandschaft unterhalb der Burg von Čachtice. Am Strand umspielten die Wellen Muscheln und Getier, die die Flut zuvor dort abgelegt hatte, und ein Stück weiter schlängelten sich Pflanzen mit farbenprächtigen Blüten aus einer grün wuchernden Uferlandschaft, die unvermittelt in eine wilde Felsformation überging, die erstaunliche Ähnlichkeit mit einem aufgerissenen Drachengebiss hatte.

Direkt unter dem drohend aufragenden ›Gebiss‹ stand eine Frau mit vom Seewind verwehten Haaren und einem vom Licht der viel zu heißen Sonne überfluteten Kleid, das ihr in all seiner Schlichtheit etwas von einer überirdischen Erscheinung verlieh.

Es war Maria.

*

»Du solltest dir keine Sorgen um Maria machen«, antwortete Meruhe ungeduldig. »Vor dir liegt eine ganz andere Herausforderung. Ich schenke dir …«

»Ist sie noch in Borsâ?«, fragte Andrej.

Meruhe schüttelte den Kopf. »Nein.« Ihre Stimme sank zu einem Flüstern herab. »Es ist einige Zeit vergangen, seitdem du an diesem verfluchten Ort warst …«

»Das glaube ich nicht«, fuhr ihr Andrej erneut ins Wort. »Es ist doch gerade erst einmal ein paar Augenblicke her …«

»Das mag dir so vorkommen. Aber was macht das schon, ob es Tage, Wochen oder Monate waren?« Meruhe lächelte versonnen. »Um Maria kannst du dich immer noch kümmern …«

»Nein! Ich werde mich jetzt um sie kümmern. Wo ist sie? Wie geht es ihr? Wie komme ich zu ihr?«

»Das alles wird sich dir offenbaren, wenn es soweit ist.« Meruhe verstärkte den Griff ihrer Hände. »Hast du denn nicht verstanden?« Meruhe war so nahe, dass er ganz in ihren Augen versank, die wie hell leuchtende Sterne in einer tiefschwarzen Nacht schimmerten. »Der schwarze Ritter hat dir deine Unsterblichkeit genommen!«

Ohne eine Antwort abzuwarten, wollte sie sich umdrehen und ihn mit sich ziehen.

»Meine Unsterblichkeit …« Er stemmte sich so entschieden gegen ihr Drängen, dass Meruhe gar nichts anderes übrig blieb, als seine Hand loszulassen, wollte sie ihn nicht umreißen.

»Du wirst Maria wiedersehen«, sagte Meruhe, und plötzlich lag Eiseskälte in ihrer Stimme und in ihrem Blick etwas Forderndes, dem er sich nicht entziehen konnte. »Aber nur, wenn du genau das tust, was ich dir sage. Hast du das verstanden? Du musst alles tun, was ich von dir verlange – sonst bist du verloren!«

Andrej keuchte. Es war nicht nur die unerbittliche Kälte Asgards, die mit gierigen Eisfingern nach ihm griff, als wolle sie ihm jedes bisschen verbliebener Wärme aus dem Körper drücken, da war auch noch etwas in ihrem Blick, das fast schlimmer war. Während er gebannt in ihre Augen sah, war ihm, als würden sich scharfkantige Eiskristalle in seinen Gedanken und Gefühlen festsetzen.

»Weißt du denn immer noch nicht, wo du bist, Andrej?«, herrschte sie ihn an. »Es ist keinem Sterblichen gestattet, seinen

Fuß auf den Asgard-Pfad zu setzen – es sei denn, er gehört zu den wenigen gefallenen Helden, denen hier nach ihrem gewaltsamen Tod Einlass gewährt wird.«

»Dann bin ich also tot«, stellte Andrej fest, während sich sein Herz langsam aber unaufhaltsam in einen Eisklumpen verwandelte.

»So gut wie tot«, bestätigte Meruhe. Etwas von der Kälte, die in Andrejs Herzen Einzug gehalten hatte, spiegelte sich nun in Meruhes Augen, während sie ihn musterte, als wäre er nichts als ein gefangenes Insekt, doch dann erwachte plötzlich ein energisches heißes Feuer in ihnen, das so gar nicht zu der unwirtlichen Umgebung passen wollte. »Und doch ist in deinem Fall alles ganz anders. Und das nicht nur, weil du kein normaler Sterblicher bist.«

»Anders? Wieso? Weil ich kein Held bin?« Andrej versuchte zu lachen, aber es wurde ein erbärmlicher, rauer Laut daraus, der zuerst von der Schnee- und Eiswüste verschluckt wurde, um dann nach wenigen Augenblicken wie ein böses Echo zurückzukehren.

»Helden …«, Meruhe zuckte mit den Schultern. »Was sind schon Helden? Die meisten sind nur Dummköpfe, die auf dem Schlachtfeld ihren Mut beweisen wollen. Aber sei's drum. Ich habe die Regeln nicht gemacht. Nun komm schon. Wenn wir weiter hier stehen bleiben, frierst du irgendwann fest!«

Ohne seine Reaktion abzuwarten, wandte sie sich von ihm ab und schritt mit federleichten Schritten den Asgard-Pfad entlang, der in strahlender und doch gleichzeitig machtvoll-düsterer Helligkeit scheinbar im Nirgendwo zu enden schien. Andrej erinnerte sich schmerzhaft an die erste Begegnung mit Meruhe. Schon damals hatte ihn die Ausstrahlung der nubischen Göttin fasziniert, und auch jetzt, in seinem geschwächten und aufgewühlten Zustand konnte er nicht anders, als die Eleganz ihrer raubkatzenhaften und auf unnachahmliche Weise eleganten Bewegungen zu bewundern.

Beinahe gewaltsam riss Andrej den Blick von ihr los.

Schnee und Eis spiegelten das helle Sonnenlicht so stark, dass ihm zuerst gar nicht aufgefallen war, dass dunkle Schatten in das Weiß eingewoben waren, bizarre Formen, die keinen Anfang und keine Ende zu haben schienen, und verwinkelte, wie Todesklauen gekrümmte Linien, die sich zu spitzen Eisdolchen auffächerten, um dann wieder in sich selbst zurückzustürzen und erneut aufzubrechen, immer und immer wieder, winzig und filigran und doch groß und abscheulich. Der Anblick ließ Andrej aufkeuchen, und ein fremdartiges Grauen packte ihn.

Verzweifelt suchte er nach irgendetwas anderem, an dem sich sein Blick festhalten konnte. Nach einer Weile glaubte er, weiter rechts die schwarze Silhouette eines in der Unendlichkeit gestrandeten Schiffes zu sehen, und gleich darauf schälten sich seine Konturen auch schon deutlicher heraus. Drei schwarze Masten ragten in den Himmel, von denen die zerfetzte Takelage hing, die Reling war halb abgerissen, der Rumpf und die Aufbauten waren wie mit Thors Hammer zusammengedroschen. Andrej blieb stehen, und seine Gedanken wanderten zu Abu Dun ... und das nicht von ungefähr, denn das Geisterschiff strahlte die gleiche Gier und Unbarmherzigkeit aus wie Abu Duns ehemaliger Piratensegler, mit dem er vor Jahrhunderten zu seinen legendären Raubzügen aufgebrochen war. Dabei sahen sich die beiden Schiffe nicht einmal ähnlich, es war diese Ausstrahlung, die sie miteinander verband und sie beide zu Todesschiffen machte, jedes auf seine ganz eigene Weise.

Andrejs Atem fing an zu flattern. Jedes Mal, wenn er die Luft ausstieß, bildete sich feiner Dunst vor seinen Augen, der zunehmend dichter wurde, bis er ihn wie ein wattiger Nebel einhüllte und begann, ihm den Blick auf seine Umgebung zu verwehren. Er wusste, dass er keinen Augenblick länger stehen bleiben durfte, wollte er nicht einen Zusammenbruch riskieren. Trotzdem kostete es ihn eine fast unmenschliche Überwindung, den nächsten Schritt zu tun, so steif waren seine Beine vor Kälte.

Meruhe nahm darauf wenig Rücksicht. Sie schritt so leicht aus, als würde sie die Kälte gar nicht spüren, und es würde nicht mehr lange dauern, bis die weiße Unendlichkeit sie vollkommen verschluckt hatte.

Andrej versuchte, sich auf seinen Körper zu konzentrieren und seine verbliebenen Kraftreserven anzuzapfen. Nach wie vor spürte er ein schmerzhaftes Ziehen in der Brust, aber zumindest hier hatte die Kälte einen positiven Einfluss gehabt und die Blutung endgültig zum Stillstand gebracht.

Dennoch spürte Andrej die Folgen des starken Blutverlustes, den er durch das verfluchte Schwert des schwarzen Ritters erlitten hatte. Die Schwäche ließ ihn mehr taumeln als gehen, und er glaubte das Knirschen seiner Knochen zu hören, so als hätte sich die Kälte bereits so fest in sie eingenistet, dass sie sie bei jeder unvorsichtigen Bewegung zerbrechen konnten. In seinem Kopf war ein dumpfes, tiefes Dröhnen.

Und trotzdem kehrte mit jedem Schritt auch etwas von seiner alten Kraft in ihn zurück und mit ihr die Wut darüber, wie übel man ihm mitgespielt hatte. Entschlossen stemmte er sich gegen den Wind, sodass er Meruhe schon sehr bald wieder eingeholt hatte und sie nun seinerseits so fest am Arm packte, wie sie ihn zuvor.

»Was willst du von mir, Göttin?«, fragte er scharf.

Meruhe machte sich von ihm los, aber nur, um ihn an sich zu ziehen. »Du hast eine Berufung, Andrej. Mehr noch. Du kannst ein Gott sein. Du wirst ein Gott sein. Und was für einer!«

Andrej schüttelte den Kopf. »Was soll das? Ich will kein Gott sein. Ich will Maria!«

»Die du bekommen kannst, wenn du es klug angehst – und sie dann noch wirklich willst«, antwortete Meruhe ärgerlich. »Aber dazu musst du Geduld haben. Vertrau mir. Es wird Jahre dauern, bis du überhaupt erahnst, was es heißt, ein Gott zu sein.«

Meruhe griff abermals nach Andrejs Händen. Sie waren so eiskalt wie alles hier, und doch spürte Andrej jetzt, wie ihn angenehm prickelnde Wärme durchfloss, als sie ihre Finger bewegte, und wie etwas von dieser Wärme auf ihn überging.

»Andrej«, sagte sie eindringlich. »Wie lange hat es gedauert, bis du begriffen hast, dass du unsterblich bist?«

Andrej ahnte, worauf sie hinauswollte, aber dennoch schüttelte er den Kopf. »Das kann man doch nicht vergleichen.«

»Willst du immer so weitermachen?«, setzte Meruhe nach. »Mit Abu Dun weiterziehen, dich mit irgendwelchen Idioten herumschlagen und so tun, als wäre es das Normalste der Welt, die Gabe der Unendlichkeit mit nichtigen Abenteuern zu verschwenden?«

»Verschwenden?« Andrej schüttelte den Kopf. »Du missverstehst da etwas. Wenn man sein Leben lebt, ist das nie Verschwendung!«

»Dein Leben leben?« Meruhe lachte heiser auf. »Was für ein Leben? Du vergeudest deine Gabe. Du hast keine Ziele, gibst deinem Leben keine Richtung ...«

Andrej schüttelte den Kopf. »Du verstehst es nicht, nicht wahr? Abu Dun und ich ...« Die Worte waren in seinen Gedanken und auf seinen Lippen. Doch er brachte sie nicht heraus. Es hätte auch keinen Sinn gemacht. Meruhe hätte ihn nicht verstanden.

»Unsterblichkeit ist eine Gabe«, wiederholte Meruhe. »Glaubst du etwa wirklich, sie ist dir verliehen worden, damit du dich wie ein Abenteurer verhältst, der nur zufällig länger als die anderen Idioten lebt, die sich ihm in den Weg stellen?«

»Du glaubst, wir sind etwas Besonderes, weil wir Unsterbliche sind?« Andrej hätte fast aufgelacht. »Warum? Nur weil wir länger leben als andere Menschen?«

»Länger?« Plötzlich war ein gefährliches Glitzern in Meruhes Augen. »Sagtest du wirklich: länger?« Der Griff ihrer Hände wurde fester, dann ließ sie ihn plötzlich los. »Es ist die Ewigkeit, die sich vor dir auftut.«

»Ewigkeit ... was soll ich mit der Ewigkeit?«

»Unsterblichkeit ist die vielleicht größte Prüfung, die einem Menschen widerfahren kann. Aber wenn es gut läuft, ist es nur ein Zwischenschritt.«

»Und wenn es schlecht läuft?«

»Wenn es schlecht läuft, taucht irgendwann ein schwarzer Ritter auf und fügt dir eine so bösartige Verletzung zu, dass du daran elendig zugrunde gehst.«

Andrej hätte ihr gerne entgegengehalten, dass das alles Unsinn war. Doch er spürte Meruhes Ernsthaftigkeit und begriff, dass sie ihm aus ihrer Sicht ein geradezu unglaubliches Angebot machte: Er konnte zu einem Gott werden, wenn er das nur wirklich wollte.

»Willst du die Welt etwa Fanatikern wie Domenicus überlassen?«, fragte Meruhe. »Begreifst du denn nicht, dass es Menschen seines Schlages sind, die die Welt in Brand stecken werden – wenn wir sie nicht aufhalten?«

»Und dazu muss ich zum Gott werden?«, fragte Andrej.

»Ja«, antwortete Meruhe eindringlich. »Dazu musst du ein Gott werden.« Sie schien noch etwas ergänzen zu wollen, ließ es dann aber sein, als sich ihre Blicke trafen.

Andrej starrte erst sie wortlos an und versuchte dann die gezackte Schattenlinie weit vor ihm zu erfassen, dort, wo das sagenhafte Asgard liegen sollte. Aber je mehr er sich anstrengte, desto dichter schien der Schnee vor ihm zu wirbeln. Schließlich trieb ihm seine

Erschöpfung graue, verwaschene Schleier vor die Augen, hinter denen wie ein knöchernes Gespenst das ewige Vergessen lauerte. Er blinzelte, fuhr sich mit dem Handrücken über die Augen und atmete tief durch.

Meruhe trat noch näher an ihn heran, und er glaubte, den verführerischen Duft ihres Körpers zu riechen.

»Werde zum Gott an meiner Seite«, flüsterte Meruhe heiser. »Lass uns gemeinsam die Welt regieren.«

Sie meint es ernst, dachte Andrej erschrocken.

»Ich habe dich auserkoren, Liebster«, fuhr Meruhe fort. »Gemeinsam können wir allen trotzen. Selbst Loki.«

Loki? Was hatte er mit diesem Gott zu schaffen, der ihm und Abu Dun schon einmal beinahe zum Verhängnis geworden war?

»Komm zu mir, Andrej. Lass uns gemeinsam herrschen. Werde zum Gott an meiner Seite!«

Die eisige Luft schmerzte in Andrejs Kehle, doch sie vertrieb auch die Schleier vor seinen Augen und schuf für einen kurzen Moment Klarheit in seinen Gedanken.

»Nein, Meruhe«, flüsterte er. »Ich will kein Gott werden.«

Er drehte sich um und ging an den verdutzten Kriegerinnen vorbei, den Zwillingen des Todes. Fast erwartete er, dass sie nun ihre Waffen ziehen und sich ihm in den Weg stellen würden. Aber nichts dergleichen geschah.

»Du kannst mir nicht entkommen, Andrej«, rief ihm Meruhe hinterher. »Mir nicht, und schon gar nicht Loki!«

Andrej hätte abgewinkt, wenn er die Kraft dazu gehabt hätte. Stattdessen schraubte und riss er mit klammen Fingern an dem Verschluss der Phiole, setzte sie an die Lippen und nahm einen tiefen Schluck.

*

Diesmal war es schlimmer als beim ersten Mal. Die Eiseskälte biss sich in ihm fest, als wollte sie ihn im letzten Moment doch noch zurückhalten, und gleichzeitig brannte Domenicus' teuflischer Trunk in seiner Kehle, als hätte er aus purer Gier Salzsäure geschluckt. Andrej schrie auf, und der Schrei hallte unerträglich laut in seinen Ohren wider, obwohl seine verätzte Kehle zu gar keinem Gewaltakt mehr fähig war. Er stürzte in einen grellrot leuchtenden Schlund. Nebelschwaden waberten um ihn herum, und dann stieg ihm der Geruch verbrannten Holzes in die Nase. Diesmal sah er keine Gesichter, aber er hörte Stimmen, verzweifelte Laute, die aus unzähligen Kehlen stammten.

»*Hilf uns!*«, glaubte er herauszuhören, aber auch »*Verschwinde!*«, »*Lass uns in Ruhe!*« und vieles andere, das unendlich traurig und voller Sehnsucht nach Erlösung klang.

Er bekam keine Luft mehr. Etwas drang in seine Eingeweide, fraß sich in sie hinein. Ihm war, als würde er erfrieren und gleichzeitig von innen heraus verbrennen.

Wenn das der Tod war, dann war er grausam.

*

Das ein oder andere Mal hatte Andrej einen über den Durst getrunken, und mehr als einmal hatte ihn auch eine schwere Krankheit in ihren Klauen gehabt, doch niemals zuvor hatte er sich so schwach und elend gefühlt wie jetzt, als er in einer Pfütze auf regennassem Kopfsteinpflaster aufwachte. In seinem Kopf dröhnte und hämmerte es ohne Unterlass, und statt Erleichterung darüber zu empfinden, dass er den fürchterlichen Sturz überlebt hatte, war er so niedergeschlagen wie schon lange nicht mehr. Die Begegnung mit Meruhe vor den Toren Asgards war nicht mehr als ein ferner Traum für ihn, etwas, das so unwirklich und bedrückend wie die Kindheitserinnerung an den Tod eines nahen Verwandten war. Er hätte viel darum gegeben zu wissen, wie er hierhin gekommen war, in diese Gosse, in der er jetzt wie ein betrunkener Zecher lag, den ein Wirt am frühen Morgen aus seiner verräucherten Kneipe geworfen hatte. Der Geruch von Urin und Erbrochenem stieg ihm in die Nase. Er stützte sich auf Hände und Füße auf, um sich aus der stinkenden Brühe hochzustemmen, in der er wer weiß wie lange schon gelegen hatte.

Es gelang ihm erstaunlich rasch. Obwohl er seine Sinne noch immer nicht wieder richtig beisammen hatte, waren seine Beine bereit, ihn zu tragen und seine Lungen in der Lage, so viel Sauerstoff in seinen Körper zu pumpen, dass er nicht erneut von Schwäche übermannt wurde. Es gelang ihm auch durchaus, die Augen aufzuhalten. Das hieß aber nicht, dass er wirklich mitbekam, was um ihn herum vor sich ging.

Doch den feinen Nieselregen, der seine Haut benetzte, spürte er.

Über den Boden waberten Nebelschwaden, aber auch sie konnten den Unrat nicht verbergen, der sich am Straßenrand angesammelt hatte und sich auch nicht forttreiben lassen würde, wenn sich der Himmel verdunkelte, um einen wahren Platzregen auf diese dunkle Gegend niederprasseln zu lassen.

Und dunkel war es hier wirklich. Aus den wenigsten Häusern rechts und links drang flackernder Kerzenschein durch die Ritzen und Spalten der geschlossenen, mitunter schief in den Angeln sitzenden Fensterläden. Gepflasterte Wege, windschiefe Häuser, ein Nieselregen, der wirkte, als würde er zu dieser Stadt gehören – das sah nicht nach Transsylvanien aus, sondern eher nach einer europäischen Großstadt in einer Schlechtwetterzone. Andrej erinnerte sich nur noch vage daran, was ihm Domenicus über die Wirkung des Trunkes gesagt hatte, den er ihm eingeflößt hatte.

Du wirst dorthin gelangen, wo dich dein Herz hinführt – und sich dein Schicksal entscheidet.

Das hatte der Inquisitor gesagt, und es hatte in seinen Ohren so verrückt geklungen, dass er nicht weiter über den Sinn dieser Worte nachgedacht hatte. Obwohl Andrej von Abu Dun scherzhaft Hexenmeister genannt wurde, verstand er nicht wirklich etwas von Hexerei und angeblichen Zaubertränken, und obgleich er auch aus eigener Erfahrung wusste, dass es sehr wohl so manches Gebräu gab, das sonderliche Wirkung hatte, fiel es ihm doch schwer daran zu glauben, dass so etwas wie magische Tränke wirklich existierten. Aber angesichts dessen, was er gerade erlebte ...

Probehalber machte Andrej ein paar Schritte vorwärts, noch weit davon entfernt zu wissen, was er eigentlich vorhatte. Trotz seines dröhnenden Schädels hatte er geglaubt, dass er im Großen und Ganzen im Vollbesitz seiner Kräfte sei. Doch das stellte sich jetzt als Irrtum heraus. Er hatte alle Mühe, auf den Beinen zu bleiben. Als er sich torkelnd der nächsten Kreuzung näherte, hörte er das harte Trappeln von Pferdehufen, das von rechts auf den Kreuzungspunkt vor ihm zujagte, und irgendwo weiter entfernt Stimmen, darunter ein lautes Lachen, dreckig und abfällig. Nach und nach drangen nun auch andere Geräusche an sein Ohr, Gelächter, Stöhnen und Schimpfen, das von überall und nirgends zu kommen schien. Aus den Häusern, an denen er vorbeistolperte, und von den Straßen rings um ihn herum, genauso wie aus der Ferne, wo Wasser plätscherte. Er glaubte, das typische Geräusch wahrzunehmen, mit dem an einen Steg gebundene Boote von den Wellen in regelmäßigen Abständen gegen einen Kai getragen werden und den leicht herben Geruch, der vom Fluss aus durch die Gassen zog und alles andere überlagerte, selbst die unangenehmen Gerüche, die sich zuvor in seiner Nase festgesetzt hatten.

Dicht vor ihm wurde eine Tür aufgerissen und zwei Männer

torkelten heraus, der eine ein langer hagerer Kerl mit abstehenden Ohren und der andere klein und dick und von schweißtriefender Hässlichkeit, beide in einer schäbigen und doch gleichzeitig auch provozierenden Art gekleidet, die darauf schließen ließ, dass sie ihren Lebensunterhalt mit Diebstählen und Gelegenheitsarbeiten verdienten, statt einer geregelten Arbeit nachzugehen. Der kleine Fettkloß rollte sich wie eine Kanonenkugel in seine Richtung herum und stieß ein helles Quieken aus, das Andrej an eine Ratte erinnerte, der man aus Versehen auf den Schwanz stieg. Die Bohnenstange lachte und schlug dem Kleinen die Hand auf die Schulter, blickte dann ebenfalls in seine Richtung und runzelte die Stirn, als er Andrej offensichtlich als das erkannte, was er auch war: ein Fremder.

»Verdammt«, sagte der kleine Dicke, »was will denn einer wie der hier?«

»Kennst zu den?«, fragte der Hagere mit einer rauen, von übermäßigem Alkoholkonsum ruinierten Stimme. Der Dicke schüttelte den Kopf.

Noch während der Klops die Frage verneinte, begriff Andrej, wo er war: in London. Die beiden Männer hatten genau den Akzent, mit dem man in den weniger guten Gegenden von London sprach, und auch sonst passte alles: der feine Regen, die mit Kopfsteinen gepflasterte Straße, die sicherlich zur Themse führte, und die mehrstöckigen, aus Holz und Pech gebauten Häuser, die im starken Kontrast zu dem aufwendig verlegten Straßenpflaster standen.

Die beiden Männer waren ganz offensichtlich auf Streit aus. Als Andrej aus dem Haus, aus dem sie gekommen waren, ein Poltern, übermütige Rufe und schwere Schritte hörte, begriff er, dass er so schnell wie möglich von hier verschwinden musste.

London … Es war nicht das erste Mal, dass er hier gestrandet war, und auch wenn seine Erinnerung an diese gigantische Stadt merkwürdig verschwommen und nebulös war, kam ihm doch das eine oder andere sehr vertraut vor. Aber warum war er hier?

Domenicus hatte behauptet, dass er selbst bestimmen konnte, wohin ihn der Trunk brachte. Die Phiole … er hatte sie nicht mehr bei sich. Erschrocken fuhr er herum und starrte zurück in die Richtung, aus der er gekommen war. Tatsächlich, dort schimmerte etwas in den Nebelschwaden, die gierig um seine Waden strichen.

»Was hat er denn?«, hörte er eine Stimme hinter sich, ergänzt durch eine andere: »Der haut doch ab!«

Andrej wankte auf die Stelle zu, von der er sich gerade hochgestemmt hatte.

»Der ist ja breit wie eine Haubitze!«

Nein, das war er ganz sicher nicht. Aber auch noch nicht wirklich Herr seiner Sinne. Keuchend ging er in die Hocke und griff nach der Phiole, deren magische Kraft ihn hierhin gebracht hatte, mitten in eine der übelsten Gegenden Londons. Und das sollte er sich wirklich gewünscht haben? Ausgerechnet hierhin zukommen?

Während er sich mit der Phiole in den Händen wieder aufrichtete, erinnerte er sich daran, wem er begegnet war, als er zum letzten Mal in London gewesen war: Meruhe. Die Erinnerung kam ihm wie ein Fiebertraum vor, so, als hätte es gar nicht wirklich stattgefunden, sondern nur in seiner Fantasie. Einen Moment lang verschwammen die Straße und die Häuser, die sie säumten, vor seinen Augen – als ihn ein Knall aus seinen Gedanken riss und etwas neben ihm auf den Boden klatschte, das eine Flüssigkeit hochspritzen ließ, über deren Zusammensetzung er besser nicht nachdachte. Als er sich umdrehte, sah er, dass dem langen Lulatsch und der rollenden Kanonenkugel drei weitere Männer folgten. Er bemerkte das Glitzern von Waffen und erhitzte, hochrote Gesichter, die davon kündeten, dass sie ihm nicht unbedingt wohlgesonnen waren. Andrej befestigte die Phiole wieder an seinem Gürtel, wandte sich dann ab und begann in einen einigermaßen schnellen, wenn auch immer noch unsicheren Schritt zu verfallen, der nicht wie eine Flucht aussehen sollte, und es doch war …

KAPITEL 6

Abu Dun war am Ende, seelisch wie körperlich. Die Überfahrt hatte ihm alles abverlangt. Mehr als einmal hatte er geglaubt, dass die *Gierzwaluw* zum Spielball der unberechenbaren, sich wie wild gebärdenden Wellen werden würde. Der Kapitän und er waren auf äußerst grobe Art aneinandergeraten – was sich nicht hatte vermeiden lassen, so heftig wie ihre Ansichten aufeinandergeprallt waren, als es darum gegangen war, dass Schiff im wahrsten Sinne des Wortes vor dem Untergang zu bewahren.

Und nun war er hier, am Ufer der Themse, starrte in das nebelig trübe Nieselwetter und fragte sich, was er hier eigentlich tat. Die ganze Zeit über war er sicher gewesen, dass er in London auf Frederic stoßen würde. Hätte man ihn gefragt, woher er diese Zuversicht nahm und warum es ausgerechnet jetzt so wichtig war, dass er Frederic fand und dafür sogar Andrej im Stich ließ, hätte er nur sagen können: »Ich weiß es eben.«

Die Hinweise, dass sich Frederic in London aufhalten könnte, kamen nicht von ungefähr. Irgendwann hatte sich Andrej und ihm die Frage gestellt, ob sie Frederic in Transsylvanien suchen wollten oder aber in London, und Andrej hatte auf seine unnachahmliche Art entschieden, dass er zuerst ins Borsã-Tal müsse, um sich Klarheit über sein weiteres Vorgehen zu verschaffen. »Und außerdem halte ich es für viel wahrscheinlicher, dass sich Frederic dort versteckt, statt sein Glück ausgerechnet in London zu suchen. Du weißt doch, was dort zurzeit los ist!«

Ja, das wusste er. In London konnte in diesen Tagen jederzeit alles passieren. Ob Madrid, Prag, Konstantinopel oder Venedig: In allen großen Städten klaffte die Schere zwischen Reich und Arm auf eine unerbittliche, fast grausame Art auf. Doch in London war es am schlimmsten: Das Königshaus, die Torys und die reichen Geschäftsleute auf der einen Seite und auf der anderen Seite diejenigen, die sie als Abschaum bezeichneten, Männer und Frauen, die keine rechtschaffene Arbeit fanden, mit der sie sich und ihre Familien ernähren konnten, und somit Gefahr liefen, in krumme Geschäfte gezogen zu werden. Dazwischen drohten die sogenannten einfachen Leute aufgerieben zu werden, Handwerker, Verkäufer, Dienstboten und Tagelöhner, die von den Reichen und dem sogenannten Abschaum gleichermaßen ausgenommen wurden: Die einen zogen ihnen mit Abgaben und überteuerten Preisen das Geld aus der Tasche, die anderen setzten ihnen ein Messer an die Kehle, um ihnen ihre letzten Schillinge abzupressen.

»Und was machen wir jetzt mit der Frau?«

Abu Dun zuckte zusammen, als er begriff, dass er ins Leere gestarrt hatte. Es war Piet, der Steuermann, der ihn angesprochen hatte, ein kräftiger Kerl mit wettergegerbtem Gesicht, der dem Alkohol so stark zugetan war, dass er ihm wohl schon allzu bald zum Verhängnis werden würde. Auch jetzt hatte er wieder eine Rumflasche in der Hand, die er weiß Gott wo aufgetrieben hatte.

»Maria ...« Abu Dun gab sich einen Ruck. Er hatte während der Überfahrt viel und lange mit ihr gesprochen und war doch nicht wirklich schlau aus ihr geworden.

»Ja, diese Heilige ...« Piet rülpste, und eine übel riechende, mit Alkohol getränkte Wolke zog unter Abu Duns Nase. »Die wir während der ganzen Überfahrt nicht anfassen durften.«

Es klang nicht wirklich bedauernd, und das schon allein deshalb, weil Piet dem Alkohol und nicht den Frauen verfallen war.

»Wo ist sie?«, fragte Abu Dun.

»Woher soll ich das denn wissen«, gab Piet zurück. »Hier macht doch sowieso jeder, was er will.«

Abu Dun hätte ihn darauf aufmerksam machen können, dass das nicht ganz richtig war, zumindest nicht, seitdem er das Kommando über den *Mauersegler* hatte. Drei Tage, nachdem sie auf dem offenen Meer von einer hart anrollenden Welle nach der anderen durchgeschüttelt worden waren und das Deck sich in eine Hölle aus gischtendem Wasser und Trümmern verwandelt hatte, hatte er den Befehl über die *Gierzwaluw* übernommen – mehr aus dem Zwang heraus, den drohenden Untergang auf stürmischer See verhindern zu müssen als aus freien Stücken. Lieber hätte Abu Dun darauf verzichtet, den Kapitän und seinen Ersten Offizier niederzuschlagen – dass die Mannschaft die beiden anschließend kurzerhand über Bord geworfen hatte, war ebenfalls nicht in seinem Sinne gewesen. Denn jetzt war er wider Willen zu dem geworden, was er eigentlich nie wieder hatte sein wollen: ein Piratenkapitän.

»Also, was sollen wir mit der Frau machen?«, setzte Piet nach.

»Wieso willst du das wissen«, gab Abu Dun zurück, »Wenn du noch nicht einmal weißt, wo Maria ist?«

Piet zuckte mit den Schultern und kratzte sich am Bauch. Es sah nicht gerade appetitlich aus, wie der Schmerbäuchige leicht schwankend auf dem Pier dastand, als würden ihn die Wellen noch immer durchschütteln wie an Bord des schwimmenden Wracks, das er seine Heimat nannte.

»Mir geht es nicht um die Frau«, bekannte Piet schließlich. »Ich will wissen, wie es mit uns weitergeht – bevor die Mannschaft ausschwärmt und sämtliche Hafenspelunken in der Gegend unsicher macht.«

»Das habe ich euch doch schon gesagt«, sagt Abu Dun ärgerlich. »Wir haben hier noch etwas zu erledigen, und dann könnt ihr eurer Wege gehen.«

»Und es bleibt dabei, dass wir die Heuer ...«

»Die bekommt ihr, wie besprochen«, beendete Abu Dun seinen Satz. »Und jetzt halte mich nicht länger mit deinem dummen Geschwätz auf: Geh Maria suchen!«

*

London war so ungefähr das letzte Ziel, das sich Andrej ausgesucht hätte, wäre er bei klarem Verstand gewesen. Er wollte zurück zu Maria, nach Transsylvanien, ins Borsã-Tal, dorthin, wo sie ihm gewaltsam entrissen worden war. Aber das musste er erst einmal zurückstellen, denn Transsylvanien war weit, und eine Reise dorthin würde ihn Wochen, wenn nicht sogar Monate kosten. Aber warum war er dann ausgerechnet hier in London gelandet, dem letzten Ort auf der Welt, von dem er hoffen konnte, Maria wiederzusehen?

Seine verzweifelten Gedanken hatten ihn gerade zu diesem wenig erfreulichen Punkt getrieben, als der kleine Dicke aus einer Seitengasse hervorbrach, gefolgt von zwei weiteren Männern, die kaum weniger hübsch als die rollende Kanonenkugel waren, aber mindestens zweieinhalb Kopf größer und so breit, dass sich selbst Abu Dun hinter ihnen hätte verstecken können.

»Da ist das Schwein!«, schrie der Dicke. »Jetzt haben wir ihn gleich!«

Andrej war bei Weitem noch nicht im Vollbesitz seiner Kräfte, aber er hatte genug Auseinandersetzungen dieser Art erlebt, dass er alle Finten, Tricks und Gemeinheiten kannte. Auch wenn er nicht gerade in guter Verfassung war, war er sich doch sicher, dass er kein Problem damit haben würde, diesen Idioten zu entkommen, wenn er es nur richtig anstellte. Er beschloss, dass Angriff in diesem Fall die beste Verteidigung wäre, und diesen Angriff mit einer Prise Unverschämtheit und einer Lügengeschichte zu würzen, die die Fantasie der drei in eine ganz andere Richtung lenken würde.

Statt sich umzudrehen und davonzulaufen, hielt er deshalb geradewegs auf sie zu. »Aus dem Weg, ihr Idioten!«, brüllte er genau in dem Moment, in dem sich die drei anspannten, um ihn abzufangen. »Seht ihr nicht, dass der Kerl abhauen will?«

»Kerl? Welcher Kerl?« Auf dem Gesicht des Dicken spiegelte sich neben Unverständnis auch eine gehörige Portion Unsicherheit, und die beiden anderen sahen so aus, als hätte man ihnen eine Bratpfanne über den Kopf gezogen. Andrej hätte sich noch gerne an diesem Anblick ergötzt, aber dazu fehlte ihm die Zeit. »Wenn der feige Hund die Piraten aus dem Hafen holt, können wir einpacken!«

Er hätte nicht sagen können, wie er gerade auf Piraten gekommen war, auch wenn ihm klar war, dass er in Gedanken wohl bei Abu Dun gewesen war. Doch damit konnte er sich nicht aufhalten, er musste schnell nachsetzen. »Seht zu, dass ihr so viele Männer wie möglich auftreibt und dann folgt mir zum Hafen!«

»Aber was?«, quäkte der Dicke.

»Zum Hafen?«, brummte der eine, als hätte er das Wort noch nie gehört, und der andere knurrte wie ein hungriger Bär, der sich gerade auf sein Frühstück freute: »Piraten?«

»Ja, Piraten«, bestätigte Andrej. »Die wollen hier schnell zuschlagen und dann wie ein Sturmwind wieder verschwinden.«

»Wer will zuschlagen«, fragte einer der Kolosse.

»Die Piraten«, antwortete der Dicke, und dann wiederholte er das, was Andrej gesagt hatte, auf eine Art und Weise, die daran zweifeln ließ, ob er zwei und zwei zusammenzählen konnte.

Andrej konnte das nur recht sein. »Tu, was ich dir sage!«, herrschte er den begriffsstutzigen Koloss an. »Und beeilt euch gefälligst ein bisschen!«

Bevor das ungleiche Dreiergespann auch nur im Geringsten begriff, was er vorhatte, war er auch schon an ihnen vorbei und bog in die nächste Seitengasse ab. Jeder halbwegs beschlagene Straßenräuber wäre spätestens jetzt darauf gekommen, dass er ihn hatte austricksen wollen, aber diese drei waren erst einmal so verwirrt, dass sie hoffentlich erst zu spät auf die Idee kamen, ihm nachzusetzen.

*

Meruhe strich sich eine hartnäckige rote Haarsträhne aus den Augenwinkeln. Dann stand sie ganz still da, fast wie eine Statue in den Tempelanlagen des mächtigen Pharaos Echnaton, die auf wunderliche Weise dem Zerstörungswahn seiner hasserfüllten Nachfolger entgangen war. Der leise Nieselregen schien sie auszusparen und der Nebel vor ihr zu fliehen.

Ihre beiden Begleiterinnen standen ein Stück entfernt von ihr und tuschelten leise miteinander, während sie ihrer Herrin immer wieder scheue Blicke zuwarfen. Es herrschte eine ungute, fast düstere Stimmung zwischen den dreien, die auch dadurch nicht besser wurde, dass Meruhe keine Anstalten machte zu erklären, was sie vorhatte.

»Ob sie weiß, wo Andrej ist?«, flüsterte Kija ihrer Schwester zu, doch diese wagte nicht mehr, als scheu zu Boden zu blicken und fast unhörbar zu hauchen: »Ja. Natürlich.«

»Natürlich weiß ich, wo Andrej ist«, sagte Meruhe.

Es lag kein Unmut in ihrer Stimme, wie das so oft der Fall war, wenn etwas nicht nach ihrem Willen lief, sondern etwas ganz anderes, was ihre beiden Begleiterinnen nur zu gut kannten: Die Göttin hatte die Witterung ihres Opfers aufgenommen.

*

Andrej verhielt keuchend. Der Gestank nach Rattenkot und Urin war so unerträglich, dass es ihm schier den Atem verschlug. Die Gasse war auf den letzten Metern immer schmaler geworden, bis sie sich fast wie der Bug eines Schiffes verjüngt hatte. Die oberen Stockwerke waren jeweils ein Stück weiter in die Gasse hineingebaut worden, sodass sie nicht nur die Grundmauer ein beträchtliches Stück überragten, sondern sich oben fast wie ein massives Dach begegneten. Aller Dreck und Unrat, der sich sonst auf einer größeren Fläche verteilte, wurde hier zu einer zähen, stinkenden Masse, durch die er regelrecht waten musste.

Der Gestank und die Enge setzten Andrej mehr zu, als er erwartet hatte. Er begriff, dass er hier raus musste, und das ganz schnell, wollte er nicht ein kleines Bad in der stinkenden Brühe nehmen. Hinter sich hörte er die Geräusche seiner Verfolger, die zwar dämlich sein mochten, aber auch hartnäckig wie Bluthunde waren, die schon manchen Fuchs zu Tode gejagt hatten. Es war fast stockdunkel hier, was sein Vorhaben nicht gerade erleichterte, ihm aber auch einen Vorteil verschaffte.

Er hielt den Atem an, ganz so, als hätte er vor, in ein Gewässer zu springen, um die nächste Strecke tauchend zurückzulegen, dann nahm er Anlauf und sprang über etwas, das ein vor sich hindösender oder auch halb verwester Straßenköter sein konnte, und jagte auf den schmalen Spalt zu, durch den etwas Licht in diesen trüben Ort der Verdammten gelangte.

»He, was …«, hörte er über sich, und dann schüttete irgendjemand ein oder zwei Stockwerke über ihm einen Kübel aus, dessen unangenehmem Inhalt er sich nur mit einem beherzten Sprung in den Spalt hinein entziehen konnte. Seine rechte Schulter schrappte über eine Hauswand, von der irgendetwas absplitterte. Er hörte noch, wie hinter ihm ein derber Fluch ausgestoßen wurde, dann war er durch …

Überrascht blieb er stehen. Es war, als hätte er durch den Spalt eine andere Welt betreten. Hinter der schrecklichen Gasse tat sich ein kleiner, von hellem Sonnenlicht beschienener Platz auf und statt in dicke, mürrische Regenwolken, aus denen es unaufhörlich auf ihn herabnieselte, blickte er nun in einen fast wolkenlosen Himmel. Das, was ihn aber erst einmal vor Erleichterung verharren ließ, war die angenehme frische Luft, die ihn umstrich und ihn mit jedem Atemzug ein Stück mehr vergessen ließ, was für Gerüche ihn gerade noch umwabert hatten. London war eine Stadt voller Gegensätze, verwinkelter Gassen und großer Prachtstraßen, eine Stadt, in der es viel Elend gab, die aber auch von einer Lebendigkeit war, wie man sie sonst kaum in einer anderen europäischen Hauptstadt fand. Dieser Platz jedoch war menschenleer.

Als er sich weiter umblickte, stellte er fest, dass der erste Eindruck ihn getäuscht hatte. Der Platz war zwar großzügig und sonnig, doch die Häuser waren windschief und so sehr verwittert, dass von ihrem ursprünglichen Anstrich kaum noch etwas zu erkennen war, und das Pflaster so schadhaft, dass sich das Regenwasser der letzten Tage in matschigen Kuhlen gesammelt hatte. Dies war keine gute Gegend. Vermutlich gab es einen guten Grund dafür, dass er keine Menschenseele entdeckte. Andrej wollte auch hier nicht länger bleiben als unbedingt nötig. Er brauchte dringend einen Unterschlupf, wo er etwas zur Ruhe kommen konnte, um sich auf seine nächsten Schritte zu besinnen.

Ohne seine Umgebung einer genaueren Musterung zu unterziehen, ging er los. Seine Schritte hallten merkwürdig dumpf von dem groben Pflaster wider, und erst als er ein paar Schritte weitergegangen war und für einen Moment durch eine Häuserlücke hindurchschauen konnte, begriff er, wie nahe er sich am Fluss befand. Er lief noch ein kleines Stück weiter und blieb erst dann stehen, um fasziniert auf das zu starren, was sich unter ihm auftat.

Über die Themse spannte sich eine ganz und gar ungewöhnliche Brücke, die sich mit nichts vergleichen ließ, was er auf seinen Streifzügen durch die bekannte Welt in den Städten vorgefunden hatte, die von einem großen Fluss in zwei Hälften geteilt wurden. Es war nicht das erste Mal, dass er die London Bridge sah, doch noch nie zuvor aus einer solchen Perspektive, die ihm die ganze verspielte Pracht dieses Bauwerks offenbarte. Es war nicht nur einfach eine Brücke, die den Ost- und Westteil der Stadt miteinander verband, sondern ein eigenständiges Bauwerk, das eine Mischung aus Hafen und Kleinstadt darstellte.

Die Brücke wurde von zwei Toren eingerahmt, die so wehrfähig wirkten, als würden sie eine Befestigungsanlage umschließen. Dahinter erhoben sich auf beiden Seiten mehrstöckige Gebäude, die schmal und schlank in den Himmel ragten und von mit Schornsteinen und Wetterhähnen verzierten Spitzdächern abgeschlossen wurden. Die höchsten dieser ungewöhnlichen Mietshäuser waren unglaubliche sieben Stockwerke hoch, wie er auf die Schnelle nachzählte, und machten damit sogar den Kirchen Konkurrenz, deren Glockentürme in den Stadtteilen hinter der Brücke wie überdimensionierte Lanzen in den Himmel stachen.

Das allein war schon beeindruckend genug. Aber dabei hatten es die Londoner Stadtplaner nicht belassen. Die Brücke ruhte auf steinernen Pfeilern, die von Wellenbrechern geschützt wurden, gegen die das Wasser der Themse wild tosend und sich vielfach brechend ankämpfte. Dazwischen war eine Vielfalt von kleineren und mittleren Booten zu sehen, die mit waghalsigen Manövern zwischen den Bögen hindurchfuhren, um nicht an ihnen zu zerschellen. Am Ufer erhoben sich Lagerhallen, in denen sowohl Rohstoffe wie auch Waren aller Art lagerten, und ganz in der Nähe Werften, in denen kleinere und mittelgroße Boote repariert oder gefertigt wurden. Ein Stück weiter erkannte Andrej eine Landestelle, an der einige wenige Schiffe vertäut lagen und dennoch im unruhigen Gewässer wie Fremdkörper wirkten, die jederzeit von den tosenden Wassermassen mitgerissen werden konnten.

Andrej beschlich ein merkwürdiges Gefühl, als er zu diesen drei, vier Schiffen hinabblickte. Dort unten herrschte ein geschäftiges Treiben, Waren wurden hin und her getragen und be- oder entladen und das alles mit einer Emsigkeit, die einem Ameisenhaufen alle Ehre gemacht hätte. Aber nicht das war es, was Andrej so merkwürdig berührte, sondern vielmehr das Gefühl, das ihn wie der Hauch einer sanften Hand streifte, als er ein etwas abseits liegendes Schiff bemerkte. Seine Aufbauten waren beschädigt, die Reling halb abgerissen und ein Loch am Bug höchst notdürftig geflickt. Ganz abgesehen davon, dass es so abgewrackt aussah, als hätte man es gerade erst vom Grund des Flussufers geborgen, erinnerte es ihn auf ganz merkwürdige Weise an ein anderes Schiff – und dann traf ihn die Erinnerung mit solcher Wucht, dass er fast getaumelt wäre.

Er glaubte, die schwarze Silhouette eines in der Unendlichkeit gestrandeten Schiffes zu sehen, und gleich darauf schälten sich seine Konturen auch schon deutlicher heraus. Drei schwarze Masten ragten in den Himmel, von denen die zerfetzte Takelage hing, die Reling war halb abgerissen, der Rumpf und die Aufbauten waren wie mit Thors Hammer zusammengedroschen.

Das Geisterschiff, das er vom Asgard-Pfad aus gesehen hatte, hatte die gleiche Silhouette gehabt wie dieses Wrack hier. Die Erinnerung an die wenigen Momente, die er zitternd und verwirrt in der Eiseskälte Asgards verbracht und mit Meruhe gestritten hatte, war fern wie ein verblassender Traum. Doch dafür konnte er sich noch sehr genau an das Schiff erinnern und an das beklemmende Gefühl, das sein Anblick in ihm ausgelöst hatte.

Andrej atmete tief durch. Die Ähnlichkeit musste ein reiner Zufall sein. Und dennoch ... während es auf den anderen Schiffen hektisch zuging, wirkte der ramponierte Dreimaster wie ausgestorben. Doch vor dem düsteren Schiff, halb von der Kaimauer und einem mit einem Fahnenmast geschmückten Vorsprung verborgen, glaubte er eine Bewegung wahrzunehmen. Eine schwarz gekleidete Gestalt trat zur Seite, und dann erkannte er einen zweiten Mann, der im Schatten der Kaimauer stand und auf den ersten einzureden schien. Andrejs Herz machte einen schmerzhaften Sprung. Die schwarz gekleidete Gestalt war riesig, und zumindest von hier oben aus betrachtet schien es ihm, als sei ihr Gesicht pechschwarz. Abu Dun ...

Er musste sich täuschen. Die ganze Zeit über hatte er versucht, nicht an seinen Freund zu denken und die Sorgen, die er sich um ihn machen musste, seitdem er ihn an den Wasserfällen in Čachtice verloren hatte. Kein Wunder, dass ihm jetzt seine Fantasie vorgaukelte, dass das dort unten nur der Nubier sein konnte und niemand anders, ja, dass er sogar glaubte, auf die große Entfernung hin die typische Körperhaltung Abu Duns zu erkennen und die leise Ungeduld des Piraten zu spüren, weil er den Redefluss des anderen nicht bremsen konnte. Beinahe wäre Andrej bei diesem Gedanken ins Taumeln geraten, und die Schwäche, die ihn im Borsã-Tal erfasst und seitdem nicht mehr wirklich verlassen hatte, schlug mit unbarmherziger Wucht zu. Die Wunde, die ihm das Schwert des schwarzen Ritters zugefügt hatte, hatte sich noch immer nicht vollends geschlossen und schwächte ihn nach wie vor.

»Abu Dun«, murmelte er und ballte die Fäuste. Es war vollkommen ausgeschlossen, dass er ihn ausgerechnet hier in London wiederfand. Er machte besser, dass er von diesem Platz fortkam, bevor ihm sein skurriles Verfolgertrio durch die Gasse folgte und er in eine Auseinandersetzung hineingezogen wurde, die er nun wirklich nicht gebrauchen konnte.

Er eilte weiter.

KAPITEL 7

Abu Dun war nicht nur beunruhigt, er war äußerst besorgt. Während der anstrengenden Überfahrt hatte er kaum Gelegenheit gehabt, darüber nachzudenken, ob es wirklich richtig gewesen war, die beschwerliche Reise nach London auf sich zu nehmen. Was genau erwartete er hier eigentlich? Glaubte er wirklich, Frederic zu finden – und ganz nebenbei vielleicht auch noch Andrej?

Das war gänzlich ausgeschlossen und dennoch ... Unsterbliche spürten die Anwesenheit von anderen Unsterblichen, und wenn es danach ging, war er sich sicher, dass er nicht der Einzige seiner Art hier war. Er stieg die ausgetretenen, an den Rändern von Moos und Unkraut überwucherten Treppenstufen hoch, die zur Stadt hinaufführten und damit dorthin, wo er seine Suche beginnen konnte. Der Einfluss des halb zerstörten Schiffes, das unter ihm lag, wurde mit jedem Schritt, den er sich von ihm entfernte, schwächer und damit auch das drängende und dräuende Gefühl, das sich mit jedem Tag gesteigert hatte, den er sich an Bord der *Gierzwaluw* befunden hatte. Erst jetzt wurde ihm bewusst, dass nichts an Bord normal gewesen war: nicht der Kapitän und seine Mannschaft, nicht die Ladung, und schon gar nicht das, was das Schiff als solches ausmachte.

Aber er ahnte, dass die verrückte Reise mit dem *Mauersegler* nur der Auftakt zu etwas viel Gewaltigerem gewesen war. Es war mehr als nur ein vages Gefühl, das ihn und Maria dazu gebracht hatte, die gefährliche Reise nach London zu wagen: Es war ein unwiderstehlicher Zwang. Was diesen ausgelöst hatte, darüber wagte Abu Dun nicht einmal zu spekulieren. Zumindest nicht alleine und ohne den Mann, den man den Hexenmeister nannte. Abu Dun war sich sicher, dass Andrej die eine oder andere verrückte Theorie dazu eingefallen wäre und dass sich am Ende die eine oder andere von ihnen auch noch als richtig herausgestellt hätte.

Er vermisste ihn.

Mit einem fast wütenden Schnauben überwand er eine letzte Biegung, die zu einem überraschend großen Platz hinaufführte, und wurde von einem Gewirr von Stimmen, hin und her hastenden Menschen und vielfältigen Gerüchen überrascht. Dort hinten ... der Mann, der sich an einem Gemüsekarren vorbeidrängte ... oder der, der sich gerade abwandte, um mit einer Stadtwache einige Worte zu wechseln ... Auf den ersten Blick glaubte er jedes Mal, Andrej zu sehen. Aber das war natürlich Blödsinn.

Es war laut und hektisch, und wo viele Menschen waren, kam es auch leicht zu Verwechslungen. Abu Dun erinnerte sich mit einem wehmütigen Gefühl an den Hafen von Cádiz, wo Andrej und er vor gar nicht allzu langer Zeit versucht hatten, ihr Glück mit vergleichsweise friedlichen Geschäften zu machen, und mit einem deutlich unangenehmeren Gefühl an den Zusammenstoß mit einem leibhaftigen Gott, der ihnen ihre Pläne zunichtegemacht hatte. Der Vergleich mit der spanischen Hafenstadt drängte sich ihm schon allein deswegen auf, weil er hier viele südländische Gesichter sah: Seeleute mit einer kräftigen, warmen Gesichtsfarbe und dunklen, zumeist schwarzen Haaren, nicht die sommersprossigen Gesichter englischer Hafenarbeiter und Kaufleute mit ihrer hellen, manchmal gar rötlichen Hautfarbe.

Abu Dun raffte seinen schwarzen Umhang enger zusammen, zog die ausladenden Schultern ein und versuchte, möglichst unbeteiligt auszusehen, während er auf den Platz hinaustrat. Er war es gewohnt, dass man ihn anstarrte, wenn er irgendwo unvermittelt auftauchte, aber hier warf man ihm höchstens ein paar skeptische Seitenblicke zu. Dafür glitt sein Blick umso neugieriger über die Männer, die Waren hin und her transportierten oder auch nur mit geschäftigen Mienen zu den Schiffen hinuntereilten, die im winzigen Hafen der Themse lagen. Das sich an der London Bridge stauende und wild sprudelnde Wasser zwang wohl jeden, alles daranzusetzen, dass die Schiffe so schnell wie möglich wieder ablegen konnten.

Es dauerte nicht lange, bis Abu Dun diesen Kreuzungspunkt verschiedener Gassen und Straßen hinter sich gebracht hatte, denn schließlich war das hier kein großer Seehafen, sondern nur Umschlagplatz für heiß begehrte Güter. Schließlich blieb er stehen und sah sich um. Er hatte geglaubt, Maria noch einholen zu können, da sie die *Gierzwaluw* nur wenige Augenblicke vor ihm verlassen haben konnte. Doch hier, auf diesem Platz, in dem Gewimmel, konnte sie jederzeit gesenkten Hauptes unbemerkt in eine Gasse abgebogen sein, die dann wieder zur nächsten Kreuzung führte und so fort ... sie konnte schon überall und nirgends sein. Nein, er musste es anders anfangen und sich dabei der Männer bedienen, die ihn für ihren Piratenkapitän hielten.

Und er sie für seine Mannschaft.

Aber einen Versuch gestand sich Abu Dun noch zu. Wie ein Hund, der Witterung aufgenommen hatte, folgte er nicht der breiten Zufahrtsstraße, auf der Handkarren, Pferdegespanne und Fuhrwerke jeglicher Art unterwegs waren und mit ihren metallbespannten Rädern einen Höllenlärm auf dem Kopfsteinpflaster machten, sondern bog stattdessen in eine schmale Seitengasse ab. Es war nichts weiter als ein vages Gefühl, das ihn dazu trieb. Auch wenn er nicht wirklich zu sagen vermocht hätte, ob es wirklich etwas mit Maria zu tun hatte, spürte er einen seltsamen Sog, umso stärker, je mehr er sich darauf einließ und sich auf den Teil seiner Wahrnehmung konzentrierte, den ein Unsterblicher normalen Menschen voraushatte.

Jetzt fühlte er auch wieder das dumpfe, animalische Zerren des *Mauerseglers*, der über die gleiche unerklärliche Art von Eigenleben verfügte wie sein alter Piratensegler, mit dem er sich damals an allerlei schmutzigen Geschäften beteiligt hatte. Doch nahm er in dem Labyrinth der Gassen noch etwas anderes wahr ... das plötzlich verschwunden war. Es klang nicht etwa ab, wie er es kannte, wenn sich jemand mit einer besonderen Ausstrahlung von ihm entfernte, sondern es endete wie abgeschnitten.

Ein kalter Schauer überlief ihn. Er beschleunigte seine Schritte und erreichte schon bald eine Gegend mit baufälligen, heruntergekommenen Häusern, Gassen, die vollkommen menschenleer waren, als würden sie ganz bewusst von den Bewohnern der Stadt gemieden. Abu Dun gefiel das alles ganz und gar nicht. Seitdem er Andrej verlassen hatte, war ihm, als lenkte ihn eine unbekannte Kraft. Er hatte geglaubt, es sei sein über die Jahrhunderte geschärfter Instinkt, der ihn handeln ließ, doch inzwischen war er sich dessen nicht mehr sicher. Was nun, wenn es etwas anders war, das die Fühler nach ihm ausgestreckt hatte und ihn dazu brachte, Dinge zu tun, die er selbst niemals getan hätte?

Doch er war nicht der Mann, der sich weiter in solcherart Gedanken verstrickte, das war eher Andrejs Art. Wie von selbst glitt seine Hand zum Griff der Waffe, die er unter seinem schwarzen Umhang trug, um niemanden damit zu provozieren – Städter waren mitunter etwas empfindlich, was das Tragen von Waffen in der Öffentlichkeit anging, und wenn sie schon mit einer Stichwaffe herumliefen, dann war es in diesem Teil Europas meist ein Degen und kein Säbel, der ihm schon seit Jahrhunderten gute Dienste tat.

Abu Dun hastete weiter, und je übler und verlorener die Gegend wirkte, durch die er kam, umso mehr beschleunigte er seine Schritte. Schließlich erreichte er einen Torbogen, in dem eine einzelne Glocke hing, die ganz leicht vor sich hin schaukelte, obwohl fast kein Wind ging.

Er wurde langsamer. Irgendetwas war hier. Oder auch irgendwer ...

Angst vor einem Hinterhalt hatte er nicht. Eher das ungute Gefühl, dass er in etwas hineinzugeraten drohte, das ihm auf ganz andere Art gefährlich werden konnte.

Das Erste, was er hörte, war das Prasseln eines Feuers und dann ein angstvolles, panisches Quieken. Er hätte stehen bleiben und sich erst einmal in Ruhe orientieren können. Stattdessen packte er den Griff seines Säbels nur noch fester, ließ den Umhang ein Stück zurückgleiten, um die schwere Waffe jederzeit schnell ziehen zu können, und trat ohne jegliches Zögern durch das Tor.

Links von ihm war Feuerschein. Qualm stieg auf und kroch wie eine zähe Masse auf ihn zu. Abu Dun machte zwei weitere Schritte vorwärts. Er spürte eine merkwürdige, kribblige Unruhe in sich, als er eine zerlumpte Gestalt sah, die vor einem Lagerfeuer stand und irgendetwas in der Hand hielt ... einen spitz zugeschnitten Stock, mit dem der Kerl eine Ratte aufgespießt hatte.

Die Ratte war noch nicht tot. Sie zappelte verzweifelt wie eine Kreatur, die wusste, dass sie sterben würde und dennoch bis zum letzten Atemzug um das bisschen Leben kämpfte, das in ihr war.

Der zerlumpte Kerl fuhr herum. Abu Dun erwartete, dass er bei seinem Anblick erschrocken zurückweichen würde, doch der Mann dachte gar nicht daran, sondern streckte nur trotzig das Kinn vor.

»Was willst du, he?«, fuhr er Abu Dun an. »Willst du dich etwa an meinem Festtagsschmaus laben?«

Abu Dun kniff die Augen zusammen. »Keine Sorge. Ich mache dir die Ratte nicht streitig …«

»Abkaufen könntet Ihr mir sie, Herr«, sagte der Zerlumpte, der wohl erst jetzt begriff, dass Abu Dun nicht zu seinesgleichen gehörte. »Ein so vornehmer Herr wie Ihr …«

»Schweig!«, fuhr ihn Abu Dun an. »Ich will deine Ratte nicht. Ich suche eine Frau …«

»Auch damit kann ich dienen«, unterbrach ihn der Kerl, und plötzlich flammte Gier in seinen Augen auf. »Auch mit ganz Jungen. Und wenn ich ganz Junge sage, dann meine ich das auch so.«

Es war nicht das erste Mal, dass Abu Dun ein solches Angebot bekam. Aber unter diesen Umständen war es besonders widerlich.

»Nun, was ist?«, hakte der Kerl nach und schwenkte den Stock hin und her. Die Ratte quiekte vor Panik und Schmerz, und es klang noch jämmerlicher als zuvor.

»Ich suche eine bestimmte Frau.« Abu Dun wurde lauter, als der widerliche Rattenjäger den Mund öffnete, um ihn erneut zu unterbrechen. »Die Passagierin eines Schiffes, die sich vielleicht hierhin verirrt hat.«

»Oh, das tut mir leid.« Der Kerl rammte den Stock mit voller Kraft in den Boden. Das tödlich verletzte Tier schrie. »Passagiere sollten sich besser nicht hierhin verirren …«

Abu Dun schlug den Umhang so weit zurück, dass dem Rattenjäger die ungewöhnliche Waffe nicht verborgen bleiben konnte, die er trug, und trat einen weiteren Schritt auf den Mann zu. »Was ist nun? Hast du eine solche Frau gesehen oder nicht?«

Der Kerl starrte mit offenem Mund zu ihm hoch. Vielleicht ging ihm erst in diesem Moment auf, dass er im Begriff gewesen war, sich mit dem Falschen anzulegen.

»Nein, mein Herr.« Er schüttelte so schnell den Kopf, dass Abu Dun der Bewegung kaum folgen konnte. »Eine solche Frau, wie Ihr sie im Kopf habt, habe ich hier mein Lebtag noch nicht gesehen.« Er grinste schmierig. »Und wenn, dann hätte ich es garantiert nicht vergessen.«

*

Andrej war wie betäubt weitergelaufen. Er wollte zu dem Schiff, vor dessen Anlegestelle er Abu Dun zu sehen geglaubt hatte, um sich mit eigenen Augen davon zu überzeugen, dass er anfing, Gespenster zu sehen. Doch er hatte den Abstieg nicht gefunden. Stattdessen verlief er sich nur noch weiter in den Gässchen und verwinkelten Straßen und geriet immer tiefer in den abstoßenden, hässlichen Teil Londons. Sein Herz klopfte inzwischen, als wäre er meilenweit aus Leibeskräften gerannt, und die Wunde pochte und stach, doch er verdrängte den Schmerz und die damit verbundene Erinnerung.

Weder wollte er an Borsã zurückdenken noch an den schwarzen Ritter, zumindest im Moment nicht. Irgendwann würde er sich dem stellen müssen, was dort geschehen war – und was es mit ihm gemacht hatte. Aber nicht jetzt.

Schließlich erreichte er eine Weggabelung, von der gleich fünf Gassen abzweigten, die allesamt so schmal und dunkel waren wie die finsteren Korridore einer längst verfallenden Burg. Unschlüssig blieb er stehen.

Als er aus einer der Gassen ein Geräusch hörte, stolperte er instinktiv los. Wenig später drangen Stimmen in einem harten, kaum verständlichen Slang an sein Ohr und brachen dann unvermittelt wieder ab. Dafür hörte er jedoch etwas anderes: das leise Prasseln und Knistern von Feuer.

Als er über ein löchriges, ausgetretenes Pflaster zu einer weiteren Abzweigung kam und einen vorsichtigen Blick in eines der engen

Sträßchen warf, gewahrte er einen altertümlichen, aber sorgfältig gearbeiteten Torbogen, der so gar nicht zu dieser armseligen Gegend Londons passen wollte. Obwohl ihm die Zeit so heftig zugesetzt hatte wie den angrenzenden, aus Holz, Pech und Stroh gebauten Häusern, die wohl noch unter der harten Hand von König Richard II. gebaut worden waren, wirkte er doch auf eine ganz eigene Art erhaben. Es hätte der Eingang zu einer südländischen, mit farbenprächtigen Heiligenbildern und Marienbildnissen geschmückten Kapelle sein können, die mit ihrer besonderen Atmosphäre Pilger und Gläubige anzog.

Doch hinter dem kleinen Tor verbarg sich kein heiliger Ort, sondern ein dunkler, unübersichtlicher Platz, der nur vom vielfach gebrochenen Licht eines prasselnden Feuers spärlich erhellt wurde. Neben dem von zersplitterten Holzabfällen gespeisten Feuer saß eine heruntergekommene Gestalt, von der er im ersten Moment noch nicht einmal hätte sagen können, ob es ein Mann oder eine Frau war. Die Lumpengestalt schob einen Stock ins Feuer, an dem eine große, räudige Ratte aufgespießt war. Das arme Tier war offenbar noch lebendig, denn es zappelte wild, ließ seinen nackten Schwanz durch die Flammen peitschen, als könnte es sie auf diese Weise ersticken, und stieß dabei jämmerliche, zischende Laute aus, die seine ganze Pein und Not zum Ausdruck brachten.

Der Rattenquäler sah nicht auf, als Andrej unter dem Tor stehen blieb; er schien ihn nicht bemerkt zu haben. Das mochte an den Stimmen liegen, die von einer anderen Gasse heranwehten: laute, übermütige Männerstimmen, die wohl zu einer Gruppe von Zechern gehörten, die sich von ihrer Feierlaune allzu sorglos in diesen gottverlassenen Teil Londons hatten treiben lassen. Das haltlose Gegröle der Trunkenbolde brach sich in den Eingängen und zahllosen Vorsprüngen der alten windschiefen Häuser, die wie vorzeitliche Riesen den Platz umrahmten, und vermischte sich mit dem qualvollen Quietschen der Ratte. Ein beißender Gestank von Tod und Verwesung stach in Andrejs Nase, und auf einmal war ihm, als hörte er das Echo der Schreie der Menschen und Kreaturen, die in früheren Zeiten auf diesem bedrückenden Platz zu Tode gekommen waren.

Das hier war kein guter Ort. Es war nicht nur allein die zerlumpte Gestalt am Feuer, die sich auf widerliche Art einen Rattenbraten zubereitete und die geschundene Kreatur dabei grundlos auf bestialische Art zu Tode quälte, und es waren auch nicht die verwitterten, durch die Last der Jahrhunderte niedergedrückten Gebäude mit ihren notdürftig zugenagelten Fenstern, hinter denen kein Licht zu sehen und keine Regung wahrzunehmen war – es war noch etwas gänzlich anderes.

Schon beim Anblick des ramponierten Dreimasters im Hafen hatte Andrej ein tiefes Unbehagen gespürt, das sich nun noch steigerte, zu etwas unvorstellbar Grässlichem wurde, das die dumpfe Betäubung von ihm nahm, die ihn seit seinem Auftauchen in London wie ein unsichtbarer Schatten eingehüllt hatte. Und mit fast schmerzhafter Klarheit begriff er, wo er war. Es gab Orte, an denen die Gesetze von Zeit und Raum und selbst die menschliche Logik außer Kraft gesetzt waren, über denen etwas Dämonisches, von uralten Kräften Angetriebenes lag, das auf teuflische Art mit ihm verwoben war ...

Wie zur Bestätigung bemerkte er im Schatten eines der Häuser ein Blitzen, und dann glaubte er eine Gestalt vortreten und in seine Richtung starren zu sehen. Instinktiv griff er nach seiner Waffe und hätte sie im nächsten Moment wohl auch gezogen, bis er erkannte, dass es nur ein in Lumpen gewickelter Gegenstand war. Das Licht des Feuers hatte sich auf irgendetwas oben an diesem Bündel gebrochen, ein rot leuchtendes Funkeln von fast überirdischer Schönheit, als würde es von einer Vielzahl ineinander verschachtelter Spiegel zurückgeworfen.

Andrej atmete tief durch und versuchte sich so gut es ging zu beruhigen. Der Anblick des roten Leuchtens hatte ihn nicht nur aufgeschreckt, sondern auch eine Saite in ihm zum Schwingen gebracht, die düstere Erinnerungen weckte. Er schob es auf seine überreizten Nerven. Trotzdem ... er musste wissen, was auf diesem merkwürdigen Platz vor sich ging.

Ohne zu zögern drückte er sich noch tiefer in den Schatten des Tores. Die Zecher schienen inzwischen abgebogen zu sein, ihre Stimmen wurden leiser. Als er schon glaubte, sie würden sich endgültig entfernen, nahm der Widerhall ihres Gegröles langsam aber stetig wieder an Intensität zu, und dann hörte er plötzlich einen ganz leisen Glockenschlag direkt über sich.

Alarmiert sah er hoch und entdeckte eine grauschwarze Glocke. Sie war weder besonders groß, noch besonders sorgfältig gearbeitet, doch das Feuer spiegelte sich mit einer geradezu unglaublichen Strahlkraft auf ihrer matten Oberfläche, und obwohl kein Wind herrschte, der sie bewegen konnte, schwang sie leise hin und her ... Teufelswerk, zumindest würden es die meisten Menschen so nennen. Andrej blinzelte, als er die Runen und anderen uralten Zeichen sah, die in den äußeren Rand des Glockengehäuses eingraviert waren. Unruhe packte ihn, als er unter ihnen das Zeichen *Valknutr* entdeckte, das für die Macht des Göttervaters Odins stand.

Odin ...

Es war schon sehr lange her, aber er hatte dem Göttervater einst gegenübergestanden. Während sich jede auch noch so winzige Kleinigkeit ihrer ersten Begegnung in sein Gedächtnis gebrannt hatte, erschienen ihm die weiteren Begleitumstände verschwommen wie ein ferner Traum. Doch er erinnerte sich noch an das Gefühl des Verlorenseins, das er während ihrer missglückten Überfahrt in den hohen Norden empfunden hatte, als er alleine mit Abu Dun in einem Boot die Widrigkeiten der eiskalten See gemeistert hatte, an die klirrende Kälte und das Krächzen von zwei riesigen, angriffslustigen Raben, das sich irgendwann in das harte Platschen der Wellen an den Bootsplanken gemischt hatte.

Hugin und Munin.

Doch die Erinnerung daran, wie sie nach der ziemlich unerfreulichen Begegnung mit Odins Raben an einen eiskalten, lebensfeindlichen Strand gespült worden waren, war dann wieder fern und verwaschen. Es war eine gebirgige Landzunge gewesen, auf die sie sich hatten retten können, eine unwirtliche Landschaft, die ihnen nichts als Nässe, Kälte, Hunger und Einsamkeit hatte bieten können. Vage erinnerte er sich daran, dass sie sich nicht anders zu helfen gewusst hatten, als das schroff aufragende Gebirge vor ihnen zu überwinden, das wie eine gigantische natürliche Schutzmauer das rettende Innere der Insel vor ihnen abgeschirmt hatte.

Da hatten sie ja noch nicht ahnen können, welches Geheimnis dieses schier unbezwingbare Gebirge vor ihnen und allen anderen Schiffbrüchigen und Abenteurern hatte verbergen sollen. Und irgendwann hatte er dann Odin selbst gegenübergestanden ...

Die Gestalt stand fünf oder sechs Schritte vor ihm, ein Mann von mittlerer Größe und Statur mit schulterlangem, vollem weißem Haar und weißem Bart, der sorgsam gestutzt und gepflegt war. Er trug Rock, Stiefel und Wams aus fein gegerbtem, hellem Leder, einen dazu passenden Mantel und als einzige Waffe ein schlankes Schwert mit einem schmucklosen Griff. Das einzig Außergewöhnliche an ihm war, dass ihm das linke Auge fehlte. An seiner Stelle erblickte Andrej ein Geflecht aus weißlichem Narbengewebe, das, wenn man genau hinsah, die Umrisse einer Krähe hatte.

Andrej hatte sofort gewusst, dass er einem Gott gegenüberstand. Und jetzt war das geheime Zeichen dieses Gottes hier in die Glocke eingraviert? Das war kein Zufall, dessen war er sich sicher. Soweit er wusste, hieß *Valknutr* in der alten nordischen Sprache Totenknoten, und es stand nicht nur für Odin selbst, sondern auch für Tod und Walhall.

Walhall ... dieser Ort der gefallenen Helden tief in Asgard, inmitten von Odins Reich: Hatte ihn Meruhe tatsächlich über den Asgard-Pfad führen wollen, um ihn dort zum Gott zu machen? War es vielleicht sein Tod, der nötig war, damit er als Gott zu neuem Leben erwachen konnte?

Das Rufen der Zecher riss Andrej mit fast brutaler Gewalt aus seinen aufgewühlten Gedanken. Während die betrunkenen Idioten nun wieder näher kamen, suchte er nach weiteren Anzeichen, die hier in diesem abgelegenen Londoner Hinterhof auf Odin und den Totenkult der Asen hinwiesen. Doch da war ... nichts. Dann fiel sein Blick erneut auf den kindgroßen, in Lumpen gehüllten Gegenstand hinter der Gestalt am Feuer.

Der Rattenquäler lehnte sich ein Stück zurück, sodass er das Lumpenbündel fast vollständig mit seinem Körper verbarg, und drehte kurz den Kopf in seine Richtung. Andrej glaubte, wache Augen zu sehen, ein männliches, nicht einmal schlecht aussehendes Gesicht unbestimmten Alters ... doch er bezweifelte, dass der Mann ihn im Schatten sehen konnte. Dennoch wollte er gerade seine Position wechseln, als sich der Rattenquäler wieder nach vorne beugte und ungerührt die geschundene, nur noch schwach zuckende Kreatur weiter zu Tode grillte, die ihm wohl als Festschmaus dienen sollte. Andrejs Blick wurde erneut wie magisch von dem schlanken, verhüllten Gegenstand hinter ihm angezogen, dem seltsamen roten Leuchten an seinem oberen Ende, das etwas tief in ihm berührte ...

Meruhe und Odin – plötzlich schien ihm ein Zusammenhang zwischen den beiden zu bestehen.

»Nachdem wir in Ägypten auf Meruhe gestoßen sind, sind wir doch direkt in den Norden aufgebrochen – und dort auf Odin getroffen«, murmelte er. »Das kann doch kein Zufall sein. Ob Meruhe etwas damit zu tun hatte?«

»*Ich erinnere mich nicht daran, dich schon einmal gesehen zu haben*«, hatte Odin ihm bei ihrer ersten Begegnung auf den Kopf zugesagt. »*Und eigentlich vergesse ich nie ein Gesicht. Jedenfalls nicht eines unserer Art.*«

Ein Gesicht unserer Art ... Damals hatte Andrej gedacht, dass er damit auf seine Unsterblichkeit hatte anspielen wollen. Doch schon sehr bald hatte er Zweifel an dieser Deutung gehabt. Odin war ein Gott, der niemanden als seinesgleichen bezeichnen würde, wenn er nicht zumindest den göttlichen Funken in sich tragen würde. Aber warum hatte ihn Meruhe nach dem vermeintlich tödlichen Treffer vor die Tore Asgards geführt? Weil er mehr war als nur ein *normaler* Unsterblicher? Aber was genau war er dann? Eher Dämon oder eher Gott, oder doch nur jemand, den eine Laune des Schicksals viel länger am Leben erhalten hatte, als es Menschen normalerweise vergönnt war?

»Und dann hat der Idiot gesagt: geschissen ist geschissen!«, brüllte einer der Trunkenbolde, und die anderen lachten hässlich auf.

Die Zecher kamen heran. Andrej zog sich noch ein Stück weiter ins Halbdunkel zurück und drückte sich in die Schatten der Häuser. Er war nicht erpicht darauf, entdeckt zu werden – doch er wollte wissen, wie der Rattenquäler auf die Störenfriede reagierte.

Er brauchte nicht lange zu warten. Drei Mann stolperten von einer anderen Seitengasse aus auf den Platz, als würde ihnen die ganze Welt gehören – ein Irrtum, dem Betrunkene nicht selten unterliegen –, sodass sie sowohl das Feuer als auch die dahintersitzende Gestalt viel zu spät bemerkten, um ihr noch mit einem raschen Schwenk in eine andere Richtung ausweichen zu können. Nacheinander erfasste jeder von ihnen die Situation, aber es dauerte dann doch noch eine ganze Weile, bis sie endlich zum Stehen kamen.

»Was zur Hölle ist das?«, fragte der, der anscheinend der Anführer der kleinen Gruppe war. Er stand ein Stück vor seinen beiden Kumpanen und wurde von ihnen eingerahmt, als wären sie seine persönlichen Leibwächter.

Trotz seiner Anspannung hätte Andrej beinahe laut losgelacht. Das ganze Gehabe dieser drei Männer war lächerlich. Und dann noch diese Kleidung! Wie die anderen auch trug der Wortführer helle Knöchelschuhe und eine bunte Kniehose, die von einem Gürtel mit einer breiten, silbernen Schnalle zusammengehalten wurde, darüber ein aufwendig geschneidertes Hemd mit strahlend weißem Kragen sowie Manschetten und eine ärmellose Weste. In seinem Gürtel steckte ein Zierdegen, der sich bei einer ernsten Auseinandersetzung wohl als kaum gefährlicher als ein Zahnstocher erweisen würde, und – um diesen lächerlichen Aufzug abzurunden – auf dem Kopf trug er einen schwarzen Dreispitz, der ihn allerdings nicht, wie vielleicht erhofft, verwegen wirken ließ, sondern nur albern.

Der Mann am Feuer hob den Kopf und reckte sich ein Stück weit vor. Als eine Feuerlohe hochjagte und sein Profil in helles Flackerlicht tauchte, sah Andrej die auffallend intelligent wirkenden Gesichtszüge, die im starken Kontrast zu seiner erbärmlichen, verschmutzten Kleidung standen.

Der Mann schwenkte den Stock mit der Ratte herum, hakte ihn in irgendetwas außerhalb von Andrejs Sichtfeld ein und ließ den Gegenstand nach vorne schnellen. Er kam schräg auf und rutschte ein kleines Stück weiter, bis er, von Andrejs Standpunkt aus, halb von dem funkensprühenden Feuer verborgen, zum Liegen kam. Als er einen alten löchrigen Lederhut entdeckte, der umgedreht auf dem Boden lag, runzelte er die Stirn. Glaubte der Kerl tatsächlich, er würde bei den Zechern mit einer plumpen Betteltour durchkommen?

»Oh, werte Herren, welche Freude, Euch hier zu sehen!« Der Bettler schwenkte den Stock mit der Ratte erneut herum und hielt das verendende Tier nun mit der anderen Seite über das Feuer. Das schwächliche Wimmern der Ratte verstummte, dann erschlaffte sie.

»Hey, Rightbourg, hast du das gesehen?«, fragte einer der Deppen und zupfte den Wortführer am Ärmel. »Der Gentleman am Feuer bereitet sich einen Festschmaus zu!«

Rightbourg lachte, und es klang gleichermaßen hämisch wie unsicher. Dieser Kerl war Andrej bereits auf den ersten Blick unsympathisch gewesen, und seine Reaktion bestätigte nur das vernichtende Urteil, das er über den Gecken gefällt hatte.

»Ja, Finnley, ein delikater Rattenbraten«, nuschelte der dritte Trunkenbold.

Finnley schwankte leicht und stieß dann einen gewaltigen Rülpser aus. »Sollen wir den Braten für ihn abschmecken, Rightbourg?«

Sein Kumpan lachte rau und machte eine Bewegung, als wolle er auf der Stelle seine Hose öffnen. »Ja, das viele Bier treibt …«

Finnley lachte rau auf. »Hey, Arch … oder wir könnten ihm die letzten Stumpen aus dem Gesicht treten, so wie letztens!«

»Ja.« Rightbourgs Gesicht verzog sich zu einem hässlichen Grinsen. »Dann kann er seine Ratten schlürfen.«

Andrej wäre am liebsten dazwischengegangen. Schon mehr als einmal hatte er das Vergnügen mit parfümierten Fatzken gehabt, die glaubten, dass ihnen die Welt gehörte, nur weil ihre Geldbörsen so prall gefüllt waren, dass sie sich jeden Tag volllaufen lassen konnten, wenn ihnen der Sinn danach stand. Einmal losgelassen kannten Männer diesen Schlags keine Grenzen mehr, es sei denn, sie wurden ihnen mit Gewalt gesetzt. Aber das konnte ja noch kommen. Schließlich hatten sie bei ihrer Sauftour vergessen, dass man seinen Mitmenschen nicht in jedem Stadtteil ungestraft übel mitspielen konnte – wenn man an seinem eigenen Leben hing.

»Aber, Gentlemen!« Rightbourg plusterte sich wie ein eitler Gockel auf. »Wir werden diesem armen Menschen hier eine Lektion in guten Manieren erteilen. Ich werde ihm zeigen, dass wir keine Vorurteile haben und ihm ein paar Münzen für ein anständiges Mahl zukommen lassen.«

»Rightbourgh, komm lass uns ein bisschen Spaß haben«, protestierte einer seiner Saufkumpane.

»Ja, Archie hat recht«, quengelte Finnley.

Rightbourg hob die Hand, um seine Kumpane zum Schweigen zu bringen, und trat dann einen Schritt näher ans dämonisch aufflackernde Feuer heran: »Gestattet Ihr, Sir, dass ich mich zuerst einmal vorstelle: Duke of Chamborough, Marquess of Newford, Earl of Cornland, Earl of Eastsex and Baron Rightbourg .... Es wäre den Herren und mir eine Ehre, Euch finanziell etwas unter die Arme greifen zu dürfen – damit Ihr Euch eine bessere Mahlzeit als einen Rattenbraten leisten könnt.«

Der abscheuliche Kerl am Feuer hatte bislang schweigend auf die Ratte gestarrt. Erst, als Rightbourg noch einen weiteren Schritt auf ihn zumachte, um dann stehen zu bleiben und seinen Dreispitz keck in den Nacken zu schieben, sah der Bettler auf.

»Welche Ehre, mein Herr«, sagte er leise und drehte dann den Stock so schwungvoll, dass sich die tote Ratte überschlug und ihr Schwanz dabei funkensprühend durchs Feuer fuhr. »Welch außergewöhnliche Ehre!«

Rightbourg drehte sich zu Archie und Finnley um und zwinkerte ihnen auf übertriebene Art zu. Erst dann wandte er sich wieder an den Bettler: »Ach, mein Wertester, entschuldigt, wenn ich Euch noch einmal kurz belästige.« Seine Stimme troff vor Hohn, als er vortrat, seinen Zierdegen zog und damit am Hut des Bettlers herumstocherte. »Hier liegt ja ein Sixpence drin ... wie kommt Abschaum wie du an so viel Geld?«

Der Bettler zuckte mit den Achseln, zog seinen Stock zurück und schien konzentriert auf sein Beutestück zu blicken.

»Was will jemand wie du mit einem Sixpence?«, fragte Rightbourg in einem höhnischen Singsang. »Den brauchst du doch bestimmt nicht mehr!«

Die beiden anderen platzten fast vor Lachen. Rightbourg steckte seinen lächerlichen Degen wieder in die aufwendig verzierte Lederscheide, was ihm, betrunken wie er war, erst beim dritten Anlauf gelang. Dann bückte er sich, kippte fast vornüber, fing sich wieder und grölte: »Gleich habe ich dich!«

Mit spitzen Fingern nahm er das Geldstück heraus, um es dann in einer Tasche seiner viel zu bunten Hose verschwinden zu lassen.

»Gut gemacht, Rightbourg«, feuerte ihn Finnley an. »Und jetzt mach uns wieder die Show!«

Archie lachte hässlich auf. »Ja, die Show. Rightbourg, das wird ein Heidenspaß!«

Der Bettler schwenkte seinen Stock herum, sah ihn nachdenklich an – und blickte dann zu Rightbourg hoch. »Die Gentlemen scheinen ja wirklich großen Appetit auf Münzen zu haben. Ich hoffe nur, dass sie Euch nicht bitter aufstoßen.«

Er machte mit der freien Hand eine schnelle Bewegung. Funken sprühten. Andrej zuckte zusammen. Ihm war, als würde sich irgendetwas vom Feuerplatz lösen. Die Glocke über ihm schwang heftiger hin und her, und der Feuerschein, der schon zuvor auf der an sich stumpfen Oberfläche gefunkelt hatte, wurde jetzt zu einem sonnengrellen Aufleuchten. Andrej musste die Augen zusammenkneifen, um nicht geblendet zu werden. Als er sie schließlich wieder zu schmalen Schlitzen öffnete, sah er gerade noch, wie sich Rightbourg entsetzt an den Hals griff – und dann eine silberne Münze hervorwürgte, die wie durch Hexerei in seine Kehle gelangt war.

»Wohl bekomm's, edler Münzenspucker«, sagte der Bettler in einer perfekten Kopie von Rightbourgs spöttischem Tonfall und fixierte dann erst Finnley und im nächsten Moment auch schon Archie. »Habt Ihr hohen Herren auch Appetit auf die eine oder andere Münze bekommen?«

Erneut blitzte ein unheimliches Leuchten auf, das Andrej dazu zwang, die Hand vor die Augen zu schlagen. Er hörte laute Stimmen, ein entsetztes Schreien, klappernde Schritte ... und dann war es plötzlich totenstill.

KAPITEL 8

Meruhes Bewegungen waren von einer Leichtigkeit, wie man sie sonst nur bei unschuldigen jungen Mädchen sah, deren Seele dem Himmel näher war als der Erde. Mit atemberaubender Anmut glitt sie durch die Gassen Londons, sodass es fast aussah, als würde sie über dem Boden schweben. Obwohl Kija und Nefra ausnehmend schnelle Läuferinnen waren, die im Spurt selbst mit einem galoppierenden Pferd mithalten konnten, fielen sie immer weiter hinter ihrer Herrin zurück.

»Wo will sie nur hin?«, zischte Kija. »Wir haben doch ihren Auftrag erfüllt …«

»Und dafür gesorgt, dass sich die Kinder nicht irgendwo in dieser schrecklichen Stadt verlaufen«, ergänzte Nefra.

Kija sprang über etwas, das vor ihr im Dreck lag, sodass grüngelbes Schmutzwasser aufspritzte. »Diese Kinder …«

»Die keine Kinder sind …«

»Oder doch mehr Kinder als alle anderen, denn schließlich bleiben sie Kinder und werden nie erwachsen.«

»Es sei denn, Andrej erlöst sie …«

Während ihrer geflüsterten, atemlosen Unterhaltung hatten die beiden ihre Umgebung nicht so sorgfältig im Auge behalten, wie es eigentlich ihre Pflicht gewesen wäre. So bemerkten sie den Schatten fast zu spät, der plötzlich wie aus dem Nichts erschien, und noch bevor die beiden reagieren konnten, direkt vor ihnen in einer Seitengasse verschwand.

»Was …?«, keuchte Nefra.

»Das ist doch nicht etwa …?«, fragte Kija.

Nefra griff nach dem Arm ihrer Schwester und zwang sie, stehen zu bleiben. »Ich glaube …« Sie brach erschrocken ab, als erneut ein Schatten auf sie zuhielt, aber diesmal ein nur allzu bekannter.

»Meruhe!«, rief sie erschrocken aus. »Herrin! Meine Göttin!«

Meruhe stieß die Luft aus, und es klang wie das wütende Schnauben eines Drachen. »Was ist mit euch los? Wollt Ihr wieder zurück nach Asgard – und diesmal für immer dort bleiben?«

»Aber nein«, begann Nefra rasch. »Wir haben doch nur …«

Die Augen der Göttin sprühten vor Zorn.

»Schluss mit dem Geplapper«, herrschte sie die beiden an. »Habt ihr vergessen, was ich euch aufgetragen habe?«

»Nein, Herrin«, sagte Kija rasch und Nefra ergänzte: »Wir haben die Kinder …«

»Oder was auch immer sie sind«, fuhr ihre Schwester fort.

»Schweigt! Alle beide!« Meruhe war stehen geblieben, und ihre Haltung machte unmissverständlich deutlich, dass sie dieses Gespräch für überflüssig hielt. »Ich will jetzt ganz genau wissen, ob ihr meine Aufträge bis ins kleinste Detail ausgeführt habt – und ob euch auch keines der Kinder durch die Lappen gegangen ist.«

»Nein, auf keinen Fall …«, begann Kija.

»Nun ja.« Nefra zuckte mit den Schultern. »Das sind ja keine Kinder im eigentlichen Sinne. Wenn man bedenkt, dass …«

Meruhe bedachte sie mit einem so kalten Blick, dass Nefra förmlich in sich zusammensank. »Schluss jetzt mit diesem sinnlosen, dummen Gerede! Ich muss wissen, ob alle Vorbereitungen abgeschlossen sind!« Bei den letzten Worten schwoll ihre Stimme wie das Donnergrollen eines aufziehenden Gewitters an.

»Ich hoffe …«, begann Kija und Nefra fiel ein: »Ich glaube …« Doch dann brachen sie ab und blickten betreten zu Boden, als Meruhe die Faust ballte, als wollte sie sie ihnen mitten ins Gesicht schlagen. »Wenn ihr einen Fehler gemacht habt und deshalb mein Plan nicht aufgeht …« Sie ließ den Satz unbeendet, aber die beiden verstanden auch so, was sie meinte.

»Wir haben sie zu dem Lagerhaus gelockt, ganz wie Ihr es befohlen habt«, sagte Kija leise.

»Und vorher haben wir die Wachen ausgeschaltet«, ergänzte Nefra. »Das war gar nicht so einfach. Es scheint hier jede Menge Diebstähle und Überfälle zu geben. Wir hatten alle Mühe …«

»Erspart mir die Details. Ich will nur wissen, ob die Kinder in dem Lagerhaus reiche Beute gemacht haben – und ob sie sich danach den Bauch haben vollschlagen können.«

»Ja, das haben sie«, antwortete Nefra. »Nicht nur das, sie haben auch ein Fass mit irgendeinem billigen Fusel mitgehen lassen und sind dann mit ihrer Beute wie geplant wieder zu ihrem Räuberlager zurück. Mittlerweile haben sie sich bestimmt die Bäuche vollgefressen, und wenn sie dann noch den Branntwein haben kreisen lassen …« Mit einer schnellen Handbewegung unterbrach Meruhe Nefras Redefluss. »Gut. Und der Bettler? Ist der euch in die Quere gekommen?«

Die beiden Kriegerinnen schüttelten gleichzeitig und auf identische Weise den Kopf. »Nein, Herrin«, antwortete Kija kleinmütig. »Wir haben ihn überhaupt nicht zu Gesicht bekommen. Er ist wie vom Erdboden verschluckt.«

»Das ist er noch nicht«, sagte Meruhe leise. »Aber das wird schon noch kommen.« Ein feines Lächeln umspielte ihre Lippen.

Ihre beiden Kriegerinnen tauschten einen fragenden Blick. »Der Schatten – der gerade vor euch in einer Gasse verschwunden ist«, erklärte Meruhe. »Ihr müsst ihn doch gesehen haben!«

»Aber ja, natürlich«, beeilte sich Nefra zu versichern. »War das der Bettler?«

»Das war der Bettler, meine Unschuldslämmer«, bestätigte Meruhe. »Aber ich wundere mich, dass ihr ihn nicht erkannt habt.«

»Erkannt?« Kija stieß ihre Schwester in die Seite, und die beiden tauschten erneut einen raschen Blick.

»Eigentlich hättet ihr gleich wissen müssen, wer er ist«, sagte Meruhe auf ihre typisch überhebliche Art. »Denn ihr seid ihm schon mehr als einmal begegnet.«

»Das kann nicht sein! Denn das würde ja bedeuten ...«

»Dass es Loki war!«, beendete Nefra den Satz ihrer Schwester.

*

Abu Dun hatte sich verlaufen. Eigentlich sollte ihm das nicht mehr passieren, denn er kannte alle großen Städte Europas und Arabiens, hatte miterlebt, wie Städte erobert und zerstört und kurz darauf wieder neu aufgebaut worden waren, und hatte mit ansehen müssen, wie Städteplaner immer wieder die gleichen dummen Fehler machten, die dazu führten, dass statt geordneter Strukturen auch nach einem Neubeginn sehr schnell das gleiche Chaos wie zuvor einkehrte. In all den Jahrhunderten hatte er einen ausgeprägten Orientierungssinn entwickelt und darüber hinaus seine Beobachtungsgabe so weit geschärft, dass er allein anhand des Sonnenstands und des üblichen Verlaufs von Gassen und Straßen hätte sagen können, wie er am schnellsten zu einem bestimmten Ziel kam.

Doch diesmal war alles anders. Noch immer glaubte er das dumpfe Ziehen der *Gierzwaluw* zu spüren, die irgendwo unter ihm fest vertäut am Ufer der Themse lag, doch er hätte nicht zu sagen vermocht, in welcher Himmelsrichtung dieser verfluchte Fluss nun lag. Das war umso erstaunlicher, als er deutlich seinen muffigen Geruch wahrnahm, der sich neben vielen anderen noch unangenehmeren Gerüchen in seiner Nase festgesetzt hatte und ihn beinahe das dumpfe Knurren seines Magens vergessen ließ, das ihn darauf hinwies, dass er schon seit langer Zeit nichts Vernünftiges mehr zwischen die Zähne bekommen hatte.

Mittlerweile war er so gereizt wie ein Stier, dem irgendein Idiot ein rotes Tuch vorhielt, um ihn zu einem Angriff zu bewegen. Sein Hunger und sein Ärger ließen ihn jegliche Gelassenheit verlieren, sodass es ihm unmöglich war, sich ganz in Ruhe neu zu orientieren. Stattdessen stapfte er mit schweren Schritten weiter und hoffte darauf, dass er unterwegs jemandem begegnete, den er ganz ›freundlich‹ nach dem Weg fragen konnte.

Aber es war wie verhext. London war eine quirlige Stadt, die vor Leben nur so barst, aber hier und jetzt wirkte die Stadt wie ausgestorben, als würde gerade der Schwarze Tod toben und die Menschen zwingen, sich zu ihrem Schutz in ihre Häuser zurückzuziehen. Abu Dun war sich nur zu bewusst, dass die Pest in den letzten Jahren in vielen Städten und Landstrichen Europas erneut ihr Unwesen getrieben hatte, und er glaubte zu wissen, dass sich der Schwarze Tod erst vor Kurzem in London Zehntausende von Opfern geholt hatte – doch dann fiel seine Erinnerung wie ein Kartenhaus in sich zusammen. Die dumpfe Betäubung, die sich seiner an Bord des *Mauerseglers* bemächtigt hatte, wirkte offensichtlich noch nach und drückte seine Erinnerungen und Gefühle wie mit starken Eisfingern zusammen. Er war so erschöpft wie schon lange nicht mehr, und seine Schritte verloren zunehmend die Geschmeidigkeit, die ihn neben seiner gewaltigen Körperkraft auszeichnete.

Und der Hunger! Wenn er nicht gleich zurück zum Schiff fand, würde er eine dieser verdammten Türen hier aufbrechen, um sich das zu holen, was ihm in den letzten Tagen verwehrt geblieben war. Seine Umgebung verschwamm vor seinen Augen, und er ging leicht in die Knie. Hunger! Essen! Sein Blick glitt wie der eines Wahnsinnigen über die dunklen Häuser der Gasse, durch die er gerade getorkelt war. Und dann erst begriff er, wo er war: kurz vor dem Platz, an dem er den Rattenschlächter vorgefunden hatte.

Er war im Kreis gelaufen.

*

Kaum waren die Zecher schreiend davongelaufen, da verließ Andrej auch schon sein Versteck. Sein erster Impuls war, sich diesen merkwürdigen Kerl einmal näher anzusehen, der sich gleichermaßen auf die grausame Zubereitung eines Rattenbratens wie auch auf kleine Zauberkunststückchen verstand. Es war wohl kaum ein Zufall gewesen, der ihn zu diesem Platz und der Glocke mit dem Odin-Zeichen geführt hatte. Irgendetwas hatte ihn auf eine Weise angezogen, die man im Allgemeinen wohl magisch nannte.

Doch er musste zurück zur Themse, und das so schnell wie möglich, zu dem Schiff, das so aussah, als wäre es nur mit Mühe und Not einem heftigen Sturm entkommen. Und wo er geglaubt hatte, Abu Dun zu sehen. Beides passte irgendwie zusammen. Es sähe Abu Dun, der ein Händchen dafür hatte, sich immer wieder in Schwierigkeiten zu bringen, ähnlich, nur knapp an seinem Untergang vorbeizusegeln. Andrej beschleunigte seine Schritte, in der Hoffnung, dass eines der vielen Gässchen schließlich an der Themse endete. Dabei verließ er sich getrost auf seine Nase, denn der Gestank des Flusses, in den die Bewohner Londons ihre Fäkalien und andere Abfälle hineinleiteten, hing über der ganzen Stadt.

Auch wenn sein Verstand sich noch weigerte zu glauben, dass es tatsächlich der Nubier gewesen war, den er gesehen hatte, sprach doch sein Gefühl, diese ganz besondere Gabe, über die Unsterbliche verfügten, eine ganz andere Sprache. Er fühlte die Nähe seines Freundes, er war vollkommen sicher, dass er hier war, nicht nur in London, sondern ganz in seiner Nähe. Und er konnte nur hoffen, dass er ihn noch am Ufer der Themse vorfinden würde.

*

Abu Dun beschleunigte seine Schritte. Wütend auf sich selbst, weil er sich wie ein Anfänger verlaufen hatte, beschloss er, zu dem Platz mit dem Ratten röstenden Kerl zurückzukehren, um sich von dort einen Überblick zu verschaffen und dann auf kürzestem Wege und in der Hoffnung, dort Maria vorzufinden, zur Themse zurückzukehren – und nach einer ausgedehnten Mahlzeit zu entscheiden, wie es weitergehen sollte.

Doch dass Hunger und Wut keine guten Ratgeber waren, das merkte Abu Dun, als er hastig und ohne jede Vorsicht auf den verwinkelten Platz einbog. Noch während er den letzten Schritt vollendete, begriff er, dass er es gar nicht dümmer hätte angehen können. Statt eines einzelnen Vagabunden, der sich einen unappetitlichen Rattenhappen bereitete, hockten nun mehrere armselige, verdreckte Gestalten um das Feuer – keine Erwachsenen, wie Abu Dun sofort erkannte, sondern ausgemergelte, bleiche Kinder, die so schäbig gekleidet waren, dass es keines zweiten Blicks bedurfte, um zu erkennen, dass sie zu den elendsten unter den Straßenkindern Londons gehörten. Wie auf ein geheimes Kommando drehten sich nun alle zu ihm um, und auf einmal hatten die zerbrechlichen Wesen – erst einige, dann immer mehr – Schlagstöcke und metallisch blitzende Waffen in den Händen. In ihren Gesichtern las Abu Dun die Spuren der Entbehrung und des Schmerzes, aber auch Verschlagenheit und Intelligenz sowie den unbändigen Willen zu überleben.

»Abu Dun«, hörte er eine Frauenstimme rufen, und als er sich suchend umblickte, entdeckte er zu seiner großen Verblüffung Meruhe und ihre Kriegerinnen, die wie selbstverständlich auf der gegenüberliegenden Seite des Platzes Aufstellung genommen hatten. Meruhe und ihre beiden schwarzen Schatten in London, und dann ausgerechnet hier? »Was zum Teufel ...«, entfuhr es Abu Dun.

Meruhes Kriegerinnen hatten den Kragen ihrer Mäntel hochgeschlagen und die Kapuzen so tief ins Gesicht gezogen, dass Abu Dun nur ihre dunklen Augen und die aufblitzenden weißen Zähne sah, als sie mit gezogenen Waffen zu ihm herumwirbelten. Meruhe stand ein Stück abseits von ihnen, dabei wirkte sie so schön und unnahbar wie immer, aber auch genauso unberechenbar. Jetzt riss sie die Hand nach oben, und Abu Dun spannte sich in Erwartung des Angriffes, der nun folgen musste.

»Abu Dun ... mein Landsmann, der Einzige, der weiß, um wie vieles schöner es sich unter der nubischen Sonne leben lässt als in dieser hässlichen feuchten Stadt!« Ein Lächeln lief über Meruhes Züge, doch bei seinem Anblick fühlte sich Abu Dun an eine Kobra erinnert, die ihm gleich ihre Giftzähne ins Fleisch schlagen wollte. »Wie schön, dass du auch kommen konntest.«

Während Abu Dun verzweifelt versuchte zu begreifen, was hier geschah, verlagerte er fast unmerklich sein Gewicht und legte die Hand auf den Griff seines Schwertes. Zu seiner Verblüffung machten Meruhes Kriegerinnen noch immer keine Anstalten, über ihn herzufallen, und als Meruhe jetzt eine zweite, und diesmal eindeutig beschwichtigende Geste vollführte, ließen sie ihre Waffen sogar ein Stück weit sinken.

Ganz anders als die Kinder, von denen sich einige erhoben hatten und nun in einer Haltung stehen blieben, die gleichermaßen verschreckt wie drohend wirkte. Abu Dun glaubte, jetzt auch den Grund dafür zu erkennen, warum sie nicht gleich wie eine aufgeschreckte Hasenschar aufgestoben waren und sich in die umliegenden Gässchen zerstreut hatten: Sie waren gerade von einem Beutezug zurückgekehrt und nun dabei, ihre Schätze zur Begutachtung neben dem Lagerfeuer auszubreiten. Abu Dun sah unter einigen wenigen ausgesuchten, kostbaren Tüchern so einiges hervorblitzen, das bestimmt einen beträchtlichen Wert hatte. Er verstand sehr wohl, dass Kindern dieses Schlages nichts anderes übrig blieb, als sich mit Betteleien, Diebstählen und Schlimmerem über Wasser zu halten. Dabei hätte er allerdings nicht vermutet, dass sie so leichtsinnig waren, ihre Beute offen zur Schau zu stellen, statt sich dafür in einen dunklen Keller oder zumindest eine abgelegene Gasse zurückzuziehen.

Aber vielleicht hatte das ja etwas mit Meruhe zu tun.

Sein Verdacht schien sich zu bestätigen, als sich einer der kleineren Jungen langsam und verstohlen umdrehte und in gebückter Haltung auf das Tor zuschlich, als wollte er sich heimlich davonstehlen. Ein flirrender Lichtstrahl fiel durch das Tor, wurde von der dort hängenden grauen Glocke so leuchtend hell reflektiert, als wären Edelsteine in sie eingelassen. Der Junge zuckte zurück und verzog das Gesicht, dann fiel ein Lichtstrahl auf sein struppiges Haar, und es sah es aus, als würde es in Brand gesetzt. Leise schluchzend hob er die Hände vors Gesicht und wich zurück.

»Ich habe es euch doch erklärt: Keiner verlässt diesen Platz, wenn ich es nicht ausdrücklich gestatte«, sagte Meruhe, ohne den kleinen zitternden Jungen eines Blickes zu würdigen.

Abu Dun verschluckte sich fast. Er hatte keine Augen mehr

für den verängstigten Jungen, denn inmitten der anderen Kinder hatte er ein bekanntes Gesicht entdeckt.

Frederic!

*

Diesmal fand Andrej nicht nur mit fast traumwandlerischer Sicherheit zur Themse zurück, sondern kam auch schon sehr bald mitten hinein in ein fast südländisches Treiben, das ihn auf einen direkt über dem großen Fluss liegenden Kreuzungspunkt führte – ein Gewimmel von dahinhastenden Seemännern und Hafenarbeitern, die sich zwischen hölzernen Handkarren und schwer beladenen Pferdegespannen hindurchdrängten.

Andrej hatte das Gefühl, dass er selbst im spanischen Cádiz mehr Engländer gesehen hatte als hier in diesem überbordenden Stadtteil. Es war schier unmöglich, inmitten des Pferdegetrappels, Quietschens und Rumpelns den Überblick zu behalten und dem aufgeregten Schnattern und wilden Gestikulieren auch nur ansatzweise zu folgen. Doch Andrej war ohnehin in Gedanken bei Abu Dun. Als er vorhin zwischen den Häusern einen Blick auf die Themse hatte werfen können, hatte er sich die ungefähre Richtung eingeprägt, in der Abu Duns Schiff lag. Verwirrt schüttelte er den Kopf, als ihm auffiel, was er gerade gedacht hatte: *Abu Duns* Schiff. Aber er war sich sicher, dass er sich nicht täuschte und der Nubier mit diesem Geisterschiff nach London gekommen war. Während Andrej in die Richtung weitereilte, in der er den Seelenverkäufer des alten Piraten vermutete, spürte er eine zaghafte Vorfreude in seinem Herzen.

Als er sich etwas zu hastig an ein paar Seeleuten vorbeidrängelte, geriet er plötzlich ins Taumeln und wäre wohl auch gestürzt, wenn er sich nicht an einem Handkarren festgehalten hätte. Der

Mann, der den Karren zog, schob mürrisch seine Ledermütze in den Nacken und runzelte dann besorgt die Stirn, als er ihm ins Gesicht sah.

»Alles in Ordnung, Sir?«

»Ja«, krächzte Andrej. »Natürlich. Was sollte nicht in Ordnung sein?«

Im gleichen Moment brannte ein Schmerz in seiner Brust auf, als wollte dort ein Feuer ausbrechen. Seine Wunde schwärte. Aber das war unmöglich. So etwas konnte nur Menschen widerfahren, keinen Unsterblichen.

Der Mann mit der Ledermütze zerrte so nachdrücklich an seinem Handkarren, dass Andrej nichts anders übrig blieb, als ihn loszulassen und weiterzutaumeln. Er musste sich zusammenreißen. So etwas wie eine schwärende Wunde kannte er nicht, aber er ahnte, dass man sich damit im Laufe der Zeit schwach und wie betrunken zu fühlen begann – genauso wie er jetzt.

Als er eine Treppe entdeckte, die direkt zur Themse hinunterzuführen schien, stürmte er auf immer noch wackligen Beinen los und begann, die breiten, ausgetretenen Steinstufen hinabzueilen. Dabei fiel sein Blick auf einen Bettler, der auf einem Vorsprung neben der nächsten Abzweigung zu einer Seitenstraße hockte und ihn mit unverhohlener Neugier betrachtete. Andrej zuckte zusammen, als er seinem Blick begegnete. War das nicht der Mann, der gerade die Ratte gebraten und den Zechern so übel mitgespielt hatte?

Er schien sich zu täuschen, denn der vermeintliche Bettler wandte sich wieder ab, und jetzt erkannte Andrej, dass er eine alte Marineuniform trug, an der zwar die Rangzeichen und ein paar Knöpfe fehlten, die aber ansonsten noch tadellos in Schuss war. Das konnte unmöglich der Rattenquäler sein.

Wie, um sich zu beweisen, dass die Schwäche keine weitere

Macht über ihn gewinnen konnte, sprang er die Treppenstufen nun mit großen, gewagten Sätzen hinunter, folgte erst einer und dann noch zwei weiteren Abzweigungen – und blieb abrupt stehen, als der ramponierte und aus der Nähe unglaublich schäbig aussehende Dreimaster vor ihm auftauchte, einem weidwund geschlagenen Ungeheuer gleich.

Andrejs Nackenhaare richteten sich auf. Es hätte nicht viel gefehlt, und er hätte auf dem Absatz kehrtgemacht. Etwas ... *war hier*. Sein Herz raste auf eine ganz eigene Weise, so als wollte es ihn warnen. Er sah das Schiff vor sich, nahm jetzt die zerschmetterte Reling, die Zerstörungen an den Aufbauten wahr und sah, dass das Heck bereits so tief lag, dass es nicht mehr lange dauern konnte, bis es vom stinkenden Themsewasser überspült war ... Und trotzdem nahm er dieses Bild nicht wirklich in sich auf. Es war etwas anderes, das seine Aufmerksamkeit fesselte.

»Ja, du siehst richtig«, sagte eine Stimme hinter ihm, so sanft wie eine Sommerbrise und so einschmeichelnd, dass er erstarrte. »Der *Mauersegler* hat die Fahrt von Constăntă aus bis zu dir fast nicht überstanden.«

Andrej starrte weiterhin auf das Schiff, aber jetzt verschwamm es hinter einem Tränenschleier. »Maria«, flüsterte er. Er wusste, dass sie hinter ihm stand, und doch hatte er Angst, sie könnte nur ein Spuk gewesen sein, wenn er sich umdrehte.

»Es sind immer wieder nur flüchtige Momente, die uns vergönnt sind«, hauchte Maria.

Andrej blinzelte die Tränen weg und versuchte sich zu sammeln. Ein Gefühl unendlichen Verlustes hatte ihn ergriffen. »Maria«, begann er. »Wie kann es sein, dass du hier bist?«

»Wie könnte es anders sein?«, antwortete Maria leise. »Hast du es noch immer nicht verstanden? Wir suchen uns ein Leben lang, und schon mehrfach schien es, als würde uns der Tod trennen. Vielleicht hat er das auch schon längst getan. Nicht«, sagte sie hastig, als Andrej sich nun doch umdrehen wollte. »Tu es nicht, Andrej, mein Geliebter. Abu Dun glaubt, er hat mich mitgenommen, hierher zu dir, nach London. Und irgendwie stimmt das auch. Aber andererseits ...« Andrej fuhr nun doch herum, und als er hinaufblickte zu der bewachsenen Treppe, sah er etwas aufblitzen und sich verflüchtigen. »Nein!«, schrie er auf. Er schwankte und hätte fast den Halt verloren. »Maria! Wo bist du?«

Er wollte nach oben stürmen, dorthin, wo er Maria vermutet hatte, aber es wurden nur ein paar wacklige Schritte daraus, dann musste er sich an der Mauer abstützen, um nicht endgültig das Gleichgewicht zu verlieren. In ihm brodelte ein Vulkan, und seine Gefühle waren wie flüssige Lava. Abu Dun hatte geglaubt, sie mitzunehmen ... Er wusste nicht mehr, was er denken, was er glauben sollte, und es hätte nicht viel gefehlt, und er wäre wimmernd zu Boden gesunken.

»Du musst mich retten, Andrej!«

Marias Stimme hallte wie ein fernes Echo vom Wasser her, und das Tosen der Themse riss ihre letzten Worte fort, als hätte es sie nie gegeben. In Andrejs Augen waren keine Tränen mehr – sie brannten, als habe er Fieber. Doch noch immer nahm er seine Umgebung nur wie durch einen Schleier wahr.

Der Dreimaster vor ihm, dieses Wrack, mit dem Abu Dun die lange Reise von Constănţă aus nach London auf sich genommen hatte, erinnerte ihn erneut auf beklemmende Weise an das düstere Schiff, das in der eisigen Kälte Asgards gestrandet war, und der Wind, der plötzlich aufgefrischt war, schien so eisig kalt zu sein wie der auf dem schneebedeckten Pfad, den ihn Meruhe entlanggeführt hatte, um ihn zu einem Gott zu machen. War er in London oder auf dem Pfad nach Asgard? Hatte er gerade mit Meruhe oder mit Maria gesprochen? Alles schien miteinander zu verschmelzen, und doch wusste er auf einmal mit erschreckender Klarheit, was er zu tun hatte: Er musste versuchen, Maria zu retten.

Die Phiole!

Er musste einen tiefen Schluck des Teufelsgebräus zu sich nehmen, und das so schnell wie möglich. »Maria, ich komme«, flüsterte er und nestelte an seinem Gürtel, um die Phiole loszumachen.

KAPITEL 9

»Frederic«, murmelte Abu Dun. »Was machst du hier?«

Frederic sah nicht auf, was nicht weiter verwunderlich war, denn er war beschäftigt. Der kleine Junge mit den struppigen Haaren, der sich heimlich hatte davonschleichen wollen, hockte in erbarmungswürdiger Haltung neben ihm, und über seine Wange lief eine einsame Träne. Frederic legte ihm beruhigend die Hand auf die Schulter, zog ihn näher zu sich heran und flüsterte ihm ein paar wohl tröstende Worte zu.

»Frederic!«, rief Abu Dun.

Andrejs Ziehsohn erstarrte. Erst jetzt schien er wahrzunehmen, dass er angesprochen wurde, und offensichtlich hatte er nun auch Abu Duns Stimme erkannt. Das löste aber offensichtlich keinen Freudensturm bei ihm aus.

Ganz langsam und so, als müsste er seinen kleinen Schützling erst in Sicherheit bringen, schob Frederic den schmalen Jungen ein Stück von sich weg zu einem schmutzstarrenden Mädchen mit abstehenden Ohren, das sich sogleich um den Kleinen kümmerte. Dann erst riss er den Kopf hoch und starrte in Abu Duns Richtung. Obwohl ihre letzte Begegnung eine Zeitspanne zurücklag, die normalen Menschen wohl wie eine Ewigkeit vorgekommen wäre, hatte er sich kaum verändert. Er sah blass, verloren und verwahrlost aus, und die Mischung aus Trotz und Ablehnung, mit der er ihn jetzt musterte, kam Abu Dun auch nicht gerade unbekannt vor.

Abu Dun hatte nicht damit rechnen können, ausgerechnet in dieser üblen Londoner Gegend auf Frederic zu stoßen. Aber jetzt musste er die Gunst der Stunde nutzen und den Jungen irgendwie hier herausbringen, ohne sich mit Meruhe und ihren Kriegerinnen anzulegen – das war er alleine schon Andrej schuldig. Doch bevor er auf eine halbwegs brauchbare Idee kam, hörte er ein zischendes Geräusch, dann schlug eine braune Flasche neben ihm auf dem Boden auf und zerbarst mit einem lauten Knall in tausend Stücke.

»Oh, verdammt!«

Eine Gestalt torkelte zwischen den dunklen Häuserreihen hervor. Abu Dun, der sowohl das Wurfgeschoss als auch die Stimme erkannt hatte, zuckte zusammen. »Piet!«, rief er und wollte eine Warnung folgen lassen, aber es war zu spät.

Meruhe stieß einen ärgerlichen Laut aus, dann sah Abu Dun nur noch einen schwarzen Schatten. Piet stieß einen erschrockenen Laut aus, als Meruhe plötzlich neben ihm war, und versuchte, hilflos mit den Armen rudernd, auszuweichen. Bevor Abu Dun eingreifen konnte, versetzte Meruhe dem Steuermann des *Mauerseglers* einen heftigen Stoß, der ihn zurücktaumeln und nach mehreren hilflosen Schritten zusammenbrechen und hart auf dem Boden aufschlagen ließ.

Auch die beiden Kriegerinnen verwandelten sich in huschende Schatten, und das wohl nicht zuletzt deshalb, weil in der Gasse hinter Abu Dun plötzlich ein solcher Höllenlärm losbrach, als wollte sie eine ganze Kampfhorde ausspucken. Abu Dun verschwendete keine Zeit damit, sich nach den Neuankömmlingen umzudrehen. Aus dem Stand heraus sprang er nach vorne, riss seinen Säbel hervor und war so rasch bei Frederic und den Kindern, dass er wohl selbst Meruhe mit dieser schnellen Aktion überrumpelt hatte.

Jetzt erst sah er sich um. Wie er es selbst schon vermutet hatte, war es tatsächlich seine Mannschaft, die mit Äxten, Musketen und allen möglichen Hieb- und Stichwaffen bewaffnet auf den Platz stürmte wie eine wilde Kriegerhorde, die in eine fremde Stadt eingefallen war, um zu plündern, zu morden und zu brandschatzen. Abu Dun hatte bereits auf offener See erlebt, wie rücksichtslos und rabiat diese Männer durchgreifen konnten – schließlich hatten sie sich auf wenig charmante Art ihres ehemaligen Kapitäns und seines Ersten Offiziers entledigt. Aber jetzt wirkten sie wie eine tollwütige Meute, die sich von nichts und niemandem davon abhalten lassen würde, ihre Gegner brutal niederzumachen.

Abu Dun fürchtete nur, dass sie diesmal an die Falschen geraten waren. Meruhes Kriegerinnen wirkten nicht beunruhigt oder gar verängstigt, ganz im Gegenteil. Schnell, aber ohne besondere Hast, wichen sie zu den gegenüberliegenden Seiten des Platzes aus und spalteten so ihre Gegner. Jede von ihnen hatte nun eine grimmige Meute vor sich, die sie vorerst mit wachen, abschätzenden Blicken musterten, denen nur allzu bald ein schnell vorgetragener Angriff folgen konnte.

Meruhe dagegen stand vollkommen regungslos da, drehte sich dann ganz langsam zu ihm um und starrte ihn mit einem Blick an, der einem anderen Mann als Abu Dun sicherlich das Blut in den Adern hätte gefrieren lassen. Doch statt Angst verspürte Abu Dun, wie etwas ganz anderes in ihm aufstieg, eine unglaubliche Wut auf diese arrogante Göttin, die sich erdreistete, sich immer und immer wieder in ihr Leben einzumischen. Am meisten empörte Abu Dun, dass er dieser Göttin nie mit seiner ganzen ungestümen Kraft entgegentreten konnte, sondern dass er sich aus Rücksicht auf Andrej stets zurückgehalten hatte.

Etwas von seinen Gefühlen musste in seinem Blick zu lesen gewesen sein, denn Verärgerung erschien auf Meruhes Zügen, doch dann lächelte sie Abu Dun auf eine wissende Weise an, die ihn noch mehr reizte und ihn fast dazu brachte, sich mit einem Aufschrei auf sie zu stürzen.

Vielleicht hätte er das auch getan, wenn ihm nicht Frederic in den Arm gefallen wäre, um ihn mit erstaunlicher Kraft zu sich herumzureißen. »Was willst du hier, Pirat? Hast du deine Kumpane mitgebracht, um uns auf dein Sklavenschiff zu verschleppen?«

Abu Dun runzelte die Stirn. »Was soll das, Frederic?« Er ließ seinen Blick über die Kinder schweifen, die zuerst aufgesprungen waren, als Piets Männer auf den Platz gestürmt waren, sich nun aber um Frederic scharten wie eine Hundemeute, die zähnefletschend auf den Angriffsbefehl ihres Rudelführers wartete. »Kennst du mich nicht?«, fragte Abu Dun rasch. »Ich bin der Mann ...«

»Der meinen Ziehvater fast ins Verderben gerissen hat«, fauchte Frederic ärgerlich und trat ihm so heftig gegen das Schienbein, dass Abu Dun versucht war, mit einer Ohrfeige zu antworten. »Glaubst du etwa, ich wüsste nicht, was du vorhast, Pirat?«

»Das kann ich mir in der Tat nur sehr schwer vorstellen«, zischte Abu Dun, was der Junge mit einem weiteren Schienbeintritt quittieren wollte, der aber diesmal harmlos ins Leere ging. Frederic stieß einen knurrenden Laut aus, und etliche der Straßenkinder rissen Messer oder Knüppel hervor, doch Frederic schüttelte rasch den Kopf und hielt mit einer Handbewegung einen Jungen zurück, der sich mit einer schartigen Klinge auf Abu Dun hatte stürzen wollen.

»Ich bin schon seit Ewigkeiten kein Pirat mehr«, donnerte Abu Dun, »und Sklaven ...«

»Fängst du nach wie vor, um sie meistbietend im fernen Arabien zu verschachern!« Zornig wies Frederic auf die bewaffneten Männer. »Was sind das für Halsabschneider? In welcher Kaschemme hast du diesen Abschaum aufgetrieben?«

Abu Dun war seinem Blick gefolgt, nur ganz kurz, doch lange

genug. Denn das, was er sah, erschreckte ihn. Die Männer, die ihn zu ihrem neuen Kapitän erkoren hatten, waren inzwischen ausgeschwärmt, lautlos und geschickt wie Assassine, nicht wie einfache Seeleute. Was war hier los? Zwar hatte er nie wirklich geglaubt, dass ihm die Mannschaft des *Mauerseglers* treu ergeben war, doch was, wenn Piet und die anderen nicht gekommen waren, um ihm beizustehen, sondern entweder auf eigene Kappe handelten oder auf Befehl von jemandem, der sich Abu Dun noch nicht zu erkennen gegeben hatte?

Diese Vorstellung ließ ihn schaudern.

Auch Meruhes Verhalten trug nicht gerade zu seiner Beruhigung bei. Vollkommen regungslos stand sie da und musterte ihn, Frederic und die Kinder mit eisigem Blick. Was ihm einen kalten Schauer über den Rücken jagte, war ihre Ausstrahlung, die kaum mehr etwas Menschliches hatte. Purer Machtwille, vollkommene Kompromisslosigkeit. Wenn er jemals daran gezweifelt hätte, dass Meruhe eine Göttin war, dann wären seine Zweifel in diesem Moment ein für alle Mal verflogen.

»Immer und immer wieder habe ich Andrej vor dir gewarnt«, schimpfte Frederic und zwang Abu Dun damit, sich ihm wieder zuzuwenden. »Aber er wollte nicht auf mich hören.«

Abu Dun ließ seinen Blick über die Kinder gleiten, die ihn anstarrten, als wollten sie jeden Moment über ihn herfallen. Abu Dun spürte, wie ihm die Situation zu entgleiten drohte. »Frederic, ich bitte dich!«, begann er, doch schon während er die Worte aussprach, begriff er, dass sie dieselbe Wirkung hatten wie ein paar einsame Wassertropfen in der Wüste. »Das ist doch alles schon Jahrhunderte her! Das letzte Mal haben wir uns vor einer halben Ewigkeit gesehen ...«

»Einer halben Ewigkeit? Für dich vielleicht, aber nicht für mich.«

Der Satz traf Abu Dun wie ein Faustschlag ins Gesicht. Erinnerungen purzelten wild durcheinander, er glaubte, Brandgeruch wahrzunehmen und das Prasseln von Feuer zu hören, gefolgt von entsetzten Schreien und dem schrillen Wiehern panischer Pferde. Dann war es vorbei. Er war wieder im Hier und Jetzt.

»Ich sehe, dass selbst dein dumpfes Piratenhirn begreift, dass etwas ganz und gar nicht stimmt«, sagte Frederic. »Und nun lass es gut sein. Verschwinde!«

*

Gerade als Andrej die Phiole an die Lippen setzte und einen tiefen Schluck nehmen wollte, geriet alles durcheinander. Ein Schwarm Glühwürmchen stob auf, jagte dicht an ihm vorbei und hinterließ ein schmerzhaftes Prickeln auf der Haut. Die nächste, weitaus heftigere Woge traf ihn mitten ins Gesicht und ihm war, als würde er mit unzähligen winzigen Nadelstichen gepiesackt. Andrej ließ Domenicus' rot schimmerndes Fläschchen sinken, das er ihm in Borsã fast gewaltsam aufgenötigt hatte, und wischte sich mit der freien Hand über die Wange. Die Glühwürmchen, die keine waren, klebten schwarz an seinen Fingern.

Hastig sah er sich um, aufgeschreckt von einem Knistern, das von überall herzukommen schien und von einem beißenden Geruch, den er schon längst hätte wahrnehmen müssen, wenn ihn seine Gedanken und Gefühle nicht in eine ganz andere Richtung entführt hätten.

»Das kann doch nicht sein«, stöhnte er auf.

Eben noch hatte er so gefroren, als ob er mit Meruhe zum eisigen Asgard unterwegs gewesen wäre, doch jetzt jagte plötzlich eine Hitzewelle durch seinen Körper, die ihn dazu brachte, sich den Kragen aufzureißen, um sich Luft zu verschaffen. Hinter ihm knallte etwas, gefolgt von einem Bersten und einem harten Schlag ins Wasser, der ihn herumfahren ließ.

Vielleicht hatte doch etwas von der Flüssigkeit seine Kehle benetzt, als er das Fläschchen mit einem entschlossenen Ruck an die Lippen gesetzt hatte, und nun befand er sich bereits in dem Reich zwischen den Welten, in dem alles möglich war, in dem die Farben verrücktspielten und er hinabgerissen wurde in einen Strudel von schrecklichen Erinnerungen und düsteren Geheimnissen.

Andrej starrte in das tosende, alles verschlingende Feuer um sich herum, spürte die glühende Hitze, und einen Moment lang verschwamm alles vor seinen Augen. Das Meer von Flammen schien die ganze Welt ergriffen zu haben, Tausende und Abertausende bösartiger roter Funken, die zum glühenden Herz eines ausbrechenden Vulkans verschmolzen waren.

Plötzlich wusste er, dass er das alles nicht zum ersten Mal erlebte: Er war schon einmal hier gewesen, vor dem großen Brand in London, und damals hatte es etwas mit Meruhe zu tun gehabt und einer großen Intrige, der sie beinahe zum Opfer gefallen waren.

Wie konnte das sein?

Das Feuer fraß sich mit unbändiger Wucht weiter, es zischte, prasselte, krachte und brodelte, und dann jagten grelle Feuerlohen in die Höhe und schleuderten versengtes Segeltuch, funkensprühende Holzsplitter und rot glühende Tauenden in die Luft. Mit unfassbarer Schnelligkeit verwandelte die rote Glut den Dreimaster in etwas Fremdes, Unheimliches und sehr Bedrohliches – ein Anblick, der es Andrej schier unmöglich machte, zu glauben, dass das Schiff von Menschen erbaut worden war, dass es mehr als ein Schiff war, das von Seeleuten über die Weltmeere gesteuert wurde.

Und er hatte all das schon einmal erlebt!

Die Gewissheit war plötzlich da, ebenso wie die Erinnerung, die ihn mit Bildern und Gefühlen überflutete.

*

Abu Dun hätte den Jungen am liebsten gepackt und so lange geschüttelt, bis er endlich zur Vernunft kam. Frederic mochte aussehen wie ein Kind, doch das war er nicht, schon lange nicht mehr. Es war Jahrhunderte her, dass sie sich zum ersten Mal gesehen hatten, aber noch immer war er so schmal und blass wie ein Vierzehnjähriger, der eine entbehrungsreiche Zeit hinter sich hat. Abu Dun hatte in all der langen Zeit, die er mit Andrej verbracht hatte, vieles gelernt, was die für ihn zunächst vollkommen unverständliche Entwicklung der Unsterblichen anging. Dabei war er allerdings weit davon entfernt, zu begreifen, warum er selbst zu einem Unsterblichen geworden war und warum manche von ihnen über die lange Zeit zwar langsam, aber eben doch merklich alterten, während sich andere ihre Frische und ihr Aussehen erhielten, die sie zu dem Zeitpunkt gehabt hatten, als sie das Los der Unsterblichkeit getroffen hatte.

»Was glotzt du so blöd«, fuhr ihn Frederic an, »hast du noch immer nicht begriffen, dass du nicht hier sein solltest?«

»*Du* scheinst es immer noch nicht begriffen zu haben«, sagte Abu Dun schroff. »Weißt du nicht, dass dich Andrej schon seit einer halben Ewigkeit verzweifelt sucht …«

»Um mich dann mithilfe von Piraten entführen zu lassen?« Frederic schüttelte angewidert den Kopf. »Vielleicht glaubst du ja wirklich, das Richtige zu tun. Aber du hast ja keine Ahnung, mit wem du dich eingelassen hast!«

»Im Gegensatz zu dir?« Abu Dun deutete auf Meruhe, die sich noch immer nicht gerührt hatte. »Begreifst du denn nicht, wer sie ist?« Als Frederic auf seine Worte nicht reagierte, fügte Abu Dun leiser hinzu: »Und was sie ist?«

»Was geht dich das an?«, gab Frederic trotzig zurück. »Du weißt ja auch nicht, wer ich bin und warum all die Kinder hier sind ... und wir alle zusammen auf unseren Erlöser warten müssen ...«

Erlöser?! Abu Dun musste sich beherrschen, um Frederic nun nicht doch noch zu packen und ihn so lange zu schütteln, bis der ihm sagte, was hier wirklich los war.

»Schluss jetzt mit den Spielereien!«, sagte Meruhe, und obwohl sie nicht laut sprach, schien ihre Stimme wie Donnerhall über den Platz zu schallen. »Du siehst ja, wie Frederic zu dir steht, Pirat. Nimm deinen traurigen Haufen und fahr mit ihm aufs Meer hinaus. Schlagt von mir aus eure Enterhaken in die Schiffe vollgefressener Holländer und Spanier. Wir werden uns jetzt um die Kinder kümmern.«

»Was ...?«, begann Frederic.

»Wir nehmen die Kinder mit«, sagte Meruhe in einem Ton, der keinen Widerspruch zuließ. »Kija! Nefra! Treibt sie zusammen!«

Frederic sprang auf. »Das kommt überhaupt nicht ...«

»Frederic und die Kinder stehen unter meinem persönlichen Schutz!«, sagte Abu Dun, und er sagte es mit so viel Nachdruck, dass seine Stimme noch lauter als die Meruhes über den Platz donnerte und als vielfach gebrochenes Echo zurückkehrte, so als ständen in den Schatten der Häuser eine Vielzahl von Kriegern, die seine Worte mit drohendem Unterton wiederholten.

»Das ist ja nett von dir, Pirat ...«, höhnte Frederic, aber wieder ließ Abu Dun nicht zu, dass er seinen Satz beendete. »Nimm deine Kriegerinnen, Meruhe, und zieh ab!«, brüllte er und baute sich mit gezogenem Säbel vor den Kindern auf.

Die Seemänner, Piraten, oder was auch immer sie in Wirklichkeit waren, hatten unterdessen Meruhes Kriegerinnen eingekreist. Aber sie griffen nicht an. Abu Dun wusste nicht, was die Männer wirklich antrieb. Doch eines war sicher: Es ging ihnen nicht darum, ihren neuen Kapitän zu unterstützen.

Und doch ... Zumindest der alte Säufer, der mit großem Geschick die *Gierzwaluw* durch schwere See gesteuert hatte, schien ihm inzwischen so vertraut wie ein Mitglied der Piratenmannschaft aus den längst vergangenen guten alten Zeiten – und er verhielt sich auch so. Während Abu Dun mit Frederic gesprochen und die Männer der zwielichtigen Mannschaft die schwarzen Kriegerinnen zu umkreisen begonnen hatten, hatte sich Piet mit dem Geschick des Volltrunkenen ganz nah an Meruhe herangeschlichen. Jetzt blinzelte er Abu Dun verschwörerisch zu, grinste schmierig und riss die Rumflasche hoch, die er plötzlich in den Händen hielt.

Abu Dun wusste, dass er ihn mit einem Ablenkungsmanöver unterstützen musste. Er machte einen Ausfallschritt, ließ den Säbel durch die Luft zischen und brüllte so laut wie ein Kapitän, der seinem Ausguck mitten im Sturm einen Befehl zurufen muss: »Frederic steht unter meinem persönlichen Schutz!«

Alle auf dem Platz zuckten zusammen, selbst Piet, der sich normalerweise durch nichts erschrecken ließ, und auch Frederic, der plötzlich zu schrumpfen schien. Nur Meruhe blieb vollkommen ungerührt stehen.

Piet fasste sich als Erster, überwand die kurze Entfernung zu Meruhe mit einem beherzten Sprung und riss seine Rumflasche hoch, um sie ihr mit voller Kraft auf den Hinterkopf zu schlagen. Abu Dun bezweifelte, dass Meruhe sich so leicht überrumpeln und ausschalten lassen würde.

Er wollte es auch nicht darauf ankommen lassen. Sein Körper

war angespannt wie eine Feder, und als er vorschnellte, geschah das so explosionsartig, dass Meruhe kaum mehr als einen schwarzen Schatten sehen konnte, der auf sie zu jagte. Im gleichen Moment hörte Abu Dun den harten Schlag von Piets Rumflasche und das Bersten des dicken braunen Glases, und er glaubte schon, Meruhe in sich zusammensacken zu sehen ... doch so schnell er auch war, es war viel zu langsam.

Meruhe wirbelte in einer solchen Geschwindigkeit herum, dass nun er es war, der der Bewegung nicht mehr folgen konnte, und plötzlich flog der Steuermann der *Gierzwaluw* mit solcher Gewalt zurück, als wäre er einer der Verrückten, die sich auf einem Jahrmarkt von einer Kanone abfeuern lassen. Mit ganzer Kraft und all seinem Mut trat Abu Dun in die Scherben von Piets Flasche, die nicht auf Meruhes Schädel zerschellt, sondern wohl knapp über ihm hinweggesegelt war, um dann hart auf dem Boden aufzuschlagen. Den Hauch eines Momentes später war Abu Dun auch schon an der Stelle, an der Meruhe gerade noch gestanden hatte, doch erneut kam er zu spät. Seine freie Hand zuckte vor, um Meruhe zu packen und ihr den Säbel quer über den Leib zu ziehen. Aber wieder entwischte sie, wich wie ein Derwisch zur Seite aus, und der kraftvolle Säbelhieb, den er seiner ersten Bewegung folgen ließ, zischte dicht, aber harmlos an ihrem Gesicht vorbei.

Aus den Augenwinkeln heraus bekam Abu Dun mit, dass sich Meruhes Kriegerinnen nun nicht länger damit begnügten, die Piraten in Schach zu halten, sondern ihrerseits zum Angriff übergingen. Von einem Moment auf den anderen war der Platz erfüllt vom Klirren der Waffen, den Schreien der Getroffenen und den Schreckenslauten der Kinder.

*

Das Schiff brannte lichterloh wie eine Fackel. Das Knistern, Zischen und Prasseln steigerte sich zu einem infernalischen Lärm, dem ein heftiges Donnern und Krachen folgten. Dann kippte der mittlere Mast ab, brach im Fall und landete mit einem Riesenknall auf der ohnehin fast vollständig zerstörten Reling, um anschließend ins Wasser zu rutschen und gurgelnd unterzugehen.

»Hilf mir«, hörte er eine Stimme, so schwach und leise, dass er sie in dem Getöse fast überhört hätte. »Hilf mir, Andrej, mein Geliebter!« Er glaubte, eine Gestalt auf dem Schiff zu sehen, vielleicht einen der Männer aus Abu Duns Mannschaft, der volltrunken in seiner Koje gelegen und erst viel zu spät bemerkt hatte, dass das Schiff ein Opfer der Flammen war. Dass es nicht Maria sein konnte, das wusste er tief in seinem Inneren, und doch änderte dieses Wissen nichts daran, dass er alles daransetzen wollte, um sie zu retten. Und so rannte er los.

Auch die Taue, mit denen der verrottete Segler festgemacht worden war, brannten inzwischen wie Zunder. Als er abspringen wollte, schnappte eines zurück und klatschte mit einem peitschenden Laut ins Wasser. Er nahm Anlauf und sprang ab, sein Ziel fest vor Augen. Doch die Reling, die sich bisher trotzig gegen den Verfall gestemmt hatte, erwies sich als wenig geeignet, um ihm Halt zu geben. Als er in das schwelende Holz griff, riss es aus der Verankerung, und das nächste Stück Reling, das er zu fassen bekam, brach schon bei der ersten Berührung ab. Er rutschte tiefer, und seine Beine tauchten bereits ins Wasser ein, da bekam er endlich ein Stück der noch nicht brennenden Bordwand zu fassen und klammerte sich im allerletzten Moment mit beiden Händen an ihr fest. Als er erleichtert aufseufzte, hörte er Marias Stimme: »Du musst Frederic zurücklassen.«

Doch als er nach oben blickte, sah er über sich nur einen von Rauch und Qualm umwaberten Umriss, der alles hätte sein können: ein zerfetztes Segeltuch, ein abgeknickter Teil des Großmastes, ein Seemann, der sich verzweifelt in Sicherheit zu bringen versuchte – oder auch Maria.

»Loki will, dass du Frederic rettest«, fuhr Maria fort, und obwohl ihre Stimme fast im Getöse der Flammen unterging, erkannte er sie so zweifelsfrei wieder, dass seine Sehnsucht nach ihr beinahe unerträglich wurde. »Und das wirst du auch. Aber nicht jetzt.«

Andrej verstand nicht, was sie ihm sagen wollte, und die Hitze, die sich in seine Handflächen fraß, ließ es nicht zu, dass er einen klaren Gedanken fassen konnte. »Du musst gegen die dunkle Seite in dir ankämpfen. Sonst bist du verloren! Und die Kinder auch!«

Andrejs linke Hand zuckte zurück, als ein Stück der Bordwand unter ihm wegbrach, von dem Feuer herausgefressen, als wäre dieses mit einer bösartigen Intelligenz versehen und wollte ihn auf eine ganz besonders grausame Weise quälen.

»Maria!«, keuchte er.

Nun hing er mit nur noch einer Hand an dem brennenden Geisterschiff, die grellroten Flammen hatten bereits die Bordwand erreicht und züngelten nach seiner Kleidung. Er warf den Kopf in den Nacken, starrte verzweifelt nach oben, dorthin, wo er eben noch den Schemen – *Maria!* – wahrgenommen hatte. Aber jetzt waren da nur noch wütende Feuerdämonen am Werk, die um die Vorherrschaft stritten und sich in rasender Geschwindigkeit in das uralte Holz der Bootsplanken hineinfraßen. Dort, wo die gierigen Flammen noch nicht selbst hingekommen waren, stiegen dunkle Rauchwolken auf, sodass es aussah, als würden körperlose Schatten auf dem brennenden Schiff zum Leben erwachen, Dämonen der Finsternis, die sich aus dem Feuer herausschälten, um nach ihm zu greifen.

Andrej spürte, wie die Haut seiner rechten Hand Brandblasen

warf. Er versuchte sich hochzuziehen, verzweifelt darum bemüht, auf das Schiff selbst zu gelangen. Er musste Maria finden, sie in Sicherheit bringen. Seine Lunge schrie vor Qual, als er dichten, beißenden Rauch einatmete.

Doch im nächsten Moment spürte er auch schon, wie er endgültig den Halt verlor, dann stürzte er rückwärts ins Wasser.

*

Der kleine Junge mit den struppigen Haaren, der schon einmal versucht hatte zu fliehen, ließ auch diesmal die Gelegenheit nicht aus, auf das Tor zuzustürmen. Noch bevor er es erreicht hatte, begann die merkwürdige kleine Torglocke hin- und herzuschwingen. Sie klang dumpf, ein Klang, der Abu Dun nicht an die hellen Glocken christlicher Kapellen erinnerte, sondern an das schauerliche Läuten nubischer Totenglocken. Die Kriegerin, die Meruhe Kija genannt hatte, tauchte unter einem Axthieb hindurch und trat dem Angreifer so kraftvoll in den Magen, dass er sich zusammenkrümmte, seine Waffe fallenließ und zur Seite kippte. Kija setzte ihm nicht nach, sondern wirbelte herum, um dem kleinen Kerl mit den widerborstigen Haaren den Weg abzuschneiden.

Das konnte und wollte Abu Dun nicht zulassen. Er stürmte los und duckte sich unter einem Wurfgeschoss hinweg, das irgendwo hinter ihm an einer Häuserwand zerschellte …

… und sah plötzlich Funkenflug vor sich aufschlagen.

Erst glaubte er, die Mannschaft des *Mauerseglers* wäre so verrückt, mit Brandpfeilen zu schießen. Doch der schwere Geruch von Qualm und Rauch, der durch die Gassen kroch und nun den Platz erreichte, das rote Flackern im Hintergrund und die Feuerlohen, die aus einem Haus in der Gasse vor ihnen hervorschossen, belehrten ihn eines Besseren. Noch bevor er sich einen Reim darauf machen konnte, hatte Kija den Jungen schon erreicht, packte ihn noch im Laufen und fuhr herum, um ihrer Schwester gegen die Übermacht der Seeleute beizustehen. Doch Abu Dun vertrat ihr energisch den Weg und riss den Säbel hoch, zögerte aber einen Hauch zu lange, weil er fürchtete, das Kind zu treffen. Kija dagegen war weniger zimperlich. Ihr schlankes Schwert zuckte vor und verfehlte Abu Duns Gesicht nur knapp, und das auch nur deshalb, weil er im letzten Moment ausweichen konnte. Als er sich berappelt hatte, war Kija auch schon an ihm vorbei.

Er wollte auf dem Absatz kehrtmachen, um ihr zu folgen, da sah er ein kleines Mädchen heranlaufen, das dem Jungen mit dem Strubbelhaar wie aus dem Gesicht geschnitten war und eine ebenso abenteuerliche Frisur trug. Schlagartig begriff er, warum der Kleine weggelaufen war: Er hatte nur zu seiner Schwester gewollt.

Als die Kleine nun aus den Tiefen der Gassen zu ihnen gerannt kam, war es, als wären Feuerteufel hinter ihr her, so flammte es direkt in ihrem Rücken auf. Ihre Augen waren in Todesangst aufgerissen, und sie keuchte und taumelte und schien sich kaum noch auf den Beinen halten zu können.

»Frederic! Frederic!«, schrie sie, während sie durch das Tor hindurchstürmte. »Ich habe getan, was du mir aufgetragen hast! London brennt!«

KAPITEL 10

»Rette mich«, hatte Maria gesagt, und sofort hatte er gewusst, was zu tun war: Ein tiefer Zug aus der Phiole, und die Kraft des bitteren Trankes würde durch seine Adern schießen und ihn mit fortreißen, dorthin, wo auch Maria in diesem Moment war. Doch jetzt, als er sich mühsam aufrichtete, nachdem er sich aus der stinkenden Kloake an Land gezogen hatte, tastete er seinen Gürtel vergebens ab. Die Phiole war nicht mehr da! Ungläubig starrte er auf die Stelle, wo er sie eingehakt hatte, und erinnerte sich erst jetzt, dass er sie in den Händen gehalten hatte, als er auf das Schiff zugelaufen war. Er musste sie bei seinem verzweifelten Sprung auf die *Gierzwaluw* verloren haben. Das durfte nicht sein! All seine Hoffnungen hingen an diesem verdammten Fläschchen!

Er rappelte sich auf. Die Flammen schienen inzwischen ganz London erfasst zu haben. Die Hitze, die jetzt von der Stadt heranwaberte, die von Funken durchsetzten Rußpartikel, die die Luft wie ein bösartiger Insektenschwarm erfüllten, all das deutete auf eine schreckliche Katastrophe hin, die die alte Stadt in ihren Grundfesten erschüttern würde. Das Schwarz des Himmels über ihm wurde zerrissen von den Feuerlohen, die aus den Kirchtürmen und mehrstöckigen Gebäuden in die Unendlichkeit hochjagten.

Andrej begriff, dass die Stadt im Sterben lag. Er taumelte hoch, sah sich rechts und links um, und sein Blick wanderte über Buschgruppen und kleinere Schuppen zu den etwas weiter entfernten

Lagerhäusern und Werften, von denen nicht wenige bereits Feuer gefangen hatten.

In ihrem Widerschein konnte er den Uferbereich zu beiden Seiten recht gut einsehen, wo zerborstene Flaschen, vermoderte Holzteile und die armseligen Essensreste lagen, die sich weder die Vögel herausgepickt noch die Ratten geholt hatten. Doch so sehr er sich auch bemühte, nirgends konnte er die verfluchte Phiole ausmachen.

Verzweifelt sah er zu der Treppe hoch, auf der seine erste ›Begegnung‹ mit Maria stattgefunden hatte. Sie bestand vollständig aus grauroten Steinquadern und war deshalb von den Flammen verschont geblieben; jetzt wirkte sie in ihrer Unberührtheit wie ein Fremdkörper gegen den Hintergrund der brennenden Stadt. Hier war gar nichts, keine Abfälle oder sonstiger Unrat. Und erst recht nicht das kleine Fläschchen, auf das er so sehr angewiesen war.

Und natürlich auch nicht Maria, wie er insgeheim gehofft hatte.

Verzweifelt wandte Andrej sich ab. Vermutlich war er genau in dem Moment auf den sterbenden Dreimaster zugesprungen, als eines der zwei brennenden Haltetaue gerissen war und die *Gierzwaluw* von der starken Strömung ein Stück weit in den Fluss gedreht worden war. Bestimmt hatte er die Phiole, die er vorher fest umklammert hatte, ohne es zu merken, losgelassen, und sie war ins Wasser gefallen.

Andrejs Ärger steigerte sich zu blanker Wut, als er die wilden, ungezügelten Flammen sah, die sich in den Bug des Dreimasters fraßen. Das Heck war längst untergegangen, und das Wasser schäumte und sprudelte dort, wo die Überreste des Schiffes Richtung Grund sanken. Er starrte in den rot schimmernden Strudel, in dem Blasen aufstiegen, so als würde dort unten jemand sein Leben aushauchen. Andrej hätte nicht gezögert, ins Wasser zu springen, hätte er eine Chance gesehen, die Phiole zu finden. Doch wenn sie tatsächlich hier in die Themse gefallen war, dann hatte die Strömung sie bestimmt schon längst mit sich fortgerissen.

*

Von jetzt auf gleich schien das Feuer überall zu sein. Flammen brachen zischend und brodelnd aus den Fenstern der Wohnhäuser, die den Platz einrahmten, sämtliche Glocken im weiten Umkreis begannen aufgeregt zu läuten, und die Menschen stürmten in Angst aus ihren Wohnungen, Kellern und Löchern hervor.

Ob Piet und die anderen wirklich eine Chance gegen Meruhe und ihre Kriegerinnen gehabt hätten, wagte Abu Dun zu bezweifeln. Doch erfahren würden sie es nie, denn das Feuer raste jetzt aus allen Richtungen heran und fraß sich mit unfassbarer Geschwindigkeit durch die aus Holz, Pech und Stroh eng an eng gebauten Häuser, die wie Fackeln aufflammten und der rasenden Feuersbrunst die Nahrung boten, aus der Städte vernichtende Katastrophen geboren wurden.

Dichte Rauchschwaden zogen über den Platz, und in nur wenigen Augenblicken wurde es so warm wie an einem heißen Sommertag in seiner alten Heimat.

Meruhe und ihre beiden Kriegerinnen hatten es irgendwie geschafft, die Kinder zusammenzutreiben; vielleicht war es auch Frederic gewesen, der darauf geachtet hatte, dass sie zusammenblieben und sich nicht in alle Richtungen verstreuten. Piet und die anderen allerdings hatten sofort die Lust an der Rauferei verloren und waren geflohen.

Nach einem Moment der Verwirrung, in dem Abu Dun nichts weiter tat, als den umherhastenden Menschen hinterherzusehen, die in aller Eile sich selbst und ihr Hab und Gut in Sicherheit zu bringen versuchten, begriff er, dass auch er hier nichts mehr ausrichten konnte. London brannte. Wenn seine Männer kühlen Kopf bewahrt hatten, dann würden sie jetzt zum *Mauersegler* laufen und mit dem Dreimaster so schnell wie möglich die Themse hinabfahren, um die brennende Stadt hinter sich zu lassen.

Auch Abu Dun setzte sich in Bewegung, aber aus einem ganz anderen Grund: Maria. Er hoffte inständig, dass sie inzwischen zum Schiff zurückgekehrt war und er sie dort finden würde.

Später hätte er nicht mehr zu sagen vermocht, warum er plötzlich zögerte, in eine Gasse zu laufen, die noch nicht vom flackernden Feuerschein erfasst worden war. Doch ihm war, als spürte er die Anwesenheit von etwas Uraltem, Mächtigem, und er machte kehrt, um einen anderen Weg zu wählen, als er eigentlich vorgehabt hatte. Er rannte weiter über das holprige Pflaster, bis sich die Gasse immer weiter verjüngte und er begriff, dass er in eine Sackgasse geraten war. Erneut blieb er stehen, um sich umzusehen, doch bevor er sich orientieren konnte, hörte er eine Stimme hinter sich: »Hallo, Sir! Ich glaube Ihr habt da etwas verloren!«

Mit einem unguten Gefühl wandte sich Abu Dun um und starrte fassungslos auf den Mann und den Gegenstand, den er ihm entgegenstreckte. »Das gehört doch Euch, oder?«, fragte der Mann.

Abu Dun konnte nur knapp nicken, dann brach plötzlich der Dachstuhl neben ihm zusammen, und brennendes Stroh und glühende Holzteile regneten auf ihn herab.

*

Eine ganze Weile starrte Andrej nur schweigend auf die letzten aus dem Wasser ragenden Aufbauten des *Mauerseglers*, die jetzt, wo das Wasser sie umtoste, nicht mehr in Flammen standen, sondern nur noch leise glimmten. Schließlich riss er seinen Blick fast gewaltsam von der Unglücksstelle los und sah zu der Brücke hinauf, die sich über den Fluss spannte.

Auch hier hatte das Feuer inzwischen reiche Nahrung gefunden. Der Anblick war so bizarr, dass Andrej trotz seiner Verzweiflung für die Dauer von ein paar Atemzügen stumm stehen blieb und mit makabrer Faszination dem Zerstörungswerk zusah, das sich dort vor seinen Augen abspielte. Auf welcher Uferseite auch immer die Feuersbrunst ihren Ausgangspunkt gehabt hatte, jetzt hatte sie die riesige Brücke mitsamt ihren weit in den Himmel strebenden Häusern auf ihrer gesamten Länge fest im Griff. Fenster barsten, Giebel stürzten ein, Wände gerieten in Schräglage oder flammten wie riesige Fackeln auf, und selbst aus dem harten Holz des Brückenbodens krochen bereits erste Feuerteufel empor. Es sah aus, als hätten die Götter ein grausames Strafgericht über die mächtigste Stadt in Europas Norden verhängt. Andrej erkannte Menschen beiderlei Geschlechts, die voller Verzweiflung aus rot glühenden, rauchenden Fensterhöhlen sprangen und damit in den sicheren Tod. Unter der hohen Häuserreihe sah er ein brennendes Fuhrwerk hervorpreschen, dessen Pferde durchgegangen waren. Nun jagten sie von einem Flammenmeer ins nächste, voller Panik wie auch der Kutscher, der verzweifelt mit seiner Peitsche auf die armen Tiere eindrosch, als könnte er sie damit irgendwie zur Räson bringen.

»Grausam, nicht wahr?«

Andrej nickte langsam. Er hatte gespürt, dass sich jemand näherte, und er hat auch gewusst, wer es war: Abu Dun.

»Ich habe dein Schiff untergehen sehen«, sagte er, ohne sich zu seinem Freund umzudrehen. »Und nicht nur das.«

»Und ich habe Frederic gefunden«, sagte Abu Dun. »Aber nicht nur ihn. Sondern auch Meruhe und ihre Kriegerinnen.«

Andrej nickte langsam, so als würde er tatsächlich verstehen, was der Nubier gerade gesagt hatte. »Frederic. Das ist seltsam, findest du nicht? Wir haben ihn überall gesucht, sind seinetwegen nach Transsylvanien gereist ...«

»Und haben ihn nirgends gefunden«, beendete Abu Dun seinen Satz. »Dabei war er wohl die ganze Zeit hier.«

»Aber wo ist er?« Andrej riss seinen Blick jetzt doch von der brennenden Brücke los und wandte sich zu seinem Freund um. Abu Dun war einen halben Schritt hinter ihm stehen geblieben. Er sah fürchterlich aus. Seine Augenbrauen waren versengt, seine linke Wange zerkratzt, als hätte sich jemand mit scharfen Fingernägeln an ihr zu schaffen gemacht und etwas glühte in seinen Haaren, das immer wieder vom Wind angefacht wurde, ohne dass es tatsächlich aufflammte. Er stank nach Ruß und Rauch.

»Frederic?«, fragte Andrej noch einmal.

Abu Dun zuckte mit den Schultern. »Es tut mir leid. Als das Feuer ausbrach, ist alles im Chaos versunken. Soweit ich gesehen habe, hat Meruhe sich ihn und die Kinder geschnappt.« Er lachte humorlos auf. »Ganz abgesehen davon war dein Ziehsohn nicht gerade von Wiedersehensfreude überwältigt. Er wäre wohl sowieso nicht freiwillig mit mir mitgekommen.«

Andrej nickte langsam. Es gab vieles, was er jetzt hätte fragen können. Aber er wusste schon von vornherein, dass es keine Antworten gab, die ihn hätten zufriedenstellen können. Und außerdem war das auch nicht wichtig. Er hatte Maria gesehen, sie gleich wieder verloren. Sie hatte ihn um Hilfe angefleht, und er konnte sie ihr jetzt nicht mehr gewähren.

»Wir sollten von hier verschwinden«, sagte Abu Dun müde.

»Ja, das sollten wir«, bestätigte Andrej. »Und ich wüsste auch schon, wohin. Dort, wo Maria ist.«

»Maria?«, fragte Abu Dun überrascht. »Hast du sie gefunden?«

Andrej schüttelte den Kopf. »Nein, sie hat mich gefunden. Aber es war eine eher … flüchtige Begegnung.«

»Flüchtige Begegnung? Was soll das heißen?«

»Weißt du denn das nicht selbst, mein Freund?«, antwortete Andrej.

»Du meinst, weil ich sie mitgebracht habe«, sagte Abu Dun. »Ja … Ich glaube, ich weiß, worauf du hinauswillst. Diese ganze Reise auf der *Mauersegler* …« Er schüttelte den Kopf. »Sie kommt mir wie ein Traum vor.«

»Oder wie ein ferner Spuk …« Andrej wandte sich wieder ab und starrte auf die Stelle, wo jetzt die letzten Überreste der *Gierzwaluw* zischend versanken. Es gab ein glucksendes Geräusch, dann spritzte plötzlich eine übel riechende Woge hoch und überschüttete sie mit einem Schwall dreckigen Wassers, sodass sowohl er als auch Abu Dun unwillkürlich einen Schritt zurückwichen.

»Ein Spuk, ja.« Abu Dun nickte. »Vielleicht hast du recht. Vielleicht war das Schiff nichts weiter als ein Spuk.«

»Und jetzt sitzen wir im brennenden London fest«, sagte Andrej. Er spürte tiefe Hoffnungslosigkeit in sich aufsteigen. »Diesmal weiß ich wirklich nicht, wie es weitergehen soll.«

»Ich schon.« Abu Dun räusperte sich mehrmals hintereinander, doch als er fortfuhr, hatte seine Stimme etwas von ihrer alten Kraft wiedergefunden. »Es ist etwas in meinen Besitz gelangt, das du vielleicht bitter vermisst.«

Andrej sah alarmiert hoch. Sein Herz, das eben noch mit langsamen, fast schmerzhaften Schlägen das Blut durch seinen Körper hatte pulsieren lassen, fing an zu rasen. Konnte es wirklich sein …? Er zuckte zusammen, als der Nubier unter sein Gewand griff und etwas hervorholte, das im ersten Augenblick wie ein Flammennest wirkte, das sich durch Funkenflug ausgelöst unter seiner Kleidung festgesetzt hatte. Es strahlte so hell, dass Andrej fast den Blick abgewendet hätte, um nicht geblendet zu werden. Doch dann erkannte er seinen Irrtum: Es war kein Feuer, dessen Schein er sah, sondern nichts weiter als die Reflektion des großen Brandes, der die London Bridge und die angrenzenden Bezirke erfasst hatte und sich nun auf unheimliche Weise in der dunklen Flüssigkeit der Phiole widerspiegelte.

»Wie kommt es, dass du …«

»Dass nun ich die Phiole habe und nicht mehr du?«

Abu Dun hielt das kostbare Fläschchen hoch und schüttelte den Kopf. »Fast leer«, stellte er fest. »Und ich glaube nicht, dass das ein Zufall ist. Genauso wenig wie die Tatsache, dass ich jetzt im Besitz dieses merkwürdigen kleinen Dings bin. Eigentlich hatte ich ja gehofft, auf die Mannschaft des *Mauerseglers* zu treffen, als ich nach Ausbruch des Feuers in Richtung London Bridge losgeeilt bin. Doch stattdessen habe ich nun das Fläschchen hier gefunden.« Er winkte ab, als ihn Andrej mit einer ungeduldigen Nachfrage unterbrechen wollte. »Ich erkläre dir später alles. Aber ich glaube …« Er öffnete fast bedächtig den Verschluss der Phiole. »Wir sollten machen, dass wir hier fortkommen. Bei dem, was die Londoner so alles ihrem Fluss anvertrauen, möchte ich nicht erleben, was passiert, wenn die Themse selbst Feuer fängt!«

Andrej wollte nach der Phiole greifen, doch Abu Dun entzog sie ihm mit einer raschen Bewegung.

»Verdammt noch mal, was sollen diese Spielchen?« Andrejs Ungeduld wandelte sich in Zorn. »Und wie kommst du nubischer Hornochse überhaupt an die Phiole?«

Abu Dun seufzte. »Wahrscheinlich wirst du es mir nicht glauben …«

»Abu Dun!«

»… aber ein Bettler hat sie mir gegeben.«

»Ein Bettler?« Andrej schrie fast. »Was für ein Bettler?«

»Was weiß ich«, brummte Abu Dun. »Ich bin dem Kerl schon vorher einmal kurz begegnet. Da hat er an einem Feuer gehockt. Er hat eine Ratte aufgespießt, wohl, um sie dann bei lebendigem Leib zu braten. Ekelhaft.«

Andrej keuchte auf. »Ich kenne diesen Mann! Ich habe ihn auch gesehen!«

Jetzt war es Abu Dun, der verwirrt den Kopf schüttelte. »Dann müssen wir uns aber mehr als knapp verpasst haben.«

»Ja, das wird wohl so sein«, sagte Andrej nachdenklich. Als er erneut mit einem schnellen Griff an die Phiole kommen wollte, schien Abu Dun damit gerechnet zu haben und brachte sie mit einer raschen Drehung in Sicherheit. Obwohl er mitunter fast wie ein plumper Bär wirkte, kannte Andrej doch kaum jemanden, der sich flinker und geschickter bewegen konnte als der Nubier.

»Kann es sein, dass du dir von diesem Bettler Domenicus' kleines Geschenk hast stehlen lassen?«, fragte Abu Dun dann.

»Stehlen lassen?« Andrej schüttelte wütend den Kopf, doch dann erinnerte er sich voller Grausen daran, wie übel dieser ›Bettler‹ den drei betrunkenen Volltrotteln mitgespielt hatte. »Es ist vollkommen unmöglich! Ich hatte dieses verfluchte Ding noch bei mir, als ich hier ankam. Und nun gibt es her!«

Abu Dun schüttelte entschlossen den Kopf. »Nicht, bevor wir uns nicht darauf geeinigt haben, wohin wir eigentlich wollen.«

Und dann erzählte er Andrej in ein paar kurzen Worten, was ihm der Bettler zugeflüstert hatte, bevor er ihm mit einem breiten Grinsen und einer auffordernden Geste Domenicus' Phiole entgegengestreckt hatte.

*

»Niemals!«, schrie Frederic, kaum dass ihn Meruhe auf den zugigen Glockenturm der St-Paul's-Cathedral hinausgestoßen hatte. »Ich werde die Kinder niemals im Stich lassen und mit dir gehen!«

»Dir wird gar nichts anderes übrig bleiben«, sagte Meruhe kalt. Sie packte Frederic am Arm und zerrte ihn an tückischen, zum Teil durch Trümmer verdeckten Löchern im Boden vorbei. Mit einem »Vorsicht!« drückte sie Frederics Kopf unter dem verkohlten Überrest eines Balkens hindurch. »Hier ist vor fast genau einhundert Jahren der Blitz eingeschlagen.« Sie gab dem Jungen einen Schubs, der ihn auf verbranntes Mauerwerk zutaumeln ließ. »Zumindest haben es der Erzbischof von Canterbury und seine Pfaffen so behauptet. Dabei war es etwas ganz anderes.«

»Etwas anderes?« Frederic hielt sich an einem rußschwarzen Stützpfeiler fest. »Was sollte das sein? Und was hat das mit mir zu tun?«

»Es hat jede Menge mit dir zu tun«, antwortete Meruhe grimmig. »Und mit Loki. Denn er hatte damals schon seine Hände mit im Spiel. Und alles nur, weil er glaubt, mir mit seinen Taschenspielertricks Andrej vorenthalten zu können.«

»Loki ... er hat ... ja ...« Frederic beugte sich vorsichtig nach vorne, um nach unten zu blicken, zuckte aber zurück, als die alte Holzbohle unter ihm knirschend nachgab und ein bedenkliches Stück durchsackte.

»Der Turm war einst fast einhundert Mannslängen hoch. Ein Symbol der Unsterblichkeit. Oder was die Christen dafür halten ...« Meruhe lachte leise auf. »Ich dachte, du solltest das hier sehen. Die Kinder und du, ihr wart nicht der erste Köder, den Loki für Andrej ausgelegt hat.«

»Aber ... schon so lange?« Frederic verlagerte vorsichtig das Gewicht auf eine andere Bohle, die das zwar mit einem leisen

Quietschen quittierte, zumindest aber für den Moment sein Gewicht trug. »Solange seid ihr schon im Streit miteinander?«

»Länger«, antwortete Meruhe. »Und es ist kein Streit. Es ist ein Spiel mit tödlichem Ausgang ...«

»Das ist kein Spiel«, begehrte Frederic auf. »Ich werde die Kinder retten!«

»Das wage ich zu bezweifeln.« Meruhe streckte die Hand aus, als wollte sie Frederic erneut einen kleinen Schubs versetzen, sagte dann aber nur: »Sieh dich doch einmal um! London geht unter.«

»Nein!« Frederic schüttelte den Kopf. »London geht nicht unter, es brennt! Das ist ein Unterschied!«

»Weil du die Stadt selbst hast anstecken lassen?«, fragte Meruhe höhnisch. »Hast du wirklich geglaubt, damit im letzten Moment noch das Ruder herumreißen zu können? Du weißt doch, was passieren wird, nachdem sich das Feuer durch die Straßen gefressen und Odins Glocke zu läuten angefangen hat!«

»Ja«, sagte Frederic trotzig. »Ich kenne Lokis Bannspruch mit Sicherheit besser als Ihr selbst, Göttin. Uns bleiben jetzt noch genau drei Tage, in denen der Erlöser kommen und uns retten muss.«

Meruhe deutete auf das Flammenmeer unter ihnen, das sich mit erschreckender Geschwindigkeit ausbreitete. Als Frederic ihrem Blick folgte, sah er, dass bunt gemischte Trupps mit Äxten, Stangen oder bloßen Händen Feuerschneisen in die Häuserreihen zu schlagen versuchten, wohl um zu verhindern, dass die Funken von einem Gebäude auf das nächste übersprangen. Dort, wo ihnen die dichten Rauchschwaden und Feuersbrünste noch nicht vollständig die Sicht und den Atem nahmen, schienen die Bewohner noch Hoffnung zu haben, auf diese Weise die Stadt retten zu können. Frederic bedurfte jedoch nur eines weiteren Blicks auf die gewaltigen Feuerherde an der Themse und im Zentrum der Stadt, um zu begreifen, dass ihre verzweifelten Anstrengungen von vornherein zum Scheitern verurteilt waren. Während sich ein breiter Strom von Menschen samt ihrer Habseligkeiten in die angrenzenden Bezirke flüchtete, sprang das Feuer bereits über die gerade von den Brandhelfern geschaffenen Lücken zwischen den Gebäuden über und jagte den Fliehenden auf gespenstische Weise hinterher.

»Die Stadt stirbt nicht«, wiederholte er dennoch trotzig. »Aber die Kinder gieren nach Erlösung.« Er wandte sich zu Meruhe um. »Ihre Seelen müssen endlich befreit werden!«

Meruhe hob die Hand. »Ich weiß aus erster Hand, was Loki alles aufgeboten hat, um diese Falle für Andrej zu stellen. Aber es ist monströs, verstehst du nicht? Loki hat sich an der Schöpfung vergriffen, und das wird letztlich auch auf ihn selbst zurückfallen.« Sie streckte auffordernd die Hand aus, aber Frederic ergriff sie nicht, sondern zog sich stattdessen ein Stück zurück, immer darauf bedacht, nicht aus Versehen in ein Loch zu stolpern oder irgendwo gegen zu stoßen.

»Die Kinder können hier nicht weg«, begehrte er auf. »Loki hat sie mit einem Bann belegt. Sie müssen ausharren, bis sie erlöst werden!«

»Was niemals geschehen wird!«, donnerte Meruhe. »Das Feuer wird drei Tage lang wüten, und wenn Odins Glocke zum letzten Mal läutet, dann bist du verloren – und deine Kinder erst recht!«

Frederic wich weiter zurück, aber Meruhe gab ihm keine Chance: Sie war so schnell neben ihm, dass er die Bewegung kaum wahrgenommen hatte, packte ihn am Handgelenk und zog ihn mit sich auf die andere Seite des Kirchturms, aus dessen nackten Fensterhöhlen sie freien Blick auf den Torbogen mit Odins Glocke und den Platz hatten, den Loki zum Schicksalspunkt für Andrej bestimmt hatte. Das Feuer hatte sich auch hier tief in die Reihen der Häuser gefressen, aber dann hatte es an Kraft verloren und sich zurückgezogen, wie ein Raubtier, das darauf wartet, dass sein Opfer unvorsichtig wird, um dann mit vernichtender Gewalt über es herzufallen.

»Noch hat sich das Feuer Odins Platz nicht geholt, in dessen hinteren Ecken ihr euch verkrochen habt. Aber es bleiben euch jetzt nur noch drei Tage, verstehst du? Wenn Andrej dann nicht kommt, um euch zu erlösen, seid ihr endgültig verloren. Nur du selbst kannst dich noch retten, Frederic. Ich biete dir an, dich mitzunehmen und dich in meine Dienste zu stellen. Schlägst du das aber auch aus ...« Sie brauchte nicht weiterzusprechen, Frederic verstand sie auch so. »Niemals! Meruhe, hört Ihr! Niemals!«

Er riss sich los, hastete zur Wendeltreppe und stürmte die alten hölzernen Stufen hinab, die wie alles andere hier auch nur allzu bald ein Opfer der Flammen werden würden. Alles in ihm war in Aufruhr, doch er spürte, dass er das Richtige tat. Er durfte die Kinder nicht im Stich lassen!

Kopfschüttelnd sah Meruhe ihm nach, doch dann schlich sich ein feines Lächeln auf ihre Züge. »Geh du nur dorthin, wo du hingehörst«, flüsterte sie. »Und dann fahr mit den anderen Kindern zur Hölle!«

*

Als Abu Dun in knapper Form das zusammengefasst hatte, was ihm widerfahren war, hatte sich Andrej schon längst wieder zu der breiten Steintreppe hinter ihnen umgewandt. Nicht nur, dass sie von dem Feuer verschont blieb, selbst sein Widerschein schien nicht dorthin zu gelangen.

»Jetzt weißt du also auch, was ich gerade von diesem *Bettler* erfahren habe«, schloss Abu Dun seine Erzählung. »Der Inquisitor ist nichts weiter als ein schmutziger kleiner Phiolen-Dieb.

Und nun müssen wir erst einmal dorthin, wo er dieses Kleinod hat mitgehen lassen ... und wir uns Nachschub besorgen können.« Er hob das Fläschchen hoch, betrachtete es wie einen guten Schluck Wein, an dessen Aussehen man sich bereits erfreut, noch bevor man den ersten Schluck genommen hat.

Als Andrej sich zu seinem Freund umdrehte, sah es beinahe so aus, als kröchen Flammen aus Abu Duns Fingerspitzen hervor, doch als er genauer hinsah, erkannte er, dass es die Phiole war, in der sich die brennende Stadt spiegelte. Für einen Moment schien es Andrej, als würde das Glas selbst leuchten. Er blinzelte.

»Was ist mit dir los?«, fragte Abu Dun besorgt. »Deine Augen glühen!«

»Wir wissen doch beide, dass der Bettler kein Bettler war«, sagte Andrej.

Abu Dun nickte. »Sondern ein Gott ...«

»Loki!« Andrej schloss einen Moment lang die Augen. Plötzlich glaubte er Pulverdampf zu riechen und die Schreie tödlich verwundeter Matrosen zu hören, und die Bilder einer Seeschlacht stiegen in ihm auf, in die Loki eingegriffen hatte – und dann erinnerte er sich wieder daran, was passiert war, nachdem ihn der Gott der Falschheit in seine Gewalt bekommen hatte.

»Ich habe nicht vor, dich zu töten«, sagte Loki. »Ich wollte deinen Tod, das ist wahr. Aber du hast mir bewiesen, dass das ein schwerer Fehler gewesen wäre.« Er beugte sich über Andrej und war ihm jetzt so nahe, dass dieser seinen Geruch wahrnehmen konnte, ein Hauch aus Schweiß, einem süßlichen Parfüm und Raubtiergestank, gerade an der Grenze dessen, was seine scharfen Sinne noch ertragen konnten. Andrej vermochte sein Gesicht immer noch nicht zu erkennen, aber er spürte, dass das spöttische Lächeln in den unsichtbaren Augen über ihm einer diamantenen Härte gewichen war. »Du wirst mir gehören, Unsterblicher«, fuhr er fort. »Schon bald.«

Andrej erschauderte. Die Erinnerung hatte ihn gestreift wie damals der Geruch des Gottes. Ja, dieses kleine Schauspiel mit der Ratte und den Zechern passte zu dem eitlen Gott, dem man nachsagte, ihm könnte kein Scherz zu makaber sein.

»Loki wollte mich schon früher in seine Gewalt bekommen«, sagte er leise. »Und das will er wohl noch immer.«

»Genauso wie Meruhe«, bestätigte Abu Dun. »Auch wenn die Motive der beiden grundverschieden sind.«

»Nicht unbedingt.« Andrej versuchte das Bild des Bettlers aus dem Kopf zu bekommen, der Rightbourg hatte Münzen spucken lassen. Es hieß, Loki könne jede Gestalt annehmen, doch dass er in die Rolle eines erbärmlichen Bettlers schlüpfte, nur um ihm und Abu Dun einen üblen Streich zu spielen, hatte Andrej nicht erwartet. »Meruhe und Loki ... eigentlich würden die beiden ja ein gutes Paar abgeben. Doch stattdessen streiten sie schon seit Ewigkeiten um die Vorherrschaft unter den Göttern.«

Abu Dun verzog abfällig die Lippen. »Sollen sie doch.«

»Sollen sie eben nicht«, begehrte Andrej auf. »Denn in ihrem Streit machen sie leider auch vor uns nicht Halt.«

»Du meinst, sie haben es auf dich abgesehen wie zwei Bauern auf ein Kälbchen, an dem sie so lange herumzerren, bis einer von ihnen es packen und in seinem Stall an die Kette legen kann.«

»Welch schmeichelhafter Vergleich«, sagte Andrej ärgerlich.

»Du musst dich ja nicht packen lassen.«

»Das habe ich auch nicht vor. Also gib endlich die Phiole her!«

»Ich denke ja gar nicht daran«, brummte Abu Dun. »Jedenfalls nicht, solange du nicht bei klarem Verstand bist.«

Andrej ballte voller Wut die Faust. Es hätte nicht viel gefehlt, und er hätte Abu Dun mehr als nur einen freundschaftlichen Rempler verpasst. »Ich brauche dieses kleine Fläschchen, um Meruhe und Loki entgegentreten zu können!«

»Wohl kaum«, sagte Abu Dun, und plötzlich wirkte er besorgt. »Du brauchst sie, weil dir jemand eine verheerende Wunde zugefügt hat – eine tödliche Wunde, um genau zu sein. Obwohl«, er zuckte mit den Schultern, »*jemand* ist wohl das falsche Wort. Es war dieser legendäre schwarze Ritter, der es auf dich abgesehen hat. Und wenn du jetzt keinen Ausweg findest …«, seine Stimme sank zu einem Flüstern herab, »dann wirst du an deiner Verletzung sterben, mein Freund.«

Andrej winkte ab. Was Abu Dun gesagt hatte, mochte stimmen. Aber darum würde er sich kümmern, wenn die Zeit dafür reif war. Zuerst ging es ihm um Maria. Er würde sie retten, und wenn es ihn sein Leben kosten sollte.

»Du fragst dich vielleicht, woher ich das alles weiß«, fuhr Abu Dun fort, als Andrej nicht reagierte. »Es war Loki. Ich weiß nicht, was in ihn gefahren ist. Es ist ja nicht so, dass ich Loki in mein Herz geschlossen hätte – und er mich ganz sicherlich auch nicht. Aber plötzlich ist er mir wie ein alter Freund gegenübergetreten …«

»Dann wollte er etwas von dir«, stellte Andrej fest. »Aber was?«

Abu Dun schüttelte den Kopf. »Das ist ja das Seltsame. Er wollte nichts von mir. Ganz im Gegenteil: Er hat mir die Phiole förmlich aufgedrängt. Und dabei hat er mir erzählt, was in Borsã passiert ist. Er ließ keinen Zweifel daran: Die Verletzung, die dir der schwarze Ritter zugefügt hat, ist absolut tödlich! Es ist alleine der Trunk in der Phiole, der dir Aufschub gewährt und die Möglichkeit, dein Schicksal zu wenden!«

»Und genau das habe ich vor: mein Schicksal zu wenden!« Andrej hob ärgerlich die Hand, als ihm Abu Dun das Wort abschneiden wollte. »Und jetzt lass uns unsere Zeit nicht mit dummem Geschwafel verplempern. Wir teilen uns den letzten Schluck, dann können wir Maria beistehen!«

»Nein, das können wir nicht!«, widersprach Abu Dun heftig. Er wedelte mit dem Fläschchen herum, und der Feuerschein, der sich jetzt auf ihm spiegelte, zerfloss zu einem unerträglich hellen Gleißen – und wieder hatte Andrej das Gefühl, als würden rotgelbe Flammen über Abu Duns Hände züngeln. »Du musst nicht Maria retten, sondern dich selbst!«

Andrej riss sich von dem bizarren Anblick los und schüttelte heftig den Kopf. »Ich werde Maria retten«, presste er hervor. »Alles andere ... wird sich ... alles andere ... wird sich dann ergeben.«

Noch während er die Worte aussprach, spürte er ein schlimmes Ziehen in der Brust, als würde sein Herz aufhören wollen zu schlagen. Aber das war vollkommen unmöglich. So wenig, wie er vergiftet oder mit einer Krankheit infiziert werden konnte, welche das Leben von Menschen bedrohte, konnte er an den Folgen eines Schwertstreichs sterben. Wäre es so, dann würde das nichts anderes bedeuten, als dass ... Andrej weigerte sich, den Gedanken zu Ende zu denken.

»Es wäre Wahnsinn, wenn wir jetzt um die Vorherrschaft des kleinen Stückchens magischer Kraft streiten würden, die uns diese Phiole noch zu bieten hat«, sagte Abu Dun. »Wenn du zu Maria willst, brauchen wir Nachschub. Und den müssen wir uns erst einmal besorgen ...«

Empört schüttelte Andrej noch einmal den Kopf. Die Flammen krochen nun aus allen Richtungen aufs Ufer zu, als wollten sie sie wie eine feindliche Kriegerschar einkreisen. Qualm, Rußpartikel und der beißende Gestank nach verbrannter Farbe, Bitumen und anderen giftigen Stoffen schwängerten die Luft und machten ihm das Atmen schwer. »Du machst einen Fehler«, sagte er hastig. »Wir können doch mit dem Rest dieses Zeugs dorthin reisen, wo Maria ist! Dazu ... dazu brauchen wir ... Wir brauchen dazu keinen ...!«

Auf einmal war Abu Dun neben ihm und Andrej bekam erst mit einiger Verspätung mit, dass er gerade in die Knie gegangen und nahe daran gewesen war, vollends das Gleichgewicht zu verlieren. Der beißende Rauch hatte sich in seinen Lungen festgesetzt, als wolle er ihn dazu bringen, nun endlich eine Entscheidung zu treffen, doch tief in sich wusste er, dass nicht er es war, der ihn hatte taumeln lassen.

Es war die Folge des Schwerthiebs, mit dem ihn der schwarze Ritter verletzt hatte.

»Du bist es, der den Fehler macht«, sagte Abu Dun fast sanft. »Mit diesem verfluchten Trunk kommen wir vielleicht wirklich dorthin, wo Maria ist: Aber was ist, wenn dir dann die Kräfte schwinden und du ihr nicht beistehen kannst?«

Andrej runzelte die Stirn. »Das wäre in der Tat ungünstig.«

Abu Dun nickte heftig. »Genau. Schon allein deshalb brauchst du diesen Trunk.«

»Du meinst, allein schon um Marias Willen?« Andrej griff erneut nach der gleißenden Phiole, und diesmal gab Abu Dun sie ihm bereitwillig. Fast wäre sie ihm gleich wieder aus der Hand gerutscht, als er mit zitternden Händen versuchte, den Verschluss zu öffnen, doch dann packte er fester zu und nahm einen kräftigen, aber nicht zu tiefen Zug, bevor er sie wieder absetzte und Abu Dun reichte. »Also auf zu Vlad Tepesch«, sagte er entschlossen.

»Genau!« Abu Dun hob das hell strahlende Fläschchen in die Höhe und schüttelte es, damit auch kein Tropfen verloren ging. Dann nickte er grimmig, setzte es an die Lippen und trank. Nachdem er es wieder abgesetzt hatte, betrachtete er es fast angewidert, holte aus und warf es mit einer energischen Bewegung dorthin, wo die hoch aufgerichtete Bugspitze des *Mauerseglers* zischend und funkenschlagend in den Fluten der Themse versank. »Auf zu Graf Dracul!«

KAPITEL 11

»Ich habe mir gedacht, dass du es dir nicht nehmen lassen würdest, mir hier einen kleinen Besuch abzustatten …«, sagte Meruhe.

»Nachdem Frederic gerade vor dir geflüchtet ist?« Loki trat gegen einen verschmorten Balken, der vollends aus seiner Verankerung riss, sich einmal um seine Achse drehte und dann in ein Loch hineinrutschte, sich noch einmal verkantete und schließlich mehr als einhundert Meter tief hinabstürzte, um krachend in die untere Plattform des Glockenturms einzuschlagen. »Du hast es wohl nicht geschafft, ihn auf deine Seite zu ziehen, was?«

»Das Spiel ist noch nicht zu Ende«, entgegnete Meruhe ruhig und wandte sich wieder dem angebrannten Mauerbogen zu, durch den sie vom obersten Punkt der St-Paul's-Cathedral aus dem Toben des Feuers zusehen konnte, das jetzt gleich von mehreren Ecken aus die mittelalterlichen Straßenzüge der Innenstadt in die Zange nahm.

»Wie sollte es auch?« Loki lächelte überheblich. »Schließlich ist unser kleiner Streit noch nicht entschieden.«

Meruhe starrte zur Themse hinüber, deren Ufer in Flammen standen, und ihre Gedanken wanderten zu Andrej, mit dem sie so gänzlich andere Pläne hatte als Loki, der nun neben sie trat und ihrem Blick folgte. »Du glaubst, dass Andrej dir gehört?«, fragte er. »Das ist ein Irrtum, meine Liebe! Andrej und ich sind uns bereits einmal sehr nahegekommen …«

»Ich weiß«, unterbrach ihn Meruhe, ohne das Lächeln des

Gestaltwandlers zu erwidern. Stattdessen schoss sie den nächsten Pfeil auf Lokis Eitelkeit ab. »Seinerzeit in Spanien, nicht wahr? Als du geglaubt hast, im Handstreich alle anderen Götter ausstechen zu können.«

Loki nickte leichthin. »Ganz recht, meine Liebe. Ich weiß, dass meine Pläne dort nicht wirklich aufgegangen sind. Aber sei versichert, dass ich damals bereits einen Samen in Andrejs Herz gepflanzt habe, der nun aufgehen wird.«

»Der Samen der sogenannten Menschlichkeit.« Meruhe lachte auf. »Du glaubst tatsächlich, wenn du mit Maria und den verlorenen Kinderseelen vor seiner Nase herumwedelst, wird er die Gelegenheit verstreichen lassen, mit mir zusammen die Freuden eines Götterpaares zu kosten? Das ist lächerlich!«

»Das mag auf dich so wirken«, antwortete Loki ruhig. »Aber glaube mir, dass ich sehr genau weiß, was ich tue.«

Meruhe lachte auf. »So wie schon unzählige Male zuvor, nicht wahr, du, der großartigste aller Götter? Darf ich dich daran erinnern, dass bei dir schon der eine oder andere Plan schiefgegangen ist? Weißt du denn nicht mehr, was passiert ist, als du diese Kathedrale in den Mittelpunkt deiner vollkommen überzogenen Pläne gestellt hast ...«

Loki machte eine gebieterische Geste, und das spöttische Funkeln in seinen Augen erlosch. »Denk daran, dass wir uns mindestens in einem Punkt einig sind: Andrej muss leben, um den nächsten Zug in unserem Spiel tun zu können.«

Meruhe nickte. »Ja, Loki: In diesem Punkt sind wir uns ausnahmsweise einmal einig. Andrej braucht mehr von dem alten Vampirblut, das Graf Dracul auf seine ganz besondere Weise aufbereitet hat.«

»Zumindest so viel, dass ihn die tödliche Wunde nicht vorzeitig aus unserem Spiel wirft und wir uns am Ende noch nach einem anderen Spielstein umsehen müssen«, antwortete Loki. »Also vergiss unsere Abmachung nicht: Wir werden dafür sorgen, dass Andrej durch das Vampirblut so lange am Leben erhalten wird, bis das Spiel entschieden ist – so oder so.«

Meruhe gab sich einen Ruck und drehte sich dann zu Loki um. »Einverstanden. Dann sollten wir aber auch auf Nummer sicher gehen, dass Graf Dracul nicht einmal mehr sein eigenes Süppchen zu kochen versucht.«

»Ja, und ich weiß auch schon wie.« Loki griff nach Meruhes Hand, als befänden sie sich auf einem Galaball und nicht hoch oben auf dem zugigen Glockenturm einer Kathedrale. »Wir werden dort gemeinsam als Paar auftauchen!« Abrupt ließ er ihre Hand wieder los und nickte ihr galant zu. »Aber jetzt entschuldige mich. Ich habe noch eine Kleinigkeit am Fluss zu erledigen.«

*

Abu Dun packte ihn an der Schulter und riss ihn herum. »Was ist das?«, ächzte er.

Die Themse leuchtete rot auf, und zuerst glaubte Andrej, dass genau das passiert war, was er die ganze Zeit über befürchtet hatte: dass alles Brennbare im Fluss plötzlich in Flammen stand und nun auf der Wasseroberfläche ein alles verschlingender Flächenbrand wütete, der den Uferregionen der Stadt den Rest geben würde. Für einen schmerzhaften Moment füllte das rote Leuchten seine gesamte Wahrnehmung aus. Doch erst, als das Feuer in sich zusammenbrach, erkannte er, dass die Themse es nur reflektiert hatte und es seinen Ursprung nicht im Fluss hatte, sondern auf der Steintreppe, auf der er Maria begegnet war. Andrej zuckte zusammen, als er sich umwandte und dort eine dunkle Gestalt erkannte: Loki!

Der Gott hielt etwas in den Händen, das Andrej auf schreckliche Weise bekannt vorkam. Ein Schwert. Und nicht nur irgendein Schwert! Es war die Waffe, die der schwarze Ritter in den Händen gehalten hatte, als er ihn zum Kampf herausgefordert hatte. Aber nein, er musste sich irren. So sehr diese Waffe auch der des schwarzen Ritters ähnelte, sie hatte keinen strahlend roten Knauf gehabt, dessen war er sich sicher. Doch er hatte dieses strahlende rote Funkeln auf dem Schwertknauf schon einmal gesehen: über dem Bündel, das in Lumpen gehüllt hinter dem Ratten bratenden ›Bettler‹ gestanden hatte.

Der Schwertknauf leuchtete ein weiteres Mal mit fast schmerzhafter Intensität auf, und dann ...

*

Andrej richtete sich mühsam auf und versuchte, zu Atem zu kommen. Ein Teil seiner Seele war noch in London und bei den Ereignissen an der Themse, und ein anderer eilte voraus zu Maria. Mein Gott, wie sehr er sie liebte! Wenn sie wirklich in Gefahr war ... Er musste so schnell wie möglich zu ihr.

Er atmete tief aus und versuchte, das Zittern in den Griff zu bekommen, das seinen ganzen Körper erfasst hatte. Es war dunkel, und er roch weder Feuer, noch sah er Flammen am Horizont. Trotzdem spürte er die Gefahr, die auf ihn lauerte. Aber er wusste auch, dass er Maria *hier* nicht finden würde. Er musste ... ja, was eigentlich? Er versuchte sich zu erinnern. Was war in London passiert? Er wusste kaum noch, was ihm Abu Dun über den Phiolen-Dieb des Inquisitors erzählt hatte, und selbst der Grund, warum sie sich für den Umweg über Graf Draculs Schloss entschieden hatten, war für ihn kaum noch fassbar.

Abu Dun!

Er begriff erst, dass er den Namen laut ausgesprochen hatte, als er hinter sich ein: »Ja, Sahib!« hörte und Abu Dun in einem ziemlich kläglichen Tonfall hinzufügte: »Stets zu Diensten, Hexenmeister.«

Andrej versuchte, seine Betäubung mit einem Kopfschütteln zu vertreiben, was keine gute Idee war, denn sein Schädel begann, wie eine Schiffsglocke zu dröhnen. »Wo sind wir hier?«

»Dort, wo uns das letzte Schlückchen aus Domenicus' Phiole hingebracht hat«, antwortete Abu Dun mühsam. »Bei Allah, mir ist so schwindlig, als würden mich die allerschönsten Jungfrauen umgarnen! Dabei habe ich ganz andere Dinge gesehen ... schreckliche Dinge ...«

»Ich auch«, sagte Andrej. »Und ich bin wirklich nicht erpicht darauf, das öfter als nötig zu wiederholen.« Er drückte sich vollends hoch und stand nun schwankend da. Es hätte nicht viel gefehlt, und er hätte gleich wieder das Gleichgewicht verloren. »Das Schwert«, murmelte er. »Dieses Schwert, das Loki in Lumpen verpackt hinter dem Feuer abgestellt hatte, als er die Ratte gegrillt hat ... du warst doch auch auf dem Platz, du musst es doch auch gesehen haben!«

»Nein, das habe ich nicht«, brummte Abu Dun. Er griff sich an die Stirn. »Mir ist, als ob ein Sturm durch meinen Kopf gefegt wäre ...«

»Aber als Loki an der Themse war«, fuhr Andrej fort. »Als er dort mit dem Schwert aufgetaucht ist ...«

Abu Dun seufzte tief und legte Andrej die Hand auf die Schulter. »Du scheinst andere Dinge zu sehen als ich, Hexenmeister«, sagte er leise. »Das ist gar nicht gut.«

»Aber du musst doch ...«

»Vielleicht haben wir beide die Dinge unterschiedlich wahrgenommen«, unterbrach ihn Abu Dun. Er schüttelte den Kopf. »Gar nicht gut. Gar nicht gut.«

»Es sah fast aus wie das Schwert, mit dem mich der schwarze Ritter niedergestreckt hat«, sagte Andrej, und seine Gedanken trugen ihn immer weiter fort. »Obwohl ich mich nicht daran erinnere, dass das Schwert des Ritters einen solch außergewöhnlichen Griff hatte ...«

»Ich glaube ... ja, ich glaube, wir sind hier richtig.« Abu Dun richtete sich zu voller Körpergröße auf und schüttelte sich, als wollte er sich aus der Umklammerung der Benommenheit befreien. »Es scheint, als wären wir tatsächlich bei unserem alten Freund Vlad Tepesch angekommen.«

Andrej trat neben seinen Freund. Vlads Garten. Ja, da waren sie wohl. Aber etwas hatte sich verändert. Um sie herum war ein Wispern und Raunen, doch es klang anders als im Borsă-Tal, fordernder, besitzergreifend – und gierig.

»Ich weiß nicht, ob es wirklich eine gute Idee war, ausgerechnet zu diesem verfluchten Flecken Erde zurückzukehren, Hexenmeister«, sagte Abu Dun. »Wie viele Jahrhunderte ist es her, seit wir das letzte Mal hier gewesen sind? Und wie viel Schlimmes, Grausames ist seitdem in diesem Land, ja, in der ganzen Welt geschehen?«

Andrej schüttelte nur stumm den Kopf und winkte dann ab. Er glaubte, etwas gehört zu haben, ein rhythmisches Geräusch, gleichmäßig und doch an- und abschwellend, untermalt von etwas, das er vielleicht als Wispern wahrgenommen hatte, aber etwas gänzlich anderes war ...

»Hörst du das auch?« Abu Dun war stehen geblieben und starrte dorthin, wo das letzte Abendrot den dichten Wald durchdrang. Als sich Andrej in die Richtung umdrehte, in die Abu Dun zeigte, überkam ihn ein leichtes Schwindelgefühl, und fast hätte er sich an dem Nubier festhalten müssen, um das Gleichgewicht zu halten. Wie ein bösartiges Raubtier kroch die Dunkelheit heran, aber dort, wo eine Lücke im Wald war und das Abendrot in den Boden sickerte, bemerkte er huschende Schatten und Lichtpunkte, die auf und ab tanzten, sich aber zurückzogen, bevor Andrej sie mit dem Blick einfangen konnte.

»Da ist doch etwas«, murmelte Abu Dun. »Siehst du das auch?«

Andrej blinzelte und kniff die Augen zusammen. »Ich bin mir nicht sicher«, behauptete er, obwohl das Gegenteil der Fall war. Doch waren es tatsächlich tanzende Fackeln, die er dort in der Ferne sah, oder narrte ihn seine Erschöpfung mit trügerischen Lichtreflexen?

»Ein Grund mehr, sich das einmal genauer anzusehen«, meinte Abu Dun und wollte losstapfen. Normalerweise wäre Andrej ihm sofort gefolgt. Aber irgendetwas ließ ihn zögern.

»Mir gefällt das nicht«, bekannte Abu Dun. »Wir sollten sehen, dass wir irgendwie zum Hintereingang kommen und uns dann durch die Küche hineinschleichen.«

Andrej nickte nur knapp und bedeutete dem Nubier mit einer raschen Geste, sich ruhig zu verhalten – was Abu Dun gern getan hätte, doch sein Magen knurrte wie ein gereizter Grizzlybär. »Hörst du das?«, flüsterte Andrej.

»Das Knurren meines Magens? Natürlich!«, flüsterte Abu Dun, doch offenbar nicht leise genug, denn Andrej schüttelte den Kopf und legte den Zeigefinger an die Lippen. »Nein, mein Freund, das meine ich nicht. Ich meine das Flüstern ... Und die Schritte, die auf uns zuhalten!«

Abu Dun legte die zu einem Trichter geformte Hand hinters Ohr und lauschte in das Dunkel hinein. Tatsächlich, Andrej hatte recht. Irgendwo rechts von ihm schlich jemand durchs Unterholz und gab sich dabei alle Mühe, leise zu sein. Abu Dun hörte die dunkle Stimme eines kräftigen Mannes und anschließend den befehlsgewohnten Tonfall von jemand anderem. Er nickte knapp, als Andrej ihm mit einem Zeichen zu verstehen gab, sich links zu halten.

*

Meruhe verspürte die gleiche Erregung, die ein Jagdhund empfinden mochte, der gerade ein Kaninchen in seinem Bau aufgestöbert hatte. Andrej war hier. Sie legte den Kopf in den Nacken, um in den sternenklaren Himmel Transsylvaniens hinaufzustarren. »Bald werde ich heller leuchten als ihr anderen alle zusammen«, flüsterte sie. »Und niemand wird mich daran hindern.«

Sie drehte sich zu ihren beiden Kriegerinnen um. »Seht zu, dass mir Loki nicht in die Quere kommt. Ich will Andrej vor ihm finden.«

»Aber wolltet Ihr nicht gemeinsam mit Loki auf Draculs Fest gehen?«, fragte Kija kleinlaut.

Meruhe sah wieder zum Sternenhimmel hoch und lachte leise auf. »Ich würde schon gerne Draculs Gesicht sehen, wenn Loki und ich dort gemeinsam auftauchen. Aber wenn es nach mir geht«, sie richtete ihren Blick jetzt auf ihre schlanken Hände, »nehme ich mir Andrej lieber alleine vor.«

*

Das Blätterdach des Waldes begann sich wie eine Muschel zu schließen, und innerhalb kürzester Zeit gab es nur noch wenige Lücken, durch die Sternenlicht dringen konnte. Für Andrej war das allerdings kein Grund, seinen Schritt zu verlangsamen. Er wollte sich nicht länger als unbedingt nötig in Draculs Reich aufhalten.

Obwohl es nach wie vor mild war, fühlte Andrej eine unangenehme Kälte in sich aufsteigen. Bei jedem noch so leisen Geräusch, bei jedem Knacken und Huschen nachtaktiver Waldbewohner lief ihm ein kalter Schauer über den Rücken, der ihn frösteln ließ. Es schien beinahe so, als wäre etwas von der eisigen Kälte Asgards in ihm geblieben und würde sich durch nichts vertreiben lassen. Aber so sehr auch der eiskalte Hauch der Unendlichkeit seine Sinne verwirrt haben mochte, spürte er doch ganz deutlich die Gefahr, die sich um sie zusammenzog.

Abu Dun hatte die Führung übernommen und gab sich alle Mühe, nicht wie ein gereizter Bär durchs Unterholz zu poltern. Doch anders als sonst wollte ihm das heute nicht so recht gelingen. Andrej war sich bewusst, dass sich talentierte Diebe anders zu benehmen pflegten als er und der Nubier – aber er fühlte sich außerstande, irgendetwas dagegen zu tun.

»Vorsicht«, flüsterte Abu Dun vor ihm.

Andrej stolperte noch zwei, drei Schritte weiter, bis er neben seinem Freund stehen blieb. Der Wald hörte wie abgeschnitten vor ihnen auf.

»Ja, ich glaube, wir sind richtig«, brummte Abu Dun. »Das sieht doch ganz so aus, als hätte der Graf sein altes Handwerk noch nicht verlernt!«

»Ja, jetzt fällt mir auch wieder ein, warum man ihn Vlad den Pfähler nennt«, sagte Andrej leise.

Der helle Mondschein schien auf etwas, das auf den ersten Blick ein sorgfältig angepflanzter und gestutzter Wald hätte sein können. Vielleicht hätte Andrej auch noch eine Weile länger gebraucht, um zu begreifen, was er hier vor sich hatte, wenn er nicht schon einmal an einem solchen Ort gewesen wäre. Doch so war er sich nur zu bewusst, was es mit diesen oben spitz zulaufenden und scharf geschliffenen Pfählen auf sich hatte, die man mit größter Sorgfalt in den Boden geschlagen hatte.

»Vlad der Pfähler«, sagt Abu Dun fast andächtig. »Er scheint noch immer nicht von seinen alten Spielchen lassen zu können.«

*

Meruhe fuhr herum. Noch bevor ihre scharfen Ohren das leise Knacken von Zweigen und das kaum wahrnehmbare Geräusch federleichter Schritte gehört hatten, hatte sie gewusst, dass sich ihr jemand näherte. Und dann erkannte sie auch schon Kija, die auf sie zu gerannt kam und dabei mehrfach elegant Hindernissen auswich, die sich vor ihr auftaten.

»Herrin!«, rief sie, bevor sie Meruhe erreicht hatte, und das allein war schon mehr als ungewöhnlich genug. »Herrin! Hier ist …«

Meruhe brachte sie mit einer ärgerlichen Handbewegung zum Schweigen. »Sei still! Was fällt dir ein, hier so herumzuschreien, du dummes Ding?«

Kija senkte beschämt den Kopf und blieb stehen. »Ja, meine Göttin«, sagte sie leise. »Aber Ihr wisst ja nicht …«

Sie brach ab, als Meruhe sie mit einem eisigen Blick bedachte, und sank so weit in sich zusammen, als wollte sie sich unsichtbar machen. »Ich weiß, dass er hier ist«, zischte Meruhe. »Keine Sorge, es läuft alles nach Plan. Andrej wird schon bald im Schloss eintreffen.«

Kija wich zurück, als habe man sie geschlagen. »Ich meine nicht Andrej, und ich meine auch nicht Abu Dun, der inzwischen zu ihm gestoßen ist. Ich meine Loki. Wenn mich nicht alles täuscht, ist er schon *im* Schloss!«

»Und ich hatte gehofft, ich wäre ihm zuvorgekommen …« Meruhes Miene verfinsterte sich schlagartig. »Das macht es zwar nicht unbedingt einfacher. Aber ich weiß schon, wie ich mit diesem Großmaul fertigwerde.«

*

»Willst du hier Wurzeln schlagen, oder darf ich Euch auf das rauschende Fest des Grafen geleiten?«, fragte Abu Dun.

Der Scherz kam nicht von ungefähr, denn jetzt waren die vielfältigen Geräusche nicht mehr zu überhören, die so typisch für ein fulminant ausgerichtetes Fest waren. Es drangen nicht nur entfernte Gesprächsfetzen an ihr Ohr, sondern auch Musik, so bombastisch, als würde gar nicht weit entfernt ein ganzes Symphonieorchester spielen. »Der Graf gibt sich die Ehre«, sagt Abu Dun. »Ich finde, wir sollten ihn nicht warten lassen.«

Noch während er den letzten Satz aussprach, setzte er sich wieder in Bewegung. Doch Andrej zögerte. Möglicherweise war dies tatsächlich der Weg zum Hintereingang des Schlosses – denn Graf Dracul würde wohl kaum seinen kleinen Pfahlgarten direkt neben seiner offiziellen Zufahrt aufstellen lassen –, doch er hätte gern etwas mehr Deckung gehabt. Aber Abu Dun wäre nicht Abu Dun gewesen, hätte er nicht stur an seinem einmal eingeschlagenen Weg festgehalten, so als würde ihn tatsächlich die Musik anlocken und er nichts anderes vorhaben, als sich unter die geladenen Gäste zu mischen und sich den Bauch vollzuschlagen.

Sie waren nur ein paar Schritte weit gekommen, als Andrej etwas entdeckte, das ihm das Blut in den Adern gefrieren ließ: Über einem der Pfähle hing etwas, das ein Sack Kartoffeln hätte sein können oder der Kadaver eines großen Tieres – doch er wusste nur allzu gut, was es in Wirklichkeit war.

»Sieh da, der Pfähler lässt das Pfählen nicht«, flüsterte Abu Dun vor ihm, und es klang fast, als würde er grinsen. »Da hat unser Graf mal wieder einen armen Tropf wie ein Insekt aufgespießt. Ich schätze, dass sich im Laufe des Festes noch ein paar andere unfreiwillige Opfer dazugesellen werden.«

Andrej wusste nicht, was ihn mehr erschütterte: die Abgebrühtheit Abu Duns oder die Vorstellung, dass er recht haben könnte. Er beschleunigte seine Schritte, um diesen schrecklichen Ort so schnell wie möglich hinter sich zu lassen, doch nicht ohne vorher noch einen Blick auf den Pfahl zurückzuwerfen, auf dem Graf Dracul eins seiner Opfer bei lebendigem Leib hatte aufspießen und ausbluten lassen.

KAPITEL 12

Durch die Nacht drang ein Wispern, das selbst für Meruhes scharfe Sinne fast in dem lauten Gelächter, dem Stimmengewirr und der ausgelassenen Musik untergegangen wäre – doch nur fast. Sie spürte nicht nur die Nähe mehrerer Unsterblicher, sondern auch sehr bewusst die Anwesenheit von ihresgleichen. Der Einzige, der ihr in dieser Hinsicht etwas hätte vormachen können, war Loki. Aber es würde ihm nicht noch einmal gelingen, sie in einer fremden Gestalt zu täuschen und an der Nase herumzuführen.

»Ihr kommt nicht mit«, sagte sie zu ihren Kriegerinnen, als sie die Säule erreichten, die den Anfang des gepflasterten Weges zur Schlossküche markierte. Eine einsame Fackel steckte in dem Pfosten und funkensprühende Flammen leckten in die Nacht hinaus, aber dennoch reichte ihr Licht nicht aus, um sie das Erschrecken auf Kijas und Nefras Gesichtern erkennen zu lassen. »Ich werde Loki alleine gegenübertreten.«

»Aber, Herrin«, begann Kija. »Wäre es nicht besser, wenn wir bei Euch bleiben würden? Dann können wir Euch den Rücken freihalten.«

»Das werdet ihr auch«, antwortete Meruhe. »Und ihr müsst es sogar. Passt auf Andrej und Abu Dun auf. Seht zu, dass Andrej nichts passiert.« Sie zuckte mit den Schultern. »Doch sollte Abu Dun ein kleines Missgeschick zustoßen, wäre ich nicht böse darum.«

*

Je näher sie dem Schloss kamen, desto heller wurde es. Zahlreiche Fackeln warfen ihr flackerndes Licht in die Dunkelheit und verwandelten den ausgedehnten Schlossgarten in ein unruhiges gelbrotes Lichterspiel. Andrej hätte nicht zu sagen vermocht, wie lange sie zum Durchqueren des Pfahlgartens gebraucht hatten, aber er war froh, als sie sich endlich seinem Ende näherten und in einen Park mit hohen Hecken und sorgfältig gestutzten Bäumen kamen.

»Ich hatte gehofft, wir müssten nie wieder zu unserem alten Freund Vlad Tepesch zurückkehren«, sagte er.

»Und ich hätte mir gewünscht, ich könnte mich auf meine eigenen Erinnerungen verlassen.« Abu Dun hatte darauf verzichtet, weiter vorauszueilen, und blieb jetzt direkt neben Andrej, als spürte auch er, dass jederzeit etwas Unvorhergesehenes passieren könnte. »Irgendwie kommt mir alles so anders vor. Das gefällt mir nicht.«

Andrej zuckte mit den Schultern. Zwar erging es ihm keinen Deut besser, doch hier war weder der passende Ort noch der richtige Zeitpunkt, um sich mit Abu Dun darüber auszutauschen.

»Ich hoffe, es ist immer noch mein Kopf, der auf meinen Schultern sitzt«, sagte Abu Dun fast trotzig.

»Er sitzt wohl eher auf deinem Hals«, korrigierte ihn Andrej. »Es sähe schon etwas komisch aus, wenn dein Kopf auf einer deiner Schultern sitzen würde – oder auf beiden Schultern zugleich, was noch verrückter wäre.«

»Oh ja, hat mein Herr und Gebieter seine Goldwaage herausgekramt? Kann er dem Sinn meiner Worte wieder nicht folgen, sondern muss sie so lange verdrehen, bis ihm darüber selbst ganz schummerig wird?«

Andrej zuckte abermals mit den Schultern. Doch er kam nicht dazu, Abu Dun seine Unlust, sich auf ein Geplänkel einzulassen, mehr oder weniger diplomatisch beizubringen, denn der Nubier packte ihn plötzlich am Arm und zog ihn schnell mit sich in den Schatten eines großen, breit wuchernden Strauches – doch offenbar nicht schnell genug, denn Andrej hörte, wie jemand aus den Büschen hinter ihnen hervorbrach und leise zischte: »Hier ist jemand.«

Vorsichtig lugte Andrej durch das Blätterwerk. Ein Mann trat in sein Blickfeld, und Andrej erschrak, als etwas aufblitzte. Die Lichter des fernen Festes, die sich in etwas spiegelten. Etwas, das das Fackellicht gierig aufnahm und tausendfach gebrochen zurückwarf. Eine Rüstung …

»Nicht nur jemand. Ich weiß sogar, wer das ist.« Eine zweite Stimme, ganz leise. Andrej erstarrte. »Das kann nicht sein«, flüsterte er fast unhörbar.

»Was kann nicht sein?«, gab Abu Dun ebenso leise zurück.

»Wie kommt der Kerl jetzt hier wieder hin?« Andrej schüttelte den Kopf. »Ich kann mir gar nicht vorstellen …«

»Ich weiß sogar ganz genau, wer das ist!« Jetzt war es kein Flüstern mehr, sondern fast ein Schrei. Im gleichen Moment war Bewegung vor ihnen, und Andrej hörte, wie scharf geschliffene Schwerter aus ihren Scheiden gezogen wurden. Gleich darauf sah er sich dann auch schon drei Männern in goldenen Rüstungen gegenüber, die alle Anstalten machten, sich auf ihn und Abu Dun zu stürzen.

»Malthus! Kerber! Biehler!« Bevor Andrej sich noch entschieden hatte, ob er zurückweichen oder seine eigene Waffe ziehen und sich auf die goldenen Ritter stürzen sollte, tauchte Domenicus in seinem Blickfeld auf.

»Andrej«, sagte er vorwurfsvoll. »Welch Überraschung, dich ausgerechnet hier zu treffen! Aber wie ich sehe«, er maß Abu Dun mit einem abschätzenden Blick, »hast du wenigstens deinen Kampfgefährten wiedergefunden.«

»Kampfgefährten?« Abu Dun verschränkt die Arme vor der Brust und machte ein abfälliges Geräusch. »Du kannst einen Kampf haben, Inquisitor, wenn du willst. Und zwar gleich hier und jetzt. Aber merke dir: Ich bin nicht Andrejs Kampfgefährte, sondern sein Waffenbruder. Das ist ein kleiner, aber feiner Unterschied.«

»Abu Dun, bitte«, sagte Andrej. »Wir haben Wichtigeres zu besprechen.«

»Natürlich, Sahib«, sagt Abu Dun übertrieben eifrig. »Auch wenn ich nicht verstehe, warum Ihr selbst Eure Goldwaage hervorholt, um jedes einzelne Wort drauf zu legen, mir aber untersagt ...«

Domenicus schob den Mann, den er Malthus genannt hatte, zur Seite und sah Abu Dun mit kalten, forschenden Augen an, als wäre er ein seltenes Insekt. »Ganz eindeutig, dein Waffenbruder hat auch von der Phiole getrunken. Lass mich raten: So gierig wie er ist, hat er sie bis auf den letzten Tropfen geleert. Nun seid ihr hier, um Graf Dracul um die eine oder andere Phiole zu erleichtern.«

*

Im Kamin des roten Salons prasselte ein behagliches Feuer und der Nachhall der Musik und des übermütigen Gelächters aus dem anderen Schlossflügel war hier nicht lauter als ein fernes Meeresrauschen. Doch trotz des Feuers war es unangenehm kühl, beinahe kalt, und als sich Loki auf sie zubewegte, glaubte Meruhe einen eisigen Luftzug zu spüren. Loki trug ein höfisches Gewand, wie es in diesen Tagen vielleicht am französischen Hof üblich sein mochte, hier im tiefsten Transsylvanien wirkte es jedoch deplatziert. Die Jacke mit den metallisch glänzenden Schulteraufsätzen und die

Kniehose waren üppig mit Rüschen und Aufsätzen verziert und so sorgfältig geschneidert, als hätte sie der Hofschneider eigens für König Louis XIV. angefertigt. Neben einem strahlenden Weiß dominierten vor allem Rottöne, dunkel wie geronnenes Blut, die im scharfen Kontrast zu den langen Locken standen, die Lokis altersloses Gesicht einrahmten.

»Du hinkst, Loki«, stellte Meruhe fest.

Loki zuckte mit den Schultern und blieb stehen. Als er sie ansah, las Meruhe Triumph in seinem Blick. »Ja, meine kleine Göttin«, bestätigte er mit angenehm weicher Stimme. »Ich hinke. Und ich denke, du weißt warum.«

»Eine kleine Auseinandersetzung mit Thor.« Meruhe nickte. »Wer wüsste nicht, dass du bereits einmal deinen Lohn für deine schändlichen Taten erhalten hast?«

Für einen Moment erschien in Lokis Augen etwas, das seine höfische Maskerade ad absurdum führte und sein Gesicht wie aus Granit gemeißelt wirken ließ. »Du bist nicht gut informiert, das war nicht Thor. Aber ich will es dir nachsehen. Das sind alte Geschichten, meine kleine Göttin.«

Meruhe machte eine wegwerfende Handbewegung. »Die mich auch nicht wirklich interessieren. Schließlich geht es um die Gestaltung der Zukunft.«

»Ja.« Loki legte den Kopf in den Nacken und sein schwarzes Haar fiel über das Blutrot seiner Weste und verlieh ihr etwas Lebendiges, so als wäre irgendetwas in den Stoff eingewoben, das sich seiner Stimmung anpasste. »Es geht um die Zukunft. So, wie ich sie gestalten werde.«

»Du?« Meruhe schüttelte den Kopf. »Nicht, wenn ich es verhindern kann!«

Loki ließ den Kopf wieder sinken und das Rot seiner Weste wurde noch dunkler. Nun sah es aus, als sammle sich tiefschwarzes

Blut an ihrem unteren Rand. »Ich vereine alles, was man für die Gestaltung der Zukunft braucht. Ich entstamme dem mächtigsten Göttergeschlecht der Erde. Und allein ich weiß, wie man diese Christenmenschen so lenkt, dass wir alten Götter nicht an Macht verlieren.« Er lachte hart auf. »Und wer bist du schon? Doch nicht mehr als der letzte Spross einer unbedeutenden Nebenlinie ägyptischer Götter im entlegenen Nubien.«

Meruhe musterte ihn nachdenklich, dann nickte sie langsam. »Ja, das habe ich mir gedacht.«

»Was?«

Meruhe lächelte leicht. »Du entstammst einem alten Geschlecht, dessen Macht schon längst verblichen ist. Offensichtlich hast du nicht wirklich mitbekommen, was in den letzten Jahrtausenden passiert ist. Oder sollte dir entgangen sein, dass Ra und die anderen ägyptischen Götter so sehr an Macht verloren haben, dass sie kaum noch für sich selbst sorgen können – geschweige denn für die Nachfahren der Menschen, die einst ihren Schutz erfleht haben? Ist dir wirklich entgangen, dass Nubien nicht Ägypten ist und dass dort ein neuer göttlicher Samen aufgegangen ist …«

»Der Meruhe heißt?« Loki schüttelte den Kopf. »Du bist nicht mehr als eine Sternschnuppe am Firmament der Götter.« Er hob die Hand. Das Kaminfeuer flackerte auf und grellrote Funken stobten wie ägyptische Feuerkäfer.

»Ich gebe zu, dass du die Sache mit den Piraten recht geschickt eingefädelt hast«, sagte Meruhe.

»Nicht wahr?«, sagte Loki selbstgefällig. »Du hättest sonst die Kinder in deine Gewalt gebracht und es Andrej unmöglich gemacht, sie zu erlösen.«

»Und du glaubst wirklich, du kannst Andrejs Menschlichkeit dadurch bewahren, dass er die Kinder rettet?«

»Und ob ich das glaube«, bestätigte Loki. »Es stimmt schon, dass ich einem alten Geschlecht entstamme. Aber das hat auch durchaus seine Vorteile, verstehst du? Solange man Geduld und Demut ...«

»Geduld und Demut?« Meruhe lachte hämisch auf. »Diese Eigenschaften passen nun wirklich nicht zu dir. Ich kenne niemanden, der ungeduldiger ist als du! Hast du dich nicht immer wieder durch deine Unbeherrschtheit in die größten Schwierigkeiten gebracht?«

Loki wischte den Einwand mit einer Handbewegung beiseite. »Das war alles nicht der Rede wert. Jetzt geht es mir doch einzig und allein darum, dass ich dich vor einer großen Dummheit bewahre, Meruhe. Andrej ist nichts für dich! Wenn du ihn zum Gott an deiner Seite machst, garantiere ich dir, dass du seiner sehr schnell überdrüssig wirst – und dann *schwupps*«, er fuhr sich mit der Hand über den Hals, »setzt du alles daran, ihn wieder loszuwerden. Davor werde ich dich bewahren.«

»Wie großzügig.« Meruhe verlor langsam die Geduld. Sie packte Loki am Arm und drängte ihn mit sanftem Druck zum Ausgang des roten Salons. »Du glaubst offensichtlich wirklich, dass Andrej Frederic und die verlorenen Seelen erlöst und sich damit von mir abwendet. Doch glaube mir, dazu wird es nicht kommen!«

»Wir werden sehen ...« Loki befreite sich aus ihrem Griff und übernahm nun selbst die Führung. Er öffnete die nur angelehnte Tür des Salons und sah auf den von trübem Kerzenschein schwach erleuchteten Korridor hinaus. »Wollen wir doch einmal sehen, ob Andrej bereits auf dem Fest eingetroffen ist.«

»Unser Pakt gilt also noch?«, fragte Meruhe misstrauisch, als sie neben ihn trat.

»Selbstverständlich, allerliebste Meruhe. Andrej soll den Saft bekommen, der sein Leben bis zum Ablauf der Dreitagesfrist verlängert – solange, bis Odins Totenglocke zum letzten Mal schlägt.«

»Du nimmst den Mund sehr voll, Loki«, sagte Meruhe ärgerlich. »Mir reicht es schon, wenn der Trunk ihn so lang am Leben lässt, bis er sich entscheidet, ein Gott zu werden.«

»Was niemals passieren wird!« Loki ergriff Meruhes Arm und zog sie mit sich. »Aber sei's drum. Lass uns jetzt dafür sorgen, dass Andrej eine weitere Phiole bekommt – und unser kleines Spiel in die nächste Runde gehen kann!«

*

»Ich zieh dem Großmaul eins über den Schädel und gut ist«, sagte Abu Dun. »Und dann nehme ich mir diese Blechbüchsen vor …«

Andrej sprang zurück, als die Klinge eines der goldenen Ritter auf ihn zujagte, ohne dass er bemerkt hatte, dass der Mann seine Waffe nach vorn gestoßen hatte. Im selben Moment sprang Abu Dun vor, schnappte sich Domenicus, riss ihn an sich heran und sprang wieder zurück, sodass er mit dem Rücken zu einer mächtigen Eibe stand, die ihm einigermaßen zuverlässigen Schutz versprach. Der goldene Ritter, den Domenicus Biehler genannt hatte, fuhr auf der Stelle herum, um Domenicus beizustehen, doch Andrej trat ihm mit voller Wucht in die Kniekehlen. Der Mann stieß einen dumpfen, keuchenden Laut aus, geriet ins Stolpern und wäre fast in das Schwert von Malthus gestolpert, der es gerade hochgerissen hatte, um Abu Dun zu erwischen, bevor dieser Domenicus wie einen Schutzschild vor sich in Position bringen konnte.

»Biehler und Malthus, ja?«, donnerte Abu Dun. »Warum tragt ihr die Namen von Toten? Etwa, weil ihr auch sterben wollt?«

»Du verstehst überhaupt nichts, du Idiot«, keuchte Domenicus. »Man kann die goldenen Ritter nicht töten. Sie werden immer wiederkommen!«

»Unsterbliche?« Abu Dun hatte den Arm so fest um Domenicus' Kehle gelegt, dass dieser verzweifelt nach Luft schnappte und wie ein Kind zu zappeln begann. »Und vielleicht auch noch solche, die die Kunst der Wiederauferstehung beherrschen?«

»Vorsicht!«, zischte Andrej, der inzwischen seine Waffe gezogen hatte, um neben Abu Dun Position zu beziehen. »Denkt nicht einmal daran, uns anzugreifen«, warnte er die drei goldenen Ritter, die Abu Dun mit gezogenen Schwertern so leichtfüßig umkreisten, dass es schon fast etwas Gespenstisches hatte.

*

Loki ergriff auf elegante, fast höfisch wirkende Weise Meruhes Arm, um dann weniger vornehm der Tür einen so heftigen Tritt zu versetzen, dass der schwere Seitenflügel krachend aufflog und die Wand bebte, als er mit voller Wucht gegen den Putz schlug. »Sieh an, das Fest ist in vollem Gange.«

Meruhe wollte ihm gerne einen vernichtenden Blick zuwerfen, da entdeckte sie in dem bunten Treiben zu ihren Füßen eine Gruppe von Menschen, die eine imposante Gestalt umstanden: Graf Dracul. Im Gegensatz zu seinen bizarr, beinahe obszön gekleideten Gästen, von denen nicht wenige Masken trugen und manche in ihren grotesken Kostümen eher Dämonen als Menschen glichen, war Graf Dracul ganz er selbst. In seiner Kleidung überwogen Schwarz- und Rottöne, fester Stoff mit Lederschnallen und metallisch blitzenden Ketten und Stachelaufsätzen, die perfekt aufeinander abgestimmt waren. Nichts an ihm wirkte übertrieben oder gar geschmacklos, und hätte er nicht über eine tiefe dämonische Ausstrahlung verfügt, wäre er wohl kaum der Mittelpunkt des Festes gewesen.

Die Köpfe sämtlicher Gäste flogen zu ihnen herum, und in mehr als einem Augenpaar las Meruhe Entsetzen. Graf Dracul dagegen verbeugte sich knapp vor der Dame, mit der er im Gespräch gewesen war, ergriff ihre Hand und sagte etwas, das wohl als Scherz gedacht war, denn zumindest er selbst lächelte danach vergnügt in sich hinein und wandte sich dann betont langsam zur Empore um, auf der das Götterpaar unangemeldet erschienen war. Die dramatische Musik, die ihnen eben noch ohrenbetäubend entgegengeschlagen war, brach ab, als das abseits platzierte Orchester die neue Stimmung aufnahm, um ein etwas ruhigeres, getragenes Stück anzustimmen. Zuerst glaubte Meruhe, dass Graf Dracul nicht wusste, mit wem er es zu tun hatte, wurde aber eines Besseren belehrt, als sie seinem kalten Blick begegnete. Der Pfähler wusste ganz genau, welch illustre Gäste sich ungeladen Einlass zu seinem Fest verschafft hatten.

»Ich bin entzückt! Wie schön, dass Ihr meiner Aufforderung letztendlich doch noch habt folgen können!« Er winkte mit der Hand, und der Seitenflügel, den Loki so schwungvoll gegen die Wand gedonnert hatte, schwang zurück. »Und nun bitte ich Euch, gesellt Euch zu uns und feiert mit uns ein rauschendes Fest, wie es dieser Landstrich seit der Wiederauferstehung des rechten Glaubens nicht mehr erlebt hat.«

Loki passte den allerletzten Moment ab, bevor ihn der Seitenflügel traf, zog Meruhe ein winziges Stück zurück und stoppte die Tür dann mit seinem Fußballen, worauf sie knirschend verhielt und schräg abknickte, als eine der Angeln aus der Wand brach.

»Verzeiht mir mein kleines Missgeschick, werter Graf«, sagte Loki und trat so schnell vor, dass Meruhe fast gestolpert wäre.

»Ihr wisst ja, mitunter ist unsereins sich gar nicht bewusst, wie viel Kraft uns die alten Götter verliehen haben.«

Ärgerlich riss Meruhe sich los und schob nun ihrerseits Loki ein Stück zurück, als wollte sie beweisen, wer hier das Sagen hatte. Zu ihrer Überraschung ließ er es sich gefallen und sah ihr kopfschüttelnd nach, als sie die Führung übernahm und die geschwungene Treppe zum Ballsaal hinabzuschreiten begann.

»Die jungen Damen von heute«, spottete Loki, während das Orchester auf einen Wink Draculs hin eine Melodie zu spielen begann, die wie die Ouvertüre einer Oper klang. Die Frau, mit der der Graf ins Gespräch vertieft gewesen war, begann zu klatschen, und mit fast übertriebener Hast fielen die anderen Gäste ein, bis Applaus aufbrandete, der sogar die Musik übertönte.

Meruhe biss die Zähne zusammen. Sie war es gewohnt, dass sie selbst den Ton angab. Doch diesmal fühlte sie sich wie eine Marionette, an deren Fäden auf der einen Seite Loki zog und auf der anderen Seite Graf Dracul. Nahe daran, auf dem Absatz herumzufahren und nach oben zu eilen, spürte sie plötzlich heißen Atem im Nacken und Lokis festen Griff, als er sie packte wie irgendein dummes Gör, mit dem er seine Spielchen treiben konnte. »Denk immer daran«, zischte er. »Andrej wird gleich hier sein. Wir wollen doch nicht, dass ihm ein Unglück geschieht, nur weil du die Nerven verlierst, nicht wahr?«

*

»Und nun rede schon: Was habt ihr hier zu suchen!«, zischte Abu Dun. »Und vergiss nicht«, seine Stimme sank zu einem Flüstern herab, und er beugte sich vor, als wollte er in Domenicus' Hals beißen, »dass ich dir mit einem einzigen Ruck den Kopf von den Schultern reißen kann.«

»Versuch es doch«, japste Domenicus.

In die drei goldenen Ritter kam Bewegung, und Andrej wappnete sich in Erwartung des Angriffs, der jeden Moment erfolgen musste.

»Ich verrate dir gerne, Muselmane, was uns bewogen hat, die Residenz des Grafen aufzusuchen«, ächzte Domenicus. »Irgendeine leichtsinnige Laune hat mich dazu gebracht, Andrej meine Phiole abzutreten. Dumm, nicht wahr? Denn jetzt fehlt mir selbst der Trank, mit dem man so wunderbar die eine oder andere Schwäche ausgleichen kann.«

Andrej spürte, wie etwas Dunkles, Ungeheures in ihm aufstieg und die Benommenheit hinfortfegte, die ihn viel zu lange schon auf heimtückische Weise niedergedrückt hatte. Die Hand, mit der er sein Schwert fest umklammert hielt, begann zu zittern, und ihm brach der kalte Schweiß aus. Plötzlich war es ihm egal, wo er war und warum er hierher gekommen war. Sein Blick fraß sich förmlich in die goldenen Ritter, in den Gesichtsschutz, der ihre Züge verbarg, und in rasender Geschwindigkeit tastete er einen der Männer nach dem anderen ab, nicht nur mit den Augen, sondern mit den Sinnen des Unsterblichen, der seinen Rachedurst stillen will, und das auf möglichst grausame Weise. Wie ein Betrunkener torkelnd machte er einen Schritt vorwärts, unfähig, das Ziehen und Zerren zu unterdrücken, das ihn schlimmer in den Klauen hielt als je zuvor in seinem Leben. Ihm war, als wollte etwas in einer wilden Explosion aus ihm herausbrechen. Er stürmte los, riss sein Schwert hoch – als ein fürchterlicher Schrei ertönte und er herumfuhr.

Der goldene Ritter, den er hatte angreifen wollen, hatte es gerade noch geschafft, seine eigene Waffe herumzureißen, aber sein anschließender Ausweichschritt ließ ihn krachend mit Biehler zusammenstoßen. Andrej hätte in diesem Moment leichtes Spiel gehabt, die Formation der Ritter aufzubrechen. Aber der Zorn in ihm verflog so schnell, wie er gekommen war, als er Fackellicht durch die Büsche und Bäume sah und leises, fröhliches Mädchenlachen hörte, das ihn mehr irritierte als das Stampfen von schweren Soldatenstiefeln. Für einen Moment vergaß Andrej die Ritter in seinem Rücken, die seine Verwirrung hätten nutzen können, um ihn rücklings niederzustoßen.

»Das habt ihr nun davon, ihr Tölpel«, quäkte Domenicus wie ein Frosch, der sich an einem zu großen Insekt verschluckt hat. »Jetzt holen sie uns!«

Andrej machte zwei, drei Schritte zur Seite, um die goldenen Ritter im Auge zu behalten, spähte in die Dunkelheit und erkannte im unruhigen Licht der Fackeln eine oder mehrere zierliche Gestalten, die jedoch gleich darauf wieder eins mit den dunklen Schatten des weitläufigen Gartens wurden, der das Schloss wie eine massive Mauer umgab. Aus den Augenwinkeln sah er, wie Abu Dun Domenicus losließ und ihm einen Stoß versetzte, der ihn vorwärtstaumeln ließ. Der Inquisitor fasste sich an den Hals, ging in die Knie und ächzte etwas Unverständliches.

»Da bin ich aber gespannt, wer uns abholen kommt«, knurrte Abu Dun. »Aber vielleicht sollten wir uns besser aus dem Staub machen«

»Gute Idee«, pflichtete ihm Andrej bei. Er fuhr auf dem Absatz herum.

Hinter ihm kicherte jemand, dann brachen auch dort Fackeln hervor und wurden so wild geschwenkt, dass ein wahrer Funkenregen aufstob, als würden unzählige Glühwürmchen von einem Windstoß mitgerissen.

»Hilfe!«, krächzte Domenicus, und dann noch einmal lauter: »Hilfe!«

*

Graf Dracul hatte es sich nicht nehmen lassen, Meruhe und Loki persönlich herumzuführen und stolz seine neuesten Errungenschaften zu präsentieren: Einen Gletschereis-Behälter, der bestens geeignet war alles kühl zu halten, ›was durch unsere Adern pulsiert‹, ein monströser Apparat, der dabei half ›Knochen zu feinem Mehl zu mahlen‹, und eine Sezier-Apparatur zum ›automatischen Zerlegen und Zerkleinern von allem, was sich dafür eignet‹.

»Auf ein Wort«, sagte er schließlich, nahm Meruhe zur Seite und nickte Loki begütigend zu, wie man es tun mochte, wenn man die attraktive Ehefrau eines guten Freundes für eine Weile entführt. »Seit wann seid Ihr mit Loki unterwegs?«

Meruhe wollte ihm erst nicht antworten, doch dann gab sie sich einen Ruck. »Ihr seid doch kein Dummkopf, Graf. Warum also stellt Ihr dann eine solch unsinnige Frage?«

Graf Dracul lachte leise auf. »Wenn Ihr darauf anspielt, dass selbst in mein entlegenes Reich die eine oder andere Kunde von Eurem kleinen Streit gedrungen ist, dann habt Ihr allerdings recht. Umso mehr frage ich mich, warum Ihr hier gemeinsam aufgetaucht seid und Euch noch dazu auf solch eindrucksvolle Art als Paar präsentiert habt. Ich bin meinen Gästen stets zu Diensten, doch ich wüsste schon gerne, in welchen Angelegenheiten ich behilflich sein kann.«

»Nun, werter Graf«, sagte Meruhe mit einem kleinen Seitenblick zu Loki. »Seid versichert, das werde ich Euch noch rechtzeitig wissen lassen. Nur so viel: Nehmt Euch vor Loki in Acht. Denn es kann sein …«

»Dass er vorhat, mich in meinen Geschäften zu stören?« Graf Dracul schüttelte den Kopf. »Nein, Verehrteste, darum müsst Ihr Euch nun wirklich keine Sorgen machen. Ihr wisst doch ganz genau, dass die Macht von Euresgleichen vor den Toren meines

Besitzes endet. Ich komme Euch nicht in die Quere, und Ihr haltet Euch aus meinen Geschäften heraus. So lautet der alte Pakt, den wir geschlossen haben.«

»Und den ich sicherlich auch nicht infrage stellen werde«, beeilte sich Meruhe zu versichern. »Und trotzdem muss ich meine Warnung vor Loki wiederholen. Er führt etwas im Schilde …«

»Und Ihr etwa nicht?«, fragte der Graf geradeheraus, nahm seinen Worten aber die Schärfe, indem er lächelte. »Ich verstehe durchaus Eure Besorgnis. Und seid versichert: Ich werde Loki zweifellos im Auge behalten. Aber«, er beugte sich ein Stück zu ihr vor, sodass sein Mund fast Meruhes Hals berührte, »Euch auch.«

*

»Hättest du Domenicus nicht das Genick brechen können?«, zischte Andrej Abu Dun zu, als sie auf die breite Auffahrt zum Schloss einbogen, an deren entfernten Ende Kutschen standen und Diener sich um die Pferde kümmerten, von denen einige eine ganz schöne Strecke hatten zurücklegen müssen, bevor ihre Herrschaft diesen entlegenen Ort erreicht hatte.

Die mädchenhaften Kreaturen, die sie eingekreist hatten, trugen dunkle, mit Schleiern verhangene Gewänder, die in ständiger fließender Bewegung waren, genauso wie sie selbst, sodass das Auge nirgends Halt fand und keine Details wahrnehmen, geschweige denn einen Blick einfangen konnte. Es war nicht das erste Mal, dass Andrej diesen flüchtigen Wesen begegnete, die Odysseus wohl Sirenen genannt hätte. Doch hier verführten sie nicht durch ihren Gesang, sondern durch ihre ansteckende, trunken machende Fröhlichkeit. Nach Domenicus' Hilfeschrei waren sie plötzlich herbeigeeilt, keine bloßen Schemen, sondern eine körperlich wahrnehmbare Bedrohung, ohne dass er irgendwo eine Waffe hätte aufblitzen sehen. Doch wann immer er einen kurzen Blick auf eines ihrer Gesichter erhaschen konnte, meinte er, den ein oder anderen spitzen, langen Eckzahn zu sehen.

Vampyre? Andrej hielt nicht viel von dieser Bezeichnung, die für eine ganze Gruppe verschiedener Wesen stand und mit so vielen Vorurteilen behaftet war, dass sich der wahre Kern der vielen Geschichten, die sich um sie rankten, kaum noch erkennen ließ.

»Wirklich sehr, sehr gut gemacht«, murmelte Domenicus.

Andrej hatte gar nicht gemerkt, dass der Inquisitor zu ihm aufgeschlossen hatte. Am liebsten hätte er ihn gepackt und ihm das hochmütige Grinsen aus dem Gesicht geprügelt. Etwas von seinen Gefühlen musste man ihm ansehen können, denn Abu Dun, der direkt neben ihm ging, schüttelte leicht den Kopf. »Lass das mal unseren lieben Freund Vlad den Pfähler machen. Ich bin gespannt, wie er darauf reagieren wird, wenn ein leibhaftiger Inquisitor auf seinem Fest auftaucht.«

*

Das Fest hatte seinen Höhepunkt erreicht und alle Hemmungen waren gefallen. Meruhe sah, wie eine der Gespielinnen von Graf Dracul ungeniert an einem der Gäste knabberte und ihn dabei umfloss, als hätte sie keine feste Gestalt. Der Mann mochte sie als junge, schöne Frau wahrnehmen, die sich auf ein neckisches Spiel mit ihm einließ, doch Meruhe wusste es besser. Sie spürte die Dunkelheit, die von dieser Kreatur ausging, sah die Gier, mit der sie ihre Finger über die Hände und das Gesicht des Mannes streifen ließ, wie ein Skorpion vor dem tödlichen Stich. Irgendetwas zuckte aus ihrer fließenden Gestalt vor, schob sich schlangengleich seinen Rücken entlang und drang durch die Ritzen der Kleidung weiter vor, doch noch immer bemerkte der Mann die tödliche Gefahr nicht, in der er schwebte.

»Herrin«, hauchte eine Stimme hinter ihr, und Meruhe nickte fast unmerklich. Sie hatte stumm nach Kija gerufen, und nun war sie da.

Das Spiel konnte beginnen. Ihr Spiel, und nicht das Lokis ...

*

Wollüstige, ineinander verschlungene Leiber, ausgelassene Paare, die auf eine Art tanzten, wie sie sicherlich noch an keinem europäischen Hof zu sehen gewesen war, Betrunkene, die sich an Vorhängen festhielten, um nicht das Gleichgewicht zu verlieren oder sich aneinanderklammerten wie Schiffbrüchige, die den Ertrinkungstod fürchteten, alte Männer, die an jungen Dingern leckten und die gichtigen Hände unter ihre Röcke schoben oder die hochroten Köpfe in ihre Dekolletés drückten: All das und noch viel mehr nahm Andrej wahr, als er von Graf Draculs Gespielinnen in den Ballsaal gestoßen wurde. Das Fest, das hier stattfand, war abstoßend und abscheulich, und obwohl Andrej in seinem langen Leben schon mehr als einmal Zeuge perverser Ausschweifungen gewesen war, stieg in ihm jetzt Ekel hoch.

»Widerlich«, sagt Abu Dun. Nicht mehr und nicht weniger. Und doch drückte dieses eine Wort alles aus, was auch Andrej empfand. Das Orchester, das irgendwo im Hintergrund spielte, vermischte sinfonische Klänge mit dem aufgeregten Gezeter eines ausgelassenen Dorffestes und den für europäische Ohren ungewöhnlichen Weisen der arabischen Klangwelt. Ein paar Takte lang folgte die Musik einem fast stampfenden Rhythmus, um dann wieder aufzubrechen und langsamer zu werden, so als wollte sie die überdrehten oder torkelnden Bewegungen der Mehrzahl der Gäste aufnehmen.

»Da hat er sich aber ganz schön rausgemacht, unser kleiner Graf«, brummte Abu Dun. »Ich kann mich noch daran erinnern, wie erbärmlich und armselig alles war, als er mit seinem blutigen Handwerk angefangen hat.«

Andrej nickte knapp und wandte sich dann ab, um nach Domenicus und den goldenen Rittern Ausschau zu halten, während die schattenhaften Wesen, die ihn und die anderen hierher geführt hatten, sich unter die Gäste mischten. Aber von Domenicus und seinen Rittern war keine Spur zu sehen.

»Da ist er«, sagt Abu Dun, packte Andrej am Arm und riss ihn fast gewaltsam herum.

Andrej sah eine bildhübsche blonde Frau mit halb entblößten Brüsten, die mit ausgebreiteten Armen versuchte, ihr Gleichgewicht zu halten und dabei einen lauten Schrei ausstieß, ob aus Erregung oder Verzweiflung war nicht zu erkennen. Hinter ihr war ein Mann, der, wie Andrej jetzt sah, die junge Frau wie ein Stück Vieh antrieb, auf eine hässliche Art grell auflachte und ihr dann mehrfach hintereinander so kräftig auf den Hintern schlug, dass sie endgültig ins Stolpern geriet, den Halt verlor und der Länge nach auf den mit kostbaren Teppichen ausgelegten Boden stürzte. Abu Dun stieß Andrej den Ellbogen in die Seite. »Wir sollten ihn begrüßen, findest du nicht?«

Andrej wollte einen Schritt nach vorne tun, um der jungen blonden Schönheit aufzuhelfen, doch das erwies sich als unnötig. Sie bekam den Zipfel einer Decke zu fassen, die über einen Tisch hing, den Andrej zuvor nicht bemerkt hatte, und versuchte sich daran hochzuziehen. Geschirr, Teller und Gläser rutschten, Speisen purzelten aus Terrinen und Schüsseln, ein Glasgefäß mit einer roten, schäumenden Flüssigkeit kippte um und ergoss seinen Inhalt über die halb entblößte Blondine. Der Mann, der ihr gerade so grob den Hintern getätschelt hatte, packte sie und riss sie hoch. Seine Hände quetschen ihre Brüste, und alles war plötzlich schäumend rot. Andrej hätte nicht zu sagen vermocht, ob die rote Flüssigkeit nur aus dem zerschellten Glasgefäß stammte oder ob sich noch etwas anderes darunter gemischt hatte. Doch bevor er entscheiden konnte, ob er der Unglücklichen nicht doch helfen sollte, klopfte Abu Dun ihm so freundschaftlich-kräftig auf die Schulter, dass er automatisch in die Richtung stolperte, in die der Nubier ihn hatte treiben wollen.

»Kleine Planänderung«, zischte Abu Dun. »Lass uns lieber durch den Seitenausgang verschwinden. Bevor uns der Graf entdeckt und sich zu uns gesellt, um uns auf seine ganz eigene Weise zu begrüßen!«

Andrej schüttelte verwirrt den Kopf, nicht ablehnend, sondern weil er den Grund für diese Eile nicht verstand. Doch dann sah er Graf Dracul, der etwas abseits in ein Gespräch mit jemandem vertieft war, den Andrej hinter einer Gruppe ausgelassener, verschwitzter Leiber nicht erkennen konnte. Jetzt schien er sich zu ihnen umdrehen zu wollen, vielleicht durch das laute Bersten des Gefäßes mit der ekelhaften Flüssigkeit aufgeschreckt, vielleicht auch, weil man ihm ihre Ankunft mitgeteilt hatte.

»Domenicus ist ein Dieb«, stellte Abu Dun fest. Obwohl er direkt neben ihm war, konnte Andrej ihn kaum verstehen, so gewaltig brandete jetzt plötzlich der Lärm auf. Überall blitzte und glitzerte es rot auf, wurden die Tanzbewegungen hektischer, das wilde Treiben freizügiger Leiber enthemmter und der Geruch nach Schweiß, Blut, Alkohol und allen möglichen Substanzen, die man rauchen oder auf andere Art zu sich nehmen konnte, intensiver.

»Was soll das?«, fragte Andrej. »Graf Dracul weiß doch bestimmt sowieso schon, dass wir hier sind.«

»Aber nicht, warum. Und jetzt weiter.« Als ihn Andrej verständnislos ansah, deutete er in den Teil des Ballsaals, in dem ein paar schmerbäuchige Männer mit verschränkten Beinen auf dem Boden hockten und Wasserpfeife rauchten. »Dort lang!«

»Aber wozu?«

»Weil sich Domenicus dort gerade durch eine Tür verdrückt hat!«

KAPITEL 13

Die Flammen der wenigen Wandleuchter, deren Kerzen entzündet waren, tauchten den Gang in ein unruhiges Licht. Domenicus warf einen letzten Blick zurück. Keine Spur von Andrej. Und auch keine des Grafen, mit dem er seit Ewigkeiten einen Kampf ausfocht, bei dem ihrer beider Karten so gerecht verteilt waren, dass es wohl nie einen Gewinner geben würde.

»Ich habe Meruhes Kriegerinnen gesehen«, sagte Biehler.

Domenicus zuckte zusammen und schob die Tür mit einem derart lauten Knall zu, dass Putz von der Wand rieselte. Die Stille, die daraufhin einkehrte, war so tief und unheimlich, dass sich Domenicus beinahe wünschte, das Lachen und die Schreie des außer Rand und Band geratenen Festes wären noch immer zu hören.

»Du musst dich täuschen, Biehler!«, sagte er heftig.

Der Goldene schüttelte den Kopf. »Nein, ganz sicher nicht. Ich würde jedes dieser Weiber auf dreitausend Schritte erkennen – und so weit waren sie nun wirklich nicht von mir entfernt!«

»Na, dann kann ich ja nur hoffen, dass sie dich nicht auch gesehen haben«, sagte Domenicus grimmig.

Der rote Glanz, der sich auf der goldenen Rüstung seines Gegenübers spiegelte, verdichtete sich und schien beinahe Gestalt anzunehmen, bevor er sich verflüchtigte. Domenicus kannte das geheimnisvolle tiefrote Leuchten der Wände hier unten, und er wusste auch, dass es schon immer da gewesen war – zumindest aber seit Menschengedenken. Trotzdem zuckte er zusammen.

Dies war ein unheiliger Ort, und wenn er nicht durch die Umstände dazu gezwungen würde, wäre er niemals wieder hierher zurückgekehrt.« Sie haben mich nicht gesehen, seid unbesorgt«, sagte der Ritter mit einiger Verspätung. Vorsichtig schob er sich an dem Inquisitor vorbei und starrte den Gang hinab, der in steiler Schräglage tief in den Berg getrieben worden war. »Hier ist alles ruhig. Nichts hat sich verändert, seitdem wir das letzte Mal hier waren. Auch dieses teuflisch rote Leuchten der Wände ist noch so, wie ich es in Erinnerung habe. Aber seht Ihr dort die Kerben in der Mauer, die mit irgendetwas Rotem bestrichen sind? Die waren vorher nicht da.«

»Doch, sie waren da, mein Freund«, antwortete Domenicus grimmig. »Es sind nur unzählige neue dazu gekommen.«

Er trat an eine Wand heran, bückte sich und deutete auf eine Stelle, die ein Stück weit abgesackt zu sein schien. »Die Zeit hat auch vor diesem Verlies nicht haltgemacht.« Er fuhr mit dem Zeigefinger über eine dunkelrote Kerbe, sah sich dann das an, was an seiner Fingerkuppe kleben geblieben war, und führte sie zum Mund, um es mit der Zungenspitze zu prüfen. »Blut«, stellt er fast zufrieden fest. »Das ist Blut, Biehler. Wieder eine Seele, die ihr Leben für die Unsterblichkeit hat opfern müssen.« Er richtete sich auf. »Wir sind hier richtig. Der Graf treibt oben emsig seine Spiele, und am Ende wird er noch ein paar neue Kerben in die Mauer einritzen lassen, eine jede für eine geopferte Seele.«

Er schwankte leicht, als er sich zu der Tür umwandte, die er gerade so kraftvoll ins Schloss geworfen hatte, und runzelte die Stirn. »Pass auf, dass uns niemand folgt. Ich kann keine ungebetenen Besucher gebrauchen.«

»Meint Ihr, er hat uns gesehen?«, fragte Biehler.

»Nein.« Domenicus schüttelte entschlossen den Kopf. »Aber Graf Dracul weiß sicherlich, dass wir hier sind, und das genügt. Im

Augenblick mag er noch damit beschäftigt sein, seinen Gespielinnen die geeigneten Opfer zuzuführen. Aber es wird nicht mehr lange dauern, bis er hier unten nach dem Rechten sehen wird. Wir müssen uns beeilen!«

*

Die Tür klemmte, aber Abu Dun brauchte nicht lang, bis er sie aufgestoßen hatte. »Riechst du das?«

»Den Muff? Den Schimmel dieses alten Gemäuers? Oder was meinst du?«

Abu Dun schüttelte den Kopf und ging so schnell los, dass sich Andrej beeilen musste, mit zitternden Fingern die Tür zuzudrücken und ihm zu folgen. Es war kein prunkvoller Schlosskeller, in den ihn Abu Dun geführt hatte, sondern nur ein steil abfallender Gang, der einem Bergwerksstollen ähnelte. Andrej fühlte sich schwach und ausgelaugt, und er spürte erneut das leise Ziehen und Zerren, ganz ähnlich wie im Garten, als ihn ein fast übermächtiger Zorn übermannt hatte. Sein Herzschlag beschleunigte sich, und auf seiner Stirn bildeten sich kleine Schweißperlen. Etwas war hier, vor ihnen, und während er Abu Dun schweigend folgte, bemerkte er die roten Striche, die man ins Mauerwerk geritzt hatte, und glaubte den leichten Geruch von Blut wahrzunehmen, der ihnen wie eine stumme Warnung folgte.

»Der Gang muss uralt sein«, sagte Abu Dun und schwenkte die Fackel, als wollte er damit böse Geister vertreiben. »Ich glaube nicht, dass der Graf ihn in den Berg hat treiben lassen.«

»Ich weiß«, flüsterte Andrej. Seine Stimme hallte hohl und dumpf von den Wänden wider und vermischte sich mit einem leisen Tropfen, das zuerst fast unhörbar gewesen war, aber nun zunehmend deutlicher an sein Ohr drang. Vor seinem geistigen Auge sah er ein düsteres Kellerverlies, in dem Menschen gefoltert und zu Tode gepeinigt worden waren, und einen sterbenden Mann, aus dessen aufgeschlitzter Halsschlagader Blut in eine Zinkwanne unter ihm rann. Das Bild hätte ihn erschaudern lassen sollen, aber das Gegenteil war der Fall. Etwas nagte an ihm, lockte ihn – die Stimme der Finsternis, die er zum ersten Mal wahrgenommen hatte, nachdem er in Borsã seinen Sohn zu Grabe getragen hatte.

Er wusste, dass es etliche von ihnen gab, die ihre Gier mit menschlichem Blut zu befriedigen versuchten, die die Kraft und das Leben ihrer Opfer zusammen mit dem roten Lebenssaft einsaugten und glaubten, dadurch dauerhaft an Stärke zu gewinnen. Doch Andrej wusste, dass das nicht stimmte. Dass menschliches Blut nährte und stärker machte, war ein schrecklicher Irrglaube. Die Gier wurde im Laufe der Zeit nur immer größer und größer, wie Andrej aus der grausigen Erfahrung mit den *Kreaturen* wusste, die seinen Weg gekreuzt hatten.

»Domenicus war hier«, flüsterte Abu Dun. »Riechst du das auch?«

Das Blut? Andrejs Magen verkrampfte sich vor Gier, und er ballte die Hände so kräftig zu Fäusten, dass die Nägel in sein Fleisch schnitten. »Ich weiß nicht, was du meinst«, antwortete er heiser. Aber das war gelogen.

»Du musst es auch merken«, drängte Abu Dun. »Dieser leichte Geruch von Weihrauch und irgendetwas anderem, das dem Inquisitor anhaftet wie das zu dick aufgetragene Parfüm einer Puffmamsell.«

Andrej blieb abrupt stehen. Plötzlich war ihm so schwindlig, dass er fast das Gleichgewicht verloren hätte, und obwohl Abu Duns Fackel scharfe Lichtstreifen in das Dunkel des abfallenden Ganges schnitt, hatte er das Gefühl, als würde ihn wattige Schwärze einhüllen.

Abu Dun, der noch ein Stück weitergegangen war, drehte sich um und blickte besorgt zu ihm hoch. »Was ist mit dir?«

»Nichts«, keuchte Andrej. Sein Herz raste wie wild, und er spürte gleichzeitig die Schwäche in sich und die Gier, die nach einem Opfer verlangte. »Vielleicht sollten wir wieder zurück aufs Fest gehen«, sagte er mühsam beherrscht.

Abu Dun runzelte die Stirn. »Und wozu?«

»Nun, um ...« Andrej atmete schwer, aber er rang sich trotzdem ein Lächeln ab.

Doch Abu Dun kannte ihn zu gut und wusste, dass er damit nur etwas überspielen wollte. »Du siehst wirklich nicht gut aus«, stellte er fest und musterte ihn misstrauisch.

Nicht gut? Andrej hätte beinahe laut aufgelacht. Er hatte Hunger, Hunger auf das, was nur Menschen in sich hatten, die Kraft ihrer Seele, die Stärke ihrer Gedanken, ihre Wünsche, ihre Hoffnungen, ihre Verzweiflung – ihr Blut! Er musste wieder zurück, hoch zu dem Fest, sich unter die Menschen mischen, die sich im Taumel des Wahnsinns gegenseitig verschlangen.

»Wir sollten gehen«, sagte er ganz leise. »Gehen ... gehen!«

Als er vornüberkippte, war Abu Dun auch schon da und fing ihn auf.

*

Meruhe fühlte eine altbekannte Erregung. Eine halbe Ewigkeit hatten die Götter von Asgard über die Welt geherrscht, jetzt war es an der Zeit, dass sie endgültig abtraten. Das Einzige, was sie ihr voraushatten, war ihr uraltes Wissen um Zusammenhänge, die nur jemand verstehen konnte, der Jahrhunderte Zeit hatte, selber die gerissensten Pläne zu schmieden, und ihre mystischen Waffen, mit deren Hilfe sie ihre Macht ausübten.

Und genau da würde Meruhe ihnen dazwischenfunken.

Sie sah, wie Loki sich über eine zarte Gestalt beugte, deren Gesicht hinter einer spitz zulaufenden Vogelmaske verborgen war. Unter anderen Umständen hätte sie der Anblick vielleicht mit Sorge erfüllt. Doch nicht in diesem Moment. Wichtig war jetzt einzig und allein, dass Odins Sohn nicht bemerkte, was sie vorhatte.

Sie spürte die Nähe ihrer beiden Kriegerinnen – tatsächlich, da tauchte Kija auch schon zwischen verschwitzten Leibern auf und steuerte direkt auf sie zu. »Hast du eine Spur von diesem verfluchten Schwert gefunden?«, fragte Meruhe ohne Umschweife, kaum dass sie sie erreicht hatte.

»Nicht direkt«, antwortete Kija unbehaglich.

Meruhe warf einen schnellen Blick in die Runde. Sie war es gewohnt, dass sie überall auffiel und dass man ihr neugierige oder sogar ängstliche Blicke zuwarf. Doch hier, inmitten all des Trubels, in dem Männer und Frauen jeglichen Alters glaubten, ihren perversen Ausschweifungen vollkommen enthemmt nachgehen zu können, und Maskeraden und Verkleidungen aller Art zu sehen waren, manche freizügig bis zur Grenze der Geschmacklosigkeit und andere sittsamer als eine Nonnentracht, fiel sie selbst kaum auf. Umso besser. Sie packte Kija am Arm und zog sie ein Stück mit sich, in eine tiefe Nische des Ballsaals, wo die Gäste sich ungestört allem hingeben konnten, wonach ihnen der Sinn stand.

»Was heißt ›nicht direkt‹?«, fauchte sie. »Irgendwo muss er das Schwert doch gelassen haben!«

»Ja, und Nefra meint auch zu wissen, wo. Aber …«

Meruhe schüttelte sie. »Nichts aber! Bring mich sofort zu Nefra! Je eher ich das Schwert habe, umso besser!«

*

»Weiter jetzt!« Abu Dun zerrte Andrej ziemlich unsanft hoch, aber sein Gesicht, das im roten Licht der Wände etwas Gespenstisches hatte, wirkte besorgt. »Ich glaube, du brauchst jetzt ganz dringend ein Schlückchen aus einer von Vlads Phiolen. Aber die werden wir nicht finden, wenn wir hier …«

»Weiter tatenlos … herumstehen.« An die Wand gestützt versuchte Andrej zu Atem zu kommen. »Gib mir nur einen … einen kleinen Moment. Gleich geht es weiter …«

»Und dann holen wir uns eine dieser verdammten Phiolen und verschwinden wieder von hier!«

*

Nefra war so sehr mit dem Schatten einer Säule verschmolzen, dass es schon der Augen einer Göttin bedurfte, um sie dort aus größerer Distanz zu entdecken.

»Da ist sie«, stieß Kija hervor, als Meruhe sie in Nefras Richtung schubste. »Und sie hat bestimmt etwas herausgefunden!«

»Das will ich auch hoffen«, zischte Meruhe. »Ich muss endlich Odins Schwert haben.«

Kija nickte abgehackt. »Und was habt Ihr dann vor, Herrin?«

Meruhe blieb ganz kurz stehen, packte Kija bei den Handgelenken und riss sie unsanft zu sich herum. »Dann holen wir uns ein paar Phiolen, schnappen uns Andrej und verschwinden von hier!«

*

Abu Dun keuchte auf, und Andrej wäre beinahe erneut in die Knie gegangen, so sehr überraschte ihn der Anblick dessen, was sich nach der nächsten Abzweigung vor ihnen auftat. Er hatte vermutlich mehr Länder bereist als je ein Mensch zuvor, der die Gabe der Unsterblichkeit verliehen bekommen hatte. Er hatte erlebt, wie uralte Kulturen untergegangen waren und wie sich auf ihrer Asche neue Reiche zur Blüte erhoben hatten, wie sich in den ärmsten und erbärmlichsten Regionen plötzlich ein kleiner Funke zum kulturellen und machtpolitischen Flächenbrand entzündet hatte.

In all diesen langen Jahrhunderten war ihm kaum etwas fremd geblieben, nicht das schlimmste Leid, nicht die größte Freude. Und er hatte gesehen, was sich exotische Herrscher, Götter und ihre Priester hatten einfallen lassen, um andere – und letztlich auch sich selbst – zu beeindrucken. Er war in den heißesten Ländern Afrikas gewesen, in mit fein ziseliertem Gold und Rubinen verzierten Tempelanlagen, die mit ihrer Pracht jede Schilderung aus den Märchen aus *Tausend und eine Nacht* in den Schatten stellten, und in den Eispalästen im hohen Norden, mit ihrer schlichten Schönheit und dem verwirrenden Farbspiel des Heiligen Feuers inmitten gigantischer Eiskuppeln.

Doch hier unten in Graf Draculs Schloss etwas vorzufinden, das auf den ersten fernen Blick eher einer altägyptischen Prunkkammer als einem satanistischen Heiligtum ähnelte, stellte alles andere in den Schatten. Die Formen, Winkel und Rundungen, in die der Gang jetzt auslief, waren so fremdartig, das sie fast in den Augen schmerzten. Aber das eigentlich Verblüffende war das Lichterspiel, das Abu Dun wie eine zum Leben erweckte ägyptische Statue wirken ließ, als er nun mit vorsichtigen Schritten weiterging. Erst als der Nubier mit einem tiefen Seufzer durchatmete und erneut stehen blieb, wurde sich Andrej bewusst, dass sein Freund ebenso fassungslos war wie er.

»Was ...?« Andrej räusperte sich, während er zu Abu Dun aufschloss. »Was ist das?«

»Das ist erst der Eingangsbereich«, sagte Abu Dun heiser.

»Lass uns weitergehen. Ich muss wissen, was das hier alles zu bedeuten hat!«

Andrej nickt knapp. Sie folgten dem breiter werdenden Gang, an dessen Vorsprüngen sich das Geräusch ihrer Schritte, ja selbst ihrer Atemzüge, auf merkwürdige Weise brach. Unruhe erfasste Andrej, und er verharrte, noch bevor Abu Dun einen überraschten Laut ausstieß – denn nun hatten sie freien Blick auf das, was Graf Dracul aus gutem Grund tief unter der Erde vor neugierigen Blicken verbarg.

Auch in der gewaltigen unterirdischen Halle vor ihnen waren die Wände so verschachtelt, als hätten zwei riesige Hände sie *ineinander*gefaltet. Die schrägen und geraden Wandteile waren über und über mit farbenprächtigen Bildern bedeckt, die Szenen aus der altägyptischen Pharaonen- und Götterwelt zeigten. Rechts und links des Einganges, in dem sie stehen geblieben waren, ragten wie zur Abschreckung zwei lebensgroße Streitwagen mit prachtvoll aufgezäumten Pferden aus poliertem Marmor empor. Ein Stück weiter öffnete sich das Heiligtum in verschiedene Kammern. Vor der größten, die direkt vor ihnen lag, erhoben sich zwei riesige Horus-Statuen aus poliertem Alabaster mit vergoldeten Schnäbeln und Augen aus faustgroßen Rubinen, die wie lebendig funkelten. Dahinter erkannte Andrej in einem weichen gelben Licht eine mit kunstvollen Malereien verzierte Totenbarke aus glänzendem schwarzem Holz, die von zwei übermannsgroßen Anubis-Statuen an Bug und Heck vorwärtsgestakt wurde.

Unfähig sich zu rühren oder auch nur zu blinzeln, ja, für einen Moment sogar, zu atmen, stand er da. Er hörte, dass Abu Dun etwas zu ihm sagte, aber er verstand den Sinn der Worte nicht. »Das ... das ist ...«, stammelte er.

»Beeindruckend, nicht wahr?«, antwortete Abu Dun.

»Das … das trifft es nicht ganz.«

»Ich hätte nicht geglaubt, dass ich so etwas noch einmal zu Gesicht bekomme«, sagte Abu Dun in einem uralten, selbst für Andrej kaum verständlichen nubischen Dialekt.

»*So etwas*?«

Abu Dun nickte. »Das alles hier war schon steinalt, als Cheops seine Pyramide in Angriff nahm.«

»Wirklich alles?«, fragte Andrej ungläubig. Sein Blick blieb an einer hinter einem Vorsprung aus purem Gold halb verdeckten Glasvitrine hängen, die mit ihren orientalischen Einlegearbeiten und Verzierungen wie ein Fremdkörper wirkte.

Abu Dun schüttelte den Kopf und fuhr im modernen Arabisch fort: »Nein. Natürlich nicht. Ich sehe hier einiges Abstoßende, das wohl unserer alter Freund Vlad Tepesch zu verantworten hat.« Er deutete auf eine Apparatur mit Schläuchen und Gefäßen, in denen es rot schimmerte. »Widerlich.«

»›Widerlich‹ wird wohl zu deinem neuen Lieblingswort«, sagte Andrej schwach. Dabei verstand er sehr gut, was Abu Dun meinte. Und als er so im düsterroten Licht der Halle stand und die Atmosphäre dieses eigenartigen Raumes auf sich wirken ließ, wurde ihm auf einmal bewusst, dass ihm die Darstellungen altägyptischer Götter und Fabelwesen rings um sie herum zum großen Teil unbekannt waren. Abu Dun musste recht haben: Dieses Heiligtum war älter als die ägyptischen Pyramiden.

»Einen würdigeren Ort für die Aufbewahrung seiner Phiolen konnte Vlad nicht finden«, sagte Abu Dun. Er räusperte sich mehrmals hintereinander. »Und jetzt sehen wir zu, dass wir das hinter uns bringen, weswegen wir gekommen sind!«

*

»Ich habe es selbst nicht glauben können«, sagte Nefra. »Aber es war mir klar, dass Loki ein wirklich gutes Versteck brauchen würde …«

»… wenn er das Schwert seines Vaters vor uns verstecken wollte«, ergänzte Kija.

»Aber das, was wir da in den Tiefen des Berges entdeckt haben …«

Meruhe achtete nicht weiter auf das Schnattern der beiden, sondern streckte die Hand vor. Odins Schwert stand in einer Nische des Ganges. Eine aufwendige Reliefarbeit, die in die Wände eingelassen war, zeigte *Upuaut*, den *Wegöffner*, wie die Ägypter ihren Kriegs- und Totengott genannt hatten. Aus der Ferne drang ein gelbliches Schimmern zu ihnen, und sie glaubte den Schatten von übermannsgroßen Statuen zu sehen und vor allem zu *spüren*.

So wie auch die magische Energie, die von Odins Waffe ausging. Ja, und sie fühlte, wie sie die uralte Kraft, die unter die Erde gebannt war, in sich aufnahm. Ein leises, fast unhörbares Wispern ging von dem rot leuchtenden Schwertgriff aus, das vielleicht in diesem Moment nur für sie wahrnehmbar war.

»Das ist doch aber nicht das Schwert, das Odin für gewöhnlich bei sich trägt?«, murmelte Nefra unsicher.

»Nein, das ist es wohl nicht«, bestätigte ihre Schwester. »Gunjir ist eine schwere und sorgfältig bearbeitete Waffe, aber so gut wie schmucklos.«

Nefra nickte. »Dann ist das hier wohl das geheimnisvolle Zeremonienschwert Odins, über das man sich die eine oder andere Wundergeschichte berichtet.«

»Wundergeschichte?« Kija schüttelte den Kopf. »Ich glaube nicht, dass dieses Zeremonienschwert irgendwo erwähnt wird. Und wenn …«

»Dann geht es euch gar nichts an«, sagte Meruhe. Sie hob die Hand, als eine der beiden Kriegerinnen etwas erwidern wollte. »Und jetzt genug davon. Ich brauche dieses Schwert!«

Kija legte den Kopf zur Seite und fragte: »Und warum nehmt ihr es Euch dann nicht einfach?«

»Weil es von einem mächtigen Zauber geschützt wird, natürlich!«, wies sie Nefra zurecht.

»Zauber ...« Meruhe nickte und blickte den Gang hinab, der zu einer großen unterirdischen Halle führte. Jetzt, als sie sich darauf einließ, spürte sie die uralte Kraft, die sich von dort zu ihr herantastete und sie sanft berührte. Ein ganz kleines Lächeln stahl sich auf ihre Züge. Die Götter Ägyptens waren nicht unbedingt ihre besten Freunde, aber sie standen ihr weitaus näher als die Asen, zu denen Loki gehörte.

Loki war nicht gut beraten gewesen, Odins Schwert ausgerechnet dem Schutz Altägyptens anzuvertrauen ...

*

Abu Dun, der eben noch zum Weitergehen gedrängt hatte, war nun anscheinend der Faszination dieses verwunschenen unterirdischen Reiches erlegen. Er bestaunte eine der übermannsgroßen Statuen nach der anderen, besah sich so manche bildhafte Darstellung eines Totenrituals aus der Nähe und steuerte dann die Todesbarke an, die es ihm wohl besonders angetan hatte.

»Ich sehe hier keine Phiolen«, sagte Andrej. »Und auch nichts, was drauf hindeutet, dass Graf Dracul sie ausgerechnet hier verwahrt.«

»Was?« Abu Dun sah auf. Sein Gesicht wirkte im rötlichgelblichen Licht so starr, als wäre es aus Marmor gehauen. »Die Phiolen ...« Er brach ab, als wäre er nicht bei der Sache, und machte einen weiteren Schritt auf die Todesbarke zu. »Ja, darum werden wir uns gleich kümmern.«

»Gleich reicht mir nicht«, protestierte Andrej. »Wir müssen weiter! Uns rennt die Zeit davon!«

Doch Abu Dun machte nicht den Anschein, als würde er sich von dem, was Andrej sagte, beeindrucken lassen. Beunruhigt ballte Andrej die Fäuste, sein Körper vibrierte vor Erregung. Am liebsten hätte er Abu Dun zurückgelassen, um auf eigene Faust nach den Phiolen Ausschau zu halten. Er wollte sich schon wortlos abwenden, da hörte er ferne Stimmen ...

Alarmiert fuhr er zu Abu Dun herum. »Da kommt jemand!« Er packte seinen Freund am Arm. »Hörst du das nicht?«

Abu Dun, der wie hypnotisiert die altägyptischen Relikte angestarrt hatte, sah ihn an, und das begeisterte Funkeln wich aus seinen Augen. »Verzeih. Ich weiß gar nicht, was in mich gefahren ist. Aber das alles hier ...« Er deutete auf die Barke vor sich und schloss dann mit einer Bewegung die gesamte Halle ein. »So etwas habe ich noch nie gesehen. Zuerst habe ich ja gedacht, es wäre eine Grabkammer. Aber es ist viel mehr als das: Es ist die Totenhalle, die *Upuaut* geweiht ist. Und da wir schon einmal hier sind ...«

Seine letzten Worte waren unverständliches Gebrabbel, und er hätte sich wohl wieder von Andrej abgewandt, wenn nicht ein empörter Ausruf zu ihnen hinabgeschallt wäre. Abu Dun ballte die Faust, drehte sich jetzt mit einem entschlossenen Ruck zu Andrej um und atmete tief aus. »Verzeih«, sagt er nochmals. »Ich war wohl etwas abgelenkt.«

Kaum hatte er die letzten Worte ausgesprochen, da wandte er sich auch schon ab und hetzte in der sicheren Erwartung los, dass ihm Andrej folgen würde ...

*

Domenicus blieb stehen und sah sich überrascht um. »Merkwürdig. Ich kann mich gar nicht an diese Abzweigung erinnern …«

Biehler räusperte sich unbehaglich. »Heißt das etwa, dass Ihr nicht wisst, wo wir sind?«

»Biehler!« Doch dann ging Domenicus auf, dass es vermutlich keine gute Idee war, in diesen unterirdischen Gängen zu brüllen, und er dämpfte die Stimme. »Du hast mich auch das letzte Mal begleitet. Also müsstest du den richtigen Weg doch kennen!«

Biehler nickte und schüttelte gleich darauf den Kopf. »Es ist wirklich schon sehr, sehr lange her. Und außerdem … ich weiß nicht, ob Ihr das auch spürt. Es liegt etwas Bedrückendes über diesen Gewölben.«

»Der Odem des Todes«, antwortete Domenicus automatisch. Doch dann schüttelte er den Kopf. »Was für ein Blödsinn. Wir besorgen uns jetzt die Phiole, und dann verschwinden wir von hier!«

*

Andrej und Abu Dun waren weitergeeilt und hatten sich in einem Labyrinth kleinerer und größer Gänge verstrickt, von denen manche noch nicht einmal breit und hoch genug waren, dass ein Kind aufrecht in ihnen hätte stehen können. Als sie ein schabendes Geräusch hörten, blieben sie verwirrt stehen. Es schien von überall und nirgends zu kommen, aus den Wänden, vom Boden und von der Decke und aus der Tiefe, die sich noch weiß Gott wohin erstreckte, hinab in den Berg und seine weitverzweigten Gänge, hinein in die uralten Geheimnisse, die er verbarg.

Als das Geräusch verklang, gab Abu Dun Andrej mit einem Wink zu verstehen, dass er ihm folgen sollte, und ging weiter. Es dauerte nicht lange, bis der Gang breiter wurde und sich schließlich zu einer gewaltigen Halle öffnete, aus der ein Blinken und Leuchten zu ihnen drang.

»Ich glaube, wir sind im Kreis gelaufen«, murmelte Abu Dun.

»Im Kreis?« Andrej schüttelte verwirrt den Kopf. »Das kann doch nicht sein«, flüsterte er. »Das da vor uns ... Das ist eine Grotte, in die Tageslicht fällt, eine Höhle, die zu einem Ausgang führt – aber doch keinesfalls die Halle, die mit dem ägyptischen Krimskrams vollgestellt ist!«

»Im Kreis«, wiederholte Abu Dun stur. »Das ist nur ein anderer Zugang.«

»Ein anderer Zugang?«

Abu Dun nickte grimmig. »Das sieht wie die *Halle der Vollständigen Wahrheit* aus. Der Ort, an dem die geheimsten Gedanken und Wünsche der Toten offenbart werden ...«

Andrej stöhnte auf. Er fühlte sich so schwach und schwindlig, dass er nicht wusste, wie er sich auf den Beinen halten sollte. Doch Abu Dun war ohne Erbarmen. »Komm«, rief er und marschierte auch schon los. Andrej stolperte ihm nach. Mit jedem Schritt stieg seine Beklemmung, und als sie schließlich den Ort betraten, den Abu Dun die *Halle der Vollständigen Wahrheit* genannt hatte, war ihm, als schnürte ihm etwas die Kehle zusammen. Das diffuse Licht, das sie die ganze Zeit über schon begleitet hatte, brach sich an den Flächen und Kanten der *Halle* und wurde vielfach zurückgeworfen, so als bestünden die Wände aus geschliffenen Edelsteinen.

»Still«, flüsterte Abu Dun. »Da ist jemand.«

Andrej gehorchte und schluckte die Frage, die ihm auf der Zunge lag, herunter. Sein Atem, die Bewegungen, mit denen er um sein Gleichgewicht rang, hallten von den Wänden und ihren Einbuchtungen und Wölbungen wider. »Das habe ich dir doch vorhin schon gesagt.« Er lauschte. »Aber jetzt höre ich nichts«, flüsterte er schließlich.

Abu Dun nickte fast unmerklich, zog seine Waffe und ging vorsichtig weiter. Andrej folgte ihm auch diesmal. »Hast du wirklich jemanden gehört?«, fragte er, kaum lauter als der Flügelschlag eines Kolibris.

»Vielleicht«, gab Abu Dun zurück. »Aber weniger gehört als gesehen.« Sein Ton machte deutlich, dass er keine weitere Erklärung folgen lassen wollte. Schlimm genug, dass sie sich nicht vollkommen lautlos bewegen konnten, da war es nicht auch noch nötig, durch sinnloses Gerede auf ihren genauen Standort aufmerksam zu machen. Dieses Spiegellabyrinth hatte durchaus auch seine Vorteile: Wer auch immer hier war, würde genauso große Schwierigkeiten haben, sie zu entdecken, wie sie ihn.

»Da vorne«, hauchte Abu Dun. Doch Andrej spürte nichts. Seine scharfen Sinne ließen ihn offenbar im Stich. Etwas hatte sich in seiner Wahrnehmung verändert, etwas, das ihm altbekannt und vertraut und gleichzeitig ganz neu war. Es war, als würden sich seine Sinne ausdehnen, über diesen Raum, der kein Raum war, hinweg, dieses Gewölbe, das kein Gewölbe war, den Gang, der irgendwo hinführte und keinen Anfang und kein Ende hatte, um dann zurückzukehren wie eine ferne Reflexion. Es war ein Gefühl ähnlich dem des ersten Verliebtseins, wenn sich die ganze Welt zu öffnen scheint und man in eine sternenklare Nacht hinausschaut und die Verbundenheit mit dem Universum spürt, die alles andere auslöscht und bedeutungslos macht, doch durchdrungen von einer bitteren Düsterkeit, von einer Melancholie und Traurigkeit, so als atmeten die Wände hier unten die Gefühle und Gedanken Tausender gepeinigter Seelen. Und in dieses Gefühl der Ausdehnung mischte sich etwas Fremdes, nicht unbedingt Böses, das jedoch so unfassbar war, dass sich etwas in ihm krümmte, als er sich darauf einließ. Aber nicht nur deshalb blieb er beunruhigt stehen. Es war ein grelles Aufblitzen, das ihn herumwirbeln ließ. Erschrocken taumelte er zurück, als er erkannte, dass jemand hinter ihm stand, vielleicht zwei Schritte entfernt. Der Mann starrte Andrej an, als wüsste er nur zu genau, was in ihm vorging.

Es war einer der drei goldenen Ritter!

»Was?«, keuchte Andrej.

»Aber, aber«, hörte er eine Stimme aus der Richtung, in der sie gerade unterwegs gewesen waren. »Ich dachte, man hätte Euch zum Grafen gebracht. Aber wie ich sehe, seid Ihr ihm fürs Erste entkommen und mir gefolgt. Ich kann nicht behaupten, dass das bei mir reines Entzücken auslöst.«

»Domenicus!« Abu Duns Stimme grollte durch das Gewölbe, und es schien, als würden die spiegelnden Flächen nicht nur Licht, sondern auch seine Stimme zurückwerfen.

»Allerdings, der bin ich«, antwortete der Inquisitor ärgerlich. »Es ist schlimm genug, dass du Andrejs Phiole leer getrunken hast. Musst du ihn jetzt auch noch in zusätzliche Gefahr bringen?«

»Ihr seid kein Freund, Inquisitor«, sagte Abu Dun schroff. »Sagt mir einen Grund, warum ich Euch nicht gleich hier und auf der Stelle töten sollte.«

»Der Grund bin ich«, sagte Biehler. »Vergiss nicht, Muselmane, ich bin nicht alleine: Meine Brüder sind bei mir!«

»Deine Brüder«, sagt Abu Dun verächtlich und schwenkte die Fackel hin und her, sodass ihr Licht einen wilden Tanz aufführte. »Ich sehe deine ›Brüder‹ nirgends. Und ich weiß nicht, was du bist, Goldjunge. Du trägst den Namen eines Mannes, den Andrej vor Hunderten von Jahren getötet hat, und ...«

»Du siehst auch so aus«, führte Andrej den Satz zu Ende. Er riss sein Schwert hervor. »Ich finde, Abu Dun hat eine sehr berechtigte Frage gestellt. Was sollte mich jetzt noch davon abhalten, dich zu töten, Inquisitor – jetzt, wo ich hier bin und mir selbst die Phiolen aneignen kann?«

Domenicus lächelte leicht. »Du weißt ganz genau, warum dir die Hände gebunden sind«, sagte er höhnisch. »Maria würde es dir nie verzeihen, wenn du mir etwas antätest.«

Als Abu Dun einen Schritt auf den Inquisitor zu machte, spannte Biehler sich an, und es fehlte nicht viel, und er hätte sein Schwert in Richtung des Nubiers vorzucken lassen. »Sei dir da bloß nicht zu sicher«, sagte Abu Dun. »Was auch immer hier geschieht, wird keine Menschenseele mitbekommen – auch nicht Maria.«

Biehler keuchte auf, und es wäre zweifellos im gleichen Moment zum Kampf gekommen, wenn Domenicus ihn nicht mit einer raschen Handbewegung zurückgehalten hätte. »Du nimmst den Mund ganz schön voll, Muselmane«, sagte Domenicus, als spräche er mit einem dummen Kind. »Maria und ich sind auf eine ganz besondere Weise miteinander verbunden, und wenn mir tatsächlich etwas passieren würde, würde sie das nicht nur spüren ...«

»Ach ja?«, höhnte Abu Dun. »Und das auch, wenn ich es bin, der dich richtet?«

Der goldene Ritter riss sein Schwert hoch, und grelle Funken schienen von seiner Klinge aufzuspringen. Abu Dun war keinen Deut langsamer als sein Gegner. Seine wuchtige Waffe schoss hoch, und er setzte zu einem gellenden Kampfschrei an, als Andrej auch schon heran war und ihm in den Arm fiel. Er riss seinen Waffenbruder so mühelos zurück, als wäre er ein Kleinkind. Es war die Wut, die ihm die nötige Schnelligkeit und Kraft verlieh, und die Empörung darüber, dass nun wieder der Nubier wie selbstverständlich einen Kampf führen wollte, der alleine ihm zustand. »Hört auf, alle beide!«, brüllte er.

Abu Dun wand sich in seinem Griff, und einen Moment lang war sich Andrej alles andere als sicher, ob er sich nicht losreißen und auf den verhassten goldenen Ritter losgehen würde, ganz egal, welche Konsequenzen das haben könnte. Doch dann gab er nach, trat demonstrativ einen Schritt zurück und steckte seine Waffe weg. Der goldene Ritter blieb dagegen in leicht geduckter, kampfbereiter Haltung stehen, und in seinen Augen funkelte etwas, das Andrej nicht deuten konnte.

Ohne Biehler noch eines weiteren Blickes zu würdigen, trat er ganz nah an den Inquisitor heran. »Domenicus«, zischte er. »Bislang habe ich Euer Leben verschont. Vielleicht war das ein Fehler. Ich will gar nicht leugnen, dass meine Liebe zu Maria mich Dinge tun lässt – oder eben auch nicht tun lässt –, die Euch in die Hände spielen. Aber das hat mir bislang keinen Vorteil gebracht. Warum wäre ich sonst hier?«

Mit jedem Wort, das Andrej sagte, wurde der Inquisitor merklich ärgerlicher. Vielleicht war es auch Furcht, die in seinen Augen aufblitzte, als er begriff, dass jeder – auch und gerade ein Unsterblicher – eine Grenze hatte, über die hinaus er sich nicht würde erpressen lassen.

Auch der Ritter schien es zu spüren, denn er machte einen weiteren Schritt vorwärts, packte den Inquisitor an der Schulter und schob ihn vorsichtig ein Stück zurück, um sich schützend vor ihn zu stellen. »Andrej Delãny.« Seine Stimme hallte dumpf und dunkel hinter seinem Sichtschutz hervor. »Ihr geht zu weit. Mein Schwert wird Euch Einhalt gebieten.«

KAPITEL 14

Meruhe atmete tief durch. Wenn sie eine Chance haben wollte, das Schwert unbeschadet aus seinem Versteck zu entfernen, musste sie sich vollständig auf die tief verborgene Kraft in ihrer Seele konzentrieren und auf die Energie ihrer Ahnen, die sie bei ihrer Transformation zur Göttin in sich aufgenommen hatte. Sie ließ die Luft in ihren Körper hineinfließen, verharrte einen Augenblick und ließ sie vollständig wieder ausströmen. Dann atmete sie in größter Ruhe und Entspannung erneut ein und wiederholte das nubische Atemritual ihrer Ahnen so lange, bis sie das Gefühl hatte, die Außenwelt vollkommen ausblenden zu können, um nur noch sich und Odins Schwert wahrzunehmen. Sie wusste zwar noch, wo sie war und dass Nefra und Kija nur wenige Schritte hinter ihr standen und über ihr Ritual wachten, doch für sie existierten nur noch das Schwert und die Kraft, die sie befähigen würde, es unbeschadet aus seinem Versteck zu lösen. Alles, was sie jetzt noch brauchte, waren ein paar wenige Augenblicke der Ruhe und dann ...

»Biehler!«

Meruhe zuckte zusammen. Fast unmerklich hob sie die Hand, um ihren beiden Vertrauten zu signalisieren, dass sie sich um die Störung kümmern sollten, und versuchte wieder in ihren Atemrhythmus hineinzufinden. *Domenicus,* wisperte eine Stimme in ihr, *das ist Domenicus. Du musst dich um ihn kümmern.*

Nein. Domenicus war unwichtig. Odins Schwert war das Einzige, das wichtig war: Es stand im Zentrum ihrer Aufmerksamkeit. Nur noch wenige Augenblicke ...

Der Name des goldenen Ritters war laut und deutlich zu verstehen gewesen, doch jetzt nahm sie nur noch ganz fernes leises Gemurmel wahr. Sie versuchte, es auszublenden. Zur Ruhe zu finden. Sich nicht ablenken zu lassen.

»Verdammt«, murmelte sie und öffnete die Augen. »Was ist da los?«

Sie sah das Schwert des Göttervaters vor sich, das rote Leuchten an seinem Knauf, und es schien ihr, als ob es intensiver würde und sich veränderte. Das Bild eines Mannes begann sich darin zu formen, kaum wahrnehmbar selbst für ihre Götteraugen und doch so plastisch, als wäre es auf magische Weise zum Leben erwacht ...

Und dann erkannte sie den Mann, und sie sah das gleißende Licht der *Halle der Vollständigen Wahrheit*, das von allen Seiten wie eine körperliche Bedrohung auf ihn eindrang, und sie wusste, was das bedeutete. »Andrej!« Ihre Stimme hatte einen schneidenden Unterton, als sie zu ihren Kriegerinnen herumfuhr. »Er ist in Gefahr! Wir müssen zu ihm! Sofort!«

*

Andrej hätte nichts lieber getan, als sich mit einem Aufschrei auf Biehler zu stürzen, doch Abu Dun legte ihm die Hand auf die Schulter, um ihn zurückzuhalten. Hätte Andrej nicht gerade ein stummes Blickduell mit dem goldenen Ritter ausgefochten, hätte er wohl kaum gezögert, herumzuwirbeln und den Nubier zur Rede zu stellen. Die Wut, die er empfand, wollte sich in einer Explosion entladen, und er war nicht bereit, sich durch irgendjemanden davon abhalten zu lassen.

»Da kommt jemand«, flüsterte Abu Dun ihm ins Ohr. »Vielleicht die beiden anderen Goldenen ...«

Andrej war nahe daran, das als Aufforderung zu verstehen, nun gerade auf Biehler loszugehen. Wenn er erst einen von Domenicus' Schergen erledigt hatte, würden er und Abu Dun es leicht mit den beiden anderen aufnehmen können. Als er sich nähernde Schritte hörte, wusste er, dass ihm nicht mehr viel Zeit blieb ...

»Sieh an, Phiolen-Diebe!«, ertönte schon aus der Ferne eine Stimme.

»Auch das noch«, stöhnte Abu Dun. »Unser guter alter Freund Vlad Tepesch!«

Domenicus machte einen Schritt vorwärts, als wollte er sich zwischen Andrej und Abu Dun hindurchdrängen. Doch dann besann er sich eines Besseren und machte einen Bogen um sie, bevor er dem Ankömmling entgegenrief: »Graf Dracul! Gut, dass Ihr kommt! Die beiden Gauner hier wollten Euch bestehlen!«

»So wie Ihr selbst?«, fragte der Graf leichthin. Er blieb nur zwei Schritte von Domenicus entfernt stehen. »Darin habt Ihr doch Übung, Vater Domenicus, nicht wahr?«

Für einen ganz kurzen Moment verlor Domenicus die Fassung. Sein Gesicht verzerrte sich und in seinen Augen blitzte lodernde Wut auf, doch dann riss er sich, wieder zusammen. »Nicht ich bin der Dieb, sondern diese beiden.« Er deutete auf Andrej und Abu Dun. »Sie müsst Ihr dingfest machen!«

Andrej hatte genug gehört. Er riss das Schwert nach oben und machte einen Schritt auf den goldenen Ritter zu ...

*

»Loki!«, rief Kija überrascht und blieb so abrupt stehen, dass Nefra sie fast umgerannt hätte. »Loki! Wo kommt Ihr denn her?«

»Als ob dich das etwas anginge, du Wurm«, donnerte Loki. Er trat aus dem Schatten einer seltsam eckigen Nische hervor, in der er auf sie gewartet zu haben schien. Die lächerliche Perücke war verrutscht, und das französische Spitzenhemd wies deutliche Brandlöcher und hässliche Flecken auf.

»Meruhe«, sagte er scharf, kaum dass sein Blick die schwarze Göttin fixiert hatte. »Hände weg von Odins Schwert!« Als Meruhe keine Reaktion zeigte, setzt er nach: »Ich werde nicht dulden, dass du unsere Abmachung brichst! Wenn du noch einmal versuchst, die Hand an das Schwert meines Vaters zu legen, werde ich dich töten!«

»Ach ja?«, sagte Meruhe. »Ein Mord unter Göttern ist keine einfache Angelegenheit, falls du das vergessen haben solltest. Du kannst mich nicht so einfach töten!«

»Das ist wohl wahr.« Loki nestelte an seinem Kragen, riss ihn ein Stück auf und atmete tief durch. »Aber ich bin ein Gott. Und deshalb kann ich dich auch mit dem Götterschwert töten.« Er grinste schmierig. »Oder auch verunstalten. Wie würde es dir gefallen, wenn du fortan hässlich wie eine Nonne wärst. Ob es dir dann noch gelingen würde, kleine Unsterbliche zu verführen?«

Meruhe schnaubte. »Dann sei nicht so leichtsinnig, dein Schwert unbeaufsichtigt herumstehen zu lassen.«

»Ooch, das ist kein Leichtsinn«, antwortete Loki gelassen. »Ich kann Trunkenbolde Münzen spucken lassen. Und auch Frauen zum Weinen bringen ...«

Er fuhr auf dem Absatz zu Nefra herum. »Warum weinst du denn, schönes Kind?«

Nefra griff sich erschrocken ins Gesicht und wischte sich die Tränen fort, die plötzlich ihre Wangen hinabliefen.

»Was hast du da?«, fragte Kija fassungslos.

Nefra wich hastig einen Schritt zurück, den Blick wie gebannt auf ihre Fingerkuppen gerichtet, die sich grauschwarz zu verfärben begannen. Während sie im ersten Entsetzen den Kopf schüttelte, begann Blut unter ihren Nägeln hervorzuquellen und die Finger hinabzurinnen. Nach Luft schnappend wandte sie sich ab, als die ersten Blutstropfen auf ihr Gewand fielen. Kija dagegen riss ihr Schwert hervor und nahm eine drohende Haltung ein, und es hätte wohl nicht viel gefehlt und sie hätte sich auch ohne Meruhes ausdrücklichen Befehl auf Loki gestürzt.

»Was meinst du wohl, was passiert wäre, wenn du die Hand nach meinem Schwert ausgestreckt hättest, mein Täubchen?«, fragte Loki. »Ich fürchte beinahe, dann wäre dir der Arm verdorrt – oder deine Gedärme hätten dich wie böse Schlangen von innen zerfressen!«

»Loki!«, sagte Meruhe scharf. »Lass die Taschenspielertricks.«

Loki deutete eine höfische Verbeugung an. »Ganz wie Ihr befehlt, meine Gebieterin. Aber vergiss niemals, dass ich weiß, wie Götter ihre Angelegenheiten regeln.«

»Götter ...« Meruhe machte eine wegwerfende Handbewegung. »Asen!«

»Die Asen sind ein mächtiges Geschlecht«, sagte Loki voller Inbrunst. »Und ich bin ihr kühnster Spross. Vergiss das niemals!«

»Kühn ...?« Meruhe maß Loki von oben bis unten. »Das sagt einer, der aussieht, als wäre er unter die Räder geraten. Was ist passiert?«

»Was soll ich sagen?« Loki grinste breit. »Ich mag temperamentvolle Frauen. Vor allem, wenn sie nicht ganz von dieser Welt sind. Aber mitunter sind sie mir dann doch ein wenig zu stürmisch.« Er winkte ab. »Lassen wir das.«

»Ja, lassen wir das«, sagte Meruhe. Sie machte eine rasche Handbewegung, woraufhin Kija ihr Schwert mit einem wütenden Ruck wegsteckte und zu ihrer Schwester ging, um ihre Hände zu betrachten. Dann schüttelte sie den Kopf, denn bis auf ein wenig getrocknetes Blut auf den Fingerkuppen waren sie unversehrt.

»Der vielleicht wichtigste Schritt in unserem kleinen Spiel ist getan«, sagte Meruhe. »Andrej hat die *Halle der Vollständigen Wahrheit* durchschritten.«

Loki runzelte die Stirn. »Hat er das wirklich?«

»Aber ja«, sagte Meruhe. »Hast du es denn nicht auch gespürt?«

»Doch, das habe ich.« Loki verschränkte nachdenklich die Hände. »Aber ich bin mir nicht ganz sicher, ob er wirklich schon so weit ist.«

Meruhe zuckte mit den Achseln. »Nun, seine Verzweiflung könnte noch etwas größer sein, aber keine Sorge: Ich arbeite daran ...«

»Ja, das kann ich mir gut vorstellen!«

»Doch der entscheidende Punkt ist, dass Andrej jetzt keine Ausflüchte mehr bleiben.«

»Du weißt wirklich, was das bedeutet?«, fragte Loki. »Ich meine, für ihn – aber auch für uns.«

»Natürlich!«

»Seine Seele wird nun bis zum tiefsten Grund geprüft.« Loki nickte nachdrücklich. »Alles, was er jetzt tut, wird gänzlich losgelöst sein von dem Ballast, der für gewöhnlich die Entscheidungen menschlicher Wesen beeinflusst. Er wird auf sich selbst zurückfallen und so handeln, wie er es tun muss ...«

»Und zum Gott werden!«, triumphierte Meruhe.

»Und zu seiner Menschlichkeit zurückfinden!«, donnerte Loki. Er winkte ab, als Meruhe den altgewohnten Schlagabtausch zwischen ihnen aufnehmen wollte, und sagte rasch: »Und jetzt sollten wir es so schnell wie möglich hinter uns bringen! Graf Dracul wird ihm eine seiner Phiolen abtreten müssen, und dann ...«

»Dann gehört Andrej mir«, flüsterte Meruhe leise.

»Das wird sich erweisen.« Loki machte eine auffordernde Handbewegung. »Geh schon vor! Ich komme gleich nach!«

*

Der goldene Ritter wich mit einer Seitwärtsbewegung aus, die einen Angriff hätte einleiten können, aber auch genauso gut einen Rückzug. Auf einmal waren alle in Bewegung, und auch Domenicus, der eben noch mit Dracul im Streitgespräch gewesen war, verschwand plötzlich aus Andrejs Sichtfeld. Irgendwo hinter dem Inquisitor tauchte Abu Dun in einen Schatten ein, als wollte er sich unsichtbar machen. Zudem drangen aus einer Richtung, in der Andrej bislang nur massive Wände vermutet hatte, Gesprächsfetzen heran, gefolgt von Schritten – die dann so plötzlich wieder abbrachen, als hätte er sie sich nur eingebildet …

»Ihr seid gekommen, um meine Flaschensammlung zu sehen«, sagte Graf Dracul. Obwohl er die Stimme nicht erhoben hatte, hatte sie plötzlich etwas Drohendes. »Dann sollten wir uns nicht länger aufhalten. Vater Domenicus ist ohnehin schon auf dem Weg zu ihr. Er glaubt wohl«, die letzten Worte schrie er, »er kann sich hier einfach so unbemerkt verdrücken und sich eine meiner Phiolen einverleiben!«

Als wäre das eine Aufforderung, drehte sich der goldene Ritter um und lief trotz seiner Rüstung so schnell und elegant los, dass er schon bald von dem diffusen Licht verschluckt wurde.

»Andrej Delãny!«, sagte Graf Dracul scharf. »Wollt Ihr hier Wurzeln schlagen und warten, bis Euch Domenicus die letzte Flasche vor der Nase weggeschnappt hat?«

»Was … nein«, keuchte Andrej.

Er wollte losstürmen, aber er konnte sich nicht rühren. Angst hatte ihn gepackt, eine vollkommen irrationale Angst, die keinen Grund zu haben schien und gegen die er wehrlos war. Seine Hände und Knie begannen zu zittern. Er riss sich mit aller Gewalt zusammen und fuhr herum, so schnell, dass ihm schwindlig wurde. Aus weit aufgerissenen Augen starrte er in die Richtung, in der alle anderen verschwunden waren, einschließlich Graf Dracul, der sich nach seiner Aufforderung sofort umgewandt hatte, um ›Vater Domenicus‹, wie er ihn voller Spott genannt hatte, nachzueilen.

*

Lokis Hand glitt über das *Valknutr*-Zeichen, das in die Klinge des Zeremonienschwertes eingraviert war. Er spürte das dumpfe Vibrieren und Ziehen, das von ihm ausging, als wäre er über dieses Zeichen direkt mit Odin verbunden. »Ich werde dir keine Schande machen, Vater«, flüsterte er. »Ich werde Andrej nach London bringen. Und dort wird er sich der verlorenen Kinderseelen erbarmen und sie erlösen. Und damit werde ich dir den Sieg über diese schwarze Katze bringen, die sich erdreistet hat, uns Asen herauszufordern!«

*

Graf Draculs geheime Unterwelt war wohl viel ausgedehnter, als Andrej und Abu Dun es vermutet hatten. Obwohl er die Stimmen der anderen noch hörte, drohte er, in dem verwirrenden Labyrinth aus Gängen und Stollen die Orientierung zu verlieren. Sein Herz raste, und auf seiner Stirn stand blanker Angstschweiß. Wieder quälten ihn Bilder aus Borsã, die ihn diesmal noch weiter zurückführten als je zuvor: Kindheitserinnerungen, wie er von den Erwachsenen angeschrien wurde, die ihm Verfehlungen vorwarfen, die nur Nachlässigkeiten oder dumme Jungenstreiche waren. An die einzelnen Begebenheiten erinnerte er sich nicht mehr, sehr wohl aber an das Gefühl der Ohnmacht, wenn sich ein Erwachsener vor ihm aufgebaut und drohend gesagt hatte: *»Sag mir die Wahrheit, Andrej! Ausflüchte werden dir jetzt nicht mehr helfen!«*

Nein, Ausflüchte halfen niemals. Er war nahe daran, sich auf den kalten Boden niedersinken zu lassen und dem Hämmern in seinem Kopf zu ergeben. Doch das ging nicht. Als ihn eine grässliche Furcht packte, stöhnte er auf, krümmte sich und ballte die Fäuste, bis jeder einzelne Muskel in seinen Armen und Schultern schmerzte.

»Sag mir die Wahrheit, Andrej! Gestehe deine Sünden!«

»Ja«, sagte Andrej. »Ich sage die Wahrheit. Ich habe den Apfel aus Nachbars Garten gestohlen. Ich habe dem Schmied Maden unters Essen gemischt. Ich habe unter der großen Kastanie Ronsana geküsst ...«

Er brach ab, als er begriff, was er da sagte. Mit aller Macht kämpfte er die Panik nieder, die der Furcht folgen wollte, schloss die Augen und zwang sich, die Kindheitserinnerungen zurückzudrängen.

Doch nun waren es andere Bilder, die ihn marterten, Erinnerungsfetzen aus seinem langen Leben als Unsterblicher. Feuer, Schreie, Schlägereien und Schlimmeres wechselten sich in einem wahnwitzigen Reigen ab. Ja, es stimmte: Er hatte unzählige Menschen getötet, sich über die Rechte von noch weit mehr Männern und Frauen hinweggesetzt und oft aus purem Eigennutz oder Trotz Dinge getan, auf die er nicht stolz war. Er hätte es gerne anders gehabt, doch es war die Wahrheit. Er war schwach und ungerecht und ...

Ein Mensch! Diese eigentlich so banale Erkenntnis traf ihn wie ein Hammerschlag.

Menschen machten Fehler, Menschen waren schwach und manchmal dumm, doch sie konnten auch großzügig und herzlich sein. Er war nichts weiter als solch ein Mensch, ein unsterblicher zwar, aber nur ein Mensch. Und kein Gott!

Ein dumpfer Laut entrang sich seiner Brust, doch er hatte etwas Befreiendes. Die Panik gab ihn nicht plötzlich frei, aber sie ließ nach, und auch sein Herzschlag beruhigte sich so weit, dass er, wenngleich immer noch verwirrt, wieder in der Lage war, seiner Umgebung die Aufmerksamkeit zu schenken, die sie von ihm forderte.

Er eilte den Stimmen nach, die aus der Ferne an sein Ohr drangen, und stand kurz darauf vor dem Eingang zu der prunkvollen ägyptischen Totenhalle, die er schon kannte. Doch es war nicht der Eingang, durch den Abu Dun und er sie beim ersten Mal betreten hatten, sondern ein weitaus kleinerer, kaum mannshoch und so schmal, dass er bezweifelte, ob er überhaupt hindurchpasste.

»Domenicus, ich muss doch sehr bitten«, hallte eine nur allzu vertraute Stimme zu ihm herüber. »Ihr habt hier überhaupt nichts zu fordern.«

Andrej zögerte kurz, dann streckte er erst ein Bein hindurch, machte sich so schmal wie möglich und zwängte sich mit einigen Verrenkungen ganz hinein. Gleich danach musste er den Kopf einziehen, um unter dem vorgestreckten Arm einer Statue durch zu tauchen, die einen ihm unbekannten Gott darstellte, der gerade einen Bogen spannte – und dann blieb er überrascht stehen. Direkt vor ihm und damit zwischen ihm und den anderen, die ihn noch nicht bemerkt hatten, war das, was er und Abu Dun hier gesucht hatten: Der Behälter mit Graf Draculs Phiolen.

Er wusste sofort, was er vor sich hatte, als er die filigrane, zerbrechlich wirkende Halterung von der Leichtigkeit eines Schmetterlings und der Verspieltheit einer venezianischen Vase sah. Darin befand sich Eis, dessen Konturen zu seiner Verblüffung fest und bar jedes Schwitzwassers waren. War es wirklich so kalt hier unten, dass das Eis nicht schmolz, oder verbarg sich etwas ganz anderes dahinter?

Andrej trat einen Schritt vor. Sein Herz schlug wieder wie wild, wenn auch diesmal aus einem anderen Grund. Ein Stück weiter standen Graf Dracul, Abu Dun und Domenicus mit seinem goldenen Schutzengel, doch sie kehrten ihm den Rücken zu. Er konnte die gereizte Stimmung zwischen ihnen beinahe körperlich spüren. Trotzdem schenkte er ihnen nur einen sehr flüchtigen Blick, denn seine Aufmerksamkeit war ganz von dem gefesselt, was Graf Dracul als Aufbewahrungsort für seine Phiolen diente. Sechs der sieben Aushöhlungen jedoch waren leer und wirkten in dem glitzernden Eis stumpf und grau. Jemand hatte ihnen auf geheimnisvolle Weise ihren wertvollen Inhalt entnommen. Nur an einem einzigen der sieben dafür vorgesehenen Plätze schimmerte und glitzerte es golden-rot, und als Andrej näher trat, erkannte er das Ebenbild der Phiole, die Abu Dun in die Themse geworfen hatte.

KAPITEL 15

»Sieh an, auch schon da?« Loki grinste breit und ließ das Schwert einen Halbkreis beschreiben, bis die Spitze auf Nefra zeigte. »Wie geht es deinen Fingern? Sind sie wieder in Ordnung?«

Meruhes Kriegerin nickte knapp und Meruhe schnaubte. »Du bist und bleibst ein Kindskopf, Loki!«

»Ja, ja, das sagt mein Vater auch immer.« Loki seufzte und lehnte sich an der schwach rot leuchtenden Wand an, deren Licht durch die Löcher und Risse seiner ramponierten Kleidung hindurchschien. »Aber keine Sorge, ich habe schon alles geklärt.«

»Geklärt?«, fragte Meruhe ungehalten. »Was denn?«

»Na, die Sache mit unserem Lieblingsgrafen«, antwortete Loki in einem Tonfall, als spräche er mit einer begriffsstutzigen Küchenmagd.

Meruhe kniff verärgert die Augen zusammen. »Ich kann nicht behaupten, dass es mich wirklich beruhigt, wenn du hinter meinem Rücken mit Dracul sprichst. Und außerdem wüsste ich gerne, was genau du meinst.«

»Ich glaube, das liegt auf der Hand«, sagte Loki leichthin. »Ich habe dem Grafen klargemacht, dass er eine Phiole rausrücken muss, wenn er Wert darauf legt, dass seine bescheidenen kleinen Feste weiter stattfinden können. Du weißt ja, wie er ist: herrschsüchtig, blutrünstig – und immer auf Nachschub an rotem Lebenssaft angewiesen.«

»Den er nur über das Frischfleisch auf seinen Festen kriegt.«

Meruhe winkte ab. »Das wissen wir doch alles. Eine wirkliche Neuigkeit wäre mir lieber!«

»Manchmal ist es aber besser, sich auf Altbekanntes zu besinnen«, sinnierte Loki. »Immerhin legt unser Graf großen Wert darauf, weiterhin sein Unwesen hinter den Mauern seines Schlosses treiben zu können. Ich habe ihm klargemacht, dass es kein Fest mehr geben wird, wenn wir das nicht wollen. Und dass niemand mehr einen Fuß auf seine Ländereien setzen wird, wenn er uns verärgert.«

»Was wir beide ohnehin besprochen hatten«, sagte Meruhe säuerlich. »Aber ich wäre schon gerne bei diesem Gespräch dabei gewesen.«

»Das kann ich gut verstehen.« Loki stieß sich von der Wand ab und ging los, wobei er sorgfältig darum bemüht war, zu verbergen, dass er das linke Bein leicht nachzog. »Schließlich kannst du von mir noch so einiges lernen.«

*

Vermutlich hätte es nur noch wenige Augenblicke gedauert, bis sich entweder Domenicus oder Graf Dracul zu ihm umgedreht hätten – wenn sich nicht von der anderen Seite der Halle Schritte genähert hätten. Kurz darauf rauschten auch schon Meruhe und ein arg zerzauster Loki heran, dicht gefolgt von Meruhes beiden Kriegerinnen. Andrej ging augenblicklich hinter der gleichermaßen luftigen wie eisigen Konstruktion in Deckung. Wenn man ihn bis jetzt noch nicht entdeckt hatte, dann konnte es nur von Vorteil sein, wenn das auch noch für eine Weile so bliebe.

Nun war er fast auf Augenhöhe mit der scheinbar eingefrorenen Phiole, von der ihm seltsamerweise keine Kälte entgegenschlug, sondern eine Hitze und ein Gleißen, dass es Andrej schier den Atem verschlug. Das Blut rauschte in seinen Ohren, und die Halle verschwamm vor seinen Augen. Die Götter wurden zu einem auseinanderfließenden Schemen, der sich ausbreitete, bis er die anderen erreicht hatte.

Er rückte ein Stück ab und rang um Atem. Als er vorsichtig an dem Phiolenbehältnis vorbeiblickte, sah er als Erstes ausgerechnet Abu Duns Profil, das in einen unwirklichen roten Schimmer getaucht war und dann die Rückansicht von einem arg mitgenommen wirkenden Gecken, der sich auf etwas stützte, das er nicht sehen konnte.

Loki.

Offensichtlich hatte er durch den kurzen Moment des Schwindels einen Teil der Unterhaltung verpasst, denn Graf Dracul sagte gerade: »Wer nicht mit der Zeit geht, geht mit der Zeit.«

»Das gilt auch für Götter«, vernahm Andrej Meruhes Stimme.

Nicht ohne Stolz erwiderte Dracul: »Dabei lässt sich das verhindern. Man muss nur geschickt Neues mit Altem verbinden.«

»Und das habt Ihr getan?«, mischte sich Abu Dun ein und schüttelte gleichzeitig empört den Kopf, als könnte er gar nicht anders, als seine eigene Frage zu beantworten. »Ich sehe nur, dass Ihr die prachtvollen Heiligtümer und Relikte entweiht habt, die Ihr in diesem Berg vorgefunden habt – obwohl sie bestimmt nicht für Abschaum wie Euch bestimmt waren.«

Der Graf schlenderte heran, baute sich vor Abu Dun auf und sah zu dem nubischen Riesen auf, als gelte es ihn zu maßregeln. »Ich weiß nicht, wann man Burg Waichs hier errichtet hat. Aber ich habe mir sagen lassen, dass es schon eine Ewigkeit zurückliegt. Und schon damals haben meine Vorfahren die Kraft dieses Ortes zu nutzen gewusst. Doch niemand von ihnen war in der Lage, einen Schritt weiterzudenken. Ich war es, der die armselige Burg zu einem großen Schloss umbauen ließ und dafür sorgte, dass hier regelmäßig illustre Gäste anreisen, die weder ihr genaues Reiseziel noch ihr Schicksal kennen, das wir für sie vorgesehen haben. Und ich war es ...«

Andrej hielt die unangenehme Wärme nicht mehr länger aus, die ausgerechnet von dem eisigen Behältnis vor ihm ausging. Ihm drohte, erneut schwindlig zu werden, und bevor ihm noch ganz die Sinne schwanden, gab er lieber sein Versteckspiel auf. Entschlossen richtete er sich auf.

Graf Dracul brach mitten im Satz ab, doch der Erste, der sich ihm zuwandte, war Loki. »Andrej«, sagte er freundlich. »Welche Freude, Euch zu sehen! Wir hatten Euch schon vermisst!«

»Ja ... ich.« Mit letzter Kraft machte Andrej ein paar Schritte zur Seite, um sich so zu stellen, dass den anderen das Zittern seiner Hände verborgen blieb, doch Abu Dun, dessen Augen eben noch freudig aufgeblitzt waren, als er Andrej erkannt hatte, schaute nun besorgt.

»Jetzt, wo Andrej endlich da ist, sollten wir die Sache zu Ende bringen«, sagte Meruhe in einem Tonfall, der keinen Widerspruch zuließ. »Graf!«

»Ja, natürlich.« Die Stimme Graf Draculs war so kalt, dass Andrej sich zu ihm umdrehte. »Ich bringe ausgesprochen gerne Dinge zu Ende.«

Als er unter seinen Umhang griff, erwartete Andrej, dass er etwas hervorholte, mit dem er den Göttern Einhalt gebieten konnte, deshalb war er umso überraschter, dass Graf Dracul stattdessen eine Phiole in die Höhe hielt, genau wie die, die Domenicus ihm überlassen hatte. Doch diese hier schien gut gefüllt zu sein, denn als der Graf sie hin- und herschwenkte, hörte er ein leises Plätschern.

»Nehmt es«, sagte Dracul gönnerhaft und streckte ihm die Phiole entgegen. »Ihr braucht es dringender als ich.« Er lachte leise auf. »Und außerdem weiß ich, wie ich mir jederzeit Nachschub beschaffen kann ...«

Hastig griff Andrej nach dem Fläschchen und öffnete mit zitternden Fingern den Verschluss.

»Teilt Euch diese alte kostbare Flüssigkeit gut ein«, warnte Graf Dracul. »Sie kann zwar Euer Leben verlängern, aber dafür wird der Verfall umso schneller einsetzen, nachdem Ihr den letzten Tropfen getrunken habt.«

Andrej nickte hastig und drehte sich von den anderen weg. Es war ihm peinlich, dass Abu Dun nicht verborgen bleiben konnte, wie die Gier wieder in ihm erwachte. Als die ersten Tropfen seine Lippen benetzten und in seine Mundhöhle rannen, konnte er ein leises Aufstöhnen nicht verhindern.

»Gute Reise!«, sagte Loki, und dann sah Andrej nichts als ein tiefrotes Leuchten. Er merkte kaum noch, dass Abu Dun ihm die Phiole abnahm, um sich selbst einen Schluck zu genehmigen.

*

Dunkle Wolken zogen sich über der Burg zusammen, zerrissen von Winden, die wie übermütige Kinder daran zerrten. Im nahen Wald heulte und pfiff der Wind und übertönte beinahe noch das Tosen des Flusses, der blutrot ins Tal hinabschoss. Meruhe hatte ihre beiden Kriegerinnen Nonnentracht anlegen lassen, und nun musterten sie sich gegenseitig mit kritischem Blick und zogen kichernd Ärmel glatt und Gürtel fest.

»Was für eine alberne Tracht«, meinte Kija.

»Passend zu diesem lächerlichen Glauben an einen Gott, den man nicht sehen kann und der zur Vollstreckung seiner Macht einen Inquisitor schickt, der sich mit einem alten Vampyr einlässt ...«

»… um seine Sucht nach einem ganz speziellen Blut zu stillen …«

»Hört auf mit dem Unsinn«, befahl Meruhe. »Und haltet nach Maria Ausschau. Ihr müsst sie abfangen, bevor sie den Wallfahrtsort erreicht. Sie will zur *Kapelle der letzten Hoffnung* – um dort Trost zu finden, weil sie die Liebe ihres Lebens verloren hat.«

»Aber dort wird sie nie ankommen«, vermutete Kija.

»Natürlich nicht, du Schaf«, sagte Nefra. »Wie sollte sie auch. Die *Kapelle der letzten Hoffnung* ist nichts weiter als eine Erfindung der Blutgräfin. Sie soll junge Mädchen anlocken, die vor lauter Liebeskummer nicht mehr ein noch aus wissen. Und wenn sie sich zu dieser Kapelle aufmachen und alle Brücken hinter sich zurücklassen, dann sind sie …«

»Die idealen Opfer der Blutgräfin und selbst schuld, wenn sie zur Ader gelassen werden«, fiel Kija ihrer Schwester ins Wort.

»Nun ja, zur Ader …« Nefra fuhr sich mit einer eindeutigen Handbewegung über den Hals. »Eher dort, wo die Blutgräfin den Schnitt ansetzt.«

»Ob sie dann wirklich in Jungfrauenblut badet, um sich ihre Jugend zu erhalten?«, fragte Kija.

»Was geht dich das an?«, gab ihre Schwester zurück. Meruhe nickte und sagte: »Genau. Was geht euch das an. Seht einfach zu, dass sich Maria in Sicherheit wiegt, wenn ihr sie zum Bethaus der Gräfin Bathory geleitet!«

*

»Das gefällt mir ganz und gar nicht«, sagte Abu Dun.

Andrej nickte nur. Es war nicht gerade selten, dass sein Waffenbruder sein Unbehagen auf diese Weise ausdrückte, und in den meisten Fällen traf er damit ins Schwarze. So auch diesmal.

Schließlich war Transsylvanien ihnen beiden bestens bekannt. In diesem Land hatte für Andrej alles angefangen, und hier würde es auch zu Ende gehen, das wusste er genau, auch wenn er tief in seinem Inneren immer davon ausgegangen war, dass sich sein Schicksal in Borsã erfüllen würde, dem Ort, an dem er geboren worden war und seinen Sohn zu Grabe getragen hatte. Doch ausgerechnet ...

»Ausgerechnet Čachtice«, sagte Abu Dun, als hätte er seine Gedanken erraten. »Das gefällt mir ganz und gar nicht.«

»Du wiederholst dich. Und außerdem wissen wir doch beide, was wir zu tun haben.« Andrej deutete nach oben, dorthin, wo sich die grauschwarze Festung auf dem Berg wie ein drohendes Mahnmal erhob.

Damals hatten sie Transsylvanien während eines Unwetters durchreist, und auch jetzt sah es nicht gerade nach Sonnenschein aus: Dunkle Wolken zogen in einer massiven Front von Osten heran und verwirbelten dann kurz vor der Burg zu schwarzen Schemen, die kein Ziel und keine Richtung kannten.

»Irgendwo dort oben ist Maria«, sagte Andrej. »Und ich fürchte – nein, ich weiß! –, dass sie in großer Gefahr ist.«

»Dann lass uns hier nicht weiter wie ein paar verliebte Dorfjungen unsere Zeit vertrödeln«, knurrte Abu Dun. Er klopfte auf den Griff seines Schwertes. »Wenn Maria in Gefahr ist, werden wir sie auch finden und retten!«

*

Loki trat an die Wand heran, tastete einen Moment mit spitzen Fingern darüber und nickte dann zufrieden, als er einen Widerstand und kurz darauf ein leichtes Beben spürte. Dann scharrte Stein auf Stein, und ein schmaler Teil der Wand drehte sich um seine Mittelachse, um einen Spalt freizugeben, durch den sich eine schmale Frau recht leicht Zutritt zu dem Teil der Burg verschaffen konnte, der über einen Geheimgang mit der Kapelle verbunden war. Für einen Mann stellte es jedoch eine Herausforderung dar, und nicht wenige wären bei dem Versuch, sich hier hindurchzuzwängen, kläglich gescheitert.

Nur gut, dass er ein Gott war. Loki packte den Griff des Schwertes mit beiden Händen und schob es durch den Spalt, um es dann auf der anderen Seite neben dem Geländer einer schmalen, steil nach oben führenden Wendeltreppe abzustellen. Dann holte er tief Luft, und während er sie wieder ausblies, schien er gleichzeitig schmaler zu werden und an Substanz zu verlieren. Schließlich streckte er ein Bein vor, setzte es durch den Spalt auf der anderen Seite ab und zog seinen Oberkörper hinterher. Einen Moment lang schwankte er wie ein Blatt im Wind, dann fanden seine Hände Halt am Mauerwerk im Inneren der Burg, und er zog sich vollständig hinein.

Dieser Schritt war getan. Jetzt musste er nur noch dafür sorgen, dass Andrej nicht einen fatalen Fehler beging, der ihn seine Menschlichkeit kostete.

*

Maria sah erbärmlich aus, fand Meruhe, was sie eigentlich hätte freuen sollen, doch das Gegenteil war der Fall. Das blonde Haar von Andrejs ›großer Liebe‹ wirkte stumpf und ungepflegt, um ihren Mund lag ein bitterer Zug, und ihre Wangen waren hohl und eingefallen. Mit diesem Aussehen würde Maria noch nicht einmal einen dick gefressenen Müller hinter dem Ofen hervorlocken, geschweige denn einen Mann verführen können, der eine Göttin haben konnte.

Meruhe schüttelte diesen Gedanken ab, um nicht zu guter Letzt doch an ihrem Plan zu zweifeln, und trat mit einer entschlossenen Bewegung hinter der nachtschwarzen Ulme hervor, hinter der sie sich verborgen gehalten hatte. Maria war so sehr in Gedanken versunken, dass sie sie zuerst gar nicht bemerkte. Dann aber zuckte sie zusammen, blieb stehen und beeilte sich, so etwas wie ein Lächeln auf ihre Züge zu zaubern. »Entschuldigt«, sagte sie. »Ist das der richtige Weg zur *Kapelle der letzten Hoffnung*? Im Tal hat man mir den Weg gewiesen, aber hier ist alles so«, sie rang sichtbar nach einem passenden Wort, »düster.«

»So düster wie der Schatten, der auf deiner Seele lastet?«, fragte Meruhe.

Maria blieb abrupt stehen. »Woher wisst Ihr …?«

»Von deinem Liebeskummer, mein Kind? Nun, das ist wahrlich kein Hexenwerk.« Sie schob sich die zuvor tief in die Stirn gezogene Schwesternhaube zurück. »Wir kennen uns, mein Kind. Aus Borsă.«

Maria schlug die Hand vor den Mund. »Ihr seid Meruhe! Aber wie … und warum in dieser Verkleidung?«

Meruhe winkte ab. »Das ist eine lange Geschichte. Ich erzähle sie dir gern ein anderes Mal.« Sie lächelte Maria begütigend zu. »Wichtig ist doch nur, dass du für die Liebe deines Lebens beten willst. Und dass das vollkommen unsinnig ist!«

»Unsinnig? Aber wieso?« Maria schüttelte den Kopf. »Ein Gebet ist niemals sinnlos!«

Meruhe musste sich zusammenreißen, um nicht die bitterböse Bemerkung auszusprechen, die ihr auf der Zunge lag. »Im Beten liegt eine große Kraft«, zwang sie sich zu sagen. »Aber auch die Liebe ist stark. Und vor allem eine Liebe, die man nicht verloren geben muss.«

Maria starrte Meruhe aus weit aufgerissenen Augen an und öffnete den Mund, als wollte sie etwas fragen, traute sich dann aber doch nicht.

»Andrej lebt!«, sagte Meruhe.

»Andrej ... Aber ...« Als Maria schwankte, machte Meruhe einen Schritt auf sie zu, um sie zu stützen. »Er ist doch ...«

»Er wurde tödlich verletzt«, bestätigte Meruhe. »Und du weißt mehr über den schwarzen Ritter als ich und auch über seine dämonische Waffe, mit der man selbst einen Unsterblichen tödlich verletzen kann. Aber womit ich mich auskenne, ist die Kraft der Liebe. Verzweifle nicht! Andrej lebt, und er ist sogar ganz in deiner Nähe!«

In Marias Blick lag Unglauben – doch ein Unglauben, der nicht dem Wissen entspringt, betrogen zu werden, sondern der Furcht, sich falsche Hoffnungen zu machen.

»Ist alles in Ordnung mit ihm?«, fragte sie ängstlich. Ihr Blick flackerte. »Oder gibt es da etwas, dass Ihr mir verschweigt?«

»Nun«, antwortete Meruhe. »Auch davon verstehst du sicherlich mehr als ich. Dein Bruder ...« Sie breitete die Arme aus. »Er ist ein Mann der Kirche, aber er kennt sich auch mit Teufelswerk aus. Und ich fürchte ...« Sie brach mit einem tiefen Seufzer ab.

»Mein Bruder ist ein Vertreter der Heiligen Römischen Inquisition!«, begehrte Maria auf. »Er hat nichts mit Teufelswerk zu schaffen!«

»Nun ... Ich will ja nichts Falsches sagen, aber ...«

»Aber was?«, fragte Maria ängstlich.

»Vielleicht hat es damit zu tun, dass es ein Inquisitor heutzutage nicht mehr so leicht hat wie früher. Das kann so manchen in Versuchung führen.«

»In Versuchung wozu?« Maria machte einen Schritt auf Meruhe zu. Jetzt zitterte sie am ganzen Körper.

Wie erbärmlich, dachte Meruhe, aber sie ließ sich nichts anmerken. »Er war sicher der Meinung, es wäre ein Heiltrank, den er Andrej ohne Bedenken einflößen könnte. Doch leider hat er nicht nur heilende Wirkung: Er entfesselt die dunkle Macht in ihm! Wenn dieses Elixier noch länger durch seine Adern rinnt, wird es nur allzu bald alles Gute und Aufrichtige in ihm auslöschen.«

»Ich verstehe das nicht«, sagte Maria verzweifelt. »Nur das Elixier gibt ihm doch die Möglichkeit, dem Tod die Stirn zu bieten!«

»Einem Tod, der vielleicht besser ist, als so zu leben …« Meruhe brach wie erschrocken ab. »Verzeih, das wollte ich nicht sagen.«

Über Marias Gesicht huschte ein Schatten der Verzweiflung.

»Verstehst du denn nicht?«, fuhr Meruhe fort. »Er ist auf dem falschen Weg. Und nur du kannst ihn davon abbringen.«

»Gut, dann werde ich mit ihm reden«, sagte Maria rasch. »Wenn er erfährt, was Ihr mir gesagt habt …«

»Nein, davon darf er nichts wissen«, unterbrach Meruhe sie. »Es würde alles nur noch schlimmer machen!«

»Das glaube ich nicht«, protestierte Maria. Ein Windstoß fuhr durch ihr Haar und wehte ihr eine Haarsträhne ins Auge. Sie hob die Hand, um sie sich aus dem Gesicht zu streichen, brachte die Bewegung aber nicht zu Ende, sondern stand eine Weile wie erstarrt da. »Er hört auf mich …«

»Nein, begreifst du denn nicht?« Meruhe griff nach Marias Händen. Sie waren eiskalt. »Er ist nicht mehr derselbe. Inzwischen ist es nicht mehr Liebe, die ihn beflügelt, er wird von blinder Gier getrieben. Er ist von dem Gedanken besessen, Odins Schwert in seinen Besitz zu bringen, um mit seiner Hilfe wie ein Rachedämon unter seinen Feinden zu wüten.«

»Nein, das kann nicht sein.« Maria versuchte vergebens, sich aus Meruhes Griff zu lösen. »Ihr sprecht von Andrej! Er wird doch nicht …«

»Nicht, wenn du es verhinderst.« Als Meruhe Maria freigab, taumelte sie ein kleines Stück zurück. »Doch dafür musst du ein sehr großes Opfer bringen. Bist du dazu bereit?«

Maria hatte sich wieder gefangen. »Ja, natürlich. Aber was …?«

»Du musst ihn belügen«, sagte Meruhe hart.

»Belügen?«, fragte Maria fassungslos. »Unmöglich! Ich könnte Andrej niemals …«

»Es ist die einzige Möglichkeit, ihn zu retten, Maria«, sagte Meruhe mit Nachdruck. »Du musst ihm klarmachen, dass du ihn nicht liebst, niemals geliebt hast!«

»Was?« Verzweifelt schüttelte Maria den Kopf. »Wozu sollte ein solch schrecklicher Betrug gut sein?«

»Damit er im Schmerz seine Menschlichkeit zurückgewinnt und von seinem Irrweg ablässt«, antwortete Meruhe. Sie machte eine beruhigende Handbewegung. »Hab keine Angst, ich werde ihn führen. Wenn er erst wieder bei Besinnung ist, kann er gar nicht anders, als das Opfer zu erkennen, das du für ihn gebracht hast. Es wird seiner Liebe neue Kraft geben.«

»Niemals!«, schrie Maria auf. »Dann könnte ich ihm gleich einen Dolch ins Herz stoßen. Andrej würde mir eine solche Lüge niemals verzeihen!«

»Eine Lüge aus reiner Liebe!«, schoss Meruhe ihren letzten Pfeil ab. »Er wird dir verzeihen! Es ist eure einzige Chance!«

Ein Beben durchlief Marias zierlichen Körper, dann schluchzte sie auf. »Liebe verträgt keine Lügen …«

»Ihr werdet zueinanderfinden«, sagte Meruhe leise. »Ich verspreche es. Geh in die Kapelle und beichte, mein Kind. Beichte, dass du Andrej belügen willst …«

KAPITEL 16

Sie waren nicht mehr allzu weit von der Burg entfernt, doch der massige Turm, der sich hoch über ihnen scheinbar endlos in den Himmel reckte, eingebettet in das kantige Muster der Nebengebäude und Mauern, war seltsam verschwommen, ohne Details und Tiefe, als läge ein Schleier aus Dunkelheit über ihm, hinter dem pure Bosheit auf sie lauerte.

»Das ...«, begann Abu Dun.

»Gefällt mir genauso wenig wie dir«, beendete Andrej den Satz an seiner Stelle. »Ich spüre, dass Maria ganz in der Nähe ist. Aber das Gefühl ist ... es ist ...«

»Undeutlich?«, half ihm Abu Dun aus. »Ja. Das finde ich auch. Als ob über der Burg eine düstere Wolke hängen würde.«

Andrej blieb stehen und sah in den Himmel hinauf, der sich schwarz und dräuend über ihnen wölbte. »Das mit der düsteren Wolke stimmt in doppelter Hinsicht. Nicht mehr lange, und die Nacht bricht herein. Wenn wir bis dahin Maria nicht gefunden haben, wird es schwieriger.«

»Zumindest, wenn sie draußen ist«, pflichtete ihm Abu Dun bei. Er deutete nach vorne. »Der Weg gabelt sich dort. Welchen sollen wir nehmen, Hexenmeister, den rechten oder linken?«

Andrej starrte auf den Schotterweg zu seiner Linken, in den sich tief die Abdrücke einer Kutsche oder eines Handwagens gegraben hatten. Er wollte gerade vorschlagen, diesen Weg zu nehmen, als er im aufgeweichten Boden des anderen Weges die Spuren von Hufen entdeckte, in denen sich Regenwasser gesammelt hatte.

»Wir trennen uns«, entschied er kurzerhand. »Und wer Maria zuerst findet, bringt sie zu der Hütte, die wir ein Stück weiter unten gesehen haben.«

*

Erst, nachdem Loki das Schwert seines Vaters im lang gestreckten Seitenkasten des Wandschranks verstaut, die Türen fest verschlossen und auf seine ganz besondere Weise gesichert hatte, atmete er auf. Es war wichtig, dass er nachher schnell an die Waffe kam. Aber noch wichtiger, dass man ihn nicht vorzeitig entdeckte.

»Und jetzt zu dir, Meruhe«, murmelte er. »Wollen wir doch einmal sehen, ob wir dir dein so sorgfältig zubereitetes Süppchen nicht versalzen können.« Er drehte sich zu dem Stuhl um, auf dem er ein für ihn ganz ungewöhnliches Gewand abgelegt hatte: das eines Priesters. Er hatte es praktischerweise neben einer ganzen Reihe christlicher Gegenstände und weiterer sakraler Kleidungsstücke in einem Schrank des kleinen Hinterzimmers der Kapelle vorgefunden.

»Ein rundes Gesicht ...«, überlegte er. »Ich glaube, das passt am besten, um Andrejs Zweifel zu zerstreuen. Und vielleicht sollte ich mich dann noch überwinden«, er nahm das silberne Drachenkreuz in die Hand, das er auf dem Tisch abgelegt hatte und betrachtete das Symbol von Domenicus' Orden mit Widerwillen, »so geschwollen wie ein Inquisitor daherzureden.«

*

Andrej hatte gewusst, dass Maria nicht im Burghof war – er hätte ihre Anwesenheit gespürt. Aus dem Hauptgebäude drangen gedämpfte Stimmen, und hinter mehreren Fenstern sah er Bewegung. Offenbar wurde ein Fest vorbereitet, worauf auch die gestapelten Kisten und Fässer hindeuteten, die eine ganze Ecke des Burghofes ausfüllten. Ganz weit entfernt und selbst für seine überscharfen Sinne kaum noch wahrnehmbar glaubte er Schreie zu hören.

Dann sah er etwas, das ihn alles andere für einen Moment vergessen ließ: eine schlanke, hochgewachsene Gestalt in einem dunklen Umhang, die nur ganz kurz in seinem Blickfeld auftauchte und dann wieder verschwand. Etwas in ihm bäumte sich auf, als er ihre Macht spürte.

»Meruhe«, murmelte er ungläubig.

Er hatte die Anwesenheit der Göttin nicht gespürt. Doch das war auch kein Wunder. Das ganze düstere Gemäuer strahlte Tod und Vernichtung aus, selbst der Burghof atmete uralte Macht. Und er selbst war einzig darauf konzentriert gewesen, jeden auch noch so kleinen Hinweis auf Maria wahrzunehmen. Doch wenn Meruhe wirklich hier war, konnte sie ihm bestimmt weiterhelfen.

Er eilte ihr nach.

Kaum hatte er den gepflasterten Burghof verlassen, spritzte Wasser und Matsch unter seinen Füßen. Er machte einen großen Bogen um eine wahre Pfützenlandschaft, hastete einen Pfad hinauf – und blieb überrascht stehen, als er sich vor einer kleinen Kapelle wiederfand, die von dieser Seite aus so geschickt in die Burg eingelassen war, dass er sie erst jetzt wahrnahm.

»Andrej!«

Er wirbelte herum. Da stand sie, Meruhe, die Göttin, die mit ihm ihre Spiele trieb und ihn damit bereits mehrfach fast an den Rand des Wahnsinns getrieben hatte.

»Meruhe!«

»Ich weiß, wie ich heiße.« Mit leicht schräg gelegtem Kopf musterte Meruhe ihn auf ihre unnachahmlich spöttische Art, die ihm schon immer ein Gefühl von Unterlegenheit gegeben hatte – ein Gefühl, das keine andere Frau je in ihm hatte auslösen können. Er versuchte, Meruhes Blick überlegen zu begegnen, sich daran zu erinnern, dass es der Göttin immer nur um ihren eigenen Vorteil ging, und doch erwachte in ihm plötzlich ein Verlangen nach dieser Frau, die ihm viel mehr geben konnte als jede Sterbliche.

Meruhe war schön. Es war eine reife Art von Schönheit, geprägt von dem Wissen um Dinge, die kein normaler Mensch wusste, und der Tiefe von Erfahrungen, die kein Sterblicher teilte. Mit einem schmerzhaften Stich erinnerte sich Andrej daran, wie er sie zum ersten Mal gesehen hatte. Obwohl ihn die Umstände in Ägypten damals aufs Äußerste aufgewühlt hatten, war er beim Anblick der schwarzen Schönheit zusammengezuckt. Der Blick ihrer grünen Augen verhieß Ewigkeit, und das war es, was ihn vom ersten Augenblick an angezogen hatte, nicht ihr voller Mund mit den sinnlichen Lippen, nicht ihre hohen Wangenknochen, die ihr etwas Katzenhaftes verliehen, genauso wenig wie ihre geschmeidigen Bewegungen. All das war ... nett, ja, vielleicht mehr als das, es gefiel ihm auf die gleiche Art, wie es ein braves Bauernmädchen mit einem hübschen Gesicht und anmutigen Bewegungen getan hätte. Mehr aber auch nicht. Das, was Meruhe ausmachte, waren ihre unergründlich tiefen Augen, ihre ganz besondere Ausstrahlung, die wohl viele Männer veranlasste, sie eine Göttin zu nennen, ohne dass sie ahnten, dass sie damit nicht nur ihr Wesen, sondern ihre Art beschrieben. Meruhe war eine Göttin, und wenn sie je etwas anderes gewesen war, so war dieser Teil ihrer selbst längst verloren.

»Ich will ja nicht drängen«, sagte Meruhe. »Aber meinst du nicht, dass es Dringenderes gibt, als mich wie ein dummer Schuljunge anzustarren?«

»Ja ... was ... Verzeih ...« Hatte er wirklich *Verzeih* gesagt? Das war doch kaum möglich. Was war bloß mit ihm los?

»Ich kann mir vorstellen, wie aufgewühlt du bist, Andrej«, sagte Meruhe. »Es passiert ja nicht jeden Tag, dass ich dir die Möglichkeit biete, ein Gott zu werden.«

»Ich will kein Gott werden ...«, stammelte er, dann riss er sich zusammen: »Ich suche Maria. Sie muss hier irgendwo sein. Und sie ist in Gefahr!«

»In Gefahr ... so wie du?« Meruhe schlug ihren Umhang ein Stück weit zurück. Darunter trug sie Nonnentracht. Andrej fragte sich nicht, was das zu bedeuten hatte; er fand diesen Anblick irgendwie ... *aufregend.*

»Maria«, erinnerte er sie. »Hast du sie gesehen?«

Meruhe trat näher an ihn heran, zu nah, wie er fand. Ohne den Blick von ihm abzuwenden, packte sie ihn an beiden Handgelenken. Er spürte ein merkwürdiges Kribbeln, das von seinen Unterarmen nach oben zog, über die Schultern und den Hals, bis es seinen Kopf erreichte. Er wollte sich losmachen, aber Meruhe verstärkte ihren Griff und zog ihn weiter an sich heran.

»Sag mir nur eines, Andrej«, verlangte sie. »Warum hast du mein Angebot ausgeschlagen, dich zum Gott zu machen – und an meiner Seite über Menschen und Götter zu herrschen?« Ihre Stimme war zu einem Flüstern herabgesunken.

»Ich ...«

Doch sie ließ ihm keine Zeit, sich zu sammeln, sondern zog ihn noch näher an sich heran. Er wusste, was sie vorhatte, und Marias Name formte sich auf seinen Lippen, aber unfähig, sich gegen Meruhe zu wehren, gab er auch den letzten Widerstand auf. Ihre Lippen fanden die seinen, bevor er Marias Namen aussprechen konnte.

*

Abu Dun war in Pfützen getreten, mit dem Kopf gegen Äste gelaufen und einen Abhang hinuntergeschlittert, bis er das Gleichgewicht verloren hatte und lang hingeschlagen war. Andrej hatte mit Sicherheit den besseren Weg erwischt, denn der, der Abu Dun zu einem Nebengebäude der Burg gebracht hatte, war nicht mehr als eine einzige Matschkuhle. Schwer atmend stand er endlich vor einem Seiteneingang und versuchte seine Gedanken zu sortieren und seine nächsten Schritte zu planen – möglichst so, dass er dabei nicht wieder im Matsch landete.

Er war noch nicht einmal ansatzweise zu einer Entscheidung gekommen, als er plötzlich Geräusche hörte und sich weiter in den Schatten unter das tief in den Weg ragende Dach drückte. Er vernahm das metallische Klimpern von Ketten, gefolgt von einem leisen Stöhnen. Gleichzeitig spürte er etwas mit seinen scharfen Sinnen, die Anwesenheit eines vertrauten Menschen ...

Und dann folgte das, was ihn vollkommen aus der Fassung brachte.

»Wohin bringt ihr mich?« Die Frage wehte leise heran, kaum verständlich, doch hätte man sie ihm direkt ins Ohr geschrien, hätte sie keine größere Wirkung haben können. »Maria!«, brüllte er laut, und dann noch einmal sehr viel leiser, als könnte er seinen viel zu lauten Ausruf damit zurücknehmen: »Maria!«

Es war Marias Stimme gewesen, ganz eindeutig! Abu Dun ballte die Hände so fest, dass sich die Fingernägel in seine Handflächen gruben und blutige Male hinterließen. »Na, wartet«, zischte er. »Wenn einer von Euch die Hand gegen Maria erhoben hat ...«

Hastig blickte er sich um und versuchte die schwarzen Schatten zu durchdringen, die die Gebäude der Burganlage warfen. Doch als er niemanden entdeckte, raffte er seinen Umhang fester zusammen, senkte den Kopf und trat in den Eingang des Gebäudes, aus dem Marias Stimme gedrungen war und aus dem er jetzt

Schritte und rohes Gelächter, gefolgt von dem lauten Knall einer Tür hörte …

*

Andrejs Hände zitterten, und das nicht vor Schwäche, sondern aus einer Mischung von Scham und Begierde. Er fühlte eine Erregung in sich, die er nicht zurückdrängen konnte, und zugleich wusste er doch, dass er Maria gerade in doppelter Hinsicht aufs Schmählichste betrogen hatte.

Meruhe knüpfte das Oberteil ihrer Tracht in aller Ruhe zu und musterte ihn spöttisch. »Du kriegst wohl diese Kleine nicht aus dem Kopf, was?«

»Maria?« Andrej schüttelte beschämt den Kopf. »Sie ist keine Kleine. Sie ist …« Er riss sich zusammen. »Ich muss sie finden! Und du musst mir dabei helfen!«

»Ach, muss ich das?« Meruhe hob eine Hand, als Andrej aufbegehren wollte. »Ich glaube nicht, dass ich dir helfen sollte, Maria zu finden. Sie ist es nicht wert.«

»Nicht wert!« Andrejs Erregung schlug in Empörung um. »Wie kannst du so etwas nur sagen. Maria ist …«

»Maria ist ganz anders, als es den Anschein hat.« Meruhe legte ihm die Hand auf den Unterarm und drängte ihn noch tiefer in den Schatten der Kapelle, in den sie sich zurückgezogen hatten. »Still, mein Liebster«, sagte sie heiser. »Ich will nichts weiter, als dich vor einem schlimmen Fehler bewahren.«

»Einem Fehler?«, fragte Andrej voller Abscheu. »Aber wieso? Der Fehler war, dass ich mich auf dich eingelassen habe!«

Meruhe seufzte und sah ihn an, als sei er ein störrisches Kind, das nicht begreifen wollte, dass man nur sein Bestes im Sinn hatte. »Andrej, ich bin nicht dein Feind, glaube mir. Dass du nicht deinen Platz an meiner Seite einnehmen möchtest, habe ich längst akzeptiert. Doch das ändert nichts daran, dass mir dein Schicksal am Herzen liegt ...«

»Vor welchem Fehler willst du mich bewahren?«, brüllte Andrej.

»Auch wenn es mir schwerfällt: Ich kann deine Gefühle für Maria verstehen«, sagte Meruhe und machte eine energische Handbewegung, als Andrej diese Antwort nicht akzeptieren wollte. »Hör mich an, Andrej! Seit Ewigkeiten bist du auf der Suche nach Maria, nach dem Geheimnis, das euch beide verbindet! Es tut mir leid, aber ich fürchte, du bist das Opfer einer Intrige geworden. Maria treibt ein falsches Spiel mit dir.«

»Bist du verrückt?« Andrej schnaubte. »Maria würde ... niemals ...«

»Leider doch«, unterbrach ihn Meruhe. »Und ich kann es beweisen.«

Andrej schüttelte den Kopf. »Nein! Das glaube ich dir nicht!«

»Ruhig! Hör mich an!«, sagte Meruhe schneidend, um dann sanfter fortzufahren: »Ich weiß, dass Marias Gewissen sie dazu zwingt, die Beichte abzulegen, bevor sie dir das Messer in den Rücken stößt. Das kannst du dir zunutze machen.« Sie griff in eine verborgene Tasche ihrer Tracht und holte eine silberne Kette heraus, an der ein großes Kreuz baumelte. »Kija wird dir einen passenden Umhang geben. Schlüpf dann schnell hinein, mein Geliebter, und häng dir das Kreuz um den Hals.«

Andrej starrte erst sie und dann das Kreuz des Drachenordens an. »Ich verstehe nicht, was das soll.«

»Liegt das nicht auf der Hand?« Meruhes Augen blitzten amüsiert. »Maria wird dem Priester ihr Herz offenbaren. Was wäre nun, wenn du an seiner Stelle auf der anderen Seite des Beichtstuhls Platz nähmst?«

Andrej wich einen Schritt zurück. Seine Knie zitterten. »Ich soll den Priester spielen? Nein, Meruhe, das tue ich nicht! So kann und will ich Maria nicht hintergehen!«

Meruhe griff nach Andrejs Hand und legte das Kreuz hinein. »Die Zeit für moralische Bedenken ist vorbei, Andrej! Du bist kein Mensch mehr! Jetzt nimm endlich dein Schicksal in die Hand«, sie schloss gewaltsam seine Finger um das Kreuz, »und gewinne deinen klaren Blick für die Realität zurück!«

*

Es ließ sich nicht verhindern, dass Holzbohlen knirschten, wenn jemand auf sie trat, der über zwei Zentner wog und Füße hatte, von denen zumindest Andrej behauptete, sie wären so groß wie Lastkähne. Abu Dun gab sich alle Mühe, so leise wie möglich zu sein, während er über die dunkel gebeizten Bohlen des Flurs schlich, doch er wusste, dass er gut daran tat, so schnell wie möglich wieder festen Steinfußboden oder blanke Erde unter die Füße zu bekommen. Das Gemurmel der Männer, die Maria in ihrer Gewalt hatten, entfernte sich ein Stück weit von ihm. Er wartete dennoch für die Dauer von drei Atemzügen ab, ob nicht noch jemand kam und ging erst dann los.

Das mochte richtig überlegt sein, erwies sich aber als genau die falsche Taktik. Denn kaum passierte er eine der Türen, die von diesem Flur weiß Gott wohin führten, da wurde sie mit einem Ruck aufgerissen und jemand sagte: »Aber hoppla! Wolltet Ihr etwa zu mir?«

Abu Dun blieb stehen, rang sich ein gequältes Lächeln ab und drehte sich beinahe widerwillig um.

»Das hätte mich auch gewundert«, sagte der Priester, der ein schlichtes Gewand und ein Kreuz des Drachenordens um den

Hals trug. Er hatte ein rundes, freundliches Gesicht und wache Augen, die Abu Dun jetzt mit unverhohlenem Misstrauen begutachteten. »Nehmt es mir nicht übel. Aber Ihr seht eher so aus, als würdet Ihr zu Allah denn zu unserem Gott beten. Also: Was wollt Ihr hier?«

Obwohl die Frage in freundlichem Ton gestellt war, spürte Abu Dun die Drohung dahinter. »Ich suche jemanden«, sagte er rasch, während er sich schon wieder abwandte und loseilte. »Und da muss ich mich wohl verlaufen haben.«

»Ich glaube nicht, dass Ihr Euch verlaufen habt«, rief ihm der Priester nach. »Ihr seid schon auf dem rechten Weg unterwegs. Und wenn Ihr dabei bleibt, wird Euch Gott seine Unterstützung gewähren.« Er lachte leise auf, als Abu Dun um die nächste Ecke bog. »Aber nicht der Christengott. Sondern ein Gott der Asen.«

Der vermeintliche Priester schlug die Kapuze seines Gewandes hoch und hinkte in die entgegengesetzte Richtung davon. Er hatte eine Verabredung mit Andrej.

*

Andrej war alles andere als wohl bei der Sache. Doch fürchterliche Zweifel trieben ihn dazu, Meruhes Rat zu folgen und den Platz des Priesters einzunehmen, um dann heimlich Zeuge zu werden, wie Maria in der Beichte ihre schlimmsten Geheimnisse offenbarte. Aber konnte er das wirklich tun? Durfte er einen solchen Verrat begehen?

Er hastete durch die Tür der Kapelle und stolperte noch ein paar Schritte weiter, bevor ihm bewusst wurde, in welch lächerlicher Verkleidung er dieses Gotteshaus betrat. Schwer atmend blieb er stehen. Keine Spur von Maria, wie er gehofft hatte ... und doch spürte er, dass sie hier war, ganz in der Nähe.

Er sah sich um. Die Kapelle war im Inneren nicht so klein, wie es von außen den Anschein gehabt hatte; hinter mehreren Reihen von Sitzbänken öffnete sie sich zu einem großzügigeren Bereich, in dem sich ein schlichter Altar und ein umso prächtigeres Jesuskreuz gewaltigen Ausmaßes erhoben. Andrej hatte keinen Blick für die Bilder, die im Seitenflügel hingen und vermutlich die immer gleichen Bibelszenen zeigten, und auch die Statuen von Heiligen und Kirchenfürsten rührten nicht sein Herz – das schlug allein für Maria. Das Einzige, was ihm mit einiger Verspätung dann doch auffiel, war das Fehlen jeglicher Fenster und Oberlichter im hinteren Bereich, der dadurch düster wie eine Gruft wirkte und nicht licht und offen wie so manch andere Kapelle Transsylvaniens, in die er sich im Laufe seines früheren Lebens heimlich geschlichen hatte, um sie um den einen oder anderen Kunstschatz zu erleichtern.

Der Beichtstuhl befand sich zu seiner Rechten, ein dunkler, mit Einlegearbeiten verzierter, dreigeteilter Kasten mit blutroten Vorhängen an den Seiten, die sowohl Priester als auch Sünder vor neugierigen Blicken schützen sollten. Wie lächerlich. Kein Vorhang der Welt würde Maria vor dem Verrat schützen, den er vorhatte.

Sein Blick versuchte die Dunkelheit auf der anderen Seite der Kapelle zu durchdringen. Er spürte sehr deutlich die Anwesenheit von jemandem, und dann hörte er auch schon ein Huschen, das Rascheln eines Gewandes und Schritte, die auf ihn zuhielten. Das war nicht Maria, dessen war er sich sicher ... Schnell blickte er zurück zum Eingang, durch den er gerade erst die Kapelle betreten hatte, und erwartete fast, Meruhe dort stehen zu sehen oder zumindest eine ihrer Kriegerinnen, die sichergehen wollte, dass er nicht gleich wieder kehrtmachte und diesen Ort verließ, der für ihn kein heiliger war, sondern einer der schlimmsten Versuchung. Er sah die düsteren Schatten der Nacht, die nach dem schmalen Ausschnitt des Vorhofes der Kapelle griffen, den er von hier aus einsehen konnte. In diesem gebirgigen Landstrich wurde es schnell dunkel, wie er sehr wohl wusste. Doch jetzt schien es ihm, als habe die Nacht die Burg von Čachtice im Handstreich genommen.

»Bruder«, hörte er eine Stimme hinter sich. Er fuhr auf dem Absatz herum und starrte einem Mann entgegen, der die gleiche Art von Priestergewand trug wie er selbst und die Kapuze ebenfalls tief ins Gesicht gezogen hatte, sodass seine Gesichtszüge nur schemenhaft zu erkennen waren. Eigentlich sollte es Andrej nicht überraschen, einen Priester in dieser Kapelle anzutreffen, und doch konnte er sich nicht vorstellen, dass diese Begegnung reiner Zufall war.

»Bruder«, sagte der Priester noch einmal. Er blieb vor ihm stehen und schlug die Kapuze so weit zurück, dass Andrej in ein offenes, rundes Gesicht blicken konnte, in dem keine Spur von Falschheit war. »Ich hatte euch erst morgen erwartet.«

Andrej nickte ganz automatisch. Er hatte keine Ahnung, wovon der Mann sprach, aber es war offensichtlich, dass er ihn verwechselte. »Die Wege des Herrn sind ...« Ihm wollte einfach nicht einfallen, wie diese Kirchenfloskel weiterging. Sind unerquicklich? Ohne Sinn ...? Nein, mit Sicherheit nicht.

»Ja, ich weiß, was Ihr meint«, antwortete der Priester. »Wir müssen dem Herrn dankbar sein, dass er uns immer wieder auf die Probe stellt.« Er lächelte leicht. »Und sei es nur damit, dass er uns Menschen wie durch einen Zufall zusammenführt, der in Wirklichkeit keiner ist.«

Andrej nickte kurz und knapp. Es stand ihm nicht der Sinn nach dem Austausch christlicher Lebensweisheiten. Er wusste, dass Meruhe nicht gelogen hatte: Maria war hier, ganz in der Nähe. Doch auch, als er sich erneut mit klopfendem Herzen umsah und der

Dunkelheit ihre Geheimnisse zu entreißen versuchte, konnte er sie nirgends entdecken.

»Sucht Ihr jemanden?«, fragte der Priester, und nun schwang bei aller Offenheit auch eine Spur Argwohn in seiner Stimme mit.

»Nun, ich hatte geglaubt ...« Andrej ließ den Satz unbeendet. Er hatte gehofft, dass der Priester bereit wäre, Andrejs Äußerung mit einer eigenen Vermutung abzuschließen, wie das Menschen so oft taten, wenn sie einander in einem vertrauten Rahmen begegneten. Doch der Mann tat ihm den Gefallen nicht, ganz im Gegenteil. Seine Augen verengten sich, und jetzt sprach Misstrauen aus ihnen. »Ihr wisst aber schon, dass ich heute noch Dienst habe?«, fragte er.

Andrej zuckte mit den Schultern. »Ist Wissen nicht etwas, das wir anderen Instanzen überlassen sollten?«

»Wahr gesprochen.« Der Priester machte einen weiteren Schritt auf ihn zu. »Bruder, ich sehe Kummer in Euren Augen und spüre den Schmerz in Eurem Herzen. Was ist mit Euch?«

Ja, das hätte Andrej auch gerne gewusst.

»Die Schlange hat Eva verführt und letztlich damit aus dem Paradies vertrieben«, fuhr der Priester fort, als Andrej nicht antwortete. »Lasst nicht zu, dass Euch Zweifel und schwache Gedanken aus dem Paradies Eurer Seele vertreiben.« Er schien zu merken, dass seine Worte an Andrej abperlten wie Regenwasser an einem Kupferdach, und es hätte wohl nicht viel gefehlt, und er hätte sich mit einem Achselzucken abgewandt. Doch dann glitt etwas über sein Gesicht, das ein Lächeln hätte sein können, und doch etwas ganz anderes war. »Wenn uns die dunkle Macht der Verzweiflung in ihrer Gewalt hält, dann müssen wir vertrauen und um Vergebung bitten. Nicht nur Gott, sondern auch die Menschen, die uns am nächsten stehen.«

Am nächsten stehen ... Ja, es war Maria, die ihm am nächsten stand, und nicht Meruhe.

»Einmal zerstörtes Vertrauen lässt sich niemals vollends wiederherstellen«, sagte der Priester. »Vergesst das nie, wenn Euch eine trügerische Macht verführen und vom rechten Weg abbringen will!«

Diese Worte berührten Andrej im Innersten und lösten etwas in ihm aus, das er nicht hätte benennen können. Ja, er hatte sich verführen lassen, und ja, eine trügerische Macht hatte ihm Zweifel ins Herz gepflanzt. Aber Maria tatsächlich die Beichte abzunehmen und damit ihr Vertrauen endgültig zu missbrauchen: Das konnte er nicht!

Er drehte sich auf dem Absatz um und eilte davon. Aus den Augenwinkeln heraus sah er noch, wie der Priester ihm kurz nachblickte, sich dann umdrehte und davonhinkte.

*

Mit großen Schritten eilte Andrej aus der Kapelle, zurück zu dem Ort, wo er kurz zuvor Meruhe verlassen hatte. *Wie habe ich mich bloß darauf einlassen können*, hämmerte es in seinem Kopf. Es wollte ihm nicht gelingen, seine Gedanken zur Ruhe zu zwingen, denn kaum hatte er die Nische vor der Kapelle erreicht, in die Meruhe ihn gedrängt hatte, hörte er das ferne Geräusch von Schritten und leises Gemurmel, in das sich ab und zu ein grober Kommandoruf mischte.

Hastig blickte er sich um. Doch leider blieb es ihm vorerst verwehrt, seiner Wut Luft zu machen, indem er Meruhe zur Rede stellte, denn von ihr und ihren Kriegerinnen war nichts zu sehen. Fürs Erste konnte er nur hier verharren, wollte er nicht Gefahr laufen, entdeckt zu werden.

Denn auf dem Vorplatz der Kapelle, der eben noch menschenleer gewesen war, hetzten jetzt aus den verschiedensten Richtungen Menschen heran. Einige von ihnen trugen Fackeln, die ihr unruhiges Licht über den Platz warfen. Es war Gesinde, das an seinem Versteck vorbeihastete, ohne ihn zu sehen, Knechte und Mägde, die Schüsseln und andere Gefäße trugen, einfache aus Glas oder auch kostbare aus Gold und mit Edelstein besetzt, die sie in aller Eile entweder am Eingang der Kapelle abluden oder hineintrugen, so als sollte dort ein Fest ausgerichtet werden. In den letzten Stunden hatte Andrej nicht mehr an die grässlichen Geschichten gedacht, die man sich über die Blutgräfin erzählte, doch jetzt waren sie plötzlich alle wieder da. Es hieß, dass sie sich ihre Schönheit durch das Blut junger Mädchen erhalten wollte, dass sie in deren Blut ›badete‹. Gräuelmärchen oder Realität? Die Leichenteile, die er nach Abu Duns Verschwinden im rötlichtrüben Fluss hatte treiben sehen, und das, was er jetzt hier beobachtete – möglicherweise hing es auf schreckliche Weise zusammen.

Andrejs Unbehagen wuchs, als die Tür der Kapelle aufgestoßen wurde ... und sein Herz krampfte sich zusammen, als er Abu Dun erkannte, der halbnackt neben einem anderen Hünen ging. Die beiden schwarzen Riesen bückten sich und luden sich so viel von den Dingen auf, die das Gesinde herangetragen hatte, wie möglich war, drehten sich um und balancierten ihre Last in die Kapelle zurück.

Andrej verrenkte sich fast den Hals bei dem Versuch, einen freien Blick auf Abu Dun zu erhaschen und zuckte zurück, als er seinen Irrtum erkannte. Der Mann, den er für Abu Dun gehalten hatte, war in der Tat ein muskelbepackter Gigant, doch er war deutlich schlanker als der Nubier und wirkte jünger – was wohl weniger an seinen Gesichtszügen lag als an seiner Ausstrahlung, denn es war ein Sterblicher.

Was, zum Teufel, ging hier vor?

Die Kapelle verfügte über keine Seitenfenster, aber Andrej glaubte sich zu erinnern, dass das Licht, das die Kapelle erhellt hatte, von einem Oberlicht im Eingangsbereich eingefallen war. Von dort würde er einen guten Blick auf das bunte Treiben in der Kapelle werfen können. Prüfend musterte er die Mauer. Gebüsch, wild wucherndes Unkraut und sogar einige kleinere Bäume hatten ihre Wurzeln im Laufe der Zeit in die Mauerritzen gekrallt. Ohne lange zu zögern begann Andrej, die vielleicht acht Meter hohe Wand hinaufzuklettern, um sich dann an der Dachrinne vorbei auf das regennasse, glitschige Kupferdach zu ziehen. Es forderte einiges Geschick, sich die Dachschräge bis zur Kuppel hochzuarbeiten. Über ihm war nur der tiefschwarze Himmel, doch von unten drang das Licht der Fackeln zu ihm hoch, sodass es ihm keine Schwierigkeiten bereitete, zwei Stellen ausfindig zu machen, an denen er sich mit klammen Fingern festhalten konnte.

Er beugte sich vor und blickte in die Kapelle hinab. Eben noch war sie nur in ein sanftes Licht getaucht gewesen, nun war sie hell erleuchtet. Außer den zwei schwarzen Riesen mit nacktem Oberkörper, die er vor der Kapelle gesehen hatte, entdeckte er noch weitere dunkelhäutige Hünen in ähnlicher Aufmachung. Jetzt erst sah er, dass sie keine Hosen trugen, sondern Röcke wie die ägyptischen Arbeiter, die für die größenwahnsinnigen Pharaonen Pyramiden errichtet hatten. Die Röcke wurden von einem breiten Ledergürtel gehalten, in dem Waffen und andere, wenig vertrauenserweckende Utensilien steckten. Augenmasken verbargen einen Großteil ihrer Gesichter und ließen sie fast wie Dämonen wirken. Bei ihrem Anblick fühlte Andrej sich an die altägyptische Halle in Graf Draculs unterirdischem Labyrinth erinnert. Der Graf und die Gräfin – sie gehörten zur gleichen

Blutslinie. Und offenbar hatten sie beide eine bizarre Beziehung zum alten Ägypten. Das konnte kein Zufall sein.

Außer den dunklen Hünen bemerkte Andrej etliche in Landestracht gekleidete Diener und Dienerinnen, die in aller Hast alle möglichen glitzernden Behältnisse hereinschleppten, Kerzen entzündeten oder Bilder zurechtrückten. Vorsichtig beugte er sich ein weiteres Stück vor, als eine Metallklammer unter seiner rechten Hand nachgab und knirschend entzweibrach. Eilig verlagerte er sein Gewicht, um nicht das Gleichgewicht zu verlieren, und die gebrochene Klammer rutschte zum Vorhof hinab. Andrej hielt die Luft an. Hoffentlich blickte niemand alarmiert nach oben, wenn ihm plötzlich etwas vor die Füße fiel. Doch er hatte Glück. Das Bruchstück fiel klimpernd in die Regenrinne und blieb dort liegen.

Als sich Andrej wieder aufrichtete, blieb er hängen. Mit einer ärgerlichen Bewegung machte er sich los und blickte einen Moment lang verwirrt auf das Silberkreuz in seiner Hand. Er hatte schon ganz vergessen, dass er ein schlichtes Priestergewand über seine Kleidung gezogen, und ihm Meruhe zu guter Letzt das silberne Kreuz des Drachenordens umgehängt hatte. Er wollte es sich gerade mit einem Ruck vom Hals reißen, da lenkte ihn eine Bewegung ab.

Schnell blickte er wieder durch das Oberlicht und sah zu seiner Verblüffung, wie die Dienerschaft der Gräfin fast fluchtartig die Kapelle verließ und in den Vorhof strömte. Das Stimmengewirr verstummte, bis er nur noch das Geräusch sich rasch entfernender Schritte vernahm.

Was war geschehen? Andrej suchte sich eine bessere Position, um weiter in den Raum unter sich hineinsehen zu können, dorthin, wo er eigentlich eine massive Wand erwartet hatte, die den Seitenflügel abtrennte. Aber er sah keine Wand. Dafür aber Abu

Dun. Und diesmal war es tatsächlich der Nubier, mit dem er seit Ewigkeiten gemeinsam Seite an Seite kämpfte.

Als Abu Dun sich wegdrehte und eine Silberschale aufnahm, sah Andrej, dass er nicht allein war. Eine Frau war bei ihm. Eine Gefangene.

Sein Herz setzte aus, als sein Blick an dem Steinaltar hängenblieb, auf dem die Frau mit Ledermanschetten festgezurrt war. Und es hämmerte mit doppelter Geschwindigkeit weiter, als die Frau ihm das Gesicht zudrehte und er erkannte, dass es nicht irgendein Opfer der Blutgräfin war, sondern ... Maria! Vor Schreck wie erstarrt, blieb er hocken, doch dann gab die Halterung unter seinem Gewicht mit einem schrillen Kreischen nach. Er kippte vornüber und riss noch im Fallen den linken Arm vors Gesicht, um seinen Körper in eine Rolle zu zwingen, sodass er mit der Schulter und nicht mit dem Kopf durch das Glas brach.

Er schlug auf eine der Statuen auf, denen er zuvor kaum Beachtung geschenkt hatte, rutschte kopfüber an ihr hinunter und konnte seinen Fall immerhin so weit bremsen, dass er sich nicht den Schädel einschlug. Der Aufprall war dennoch hart, und er spürte einen stechenden Schmerz, der von seiner Schulter ausgehend seinen Arm herunter zuckte. Doch das war nichts im Vergleich zu dem wilden Schmerz, der in seiner Seele wütete.

Ein dunkelhäutiger Hüne wirbelte zu ihm herum und starrte ihn ungläubig an.

Andrej krümmte sich, als etwas in ihm aufbrach. Ihm war, als würde eine Woge aus feuriger Glut durch seine Adern rasen. Sein Gewebe, seine Muskeln, sein ganzer Körper – alles brannte, als wäre es in siedendes Wasser getaucht. Seine Gedanken und Gefühle explodierten in einem Funkenregen. Sein Leben lang hatte er dagegen angekämpft, dass die Bestie in ihm die Kontrolle übernahm und ihn zu einem Dämon machte – etwas, das früher oder später mit jedem Unsterblichen geschah und ihn zu dem machte, über das die Menschen noch Generationen später redeten: Vampyre, Werwölfe, Dämonen oder reißende Bestien, die im Blutrausch jeden Rest von Menschlichkeit verloren und alles Leben vernichteten – und zu guter Letzt auch sich selbst.

Auf einmal wollte Andrej nur eines: zu Maria und alle töten, die ihn daran zu hindern suchten. Schon hielt er sein Schwert in der Hand und riss es nach oben, ohne auch nur einen bewussten Gedanken an das zu verschwenden, was er vorhatte. Der muskelbepackte Hüne sprang auf ihn zu, und eine Waffe blitzte in seinen Händen auf. Er stieß das Schwert nach vorn und taumelte verblüfft ins Leere, als Andrej plötzlich neben ihm stand und sein Schwert hob, dann aber zögerte, den vernichtenden Schlag folgen zu lassen. Der Hüne fing sich wieder, federte herum und stieß einen Laut aus, der jeden anderen Krieger in die Flucht geschlagen hätte.

»Du Idiot!«, brüllte ihm Andrej entgegen, wich auch dem zweiten Schlag des halbnackten Mannes mit einer schattenhaften Bewegung aus, hob dann das Schwert und schlug ihm mit einem kraftvollen Schlag den Kopf ab.

*

Maria war so verwirrt und verletzt wie noch nie zuvor in ihrem Leben. Ihre Freude, als sie hier in Čachtice auf Andrej gestoßen war, war unbeschreiblich gewesen, doch alles, was danach passiert war, so schrecklich, dass sie beinahe geglaubt hätte, darüber den Verstand zu verlieren. Als sie die Schreie am Eingang der Kapelle hörte, glaubte sie, dass noch weitere Mädchen gebracht würden, die auf dem steinernen Altar geopfert werden sollten. Sie bäumte sich in ihren Fesseln auf, so weit es ging und drehte den Kopf.

Aus den Augenwinkeln sah sie, wie zwei der riesigen Männer mit silbernen Schalen auf dem Weg zu ihr waren. Einer der beiden Hünen trug die Opferschale ein Stück höher, sodass ihr Rand sein Gesicht fast bis zur Nasenspitze verdeckte. Doch jetzt ließ er die Schale sinken, und Maria sah ein nur allzu vertrautes Augenpaar hinter der schwarzen Augenmaske aufblitzen. Der erste Mann, der ein Stück vor ihm ging, bemerkte die Gefahr erst im letzten Moment. Er duckte sich und wollte gleichzeitig herumfahren, doch da schlug ihm der andere auch schon die Silberschale mit voller Kraft auf den Kopf. Der getroffene Hüne wankte, aber er schien nicht ernsthaft verletzt zu sein.

»Abu Dun«, keuchte Maria.

Es war tatsächlich der Nubier, der jetzt zum zweiten Mal die Schale mit aller Kraft auf den Schädel seines Gegners niederkrachen ließ. Doch statt endgültig zusammenzubrechen, sprang der mit einem Satz vor. Maria stöhnte auf, als sie sah, wie sich die riesigen Pranken des Mannes um Abu Duns Hals schlossen und der Nubier zurückwankte und in die Knie ging.

*

Das Ungeheuer in Andrej hatte sich von seiner Kette losgerissen und verlangte nun nach Vergeltung für seine endlos lange Gefangenschaft. Eine zierliche, schattenhafte Gestalt flog auf ihn zu, in der er eines der Wesen erkannte, die auch Graf Dracul in seinen Diensten hatte und die so tödlich gefährlich waren, dass es kaum Geschichten über sie gab. Stahl blitzte auf und schnitt durch die Luft, und Andrej glaubte rasiermesserscharfe lange Zähne zu sehen. Hätte er sich auf seine Augen verlassen müssen, wäre er wohl verloren gewesen. Doch so war es sein Instinkt, der die blitzschnellen Bewegungen des Vampyrs vorausahnte, sodass er sein

Schwert genau im richtigen Moment vorbrachte und sich wegduckte, als scharfe Zähne dort zuschnappten, wo gerade noch sein Hals und das silberne Kreuz des Drachenordens gewesen waren.

Andrej schrie triumphierend auf, und der Vampyr fuhr wimmernd zurück, durchbohrt von der Klinge, die Andrej sofort wieder zurückzog, um sie herumzureißen und den Schwung der Waffe zu nutzen. Er wirbelte in eine Drehung und duckte sich unter dem Angriff eines zweiten Vampyrs hinweg, um dann hinter ihm wieder aufzutauchen und einem schwarzen Hünen entgegenzutreten, der nichts weiter als menschliche Kraft und jahrelanges Training aufzubieten hatte. Das war eindeutig zu wenig. Andrej trat dem Mann die Waffe aus der Hand, die im hohen Bogen davonsegelte, und stürmte an ihm vorbei – nicht, weil er Angst vor dem Vampyr hatte, sondern weil er kurz zuvor etwas gespürt hatte, was ihm jetzt seine Augen bestätigten: Abu Dun war in Gefahr.

Ein riesiger dunkelhäutiger Mann, der selbst den Nubier um einen halben Kopf überragte, hatte seinen Freund bei der Kehle gepackt und drückte so kraftvoll zu, dass er wohl augenblicklich die Blutzufuhr unterbrochen und Nervenbahnen beschädigt hatte, denn der Nubier hing so schlaff in seinem Griff, als könnte er sich mit eigener Kraft nicht befreien. Andrej zweifelte nicht daran, dass es dem alten Piraten dennoch letztlich gelingen würde, diesen Kampf für sich zu entscheiden, doch einer der Vampyre war auf die Kämpfenden aufmerksam geworden und flog nun förmlich auf sie zu. Abu Dun riss die Arme hoch, um den Todesgriff seines Angreifers zu sprengen, der sich mit schmerzverzerrtem Gesicht nach hinten wölbte, seinen Griff aber noch weiter verstärkte, sodass Abu Dun unter seiner ebenmäßigen Schwärze plötzlich blau anzulaufen schien.

Andrej und der Vampyr setzten gleichzeitig zum Sprung an, und ihrer beider Kampfschrei vereinte sich zu einem schrillen Laut, der die Zeit gefrieren ließ. In Andrejs ungeheure Wut mischte sich die schreckliche Gewissheit, dass er den Hauch eines Augenblicks zu spät kommen würde. Abu Dun ging in die Knie, so schnell, dass es nicht nur pure Schwäche sein konnte. Und richtig, in dem Moment, als der Vampyr heran war, trat der Pirat dem Angreifer mit aller Kraft in den Bauch, ließ sich nach hinten fallen und riss den mehrere Zentner schweren Mann so spielerisch nach oben, als wäre er ein kleines Kind, sodass der Vampyr seine Zähne in den Hals des Hünen schlug. Blut spritzte in einer Fontäne auf, und ein fürchterliches Kreischen war zu hören, als Fleisch und Gewebe rissen und der schwarze Riese mit einem jämmerlichen Laut in die Knie ging. Er griff nach dem Vampyr, der sich in seiner Blutgier in ihm festbiss, bekam ihn auch zu packen und schüttelte ihn mit so kraftvollen Bewegungen, dass er sich fast selbst ein Stück Fleisch herausgerissen hätte. Im letzten Moment gelang es Abu Dun, sich zur Seite zu rollen, bevor der Hüne und der Vampyr in tödlicher Umklammerung zu Boden gingen. Andrej machte noch einen Satz, kam direkt neben den beiden auf, packte das lasterhafte Wesen an den Schultern, beugte sich vor und versenkte seinerseits seine Zähne in dem Hals des Ungeheuers.

KAPITEL 17

Loki riss sich das Kreuz des Drachenordens vom Hals und atmete erleichtert auf, nachdem er es auf den Tisch geworfen hatte. Er mochte die christlichen Symbole nicht, und wenn sie auch keine Macht über ihn hatten, so waren sie doch auch das sichtbare Zeichen dafür, dass der Glaube in den letzten zweitausend Jahren eine für die alten Götter verhängnisvolle Entwicklung genommen hatte. Er machte sich nicht die Mühe, das Priestergewand auszuziehen, sondern riss es mit einem einzigen Ruck entzwei und schleuderte es in die Ecke. Christlicher Schnickschnack, nichts weiter. Er drehte sich zum Schrank um und zog die Tür so heftig auf, dass sie aus den Angeln riss und der ganze Schrank mit lautem Getöse in sich zusammenfiel. Im letzten Moment packte er zu und umklammerte den Griff von Odins Schwert, um es an sich zu reißen.

Er atmete tief durch. Dem Schwert wohnte wahre Macht inne, nicht dem Kreuz. Er spürte, wie ihn Kraft durchströmte und gönnte sich ein paar Atemzüge mit geschlossenen Augen.

»Meruhe, ich komme!«, sagte er. »Und diesmal werde ich dich endgültig in deine Schranken verweisen!«

*

Andrej wischte sich mit dem Handrücken über den Mund und starrte fassungslos auf das dickflüssige Blut, das daran klebte. Ein Teil von ihm wusste sehr wohl, was er gerade getan hatte, auch wenn es wie im Rausch geschehen war. Abu Dun nestelte an Marias Fesseln, schüttelte dann den Kopf und zog ein Messer aus seinem breiten Gürtel, um die schweren Lederriemen zu durchschneiden. Das Blut ... Andrej ließ es sich im wahrsten Sinne des Wortes auf der Zunge zergehen. Es schmeckte süßlich-herb, so ganz anders als Menschenblut. Und es war köstlich. Ganz köstlich.

»Vielleicht könntest du mir mal helfen, Hexenmeister«, brummte Abu Dun. Er klang müde und kraftlos, nicht wie nach einer großen körperlichen Anstrengung, sondern seelisch erschöpft. Andrej dagegen fühlte sich auf eine schwer zu beschreibende Weise gestärkt und erfrischt. Es war nicht das erste Mal, dass er Blut schmeckte, und er hatte schon immer gewusst, dass der rote Lebenssaft eine besondere Wirkung auf ihn hatte. Doch diesmal war es anders. Er empfand keine Spur von Ekel, sondern nur tiefe Befriedigung. Doch darin schwang auch etwas anderes mit: eine leise pochende Ungeduld, die ihn nach einem neuen Opfer Ausschau halten ließ ...

*

Loki schob die Tür ein Stück auf, sodass er die Kapelle fast vollständig einsehen konnte. Seine Hand spielte mit dem Schwertgriff, seine Sinne waren weit geöffnet. Er fühlte ein Kribbeln auf der Haut, als die Lebenskraft aus den Getroffenen wich, und spürte, wie die Energie zusammenlief, an einem Ort, an dem sich am Ende alles sammelte, alle Kraft und alles Verderbte – und er hob die Hände und starrte nach oben, durch die zerstörte Kuppel, dorthin, wo am dunklen Himmel Transsylvaniens die Sterne flirrten. »Vater«, sagte er. »Ich habe getrennt, was zu trennen war. Nun werde ich zusammenführen, was zusammengehört. Erhöre mich – und lass deine Kraft in dein Schwert fließen, auf dass es

Leben stifte, wo es Leben zu stiften gilt – und Leben nimmt, wo Leben zu nehmen ist.« Er senkte wieder den Blick und starrte hinüber zu den verwirrten Seelen, die um die Wahrheit rangen. Er spürte Andrejs Gier und Verzweiflung, Marias Klarheit und Abu Duns Beständigkeit – und wartete auf Meruhe.

*

»Lass mich, Andrej«, sagte Maria. Die Worte kamen so kraftlos über ihre Lippen, dass sie sich nicht sicher war, ob der Mann, den sie einst mehr als ihr Leben geliebt hatte, sie verstand.

»Ich soll dich lassen?« Andrejs Stimme war voller Kraft, aber es schwang noch etwas anderes darin mit, wie er selbst mit einer Mischung aus Entsetzen und Genugtuung feststellte: Gier, pure Gier.

Abu Dun, der an Marias Seite gekniet hatte, stand auf, drehte sich zu Andrej um und musterte ihn argwöhnisch. »Was ist?«, herrschte Andrej den Nubier an. »Siehst du denn nicht, dass Marias Füße immer noch in Lederriemen stecken? Worauf wartest du: Mach sie los!«

Abu Dun wollte etwas sagen, schüttelte dann aber nur den Kopf und machte sich wie aufgetragen an Marias Fußfesseln zu schaffen.

»Andrej!« Maria klang kläglich. Ihr Gesicht war leichenfahl, und aus ihrem Mund lief ein dünner Blutsfaden. Andrej sah es mit einer abstrusen Mischung aus Entsetzen und Verlangen. Er stöhnte auf. Was, zum Teufel, war nur mit ihm los?

Maria wischte sich das Blut ab und versuchte sich aufzurichten, sank jedoch keuchend zurück. Immerhin schaffte sie es, sich mit der rechten Hand aufzustützen und so weit hochzudrücken, dass sie Andrej ansehen konnte. Mit zitternder Stimme fragte sie: »Was ist mit dir?«

Andrej sah sich mit einem raschen Blick um. Der Kampf war

vorbei – zumindest im Moment. Schon, als er und Abu Dun unterhalb des Schlosses von Čachtice den Fluss zu überqueren versucht hatten, hatte er das Düstere und Unheimliche hinter diesen Mauern gespürt. *Er erinnerte sich an seine Abscheu, als er den im blutrot gefärbten Wasser dahintreibenden Leichenteilen hinterhergeblickt hatte, und an die Geschichten, die sich um das Schloss und seine Besitzerin rankten, diese harte, mächtige Frau, die über riesige Ländereien herrschte.*

Jetzt war er also hier. Zum ersten Mal sah er das Schreckenskabinett mit klarem Blick, erkannte die eiserne Jungfrau, die halb geöffnet neben dem Altar stand und an deren spitzen Eisendornen geronnenes Blut klebte, sah einen der schwarzen Diener der Blutgräfin, der benommen am Boden lag und dann jämmerlich wimmernd zum Hinterausgang dieser Kammer des Schreckens zu kriechen versuchte. Es war das Licht, begriff Andrej. Als er vorhin die Kapelle betreten hatte, hatte er nicht viel mehr als den Altar wahrgenommen, den Beichtstuhl und das prachtvolle Jesuskreuz. Doch das Dämmerlicht war inzwischen einem wahren Lichtermeer aus Kerzen gewichen, die die Dienerschaft der Blutgräfin hinterlassen hatte, bevor sie fluchtartig aus der Kapelle gestürzt war. Nun war der Raum in ein unruhiges Flackerlicht getaucht, das nahezu jeden Winkel ausleuchtete.

Andrej entdeckte keinen Vampyr mehr, doch er wusste, dass die Gefahr noch nicht vorüber war. Das, was er während des Kampfes gespürt hatte, hatte sich ein Stück weit zurückgezogen – mehr nicht. Es war noch hier. Sein Blick wanderte in den rückwärtigen Teil der Kapelle zu einer Badewanne gigantischen Ausmaßes, die in einer Nische eingelassen war, in der es vor Gold, Silber und Edelsteinen nur so glitzerte. Links und rechts neben der Wanne standen sakrale Gegenstände, Heiligenbilder und Statuetten, die exakt so arrangiert waren wie die, die er unterhalb des Kreuzes gesehen hatte – ein verstörender Anblick. Das Pulsieren in seiner Seele nahm zu. Langsam sog er die Luft durch die Nase und nahm plötzlich einen intensiven Geruch von Blut wahr, der von diesem Ort ausging. Ein Opferaltar. Dort hielt die Gräfin ihre Rituale ab. Instinktiv wollte er sich in Bewegung setzen, doch da drehte sich Abu Dun zu ihm um und packte ihn am Arm, um ihn daran zu hindern.

»Wohin, Hexenmeister?« fragte er scharf. »Hast du etwas bemerkt?«

Andrej schüttelte den Kopf. Doch Abu Dun musste seinem Blick gefolgt sein, denn er rief: »Bei Allah!« und machte einen Schritt vorwärts. »Was ist das?« Andrej kannte ihn gut genug, um zu wissen, dass Abu Dun genauso erschüttert war wie er selbst. Vermutlich spürte auch er das dumpfe Ziehen, das von diesem rituellen Ort ausging. »Da ist doch etwas ...«

Andrej nickte grimmig. »Wie unten am Fluss ...«

»Als wir über den Fluss setzen wollten, um nach Borsă zu kommen – und uns verloren haben.«

»Verloren?« Andrej sah ihn an. »Du warst doch plötzlich verschwunden, mein Freund. Warum?«

Abu Dun legte die Hand auf den Griff seiner Waffe, zog sie aber nicht. »Ich wollte eine Furt suchen, schon vergessen, Sahib?«

»Natürlich nicht«, antwortete Andrej, während er neben den Nubier trat. »Aber du warst plötzlich weg.«

»Ja, das war seltsam«, bestätigte Abu Dun. »Sogar sehr seltsam. Ich bin abgetrieben worden. Es hätte nicht viel gefehlt und der verdammte Fluss hätte mich ins Meer gespült.«

»Aber da war auch noch etwas anderes«, vermutete Andrej.

»Allerdings«, bestätigte Abu Dun grimmig. »Ich habe ... Ich wurde ... irgendwie ... ich musste einfach ...«

»Ja?«, hakte Andrej nach. »Was musstest du *einfach*?«

Abu Dun kratzte sich am Kopf. Andrej hätte ihm diese Geste und das anschließende Schweigen nicht durchgehen lassen, wenn er nicht wieder dieses Drängen in sich gespürt hätte, das ihn dazu bringen wollte, einfach loszulaufen, hin zu diesem abscheulichen Altar. Tatsächlich tat er auch einen Schritt in die Richtung, doch Abu Dun streckte wie beiläufig die Hand aus und hielt ihn mit einer recht unsanften Bewegung fest. »Nicht. Lass uns hier so schnell wie möglich verschwinden. Wir müssen …«

»Wir müssen hier raus, und das ganz schnell«, sagt eine Stimme hinter Andrej. Er fuhr erschrocken herum. Maria massierte sich die Handgelenke, in die die Lederfesseln tief eingeschnitten hatten. Sie sah erbärmlich aus. Andrej räusperte sich unbehaglich. Es war verrückt: Statt sich um Maria zu sorgen, ließ er sich von seiner Gier beherrschen und der Angst, dass sie ihn zu etwas Unvorstellbarem trieb …

Maria drückte sich hoch und blieb schmerzverkrümmt und zitternd stehen, bevor sie ins Taumeln geriet und fast gestolpert wäre. Doch da war Abu Dun schon bei ihr und fing sie fast zärtlich auf. Und auch, als sie sich seinem Griff entziehen wollte, blieb er neben ihr und stützte sie so behutsam wie ein krankes Fohlen, das seine ersten Gehversuche machte.

»Was …?« Andrej versuchte den dumpfen Druck in seinem Kopf zu vertreiben, aber es wollte ihm nicht gelingen. Das Drängen in ihm ließ nicht nach, im Gegenteil – es war, als würde der Altar, an dem die Blutgräfin ihre fürchterlichen Rituale vollzog, ihn magisch anziehen.

»Du hast da etwas«, brachte Maria mühsam hervor. »An deinem Mund!«

Andrej drehte sein Gesicht weg und verdeckte seine Mundpartie mit der Hand. »Tut mir leid. Ich wasche es mir gleich ab.«

»Ist das Blut? Das Blut eines deiner … *Opfer?*« Marias Stimme bebte bei dieser Frage, nicht nur vor Schwäche, auch vor Entsetzen. In diesem Moment wirkte sie so zart und zerbrechlich, dass Andrej am liebsten zur ihr geeilt wäre, um sie zärtlich in die Arme zu schließen und ihr beruhigende Worte ins Ohr zu flüstern. Doch das konnte er nicht – Maria war für ihn in ihrer Reinheit unerreichbar.

Doch nicht Abu Dun.

Abu Dun. Andrejs zerstörerische Impulse fanden in ihm ein neues Opfer. Abu Dun, der Mann, mit dem er seit Jahrhunderten die bedrohlichsten Abenteuer erlebte, der ihm dabei das eine oder andere Mal gehörig auf die Nerven gegangen war, ihn aber niemals im Stich gelassen hatte, dieser Mann hatte ihn ausgerechnet in Transsylvanien alleine gelassen.

»Du hast mir immer noch nicht gesagt, warum du plötzlich verschwunden warst.« Er fuhr zu Abu Dun herum und starrte ihn so wütend an, dass ein anderer Mann als sein alter Waffenbruder wohl erschrocken zurückgeprallt wäre. »Von mir aus kannst du ja so oft absaufen, wie du willst, aber du hättest danach nicht einfach verschwinden dürfen! Du siehst ja, wie es Maria jetzt geht! Ich hätte deine Unterstützung in Borsă bitter nötig gehabt! Wenn du an meiner Seite gewesen wärst, wäre dieser Kampf mit dem schwarzen Ritter anders ausgegangen, und Maria wäre nie in Gefahr geraten! Im Grunde bist du schuld daran, was jetzt hier passiert ist, und wenn du keinerlei vernünftigen Erklärung hast …«

»Andrej«, sagte Maria, nein, sie hauchte es nur. Trotzdem traf dieses eine Wort Andrej wie ein Faustschlag, und all die zornigen Vorwürfe, die er eben noch Abu Dun hatte an den Kopf werfen wollen, blieben ihm im Hals stecken. *Was war bloß mit ihm los?*

Er ließ die Faust sinken, die er ganz instinktiv erhoben hatte, als wollte er sich im nächsten Moment auf Abu Dun stürzen.

»Nein ...« Er würgte die Bitterkeit herunter, die plötzlich in ihm aufgestiegen war.

»Andrej?«, fragte Maria leise.

Andrej atmete tief aus und nickte dann ganz langsam. Statt der explosiven Mischung aus Wut und Gier spürte er nun tief in sich ein ganz anderes Gefühl aufblühen: *Liebe.* »Maria!«, sagte er leise. »Verzeih mir ...« Und auf einmal fühlte er sich schwach und erbärmlich und hätte alles dafür gegeben, wenn es wieder so zwischen ihnen sein könnte wie in den wenigen zauberhaften Momenten, die ihnen bislang vergönnt gewesen waren.

Als er sah, wie Abu Dun sich aufrichtete und vor Maria stellte, glaubte Andrej im ersten Moment, er wolle sie vor ihm schützen, doch dann nahm er wohl das Gleiche wahr, das auch Abu Dun aufgeschreckt hatte, und drehte sich zum Eingang um.

Bevor er reagieren konnte, jagte eine gewaltige Kraft auf ihn zu und traf ihn mit aller Wucht. Zuerst glaubte er, es sei die Frau, die das alles hier zu verantworten hatte, die das Schloss und Čachtice zu einem Schreckensort gemacht hatte, und spannte sich in Erwartung eines Angriffs an. Dann hörte er, wie Abu Dun seine Waffe hervorriss und Maria flüsterte: »Meruhe.«

Andrej blinzelte die Schleier fort, die sich vor seine Augen gelegt hatten. Tatsächlich. Es war Meruhe. Scham und Entsetzen durchfuhren Andrej in einer heißen Woge. Über seiner Blutgier hatte er vergessen, was sich kurz zuvor vor der Kapelle zwischen ihnen zugetragen hatte. Er hatte Meruhe schon immer begehrt, auf eine kranke, zerstörerische Weise. Dass eine leibhaftige Göttin um ihn warb, hatte ihm geschmeichelt. Doch niemals hätte er für möglich gehalten, dass er für sie Maria verraten würde.

»Andrej, mein Geliebter!«, rief ihm Meruhe entgegen, so unbekümmert und selbstsicher, als sei es das Selbstverständlichste der Welt, ihn ausgerechnet vor Maria so zu begrüßen.

»Nein.« Andrej ballte die Hände zu Fäusten und vergaß, wie er aussehen musste, so leicht nach vorne gebeugt, mit Blut an den Lippen von dem Vampyr, dessen zerstörerische Kraft er eben noch in sich aufgenommen hatte, hin- und hergerissen zwischen Abscheu und Verlangen, Entsetzen und Gier.

»Andrej, sag, dass das nicht wahr ist.«

Tränen schossen ihm in die Augen. Er leckte sich über die Lippen und schmeckte das kranke Blut des Vampyrs. Wieder zerrten die gegensätzlichsten Gedanken, Empfindungen und Gefühle wie böse Dämonen an ihm.

»Ich glaube, du bist uns eine Erklärung schuldig, Waffenbruder«, sagte Abu Dun schneidend. »Und ich schwöre dir bei allem, was mir heilig ist: Wenn du das getan hast, was ich glaube, das du getan hast, werde ich dir die Freundschaft kündigen!«

Andrej sah Meruhe entgegen, die auf ihn zukam, und etwas Merkwürdiges geschah. Er fühlte sich ins Borsã-Tal zurückversetzt und glaubte, erneut das Schwert des schwarzen Ritters auf sich zurasen zu sehen, zu spüren, wie es sich in seinen Leib bohrte. Verzweiflung stieg in ihm auf.

Der schwarze Ritter hatte etwas in ihm getötet. Oder hatte er ihn tatsächlich umgebracht, und all das war nichts weiter als ein verrückter Fiebertraum, der ihn quälte, während er sich dem Tod ergab? Nur einmal zuvor in seinem Leben war er so verzweifelt gewesen wie jetzt, an einem Tag vor vielen hundert Jahren, als Graf Dracul noch Vlad der Pfähler gewesen war und Abu Dun mit seinem alten Schiff Sklaven verschleppt hatte, auf dem besten Wege, ein unerbittlicher mürrischer alter Pirat zu werden, der irgendwann einmal im Feuerhagel feindlicher Musketen zugrunde gehen würde, und er selbst nur ein kleiner Kirchendieb gewesen war: Damals hatte er den schlimmsten Schmerz erlebt, den ein Mensch fühlen kann. Unter all den schrecklich zugerichteten Toten in Borsă seinen Sohn vorzufinden und ihn zu Grabe tragen zu müssen – das war ein Moment gewesen, in dem er dem Tod näher als dem Leben gewesen war. Genau die gleiche, alles verschlingende Verzweiflung brach jetzt auch wieder in ihm auf, als er begriff, was er Maria angetan hatte und dass sie ihm diesen Verrat niemals würde verzeihen können.

»Ich habe nicht ...«, murmelte Andrej.

»Mich nicht begehrt? Mich nicht geküsst? Nicht dein Verlangen mit mir gestillt?« Meruhe lachte leise auf. »Wem willst du das weismachen? Der falschen Schlange etwa, die dich im Auftrag ihres Bruders umgarnt hat, damit du von deiner Rache absiehst?«

Jedes dieser Worte traf Andrej wie ein Schwerthieb. Dass ausgerechnet die Frau, die er liebte, die Schwester eines Monsters war, war für ihn immer pure Qual gewesen. Er hatte geglaubt, es könnte ihm gelingen, damit zu leben – aber das war ein Fehler gewesen.

»Ich sehe, du fängst an zu begreifen«, fuhr Meruhe ungerührt fort. »Die Kleine hat dich verhext, Liebster. Ihre süßen Worte, zärtlichen Berührungen, ihr tugendhaftes Gehabe – all das zielte nur darauf ab, dich in ihren Bann zu ziehen. Du hattest nie den Hauch einer Chance. Es war Domenicus, der Maria gesteuert hat – und Maria, die dich betört hat!«

Andrej hätte ihr gern entgegengeschleudert, dass das nichts weiter als dreckige Lügen waren. Aber er brachte kein Wort heraus.

»Andrej, wie kannst du nur!« Maria hatte den Satz mehr gehaucht als gesprochen und dennoch hallte er laut in Andrejs Ohren nach.

»Leise, sanfte Einflüsterungen«, sagte Meruhe, während sie sich in der Kapelle umsah. »Das ist immer schon Marias Waffe gewesen, damit hat sie dich in der Hand.« Sie nickte anerkennend, während ihr Blick über die Toten glitt, über das zertrümmerte Mobiliar, die umgestürzten Folterinstrumente, und schließlich an dem schwarzen Hünen hängen blieb, der immer noch leise wimmernd versuchte, auf den Ausgang zuzukriechen. »Ich sehe, du hast ganze Arbeit geleistet. Das ist vielleicht noch nicht ganz eines Gottes würdig, aber das, was dir noch fehlt, werde ich dir schon noch beibringen.«

»Ich bringe dir gleich etwas ganz anderes bei«, knurrte Abu Dun, machte zwei Schritte nach vorne und nahm eine Haltung ein, die keinen Zweifel daran ließ, dass er zum vernichtenden Schlagabtausch mit der Göttin bereit war. In jeder anderen Situation hätte er einen kurzen Blick mit Andrej getauscht, doch jetzt vermied er es, in seine Richtung zu sehen. »Die einzige Schlange, die ich hier sehe, bist du, Meruhe!«

Meruhe lachte so leicht und beschwingt auf, als hätte er einen Scherz gemacht. »Alter Pirat, deine Zeit ist längst abgelaufen. Du bist nur noch nicht zu einem Monster geworden, weil ich dich auserwählt hatte – auserwählt, um über Andrejs Wohl und Wehe zu wachen, bis er bereit ist, den letzten Schritt zu tun!«

Andrej begriff die Ungeheuerlichkeit von Meruhes Worten erst mit einiger Verspätung. Abu Dun sollte nur so etwas wie ein besserer Wachhund sein? Das war absurd! Die tiefe Freundschaft zwischen ihm und Abu Dun war etwas, das die schwarze Göttin niemals verstehen würde.

Meruhe blieb stehen. »Es ist nicht leicht, ein Gott zu sein.«

Andrej wich ein Stück zurück. »Nichts liegt mir im Moment ferner, als ein Gott zu werden!«

Meruhe musterte Abu Dun abfällig und schüttelte dann leicht den Kopf, als könnte sie nicht glauben, dass er sich ihr tatsächlich in den Weg stellen wollte. »Du solltest wissen, wo deine Grenzen sind, Pirat.« Sie wandte sich wieder an Andrej. »Aber du, Andrej, mein Geliebter, hast die Wahl. Du kannst zum Monster werden oder zum Gott. Einen anderen Weg gibt es nicht.«

Andrej leckte sich über die blutigen Lippen, und diesmal kam ihm der Geschmack nicht mehr bittersüß vor, sondern abstoßend und ekelhaft. Es war der Geschmack des Todes. Nachdem er den Vampyr gerissen hatte, würde es nicht mehr lange dauern, bis er selbst zu einem blutgierigen Monster wurde, dazu verdammt, sich immer mehr unschuldige Seelen zu holen, um sich ihre Kraft einzuverleiben wie ein Morphiumsüchtiger. Bis das Feuer in seinem Inneren ihn schließlich verbrennen würde.

»Du hast es also tatsächlich getan, nicht wahr?«, fragte Abu Dun. »Du hast dich Meruhe hingegeben. Und jetzt …«

»Schweig still, Pirat!«, befahl Meruhe. »Du kannst von Glück sagen, dass Andrej dich aufgegriffen hat und deine Gebeine nicht schon Hunderte von Jahren zuvor verrottet sind.«

Abu Dun wollte aufbegehren, bereit, so zu sterben, wie er Zeit seines Lebens gelebt hatte: indem er alles auf eine Karte setzte. Dass er seinem Impuls nicht folgte, lag nicht an Meruhe, sondern an einer anderen Frau, die jetzt mit einem unsicheren, aber energischen Schritt zwischen ihn und Andrej trat.

Andrej zuckte voller Scham zusammen, noch bevor ihm Maria die Hand auf den Unterarm legte und ihn mit sanfter Kraft zu sich herumdrehte. Doch das Gift des Zweifels, das ihm Meruhe eingeträufelt hatte, war stärker. So sehr er Maria liebte, so sehr hasste er Domenicus. Wenn seine Liebe zu Maria nicht gewesen wäre, hätte er den Inquisitor schon längst getötet und seine Seele zu all den anderen Verdammten geschickt, die gleich ihm unter der Flagge des rechten Glaubens für eine teuflische Sache kämpften. Was, wenn Meruhe recht hatte und Maria all die lange Zeit über nichts anderes im Sinn gehabt hatte, als ihn zu täuschen und ihren Bruder zu schützen? So ungeheuerlich der Gedanke auch war und so fremd er ihm erschien, war er doch irgendwo ganz tief in ihm vergraben gewesen.

»Wie konntest du nur?«, fragte Maria zum wiederholten Male. Sie griff auch mit der anderen Hand nach ihm, und Andrej wollte zurückweichen, doch als sie ihn näher zu sich heranzog, ließ er es überrascht zu und starrte in ihr bleiches Gesicht und die weit aufgerissenen Augen, in denen neues Entsetzen aufflammte. »Sag, dass es nicht wahr ist«, flüsterte sie.

»Nicht wahr?« Heißer Schmerz durchzuckte Andrej. Dann erst sah er, was Maria in ihrer zarten, fahlen Hand hielt: das silberne Kreuz, das ihm Meruhe vor der Kapelle umgehängt hatte. Er spürte, wie sein Herz erst langsamer zu schlagen begann, ein schmerzhaftes Pochen, das seine Brust zu sprengen drohte und sich dann immer weiter steigerte wie die Ruderschläge von Galeerensträflingen, die vom Takt des Trommlers zu immer größerer Geschwindigkeit angetrieben werden.

»Sag, dass es nicht wahr ist!«, drängte ihn Maria, so laut, dass ihre Stimme in der Kapelle wiederhallte. »Andrej! Das kannst du nicht getan haben!«

»Nein ... Ich habe nicht ... Ich wollte doch auch gar nicht ...«

»Welcher Dämon ist bloß in dich gefahren?«, fragte Maria angewidert.

Andrej starrte sie an, und all die Empörung, die er gerade noch bei dem Verdacht empfunden hatte, sie könnte ihn aufs Übelste hintergangen haben, erlosch mit einem Schlag.

»Du bist in einen Umhang geschlüpft, wie ihn die Priester in dieser Gegend tragen und hast dir sogar ein Silberkreuz umgehängt. Wolltest *du* mir etwa die Beichte abnehmen?« Marias Gesicht verzog sich voller Ekel und Abscheu. »Womit habe ich nur diesen Verrat verdient?«

»Ich habe dich nicht verraten!« In seiner Hilflosigkeit wandte Andrej sich an Meruhe. »Sag es ihr! Du warst es, die mich hierhin geschickt hat! Du hast behauptet, Maria würde mich hintergehen!« Er riss sich das Kreuz vom Hals und drehte sich mit ihm in der Hand zu Maria um. »Ja, Meruhe hat mir das hier umgehängt. Und dann hat sie mich in die Kapelle gestoßen.«

»Und dann hast du mir die Beichte abgenommen«, sagte Maria angewidert.

»Nein, das habe ich nicht!«

»Na, wenn er es sagt«, mischte sich Meruhe ein. »Beichte hin oder her: Er wollte wissen, warum du ihn hintergehst.«

»Nein!« Alles in Andrej war in Aufruhr. »Das ist alles nicht wahr! Ich habe nie geglaubt, dass du mich hintergehst.«

»Als ob das einen Unterschied machen würde«, sagte Maria verächtlich. »Sieh dich doch an, Andrej! Du bist zum Monster geworden. Geh doch zu deiner Göttin. Oder fahr zur Hölle. Mir ist es gleich.«

Meruhe machte keine Anstalten, näherzukommen. Doch der Blick, mit dem sie Maria jetzt musterte, drückte Verachtung aus. »Siehst du nicht, wie schwach sie ist? Sie ist deiner nicht würdig, Andrej. Komm zu mir, sofort!«

»Nein.« Andrej ergriff Marias Hand und versuchte, sie an sich heranzuziehen. »Ich habe nie vorgehabt, dir zu schaden, Maria – das musst du mir glauben!«

Maria streifte seine Hand ab und schüttelte den Kopf. »Dir glauben? Was? Dass du ein Lügner bist?«

»Ich bin kein Lügner«, protestierte Andrej. »Ich habe zwar einen Fehler begangen, aber nicht in böser Absicht!« Doch er spürte, dass seine Worte Maria nicht erreichten, schlimmer noch, dass sie sie weiter von ihm wegtrieben. »Alles wird wieder gut ...«, stammelte er hilflos. »Wie in Constãntã ... Weißt du nicht mehr, wie wir uns dort am Brunnen zum ersten Mal begegnet sind? Als wir begriffen haben, dass wir trotz aller widrigen Umstände zueinander gehören?«

»Geh mir aus den Augen«, sagte Maria voller Verachtung, während sie sich endgültig aus seinem Griff löste und einen Schritt zurücktrat.

Andrej wollte ihr nachsetzen, doch Abu Dun stellte sich ihm in den Weg, als sei nicht Meruhe sein eigentlicher Gegner, sondern sein eigener Waffenbruder.

»Maria«, keuchte Andrej. »Gib uns nicht auf!«

Maria schüttelte kaum merklich den Kopf, und obwohl es nur eine ganz kleine Geste war, hatte Andrej das Gefühl, als würde in seinem Herzen ein Messer herumgedreht. »Du bist der, der uns aufgegeben hat, Andrej.«

Damit wandte sie sich auch schon ab und ließ Andrej einfach stehen. Unendliche Scham vor sich selbst erfasste ihn, gefolgt von heißer Wut. Er drehte sich zu Meruhe um. »Damit hast du einen Feind mehr, Meruhe!«

»Das liegt nicht in deiner Hand«, antwortete sie ruhig. »Du musst nichts weiter tun, als dich zu entscheiden: Entweder bist du für mich oder gegen mich. Und wenn du gegen mich bist: Nun, dann kann ich leider auch Maria nicht mehr länger verschonen!«

Die Ungeheuerlichkeit ihrer Worte traf Andrej wie ein Faustschlag. Beinahe hätte er sich auf Meruhe gestürzt und seinen ganzen Zorn über ihr entladen, die dunkle Macht in ihm wäre endgültig zum reißenden Monster geworden, wenn ...

... wenn da nicht Maria gewesen wäre und er aus den Augenwinkeln bemerkt hätte, dass sie stehen geblieben war und nun zu ihm zurückblickte. Voll banger Hoffnung riss er seinen Blick von Meruhe los und wandte sich Maria zu.

Im gleichen Moment wünschte er bereits, er hätte es nicht getan, denn statt seinen Blick zu suchen, drehte sie sich um, um zu dem Kreuz zu gehen, das als christliches Symbol der Versöhnung und Vergebung denjenigen Trost versprach, die daran glauben konnten. Die kalte Verachtung in ihrem Blick war etwas anderem gewichen, einer Mischung aus Mitleid und Enttäuschung, die alles zu zerstören drohte, was je an Gutem und Aufrichtigem zwischen ihnen bestanden hatte.

Andrej drehte leicht den Kopf und blickte voller Abscheu über Abu Duns Schulter zu Meruhe hin. »Das wirst du mir büßen, Meruhe«, zischte er.

»Das glaube ich kaum«, antwortete die Göttin leichthin. »Es will mir eher so scheinen, als hättest du schon längst eine Entscheidung getroffen. Jetzt bleibe auch dabei.«

Erst als Bewegung in Abu Dun kam, nahm Andrej die Anwesenheit von etwas anderem, etwas Mächtigem wahr, das wohl schon die ganze Zeit über im Hintergrund der Kapelle gelauert hatte, um im richtigen Moment eingreifen zu können. Die Falle schnappte zu.

»Greift sie Euch, Gräfin!«, rief Meruhe. »Sie dürfen nicht entkommen!«

Andrej war zu benommen, um rechtzeitig zu reagieren. Ganz anders Abu Dun. Der Nubier spannte seine gewaltigen Muskeln an, und seine halbnackte Gestalt ähnelte plötzlich der eines Kriegsgottes. Er stieß sich ab und riss noch in der gleichen Bewegung sein Schwert hoch. Und doch schien er zu langsam zu sein. Maria schrie auf. In ihren Schrei mischte sich ein fürchterliches Geräusch, das fast wie ein Flattern klang, dann rasche Schritte, ein triumphierendes Geheul, das Klirren von Metall. Andrej sah, wie sich gleich mehrere Gestalten auf Maria stürzten, die trotz ihrer Schwäche das Kreuz schon fast erreicht hatte.

Ansatzlos wirbelte Andrej herum, wollte zu ihr, doch da war Meruhe plötzlich neben ihm, packte ihn und hielt ihn mit roher Gewalt fest. Andrej wand sich in ihrem Griff, wollte sie abschütteln und nach seinem Schwert greifen, doch das ließ die schwarze

Göttin nicht zu. Mit der einen Hand blockierte sie seine Schwerthand und mit der anderen krallte sie sich noch fester in seine Schulter, um ihn mit einem brutalen Ruck an sich heranzuziehen. Plötzlich war ihr Mund ganz nah an seinem Gesicht. »Ein kleines Spiel«, flüsterte sie ihm ins Ohr.

Andrej schlug mit der freien Hand nach ihr, aber sie wich ihm mit spielerischer Leichtigkeit aus. Er versuchte, seine Schwerthand loszureißen, doch Meruhe umklammerte das Handgelenk seines Waffenarms nun so fest, dass seine Knochen knirschten. »Das ist nicht dein Kampf, Andrej. Du musst dich um Marius kümmern.«

Das Monster tief in Andrejs Seele wollte sich losreißen, die Kreatur, deren Blutgier keine Hemmungen kannte und die es vielleicht sogar mit einem leibhaftigen Gott aufnehmen konnte ... Doch dann drang der Name *Marius* in sein Bewusstsein, und pure Verzweiflung erfasste ihn ...

»Marius? Was soll das? Er ist ...«

»Tot?« Meruhe schüttelte den Kopf. »Du täuschst dich. Bist du nie auf den Gedanken gekommen, dass er, dein Fleisch und Blut, genauso unsterblich sein könnte wie du selbst? Hast du nie daran gedacht, er könnte gestorben sein, wie es Unsterbliche tun, bevor sie sich zum ersten Mal aus der Umklammerung des Todes lösen und sich ihrer eigenen Bestimmung bewusst werden? Hast du nie daran gedacht, dass du ihn in Borsã lebendig begraben haben könntest?«

Andrej hörte Kampfgeräusche hinter sich und einen lauten Schrei, der in ein schmerzerfülltes Stöhnen überging. Dann hörte er das Schmatzen und Saugen eines Vampyrs, der seiner Blutgier freien Lauf ließ. Aber er blieb wie erstarrt stehen, unfähig, auch nur einen Muskel zu rühren. Er hatte geglaubt, dass es nichts Schlimmeres gab, als dass sich die Frau, die er liebte, voller Verachtung von ihm abwandte. Aber er hatte sich getäuscht.

»Marius lebt?«

Etwas jagte auf ihn zu – ein schwarzer Schatten. Ein schrilles Kreischen ertönte, dann spürte Andrej das unbändige Verlangen des Vampyrs, der seine nadelspitzen scharfen Zähne in sein Fleisch schlagen und ihm sein Blut und seine Seele nehmen wollte. Mit einer beiläufigen Bewegung fing Meruhe die Kreatur aus der Luft, riss sie an sich heran und schleuderte sie dann kraftvoll wieder von sich, und der eben noch gierige Laut wurde zu jämmerlichem Geheul.

»Ja.«

Meruhes Antwort traf Andrej bis ins Mark. Natürlich. Er hätte von selber darauf kommen müssen. Zwar wurden die Nachfahren von Unsterblichen nicht zwangsläufig selbst zu Unsterblichen, tatsächlich kam es so gut wie nie vor, doch Andrej hatte bereits von solchen Fällen gehört, ohne ein einziges Mal auch nur im Entferntesten daran zu denken, dass es seinem Sohn genauso ergangen sein könnte. »Was ist mit ihm?«, brachte er mühsam hervor.

Meruhe packte Andrej bei den Schultern und riss ihn ein Stück weit zurück, zwang ihn dann in eine Seitwärtsbewegung und stieß ihn von sich. Keinen Augenblick zu früh, denn Abu Dun taumelte heran, im Kampf mit gleich zwei der unheimlichen Wesen, über die die Blutgräfin gebot. Andrej hätte ihm eigentlich beistehen müssen, aber nichts lag ihm in diesem Moment ferner. »Was ist mit Marius?«, brüllte er außer sich vor Wut und Schmerz.

»Du willst es wirklich wissen? Erinnerst du dich nicht an Venedig?«

Venedig. Doch, natürlich. Er und Abu Dun waren dort gewesen, vor langer Zeit oder in einem anderen Leben, er wusste es nicht mehr.

»Ich selbst habe Marius nach Venedig gebracht«, sagte Meruhe. »Und du musst jetzt ...«

»Dann ist er dort?«, schrie Andrej außer sich. »Dann muss ich nach Venedig?«

Meruhe versetzte Andrej erneut einen Stoß, und er taumelte gerade noch rechtzeitig zur Seite, bevor einer der schwarzen Riesen der Blutgräfin sterbend neben ihm in die Knie ging. Wie ein Berserker wütete Abu Dun unter den Angreifern, und das Geschehen hatte sich inzwischen vom Altar in die entgegengesetzte Richtung verlagert, dorthin, wo die Blutgräfin ihre unheiligen Rituale vollzog. Doch noch immer fühlte sich Andrej außerstande, seinem Waffenbruder beizustehen.

»Ja«, sagte Meruhe. »Du musst nach Venedig, auf die Toteninsel von...

»Sahib!«

Andrej fuhr nun doch herum, als er Abu Duns lauten Schrei hörte. Aber dieser war nicht in Bedrängnis geraten, sondern schien im Alleingang mit seinen Gegnern fertig geworden zu sein und eilte jetzt mit schnellen Schritten auf ihn zu. Überall zeugten Verwüstungen und leblose Körper von dem erbarmungslosen Kampf, den Abu Dun an seiner Stelle ausgefochten hatte. Andrejs entsetzter Blick blieb auf einer breiten Blutspur hängen, die zu der goldenen Wanne führte. Auch diesmal schien sie ihren schrecklichen Zweck erfüllt zu haben. Über den Rand der Wanne hing ein Armstumpf, aus dem Blut auf den Boden rann. Sein Herz zog sich zusammen. Maria! Er wollte losstürzen, doch da war Abu Dun auch schon bei ihm und hätte ihn wohl an der Schulter gepackt, wenn Meruhe nicht immer noch Andrej im festen Griff gehalten hätte.

»Es ist nicht so, wie du denkst!«, rief Abu Dun.

Meruhe gab Andrej frei und stieß ihn von sich. Andrej taumelte ein Stück auf Abu Dun zu und ging in die Knie. Seine Hände zitterten, und auf seiner Stirn stand kalter Schweiß.

Abu Dun packte ihn. »Was hast du nur getan?«

KAPITEL 18

Loki hatte genug gesehen. Er wusste, was zu tun war. Noch einmal blickte er nach oben, durch die scharfkantigen Glasränder der zerstörten Kuppel zu dem allumfassenden Nachthimmel. Etwas war anders. Ein rotes Schimmern schien sich in die Schwärze zu schieben, zog zuerst noch ganz zaghaft von Norden heran, begann sich dann auszudehnen und zu verästeln. Ein unbedarfter Beobachter hätte es im ersten Moment für die Vorboten des Morgens halten können, bis er begriffen hätte, dass die Sonne niemals im Norden aufging und dass ein Morgenrot nicht dünne Glutfinger in einen nachtschwarzen Himmel schob. Es war der Abglanz eines großen Feuers, das dort am Himmel aufzog, eines Feuers ohne Funkenflug und Brandhitze, und das dennoch das ganze Firmament ergriff. Loki erschauderte. Mit einer bedächtigen Bewegung nahm er sein Schwert auf und hob es mit beiden Händen in die Höhe.

»Vater! Lass es beginnen!«

Als wollte er einem am Boden liegenden Gegner den Todesstoß versetzen, stieß er das schwere Schwert nun mit aller Kraft in die Höhe und ließ es dann mit voller Wucht herabsausen. Krachend schlug es auf dem Boden auf, und von seiner Spitze spritzte ein rotes Leuchten, das die Klinge hochjagte, von dort übersprang und zuckend nach Loki griff.

Loki stieß seinen schrillen Schrei aus. Während ihn das rote Licht verschlang, drang das Schwert in den Boden ein und schnitt mit einer Geschmeidigkeit durch die Marmorplatten, als würde es in aufgeweichten Ackerboden getrieben. Ein Zischen erklang, gefolgt von einem gewaltigen Donnerschlag, und eine Sturmbö jagte durch den Gang, in dem Loki stand, und schmetterte die Kapellentür auf.

»Odin!«, schrie Loki gegen das Tosen an. »Lass es geschehen! Jetzt!«

*

Andrej war am Ende. Er konnte sein Schicksal nicht mehr wenden, es war alles verloren. Als Abu Dun ihn von sich stieß, taumelte er noch einige Schritte, bevor er wieder auf die Knie sank, niedergedrückt nicht durch körperliche Schwäche, sondern durch die Trauer und den Schmerz. Er starrte auf den mit Blutspritzern übersäten Boden und schüttelte den Kopf. »Nein«, stöhnte er. »So kann es nicht enden!«

Er war hin- und hergerissen zwischen dem Wunsch, zu sterben und die Qual und das Entsetzen der letzten Jahrhunderte endlich hinter sich zu lassen, einen Schlussstrich unter sein verpfuschtes Leben zu ziehen ... und dem Wunsch, sein Leben doch noch einmal in die Hand zu nehmen und sein Schicksal herumreißen zu können. Aber wie hätte er das anstellen sollen? Er hatte sich selbst das Herz aus der Brust gerissen! Wie nur hatte er Marius lebendig begraben können, Abu Dun von sich stoßen und Maria betrügen?

Er musste zu Maria. Er musste in ihr Gesicht sehen, in ihre gebrochenen Augen ... noch war da die verzweifelte Hoffnung in ihm, dass sie nicht wirklich tot war, nicht das letzte Opfer der Blutgräfin geworden war und ihr warmer Lebenssaft nicht die goldene Blutwanne bis zu ihrem Rand füllte.

Ein grellrotes Leuchten schreckte ihn aus seiner Verzweiflung auf. Es überflutete ihn mit solcher Urgewalt, wie es sonst vielleicht nur das viel hellere Licht eines Blitzes vermocht hätte, der auf Augenhöhe in einen Baum einschlägt. Unwillkürlich schloss er die Augen, doch auch durch die geschlossenen Lider hindurch drang das rote Gleißen, das so stark war, dass er unwillkürlich die Hände hob und die Handflächen schützend vor die Augen drückte.

Nun wurde das Rot, das anfangs so hell wie das Blut eines ausgeweideten Rehkitzes gewesen war, zunehmend dunkler, sämiger ... *stofflicher*. Andrej stöhnte auf. Durch seine Handballen hindurch glaubte er jetzt, geronnenes Blut zu sehen, das auf gespenstische Weise aufleuchtete, und dann ...

*

Ein tiefes Stöhnen entrang sich Lokis Brust, und wenn er nicht nach wie vor den Schwertgriff fest umklammert gehalten hätte, wäre er wohl haltlos nach vorne getaumelt. Er fühlte sich ausgelaugt und leer, als wäre er nicht mehr als ein leeres Gefäß für die Kräfte, die über ihn in das Schwert flossen.

»Odin!«, rief er. Er straffte sich und richtete sich so weit auf, wie er es vermochte. Noch immer hielt er den Schwertgriff umklammert, und das würde er auch so lange tun, bis vollbracht war, was getan werden musste.

»Odin!«, rief er noch einmal. »Steh mir bei! Andrej soll nicht Gott werden, sondern Mensch bleiben! Er soll die Seelen erlösen und sich von Meruhe abwenden!«

Er bekam keine Antwort, natürlich nicht. Odin war kein Gott, der zu denen sprach, die ihn um Beistand anflehten – noch nicht einmal zu seinem eigenen Sohn.

Lokis Hände krampften sich noch einmal mit aller Gewalt um den Schwertgriff, dann ließ er ihn los und taumelte zwei Schritte zurück. Das Schwert blieb im Boden stecken, aber etwas hatte sich verändert: Das rote Leuchten am Knauf war erloschen und das Schwert nun wieder nichts weiter als eine Waffe, die zum Töten gedacht war.

»Odin, ich danke dir«, flüsterte Loki. »Nun muss es der vollbringen, der von dir dafür vorgesehen wurde.«

*

»So sehen wir uns also wieder«, hörte Andrej eine Stimme hinter sich. Er ließ die Hände sinken und starrte auf seine Handflächen. Kein geronnenes Blut, wie er erwartet hatte. Doch er hatte die Stimme des Mannes erkannt, der ihn angesprochen hatte. Es war die Stimme des Todes, seines Todes. Es hätte ihn erschüttern sollen, aber das tat es nicht. Dazu war in den letzten Stunden viel zu viel geschehen. Außerdem gab es weit Schlimmeres als den Tod ...

Das grellrote Licht hatte ihn so sehr geblendet, hatte sich so tief in seine Netzhaut gebrannt, dass er zwar seine Hände sah und auch den befleckten Boden, auf dem er kniete, aber alles wie in einem Traum wahrnahm, der nicht wirklich konkret werden wollte. Und auch seine anderen Sinne schienen ihn im Stich lassen zu wollen. Neben dem Geruch von Blut glaubte er noch, den feuchter Erde wahrzunehmen, und als er sich aus der Hocke aufrichtete, spielte ihm seine Wahrnehmung den nächsten Streich: Ihm war, als würde der Boden unter ihm wegsacken und gleich darauf wieder fest werden.

Er befand sich nicht mehr in der Kapelle der Gräfin, sondern in Borsã. Vor ihm war nicht mehr die grausige Blutwanne, in der Maria sterbend oder schon tot lag, sondern das Grab seines Sohnes. Das alte verwitterte Holzkreuz, in dessen Schatten er Marius begraben hatte, war noch immer da. Aber es hing schief, und es sah nicht so aus, als ob es den nächsten Windstoß überstehen würde.

Das brauchte es auch nicht mehr. Es gab hier keinen Toten, über den es wachen musste.

Wo war Marius?

Seine rechte Hand kroch zum Gürtel, dorthin, wo die Phiole hing. Bislang hatte er immer von Draculs Elixier trinken müssen, um an einen anderen Ort zu gelangen. Diesmal nicht. Irgendetwas stimmte nicht ... Auch wenn er Marius' einfaches Grab in allen Einzelheiten vor sich sah, war er nicht wirklich in Borsã. Er spürte nicht den typischen Luftzug, der über den Friedhof wehte, er vermisste den Geruch des Flusses, den Anblick der halb verfallenen Friedhofsmauern und die Weite des Landes ...

Und dann wurde ihm klar, was geschehen war: Er war noch immer in der Kapelle, noch immer ein Gefangener der Blutgräfin. Borsã war nichts weiter als eine Illusion.

Langsam und vorsichtig löste er die Phiole vom Gürtel. Er musste sich auf Marius konzentrieren. Er musste zu ihm, sofort. Und Maria? Er zögerte. Maria. Marius.

Er setzte das Fläschchen an und trank. Er wollte zu beiden. Und das Schicksal sollte an seiner Stelle entscheiden ...

Er spürte die belebende Wirkung von Draculs Bluttrunk, die Wärme, die in seine Glieder schoss, das Kribbeln auf seiner Haut, die Kraft, die ihn durchströmte. Aber er merkte auch, dass der Trank seine Kehle zuschnürte, seinen Blick verschleierte und seine Gedanken in träge Bahnen lenkte. Dieses Elixier würde ihn töten, wenn ihn nicht zuvor ein Schwert durchbohrte.

»Wie ich sehe, hast du dein jämmerliches Leben mit diesem schändlichen Trunk verlängern können«, sagte der Tod hinter ihm.

»Ja, ich habe Lebenszeit gewonnen«, murmelte Andrej bitter, »und alles andere verloren.«

»Noch nicht alles«, berichtigte ihn der schwarze Ritter.

»Dann töte mich doch endlich! Vollende dein Werk und gib mir Frieden.«

»Frieden kann ich dir nicht schenken«, sagte der Ritter hart. »Und das will ich auch nicht. Ich will Vergeltung.«

Andrej setzte die Phiole ein zweites Mal an, und dieses Mal nahm er einen tieferen Schluck. Er wollte zu Marius, er wollte zu Maria!

Die Wirkung des Elixiers ließ auch diesmal nicht auf sich warten. Es fuhr in seine Glieder, riss ihm die Kehle auf, raubte ihm den Atem und ließ seine Hände zittern. Er wartete darauf, dass darüber hinaus das geschah, wonach er sich sehnte: dass er in einem Strudel mitgerissen wurde, dass sich die Realität auflöste, dass alles um ihn verschwamm. Aber seine Hoffnung erfüllte sich nicht. Es blieb alles so, wie es war. So als würden die Orte, an die ihn der Phiolentrunk geführt hatte, eins werden. Er wusste, dass er nach wie vor die unheilige Kapelle nicht verlassen hatte, aber gleichzeitig war ein Teil seiner Seele auch in Borsă. Und zu allem Überfluss glaubte er dort, wo eigentlich die Blutwanne hätte sein sollen, ein Tor mit einer grauen, gedrungenen Glocke zu sehen und den Gestank einer gebratenen Ratte zu riechen ...

»Ich sehe, dass du die Zeit nach unserem ersten Zusammentreffen genutzt hast, um Tod und Vernichtung über die Deinen zu bringen«, sagte der schwarze Ritter. »Aber nun ist es an der Zeit, die Spielereien zu beenden.«

Andrej wusste, dass der Mann nur wenige Schritte hinter ihm stand. Vor ihm war der blutbefleckte Steinboden der Kapelle, in dem die Blutgräfin ihre ausschweifenden Orgien feierte, und gleichzeitig waren es der vom Regen aufgeweichte Friedhofsboden und die Pflastersteine eines Platzes in London, von dem die Flammen der brennenden Stadt sich zurückgezogen hatten, vertrieben von dem *Valknutr*-Zeichen auf Odins Glocke. All diese Bilder verschwammen vor seinen gepeinigten Augen, real und doch nichts weiter als die Ausgeburt seiner Fantasie.

»Es wird Zeit, dass wir es hinter uns bringen«, sagte der Ritter.

Andrej nickte. Er hatte alles verloren. *Der Tod gesellt sich zum Tod*, dachte er bitter.

»Was habt Ihr vor?«, fragte er. Er blickte zurück zu der düsteren Gestalt, die sich mit gezogenem Schwert hinter ihm aufgebaut hatte. Die vielen Kerzen, die die Kapelle gerade noch erleuchtet hatten, waren erloschen. Das einzige Licht, das die unheimliche Szenerie erhellte, fiel durch das Loch im Kuppeldach, durch das er gestürzt war. Es war von einem flüchtigen Rot, vollkommen anders als das, was ihn eben geblendet hatte, und doch reichte es aus, um die schwarze Rüstung des Ritters in ein unwirkliches Schimmern zu tauchen.

Kampfbereit stand er da, mit geschlossenem Helm und leicht in den Nacken gelegtem Kopf – eine hochmütige Pose. Andrej wusste nicht, was sich hinter dieser Rüstung verbarg, ein Unsterblicher, ein Dämon oder doch nur ein Mensch. Seine sonst so scharfen Sinne versagten. Hier, am Ende seines Lebensweges angekommen, fühlte er nur das, was ein normaler Mensch in einer solch ausweglosen Situation fühlen würde: Erleichterung, dass es endlich zu Ende ging und gleichzeitig Angst vor der endgültigen Auslöschung. Er war kein Unsterblicher mehr, sondern nur noch ein Mensch, der durch einen tückischen Bluttrunk die Folgen einer tödlichen Verletzung hatte hinauszögern können. Und das war vielleicht auch gut so.

»Steh auf und kämpfe wie ein Mann«, forderte ihn der Ritter auf.

»Kämpfen?« Andrej schüttelte den Kopf. »Wozu? Um mich zu retten? Dazu ist es viel zu spät.«

Doch damit schien der schwarze Ritter sich nicht zufrieden

geben zu wollen. Er trat leichten Schrittes näher an ihn heran. Sein Kopf zuckte herab wie der eines Raubvogels, und Andrej glaubte, seinen kalten, grausamen Blick zu sehen. »Die Blutnacht hat begonnen«, zischte er.

»Und du bist gekommen, um dir mein Blut zu nehmen.« Andrej stemmte sich endgültig hoch und kam torkelnd auf die Beine. »So sei es denn. Mein Tod wird mir Erlösung sein.«

Der Ritter war seinen Bewegungen misstrauisch gefolgt. »So leicht kommst du mir nicht davon, Andrej Delãny!«

Andrej wollte ihm gerade antworten, als er in den Kirchenbänken unter der zerstörten Kuppel zarte, schattenhafte Bewegungen wahrnahm. Und obwohl ihn seine Sinne eben noch im Stich gelassen hatten, spürte er plötzlich die Anwesenheit von etwas nur zu Bekanntem – verängstigte Kinderseelen.

Hilf uns, flüsterte eine Stimme, und eine andere fügte hinzu: *Erlöse uns!*

Trotz seiner tiefen Verzweiflung berührten ihn die Stimmen, und Mitgefühl regte sich in ihm ...

Das Feuer, hörte er sie wispern, *die drei Tage sind fast um ... wenn Odins Glocke den letzten Schlag tut ...*

Andrej stand wie erstarrt. Es war nicht das erste Mal, dass er die Kinderseelen wispern hörte. Aber jetzt war er wie ein offenes Gefäß für sie, jetzt spürte er ihre Qual, das Ringen um Erlösung, die Suche nach der Vergebung ihrer belanglosen Sünden, das unbändige Verlangen, dass er es endlich zu Ende brachte ...

Erlöse uns!

Er hörte nichts anderes, kein Wimmern Sterbender, kein Stöhnen Schwerverletzter, kein Raunen des Windes durch das offene Kuppeldach, nur die erbarmungswürdigen Stimmen der Kinder, ihr Flehen, dass er sie endlich – endlich! – von ihrer Qual erlösen solle.

»Ich sehe, du fängst an zu begreifen«, sagte die dunkle Gestalt vor ihm, und das rote Licht ließ seine Rüstung unwirklich schimmern, als sie einen Schritt auf ihn zumachte. »Es sind die Seelen der Kinder aus Borsã, derer sich Frederic angenommen hat. Er ist dazu bestimmt, über sie zu wachen, bis du endlich begreifst, was deine Pflicht ist!«

Andrej starrte den schwarzen Ritter wortlos an. Die Gefühle, die ihn zerrissen, die Gedanken, die ihn verstörten – das alles hatte ein Ende. Eine seltsame Ruhe überkam ihn. Er wusste, es war so, wie es der schwarze Ritter gesagt hatte: Er war zum Erlöser der Kinder bestimmt worden, und es war vollkommen gleichgültig, wie es dazu gekommen war. Das Gemetzel in Borsã hatte vor vielen Hunderten von Jahren nicht nur seinen Sohn als Opfer gefordert. Domenicus' Schergen hatten nicht gezögert, alle Bewohner Borsãs niederzumetzeln, die Kranken und Schwachen genauso wie die Alten und die Kinder. Was mit den Seelen der anderen geschehen war, wusste er nicht, doch mit den Kinderseelen von Menschen, die den Keim der Unsterblichkeit in sich trugen, hatte es schon immer eine ganz besondere Bewandtnis gehabt. Dessen war er sich gewiss, so wie er auch vieles andere über seine Art intuitiv wusste. Und er hatte auch längst begriffen, dass die Saat der Unsterblichkeit bei nur ganz wenigen Menschen und nur durch ganz außergewöhnliche Umstände aufging, während die anderen ein normales Leben weiterführten, Familien gründeten, von der Gicht und anderen Zipperlein gebeugt wurden, um irgendwann an Altersschwäche zu sterben, sofern ihnen die Vorsehung eine so lange Lebensspanne zugestand. *Aber die Seelen der unschuldigen Kinder von Borsã ...*

»Die Zeit ist fast abgelaufen«, sagte der Ritter. »Und wenn du dich nicht endlich zusammenreißt und das tust, was dir vorherbestimmt ist, dann werden die Kinder der ewigen Verdammnis anheimfallen.«

»Aber die drei Tage …« Andrej schüttelte den Kopf. In das leise Flüstern der Kinderstimmen mischte sich das Geräusch einer Glocke, deren Klöppel zu schwingen begann und mit ersten leisen Schlägen die Glockenwand berührte. »Ich verstehe das nicht … wenn ihre Seelen wirklich erlöst werden müssen, warum muss das dann in drei Tagen geschehen?«

»Weil es so vorherbestimmt ist.« Die Stimme des Ritters klang dumpf und dunkel unter dem Visier hervor, als würde auch er den unsäglichen Schmerz der Kinder fühlen. »Frederic blieb keine andere Wahl, als die Kraft des Feuers zu beschwören, nachdem du endlich – endlich! – deinen vorbestimmten Platz unter Odins Tor eingenommen hattest. London brennt, Andrej, in einem anderen Leben, in einer anderen Welt – aber es brennt! Das Feuer verschlingt alles! Wenn die Glocke ihren letzten Schlag getan hat und die Feuersbrunst über den Platz hinweggefegt ist, sind Frederic und die anderen verloren!«

»Aber was geht dich das an? Was rührt dich so an dem Schicksal dieser Kinder, dass du dafür dein Verlangen nach Vergeltung hintenanstellst?«

»Weil ich meine Gründe habe!«, schrie der schwarze Ritter.

Andrej zuckte zusammen, als er den dumpfen Schlag von Odins Glocke hörte. »Was willst du von mir: mich töten oder dass ich die Seelen der Kinder erlöse?«

»Beides«, antwortete der schwarze Ritter. »Aber die Reihenfolge bestimme ich!«

*

Meruhe spürte das Zerren von gewaltigen Kräften, denen selbst sie kaum gewachsen war. Loki war wahnsinnig! Niemals hätte er die wahre Macht von Odins Schwert entfesseln dürfen, niemals einen Bruch der Wirklichkeit riskieren! Jetzt konnte alles geschehen, Dinge konnten sich ineinanderschieben, die nicht zusammengehörten, Wunden aufbrechen, die längst geschlossen waren, dunkle Gewalten entfesselt werden, die sich nicht mehr bändigen ließen!

Odins Schwert hatte ihr schon immer Unbehagen eingeflößt, vielleicht sogar Angst. Sie hatte sichergehen wollen, dass ihre Pläne durch die Macht dieser Waffe nicht in Gefahr gerieten. Natürlich hatte sie von Anfang an gewusst, dass es nicht das Vampyrblut war, das Andrej befähigte, von einem Ort zum anderen zu *gleiten*. Es war immer Odins Schwert gewesen und immer Loki, der seine Kraft so weit zu nutzen verstanden hatte, dass sich Andrej dort wiedergefunden hatte, wohin ihn sein Herz hatte führen wollen.

Jetzt konnte sie nur noch sehen, dass sie Schlimmeres verhinderte. In aller Eile hatte sie Kija und Nefra mit dem Auftrag fortgescheucht, das Schwert zu suchen. Sie musste unbedingt verhindern, dass Loki noch mehr Unsinn damit anstellte oder es am Ende gar in falsche Hände geriet!

Auch sie selbst hatte sich auf die Suche gemacht, aber nicht nach dem Schwert, sondern nach Loki selbst, der ihr wohl aus gutem Grund nicht mehr unter die Augen getreten war, nachdem er seinen stärksten Trumpf ausgespielt hatte. Ihr Zorn war so gewaltig, dass sie am ganzen Körper bebte. Sie spürte, nein, sie *roch* Lokis Anwesenheit, sog den Hauch aus Schweiß, einem süßlichen Parfüm und Raubtiergestank ein. Ihre Hand fegte eine Tür beiseite und schmetterte sie mit solcher Kraft in die dahinterliegende Wand, dass sie in tausend Stücke zerbrach. Dort ... da vor ihr, da in dem mit aufwendigen Stuckarbeiten verzierten Ankleideraum der Blutgräfin, war der Ase, der sich vor ihr verkrochen hatte, nachdem er skrupellos die Urgewalt des Schwertes entfesselt hatte.

Loki fuhr zu ihr herum und rang sich ein nervöses Lächeln ab. »Meruhe! Welche Freude ...«

»Habe ich dich endlich, Ase!«, schrie Meruhe Loki an. »Sag mir, warum ich dich nicht an Ort und Stelle zerschmettern soll!«

Loki zuckte zusammen, und einen Moment lang sah der angeblich mächtigste Gott der Asen wie ein ertappter Schuljunge aus, der von einer strengen Lehrerin beim heimlichen Spicken erwischt worden war. Doch dann straffte er die Schultern und klopfte sich Aschereste vom Ärmel, und das wohl etwas zu heftig, denn seine Finger verfingen sich in dem eingerissenen Stoff, der daraufhin knirschend nachgab und auf ganzer Armlänge aufriss. »Unser Spiel ist noch nicht zu Ende«, sagte er heiser. »Und ...«

»Wer hat dir das Recht gegeben, die Macht von Odins Schwert zu missbrauchen?«

Loki sah sie verblüfft an. »Odin?«, schlug er vor.

Meruhe ging nicht darauf ein. »Wo ist es?«

»Was?«, fragte Loki unschuldig.

»Das Schwert!«, fauchte Meruhe.

»Nun ...«, antwortete er gedehnt. »Sagen wir einmal so: in guten Händen.«

»In guten Händen? Bist du denn jetzt komplett übergeschnappt? Du kannst es doch nicht aus der Hand geben!«

»Es sei denn, in deine Hände, nicht wahr?« Loki nestelte nun auch an dem anderen Ärmel, doch diesmal war er vorsichtiger. »Du weißt doch sicher schon längst, liebste Meruhe, dass ich Odins Schwert schon einmal aus der Hand gegeben habe, wenn auch nur für kurze Zeit.«

Meruhe begriff. »Der schwarze Ritter ... Er ist schon hier?«

»Und er hat das Schwert, mit dem man Unsterbliche töten kann – und du weißt ja, was ...«

»Was das bedeutet? Dass er erst als Mensch durch das Götterschwert gerichtet werden muss, um als Gott wiederaufzustehen?« Meruhe lachte verächtlich auf. »Wie sollte ich das vergessen. Es ist schließlich *der* zentrale Punkt unseres Spiels!«

»Dann weißt du ja, worauf ich hinauswill«, antwortete Loki. »Dass der schwarze Ritter Odins Schwert gegen Andrej einsetzen darf, war Teil unsere Abmachung. Und auch, dass wir uns in die Auseinandersetzung zwischen Andrej und dem Ritter selbst nicht einmischen dürfen. Hattest nicht ausgerechnet du selbst auf diesen Punkt bestanden?«

Meruhe wischte den Einwand mit einer schnellen Handbewegung beiseite. »Was ist mit dem Schwert? Kann er seine wahre Macht nutzen?«

»Nein, natürlich nicht«, sagte Loki in beleidigtem Tonfall. »Er kann Andrej damit töten. Mehr auch nicht.«

»Dann muss ich zu ihm«, zischte Meruhe und wollte sich umdrehen, aber Loki machte einen schnellen Schritt auf sie zu und streckte die Hand vor, als wollte er sie festhalten. »Nicht ganz so schnell, meine Liebe. Wir hatten doch beschlossen, nicht einzugreifen, wenn die beiden aufeinanderstoßen.«

»Wenn die beiden in Borsă aufeinanderstoßen«, schnaubte Meruhe. »Von etwas anderem war nie die Rede!«

»Aber auch nicht vom Gegenteil«, sagte Loki mit Nachdruck. »Und wir haben die Vereinbarung mit unserem Blut besiegelt. Das wirst du doch nicht leugnen, oder?«

Meruhe funkelte den Asen wütend an. »Du bleibst ein Trickser und Täuscher«, fauchte sie

»Ich freue mich immer über ein Kompliment, vor allem aus dem Mund einer schönen Frau. Aber du wirst verstehen, dass ich dennoch auf die Einhaltung der Regeln drängen muss.« Er zuckte mit den Achseln. »Aber wenn du aufgeben willst …«

»Aufgeben? Ich?«, fragte Meruhe empört. »Wie kommst du nur auf einen solchen Unsinn?«

»Nun, wenn du das als Unsinn ansiehst«, sagte Loki gedehnt. »Dann soll es mir recht sein. Denn dann werden wir beide uns jetzt heraushalten.«

»Und wenn nicht?«, fauchte Meruhe.

»Wenn nicht, dann gilt das Spiel als verloren«, antwortete Loki. »Du weißt ja wohl am besten, worum wir gewettet haben!«

»Natürlich weiß ich das«, antwortete Meruhe ärgerlich. »Derjenige von uns, der verliert, wird in seine heimatlichen Gefilde zurückkehren und dem anderen in den nächsten einhundert Jahren nicht mehr in die Quere kommen.« Ihre Augen verengten sich, und sie trat ganz nah an Loki heran. »Und ich werde froh sein, wenn ich deine freche Visage wenigstens für einhundert Jahre nicht mehr sehen muss!«

*

»Das musst du nicht tun«, sagte jemand hinter Andrej auf Arabisch, als dieser nach der Drohung des schwarzen Ritters Kampfhaltung einnahm. »Überlass ihn mir, Hexenmeister.«

Das Schwert kampfbereit in der Hand, machte der Ritter keine Anstalten, sich zu Abu Dun umzuwenden. »Sag deinem Wachhund, dass er sich hier raushalten soll!«

Abu Dun schnaubte abfällig. »Was bildest du dir ein, du Blechbüchse? Wer meinen Waffenbruder bedroht, muss erst einmal an mir vorbei!«

Doch der Ritter deutete mit dem gewaltigen Schwert in die Richtung, aus der die Kinderstimmen gekommen waren. »Tu jetzt das, was du tun musst. Und …«

Andrej achtete nicht mehr auf ihn und auch nicht auf Abu

Dun, der drauf und dran gewesen war, sich schützend zwischen ihn und seinen Herausforderer zu stellen. Mit einem Wink gab er seinem Freund zu verstehen, dass er sich zurückhalten sollte, und ging dann langsam, fast zögerlich auf die Kirchenbänke zu.

Doch nicht Angst erfüllte ihn, sondern ein warmes Gefühl. Er spürte, dass dort nichts Böses auf ihn lauerte, und wusste, dass er sich auf das einlassen musste, was auch immer jetzt mit ihm geschah …

Tief in seinem Innersten wusste Andrej, dass es mehr gab als nur Trugbilder und die sogenannte Wirklichkeit. Das machte es ihm einfacher, loszulassen. Er tauchte in einen Strudel von widersprüchlichen Emotionen ein, ließ sich von ihm davontragen, so, wie er es bereits in Borsă gemacht hatte, nachdem ihn der schwarze Ritter niedergestreckt hatte. Wieder war das Wispern zu hören, waren die Stimmen um ihn herum. Und diesmal – zum ersten Mal – konnte er ihnen antworten, in diesem Zwischenreich zwischen Traum und Realität. Die Stimmen sprachen mit ihm, griffen seine Gedanken und Gefühle auf und offenbarten ihm eine Welt, in der es nicht Gut und Böse, nicht Richtig und Falsch gab, sondern nur den Wunsch, von allen Sünden und Lasten befreit in die endgültige Erlösung hinüberzugleiten. Sie zogen ihn mit sich, leiteten ihn, übernahmen die Führung und ließen sich auch von ihm führen. Es war eine Wechselbeziehung, die Andrej die Qual der verlorenen Seelen spüren ließ, als wäre sie seine eigene, wie eine Glut, aus der Funken flogen, die die Welt in Brand setzen konnten – und er begriff, dass er mit seinem Leid nicht alleine war.

Andrej spürte die Hitze, die heranwaberte, er hörte das Knistern der Flammen, die alles verschlingen wollten, und er begriff, dass es das Fegefeuer war, das ewig währte für die, die nicht erlöst wurden.

Erlösung … Doch wie konnte er, Andrej, sie den verlorenen Seelen gewähren?

Plötzlich vernahm er energische Schritte, die auf ihn zuhielten. Er wollte schon herumfahren und Abu Dun einen scharfen Verweis erteilen, weil er sich nicht an seine Anweisung gehalten hatte – doch dann sah er sich nicht dem Nubier gegenüber, sondern der schwarzen Göttin.

»Meruhe!«

»Na, da scheine ich ja gerade noch einmal rechtzeitig gekommen zu sein!«, fuhr sie ihn an. Wie eine griechische Rachegöttin, schnell, grausam und voller Wut, hob sie die Arme, und ihre Hände vollführten komplizierte Gesten. Blaues, irisierendes Licht brach aus ihren Fingerspitzen, jagte in alle Richtungen davon, verwirbelte zu komplizierten Mustern. Die Zeit blieb stehen – da wurde das blaue Licht zu einem grellweißen Leuchten, das sich zischend ausbreitete, um sich dann wie eine Faust zu ballen und zurückzuziehen. Andrejs Blick flackerte, unfähig einzufangen, was sich gerade vor seinen Augen abspielte. Blaue und grellweiße Blitze zuckten nach oben davon und schossen aus der zerstörten Kuppel in den Nachthimmel hinaus.

Meruhe stieß einen triumphierenden Laut aus. Andrej spürte die Veränderung, bevor auseinanderriss, was ihn gerade noch berührt und sein Mitgefühl geweckt hatte. Die verstörten Kinderseelen wichen erschrocken zurück, und Andrej hörte einen kollektiven Entsetzensschrei, einen Laut so voller Qual und Grauen, dass er keuchend zurücktaumelte. Meruhe setzte ihm sofort nach. Sie packte ihn an den Schultern und schüttelte ihn grob. »Andrej!«, schrie sie. »Komm endlich zur Vernunft! Dein Platz ist an meiner Seite und nicht an der verlorener Kinderseelen! Lass sie ziehen und komm mit mir. Ich bin es, die dir die Ewigkeit bietet!«

Ewigkeit? Andrej hätte beinahe laut aufgelacht. Was spielte die Ewigkeit für eine Rolle, wenn man wusste, dass man unschuldige Seelen in die Verdammnis gestoßen hatte? »Nein!«, schleuderte er Meruhe entgegen. »Niemals! Mein Platz ist nicht an deiner Seite. Die Kinder brauchen mich!«

Er fasste Meruhe nun seinerseits an den Schultern und schüttelte sie, als wollte er sie zur Besinnung bringen, und stieß sie dann so kraftvoll zurück, dass nun sie es war, die zurücktaumelte und um ihr Gleichgewicht kämpfte.

»Andrej! Was tust du?«

Meruhe war ihm ganz nah. Aber sie war keine Versuchung mehr für ihn. Ihre Macht war gebrochen. Die Aura des Göttlichen, die sie bislang wie ein undurchdringlicher Schutzpanzer umgeben hatte, brach in sich zusammen, als die Kinderseelen beim letzten Schlag der Glocke mit einem Aufschrei über sie hinwegfuhren und hinaus in den blutroten Nachthimmel ...

Und dann erlosch die Vision, und Andrej stand zitternd und bebend zwischen den Kirchenbänken und starrte entgeistert dorthin, wo inmitten eines Lichtgewitters eben noch die Seelen und Meruhe miteinander gerungen hatten. Jetzt war dort niemand mehr.

»Andrej!«, hörte er eine Stimme vom Altar her. Als er sich zu ihr umdrehte, stand Meruhe da und war für einen flüchtigen Augenblick nur noch Frau und nicht mehr Göttin.

»Meruhe?«

»Was hast du getan?«, flüsterte sie fassungslos.

Andrej hätte ihre Frage auch dann nicht beantworten können, wenn er es gewollt hätte. So beließ er es bei einem Kopfschütteln. »Es ist vorbei, Meruhe. Ich muss ...«

»Sterben«, sagte der schwarze Ritter.

KAPITEL 19

Der schwarze Ritter riss das Schwert in die Höhe. Er stürmte los, und seine Bewegungen waren so schnell und ungestüm, dass ihnen Andrej auch dann nicht hätte folgen können, wenn er zum Kampf bereit gewesen wäre.

»Hört auf!«, brüllte er. »Das Morden muss ein Ende haben!«

Der Ritter ließ sein Schwert vorzucken, und die Klinge zischte so dicht an Andrejs Wange vorbei, dass dieser den Luftzug spürte. Er setzte direkt noch einmal nach und verpasste Andrej einen langen Schnitt direkt unter dem linken Auge. »Ich hacke dich in Stücke, wenn du dich nicht endlich wehrst!«

Andrej sah Abu Dun, der mit gezogener Waffe heranjagte und nicht so aussah, als würde er sich noch einmal davon abhalten lassen, seinem Waffenbruder beizustehen. Doch Andrej hatte nicht vergessen, welch fürchterliche Macht der Waffe des Ritters innewohnte und dass sie im Gegensatz zu jedem normalen Schwert auch einen Unsterblichen töten konnte. »Hört auf, alle beide!«, schrie er. »Es reicht, was hier geschehen ist!«

Zu seiner Verblüffung ließ der Ritter das Schwert tatsächlich sinken, wenn auch vielleicht nur, um sich Abu Dun zuzuwenden. »Das hier ist nicht dein Kampf, Nubier. Verschwinde!«

Abu Dun legte den Kopf schief und grinste böse. »Und wenn ich das nun nicht tue? Was dann? Glaubst du etwa, du könntest es gleichzeitig mit mir und Andrej aufnehmen?«

»Ich will es mit überhaupt niemandem aufnehmen«, sagte der

schwarze Ritter grimmig. »Es reicht mir, wenn Andrej für seine Sünden bezahlt.«

»Und was für Sünden sollten das sein?« Abu Dun maß den Ritter von Kopf bis Fuß. »Welche Sünden?«

Die grobe Provokation verfing nicht. Der Ritter gab einen verächtlichen Laut von sich und drehte sich wieder zu Andrej um. »Schick den Idioten weg, damit wir es endlich hinter uns bringen können.«

»Andrej kann mich gar nicht wegschicken«, sagte Abu Dun heftig. »Erstens, weil er mir nichts zu sagen hat. Und zweitens, weil wir im Streit sind.« Als der Ritter erneut sein Schwert hob und einen Schritt auf Abu Dun zu machte, fuhr er fort: »Außerdem frage ich mich, warum du Andrej töten willst. Hat er nicht gerade das getan, was du wolltest? Kannst du es nicht dabei bewenden lassen?«

»Nein, dabei kann ich es nicht bewenden lassen«, antwortete der Ritter ärgerlich. »Und ich wüsste auch nicht, was dich das anginge, Pirat. Such dir ein Schiff und segle davon!« Er wandte sich an Andrej. »Wenn du darauf bestehst, töte ich euch beide.«

Andrej schüttelte den Kopf. »Wozu? Abu Dun hat recht. Ich habe getan, was du wolltest. Sind wir damit nicht quitt?«

»Du hast die Kinder befreit, aber nicht deinen Sohn!« Er blieb vor Andrej stehen, griff mit der linken Hand nach seinem Helm, zog ihn ab und schleuderte ihn davon. »Dafür hast du den Tod verdient!«

Andrej wankte, als er in das jugendliche Gesicht blickte, das unter dem Helm zum Vorschein kam, unfähig zu glauben, was er da sah. Er öffnete den Mund, doch kein Laut drang über seine Lippen.

»Du siehst aus, als ob du ein Gespenst sehen würdest«, höhnte der Ritter.

Blanker Irrsinn griff nach Andrej, kratzte mit knöchernen Fingern an den Türen seines Verstands. »Aber das ... das ist ...«

»Unmöglich?« Der Ritter nickte. »Ja, das trifft es eigentlich ganz gut.«

Eine Woge unvorstellbaren Schmerzes riss Andrej mit sich. Er verstand nicht. Er wusste nicht, wen er unter diesem schwarzen Helm vermutet hatte – aber nicht dieses Gesicht, das Gesicht, das Andrej immer und immer wieder in seinen Albträumen gesehen hatte, und auch danach, wenn er schweißgebadet und mit einem Schrei von seinem Nachtlager hochgefahren war.

»Eigentlich hätte ich mir etwas mehr erwartet«, sagte der Ritter enttäuscht.

Andrej glaubte, in der Schwerthand des Ritters ein leises Zittern zu sehen, eine kaum wahrnehmbare Bewegung, die seinen ganzen Körper erfasste. Es konnte nicht mehr lange dauern, bis er ihm das Schwert ein zweites Mal in den Leib rammen würde. Der Gedanke war nicht wirklich erschreckend, aber er brachte Andrej ein Stück weit in die Realität zurück, und der Irrsinn zog sich zurück – wenn auch nicht sehr weit und nur allzu bereit, endgültig über ihn herzufallen.

»Marius«, stammelte er. »Mein Sohn ... Marius.«

»Ja, ich bin Marius, dein Sohn«, bestätigte der Ritter höhnisch. »Der Sohn, den du lebendig begraben hast!«

»Aber wie ... wie kann das ... warum hast du ...?«

»Warum ich dich töten will?«

Andrej stöhnte auf. »Ich bin dein Vater.«

»Mein Vater?«, schleuderte ihm Marius entgegen. »Nein, das bist du nicht. Du bist kein Vater, du bist ein Monster.«

Andrej öffnete den Mund, aber er brachte kein einziges Wort hervor. Marius hatte recht.

»Hast du überhaupt eine Vorstellung davon, was du mir angetan hast?«, fragte Marius kalt. »Ich habe nicht nur tagelang im Grab gelegen und mir immer und immer wieder die Finger am harten Holz des Sarges blutig gekratzt, in den du mich gepfercht hast. Ich habe Wochen dort gelegen, Monate, Jahre!«

Andrej zuckte zurück. Er hatte geglaubt, es gäbe nichts mehr, was ihn noch erschüttern könnte. Aber das stimmte nicht. Es gab immer eine Steigerung, immer etwas noch Schlimmeres, immer etwas noch Entsetzlicheres, immer etwas, das noch mehr wehtat.

»Es wäre besser gewesen, du hättest mich getötet, bevor du die Friedhofserde über mein Grab geschaufelt hast«, sagte Marius. »Ich bin wahnsinnig geworden dort unten, ich habe den Verstand verloren, immer und immer wieder! Und irgendwann hat mich allein der Gedanke an Rache, an Vergeltung, am Leben gehalten.«

Andrej starrte Marius an. Er verstand, was er gesagt hatte, begriff das Grauen ... und irgendetwas in ihm zerbrach.

»Immer wieder habe ich mir vorgestellt, wie es wäre, dich, meinen Peiniger, zu töten, nachdem ich mich später, viel, viel später, durch das Holz gekratzt und aus meinem dunklen Gefängnis befreit hatte«, fuhr Marius fort. »Aber dein Tod sollte qualvoller sein als meiner. Nicht mein Schwert sollte dich töten, sondern ein heimtückisches Gift dich langsam verbrennen.«

Etwas Feuchtes lief über Andrejs Wangen, aber er merkte erst, dass es Tränen waren, als sie seine Lippen berührten und er etwas Salziges schmeckte. Hastig wischte er sie fort. »Ich ... ich hatte keine Ahnung, was ich dir angetan habe. Ich habe keine Vorstellung davon, wie es ist, lebendig begraben zu sein. Es tut mir leid! Ich habe das doch nicht gewollt!«

Sein Entsetzen kannte keine Grenzen – und auch nicht der kalte Zorn, den er jetzt in den Augen seines Sohnes sah. »Du hast es nicht gewollt? Warum hast du es dann getan?«

»Ich …« Andrej wusste, dass es keine Worte gab für das, was er empfand.

»Dieses Schwert hier …«, Marius drehte die Klinge, und rotes Licht leckte gierig über sie, »ist eine mächtige Waffe. Aber sie sollte dich nie töten, sondern nur den Anlass bieten, um dich von dem verderbten Vampyrblut abhängig zu machen, das jetzt durch deine Adern fließt und dich im Laufe vieler Jahre endgültig vernichten wird.« Marius beugte sich ein Stück vor. »So wie es Domenicus verbrennt, an dem ich meine Rache schon vor langer Zeit vollzogen habe. Und der jetzt nur noch mein Werkzeug ist.«

Andrejs Hände und Knie zitterten, als ihm die ganze fürchterliche Bedeutung von Marius' Worten aufging.

»Du hast Domenicus zu mir auf den Friedhof geschickt?«

»Ja, das habe ich.«

»Und in deinem Auftrag hat er mir die Phiole an den Mund gesetzt?«

»An den Mund gesetzt …« Marius machte eine wegwerfende Handbewegung. »Was soll's. Jetzt kann ich es dir ja ruhig sagen: Loki hat mich unterstützt, und er hat mir auch dieses Schwert anvertraut.«

Abu Dun lachte rau auf. »Ja, das hätte ich mir denken können, dass dieser Trickser und Täuscher Loki dahintersteckt. Ich habe mir ohnehin schon so etwas gedacht. Domenicus ist doch nur noch ein Schatten seiner selbst. Und es gibt schon lange keine Inquisition mehr, in deren Auftrag er unterwegs sein könnte. Spätestens, als wir ihn vor Draculs Schloss bei einer erneuten Diebestour erwischt haben …«

»Domenicus ist so gut wie tot«, sagte Marius hart. »Das Elixier hat ihn innerlich zerfressen.« Als ihre Blicke sich trafen, las Andrej Hass und Schmerz und kalte Entschlossenheit in seinen Augen. »Und genau dieses Schicksal ist auch dir vorherbestimmt ... Vater!«

Andrej starrte ihn fassungslos an. »Dann bist du wirklich nicht gekommen, um mich mit dem Schwert zu erschlagen?«, fragte er ungläubig.

»Nein, mit Lokis Schwert wollte er dich wohl nur ein bisschen piesacken«, antwortete Abu Dun an Marius' Stelle. »Und dir dann unter die Nase reiben, dass dir schlimmere Qualen bevorstehen, als du sie ihm zugemutet hast.«

Während Andrejs verzweifelter Blick zwischen Marius und Abu Dun hin- und herflog, steckte sein Sohn mit einem entschlossenen Ruck das Schwert weg, wandte sich an Abu Dun und nickte knapp. »Nicht schlecht, Pirat. Es sieht so aus, als ob zumindest du verstehst, was es bedeutet, Vergeltung zu üben.«

Vergeltung ... Rache ... jetzt war das Wispern wieder da. Die Kinderseelen waren zurückgekehrt, und Andrej war es, als streifte ihn ein sanfter Hauch. Noch immer stand er wie erstarrt da und blickte Marius nach, der mit schweren Schritten davonstapfte, so, als läge plötzlich eine zentnerschwere Last auf seinen Schultern. Andrej konnte das nur zu gut verstehen. Rachefantasien waren das eine, sie mit allen Konsequenzen auszuleben, etwas ganz anderes. Um sich am Schmerz eines anderen zu laben, bedurfte es einer abgrundtief finsteren Seele, an die kein Hoffnung bringender Lichtstrahl mehr drang. Das aber passte nicht zu Marius. Und Andrej wunderte sich nicht darüber. Schließlich war er sein Sohn.

»Verzeih mir, Marius«, flüsterte er. »Ich habe dich so sehr vermisst. Und kaum habe ich dich gefunden, habe ich dich auch schon wieder verloren ...«

Auch Abu Dun hatte sich umgedreht, um Marius hinterherzustarren. Nun schüttelte er den Kopf. »Ich fürchte, dass es für uns noch lange nicht vorbei ist. Das Elixier wird uns beide zerstören!«

Das Elixier zerstört nur den, der nicht erlöst wird, hörte Andrej ein Raunen, und er spürte die sanfte Berührung einer Hand. Ein fast wohliges Kribbeln überlief ihn. Er wusste, er war nicht mehr allein, und das erfüllte ihn plötzlich mit Zuversicht.

Doch der, der erlöst, wird auch erlöst.

Wie ein tröstender Hauch kam der Satz herangeweht und setzte sich in seiner Seele fest. *Doch der, der erlöst, wird auch erlöst.*

Und auf einmal wusste er, dass das für sie beide galt, ihn selbst und Abu Dun. Denn auch der Nubier war auf Odins Platz gewesen, und auch er hatte seinen Anteil daran, dass die Kinderseelen nicht der ewigen Verdammnis anheimfielen.

»Das Elixier tötet vielleicht Domenicus«, sagte er mit Nachdruck. »Aber nicht mich. Und dich erst recht nicht.«

Abu Dun hob eine Augenbraue. »Dein Optimismus in allen Ehren. Aber er ist auf brüchigem Eis gebaut, Hexenmeister!«

Andrej lächelte.

Der Klöppel von Odins Glocke berührte beim Ausschwingen zum letzten Mal sanft die Glockenwand, kein dumpfer Schlag mehr, sondern nur noch ein leiser, sphärischer Klang, wie der Hauch einer Sommerbrise. Tiefer Friede überkam Andrej. Er hatte die Kinder erlöst, und auch er würde erlöst werden.

»Was ist mir dir?«, fragte Abu Dun besorgt. »Die Wirkung des Trunks?«

»Nein.« Andrej straffte sich und atmete tief durch. »Ich will jetzt nur noch weg hier. Aber vorher muss ich eines wissen: Was ist mit Maria?«

»Mach dir keine Sorgen, Sahib«, sagte Abu Dun und legte ihm seine mächtige Pranke auf die Schulter. »Es war nicht Maria, die in der Blutwanne lag – sondern die Blutgräfin selbst! Und du kannst mir glauben: Sie sah schon mal besser aus.«

ZUR ROCKOPER

Eine Hohlbein-Rockoper? *What the hell is this?*, fragte mich ein befreundeter US-Autor, und spätestens da merkte ich: Ich muss weiter ausholen. Wolfgang Hohlbein hat ein Faible für dramatische Musik und bildstarke Geschichten, ich selbst entstamme einer Theaterfamilie: Da entstand bei uns beiden schon sehr früh die Idee, aus einem seiner Stoffe eine Rockoper zu kreieren. *Die Chronik der Unsterblichen* – von Wolfgang geschrieben, von mir als Lektor bearbeitet – erschien uns beiden besonders verlockend: Ein Unsterblicher, hin- und hergerissen zwischen dem Wunsch, ganz Mensch zu sein oder aber ein Gott zu werden, das ist richtig starker Bühnenstoff.

In VANDEN PLAS, der führenden deutschen Progressive Metal-Band mit mehr als 20 Jahren Theater-Bühnenerfahrung, wurden wir bei der Suche nach dem richtigen Partner fündig. Zwischen dem Sänger und Hauptdarsteller Andy Kuntz und uns sprang der berühmte kreative Funke über. Unter Einbeziehung von Theater-Profis und des Komponisten-Trios Stephan Lill, Andy Kuntz und Günter Wernos entstand eine bombastische Rockoper, die unsere kühnsten Erwartungen übertrifft: Was dabei herausgekommen ist, ist nachzulesen unter *www.chronik-der-unsterblichen.de/rockoper*.

Viel Spaß an der Rockoper wünscht
Dieter Winkler

WOLFGANG HOHLBEIN · VANDEN PLAS
DIE CHRONIK DER UNSTERBLICHEN
BLUTNACHT
DIE ROCKOPER
WELTURAUFFÜHRUNG
PT
ab 21.01.2012
pfalztheater
kaiserslautern
TEXT: WOLFGANG HOHLBEIN, DIETER WINKLER, ANDY KUNTZ
KOMPOSITION: STEPHAN LILL, ANDY KUNTZ, GÜNTER WERNO // ARRANGEMENT: GÜNTER WERNO
INSZENIERUNG: URS HÄBERLI // BÜHNE UND KOSTÜME: MICHAEL D. ZIMMERMANN
CHOREOGRAPHIE: STEFANO GIANNETTI // VIDEODESIGN: KARL-HEINZ CHRISTMANN
www.pfalztheater.de // www.hohlbein.de
In Kooperation mit:
ROCKS
DAS MAGAZIN FÜR CLASSIC ROCK
RCK.TV
KC FILMEFFECTS